D1703035

# WISSEN UND WEISHEIT

## DER WEG IN EINE HARMONISCHE ZUKUNFT

H.W.WERNER

1. Auflage, 2012
ISBN 9783848216109


Lektorat und Gestaltung: M. Hartner, Wien
Umschlagsentwurf: © Renate Belina, Maarheeze, Niederlande
Herstellung und Verlag: BoD - Books on Demand,
In de Tarpen 42, D-22848 Norderstedt,
Printed in Germany

# WISSEN UND WEISHEIT

## DER WEG IN EINE HARMONISCHE ZUKUNFT

Sokrates (zu Theaitetos):

„Aber sei auf der Hut und sieh Dich um, dass nicht einer von den Uneingeweihten zuhöre. Das sind aber jene, die nichts anderes für wirklich halten, als das, was sie kräftig mit beiden Händen halten können, Handlungen aber und das Werden und all das Unsichtbare nicht zum Wirklichen zählen."

Platon, Theaitetos 155e

# ZUM GELEIT

Dieses Buch beschreibt in chronologischer Reihenfolge meine Erlebnisse in höheren, nicht-alltäglichen Bewusstseinszuständen, d. h. meine Reisen in eine andere Welt und meine Reflexionen hierüber. Nicht-alltägliche Bewusstseinszustände, sind Bereiche in der menschlichen Psyche, welche in jedem von uns – dem Alltagsbewusstsein aber fremd und daher unverständlich sind – schlummern.

Diese Erlebnisse traten spontan auf, also ohne irgendwelches Zutun meinerseits (kein Drogengebrauch!) und kamen stets wieder. Sie sind vergleichbar mit Bewusstseinszuständen in tiefer Meditation oder Nahtod-Erfahrungen. Die Erkenntnis aus diesem unmittelbaren Erleben nicht-alltäglicher „Höherer" Bewusstseinszustände, nenne ich Weisheit.

Als Physiker, ausgebildet im Bereich der „Objektiven Wirklichkeit" und mit 30 Jahren Erfahrung in der Forschung in einem Internationalen Labor, war mir diese „Subjektive Wirklichkeit" zunächst fremd und unverständlich.

Die objektive Wirklichkeit des Alltags, aufgebaut mit Hilfe der Sinnesorgane und unserem Denken, nenne ich „Wissen".

**Der Kampf zwischen meinem „physikalischen" Gewissen und meinem subjektiven, mystischen Erleben einer anderen, nicht-alltäglichen Wirklichkeit ist der rote Faden, der sich durch das ganze Buch hindurch zieht.**

Das Erlebnis des Absoluten-SEINS, der Urenergie, der Einheit von Allem, – aus dem heraus unser Universum und die Polarität emanieren – waren für mich ein tiefgreifendes Erlebnis.

Als nüchterner Physiker aber quälte mich die Frage: War das Ganze nur eine Halluzination, ein Fantasiegebilde oder ein unbewusstes Wunschdenken? Was war in den heiligen Schriften, bei den Mystikern aller Zeiten und in der seriösen esoterischen Literatur, oft auch Geisteswissenschaft genannt, hierüber zu finden? Eingehende Studien hierüber zeigten erstaunlich gute Übereinstimmung mit meinen eigenen Erlebnissen. Besonders beeindruckt aber war ich von der Übereinstimmung meiner Erlebnisse mit den Arbeiten von S. Grof, einem amerikanischen Psychiater, der sich seit 40 Jahren mit ähnlichen Erlebnissen beschäftigt hat. Er nennt diese außergewöhnlichen, nicht-pathologischen Bewusstseinszustände – die er an tausenden Personen studiert hat – „holotrop", zum Ganzen strebend.

Der Gottesbegriff, der in solchem mystischen Erleben wurzelt, hat sich im Laufe der Jahrtausende stets wieder verändert. Die Veränderungen der Jetztzeit tendieren zu einem Gottesbild der Zukunft, in welchem das Konzept der Polarität deutlich zum Ausdruck kommen wird.

Die Lehren der Mystiker aller Zeiten, sind also in Übereinstimmung mit meinen eigenen Erlebnissen; Aber wie steht es mit der Physik?

Die klassische Physik war auf ständigem Kriegsfuß mit mystischem Erleben. In der Zwischenzeit haben sich jedoch moderne theoretische Physik und die Betrachtungsweise der Mystiker weitgehend einander genähert.

Somit, dachte ich, hätte ich alles schön systematisch analysiert und damit das Thema abgeschlossen. Dem war aber nicht so: Die Vereinigung von „männlicher" und „weiblicher" Energie – von C. G. Jung mit Individuation bezeichnet – durfte ich als unsagbar beglückendes Erlebnis erfahren.

Den Schlussstrich unter meine Reiseerlebnisse aber setzte das gänzlich unerwartete Auftauchen von Gaia, Gäa, Mutter Erde, in meinem Bewusstseinshorizont: Alles Leben auf Erden benötigt auch **Mater**ie.

Unsere Erde, aufgefasst als großer Organismus ist durch die Imbalance zwischen „männlicher" Energie (Technologie, Egoismus) und „weiblicher" Energie (Natur, Gemeinschaftsdenken) schwer erkrankt und kann nur durch die Wiederherstellung eines gesunden Gleichgewichtes der beiden überleben. Die „Neue Energie" ist ein Impuls zur Erreichung dieses Gleichgewichtes.

Auf meiner Reise habe ich den wunderbaren Bogen durchlaufen, von der sublimsten Urenergie bis zur dichtesten Energieform: Materie.

Ich durfte sehen, was ich sehen sollte und berichte hierüber, wie es mir aufgetragen wurde.

Meine Reise hat somit ein ENDE.

✳ ✳ ✳

Begonnen hat alles mit einem überraschenden, nicht geplanten Besuch in der „Bibliothek":

*Bei einem Spaziergang durch stille, menschenleere Außenbezirke der Stadt, stehe ich plötzlich vor einem dreistöckigen Gebäude; es ist würfelförmig, im „Stahlrahmen-Glas"-Stil gebaut. Die Fassade besteht aus großen Glasscheiben, die durch ein dünnes Stahlskelett zusammengehalten werden: Ein großer, gläserner Kubus. Ich trete näher. Die beiden Eingangstüren im Portal schieben sich ruckartig vor mir auseinander. Ich betrete die langgestreckte, niedrige, leicht dämmerige Eingangshalle und nehme den Lift, welcher mich wie selbstverständlich in den zweiten Stock bringt. Dort steige ich aus und befinde mich in einem großen, glasklaren Saal von unbeschreiblicher Transparenz und Helligkeit. Hierdurch erscheint es mir, als ob der Saal in seine Umgebung eingebettet, mit seiner Umgebung verschmolzen ist; ohne Grenzen, ohne Ende.*

*Ein Mönch in einer braunen Kutte kommt auf mich zu. Ich kann sein Gesicht nicht erkennen, weil es im Dunkel seiner Kapuze verborgen ist. Schweigend überreicht er mir ein schweres, dickes Buch von der Größe eines Kopfkissens. Das Buch ist in verwittertes, graubräunliches, leicht verschimmeltes Schweinsleder gebunden. Es macht den Eindruck einer oft gebrauchten, abgewetzten Chronik. Der Buchdeckel ist mit Schamanen-Symbolen von Sonne, Mond und Sternen bedeckt. Die Innenseiten der Chronik sind mit hieroglyphenartigen, für mich unbegreiflichen, Zeichen vollgeschrieben. Der Mönch weist auf eine leere Seite und ich weiß sofort: „Diese Seite muss ich vollschreiben“.*

*Ein zweiter Mönch kommt auf mich zu und bleibt vor mir stehen. Obwohl ich sein Gesicht, welches auch hier im Dunkel einer Kapuze verborgen bleibt, nicht erkennen kann, kommt er mir doch irgendwie bekannt und vertraut vor. Dieser Mönch nimmt mich im Lift mit nach oben. Wir steigen auf, wir schweben ganz nach oben über das flache Dach hinaus auf die Spitze eines Turmes. Von hier aus kann ich weit in die Landschaft hinausschauen. Ich sehe einen unendlich großen See, in dem sich die Sonne golden spiegelt. Ich schaue in das Eldorado, in das Land meiner Zukunft. Ich stehe in den Startblöcken für ein neues Leben, meine Arme sind V-förmig weit ausgebreitet, mein Körper gestreckt und leicht nach vorne geneigt wie bei einem Skispringer gleich nach dem Absprung. Über meinem Kopf eine blaue Flamme, wie eine Fackel. Unendlich weit streckt sich vor mir das Land meiner Zukunft aus. Auf diese Reise in das Unendliche, in das Unbeschreibbare, Unermessliche hatte ich mein ganzes bisheriges Leben insgeheim gewartet.*

# Begreifliche versus unbegreifliche Wirklichkeit?

# KAP 1 DIE BIBLIOTHEK

Verwirrt sitze ich an meinem Schreibtisch. War mein Besuch in der Bibliothek, so nenne ich das gläserne Haus, ein Traum? Nein, ich war doch hellwach gewesen und dann plötzlich war ich „weg", aber noch immer bei vollem Bewusstsein. Jetzt bin ich wieder zurück in der alltäglichen, mit dem Auge sichtbaren, mit den Händen greifbaren, der **begreif**lichen Welt der Dinge. Was war in mir, mit mir geschehen? Ich bin ergriffen, verwundert, erstaunt und tief beeindruckt von dem Erlebten. Hatte ich das alles wirklich erlebt? Aber was ist wirklich?

Ist nur das „wirklich", was unserem Bewusstsein über die Sinneseindrücke zugeführt wird? Hat Platon recht, wenn er in seinem Theaitetos, zitiert in Weinhandl's Buch über den Lebenssinn, Sokrates sagen lässt, dass es außer den Dingen die man kräftig mit beiden Händen halten kann, auch noch Handlungen, das Werden und all das Unsichtbare gibt?

Sir Charles Popper wiederum versteht unter „wirklich" alles was eine **Wirk**ung auf andere materielle Objekte ausüben kann. Wie viel Wirklichkeiten gibt es denn eigentlich?

Ich bin im Zwiespalt. Einerseits ist dieses Erlebnis meine – wenn auch subjektive – Wirklichkeit, andererseits aber kann ich das mit meinem physikalischen „Gewissen" nicht in Einklang bringen. Physik hatte mich schon in meiner Mittelschulzeit fasziniert: Eines Tages hörte ich in der Physikstunde von den Kepler'schen Gesetzen für die Planetenbewegungen. Kepler beschreibt aufgrund der Messungen seines Lehrers Tycho de Brahe, einem berühmten Astronomen seiner Zeit, dass die Planeten sich auf Ellipsen, in deren einem Brennpunkt die Sonne steht, bewegen. Ich hatte gerade in der Mathematikstunde die Formel für eine Ellipse kennen gelernt. Es erstaunte mich, dass man eine so abstrakte mathematische Formel verwenden konnte, um konkrete, sichtbare physikalische Vorgänge wie die Planetenbewegungen exakt zu beschreiben. Ich fragte mich: Müssen sich die Planeten auf Ellipsenbahnen bewegen um den Kepler'schen Gesetzen zu gehorchen? Absurd, natürlich nicht! Die Planeten haben sich schon immer so bewegt, auch als Kepler seine Gesetze noch nicht formuliert hatte. Kepler hat lediglich eine mathematische Beschreibung für die Planetenbewegungen aus den Messdaten abgeleitet. Aber woher „wissen" die Planeten, dass sie in Ellipsenbahnen um die Sonne kreisen „müssen"?

Das Massenanziehungsgesetz, Gravitationsgesetz, von Newton gab mir Antwort. Es besagt:

Die Anziehungskraft zwischen zwei Körpern ist proportional dem Produkt ihrer Massen und umgekehrt proportional ihrem Abstand zum Quadrat; d. h. je größer der Abstand umso kleiner die Anziehungskraft. Im täglichen Leben ist es ähnlich: Aus den Augen, aus dem Sinn. Das Gravitationsgesetz ist also ein Naturgesetz. Aber woher kommen die Naturgesetze? Diese Frage blieb unbeantwortet.

Ein Jahr später lernte ich in der Elektrostatik, der Lehre von ruhenden elektrischen Ladungen, dass die Kräfte zwischen zwei elektrischen Ladungen proportional sind dem Produkt ihrer Ladungen und umgekehrt proportional ihrem Abstand zum Quadrat; d. h. je größer der Abstand umso kleiner die Anziehungskraft. Hier herrschte also die gleiche Gesetzmäßigkeit wie bei der Gravitation!! Ich war begeistert, überwältigt von dieser Erkenntnis und beschloss Physik an der Universität zu studieren.

Nach dieser Ausbildung bekam ich als frischgebackener Dr. phil. eine Stelle im Philips Natuurkundig-(Physikalischen)-Laboratorium angeboten, einem weltbekannten, international orientierten Industrie-Forschungslabor in den Niederlanden. Ich nahm gerne an.

Dieses Labor, mit zirka 500 Mitarbeitern und Spezialisten aus verschiedenen Gebieten der Physik, Chemie, Biologie und den Ingenieurswissenschaften, war eine große Familie. Man konnte informell jeden Spezialisten um Rat fragen, der einem in einer halben Stunde mehr relevante Information gab, als man durch wochenlanges Suchen in der Literatur – zur damaligen Zeit gab es noch keine Computersuchmaschinen – hätte finden können.

Es war üblich, dass man mit dem Fahrrad in das Labor kam. Auch unser alleroberster Direktor war darin keine Ausnahme. Unterwegs traf man oft den einen oder anderen Kollegen und konnte mit ihm zwanglos Ideen austauschen oder Anregungen bekommen. Im Labor sah man sich auf den Gängen, welche mit ihren zahlreichen Fensternischen auf Brusthöhe zu einem Gespräch mit Kollegen einluden. Man legte die Arme auf die Brüstung und konnte Gedanken über den Fortgang der Arbeiten austauschen.

Für meine holländischen Kollegen war „koffie“, Kaffee, das Zauberwort, um in der Früh wach zu werden und in Aktion zu kommen. Sie stürmten auf die Gänge wenn die „koffiemeisjes“ (Serviererinnen), mit einer großen Glocke ihre Ankunft verkündeten. Die „koffiemeisjes“ brachten den Kaffee in großen zehn Liter fassenden Aluminiumkannen auf einem Wägelchen vorbei und waren schnell umringt von einer großen Menge kaffee-durstiger Wissenschaftler. Holland ist eben schon das richtige

Abendland, man geht sehr spät ins Bett, zwischen elf und ein Uhr nachts und hat dann am nächsten Morgen Mühe wach zu werden. Auch beim „Koffie"trinken: Kommunikation!

Das Mittagessen war traditionell eine Brotmahlzeit und bestand aus belegten Broten, welche man von zu Hause in kleinen speziellen Plastikdosen mitgebracht hatte. Man verzehrte diese Brote zusammen mit „koffie", erhältlich in unserer Kantine, der sogenannten „Koffiekamer". Man saß an langen Tischen und konnte auch hier wieder Gedanken austauschen: Kommunikation, groß geschrieben.

Viele Erfindungen, welche oft erst nach Jahrzehnten zu einem Produkt unserer Firma geführt haben, sind unter anderem auch auf diese intensive Kommunikation zurückzuführen: Das LED-Licht zum Beispiel wurde erstmals in unserem Labor durch Stieltjes, einem unserer Mitarbeiter beobachtet. Wir nannten es damals Stieltjes-Licht. Sensoren in digitalen Kameras, „die PIXELS", wurden ebenfalls hier konzipiert und realisiert. Das gleiche gilt für CDs und die Aufnahmeröhren für Farbfernsehen.

Meine Aufgabe war es „eine Methode zu finden, welche für die Untersuchung von Produkten unserer Firma in der Zukunft von Bedeutung sein könnte". Das war im Jahre 1958. Ich machte daraufhin eine Studie der Produkte unserer Firma, der darin verarbeiteten Materialien und der hierfür verwendeten Methoden zur Materialanalyse. Schließlich ersann ich eine neue Methode und begann mit ihrer Realisierung.

Die Methode – welche zur gleichen Zeit auch von Wissenschaftlern in einigen anderen Laboratorien konzipiert worden war, ohne dass wir voneinander wussten – wurde ein großer Erfolg und wird heute weltweit von allen großen Computerfirmen, Chip-Fabrikanten, bei der Produktion eingesetzt.

Im Verlauf meiner 33-jährigen Forschungstätigkeit mit dieser Methode und anderen modernsten Analysemethoden zur Halbleiter- bzw. Chip-Analyse habe ich dann zirka 100 Veröffentlichungen in internationalen Fachzeitschriften geschrieben und weltweit viele Vorträge und Seminare, zu denen ich eingeladen worden war, gehalten. Daneben war ich noch Co-Autor an zwei Büchern und einer Enzyklopädie auf diesem Gebiet. Nach meiner Pensionierung habe ich bis 2001 meine Erfahrung in Vorlesungen auf dem Lehrstuhl für „Industrial Semiconductoranlysis" an einer Technischen Universität weitergegeben.

Ich hatte also mehr als drei Jahrzehnte lang Materialforschung mit Hilfe von physikalischen Messmethoden betrieben und hatte das hierzu nötige Denken – also mein Alltagsbewusstsein – als Informationsquelle verwendet.

Jetzt auf einmal hatte ich dieses beglückende, meinem Alltagsbewusstsein aber unbekannte, Erlebnis in einem nicht alltäglichen „höheren" Bewusstseinszustand. Für mich als Physiker, in der Welt des Wissens, soll aber nur das wirklich sein, was einer physikalischen Messung und einer darauf folgenden, objektiven Interpretation an Hand eines physikalischen Denkschemas zugänglich ist. Als Physiker muss ich den Gedanken von Descartes folgen, welcher stillschweigend voraussetzt, dass alles Seiende durch die Vernunft erklärt werden kann. Descartes hat in seinen Betrachtungen alle Körpergefühle, Emotionen und Sinneseindrücke beiseitegeschoben bis nur mehr das Denken übrig blieb und kommt damit zu seinem berühmten „Cogito, ergo sum": Ich denke, also bin Ich.

Da Descartes aber im Denken verhaftet blieb konnte er nicht „höher" aufsteigen. Das war auch nicht seine Aufgabe; er musste vielmehr ein gesundes Fundament für die Weiterentwicklung der Menschheit im Reich des Rationellen bauen.

Die Evidenz Gottes, als einer „höheren" Macht, hat er übrigens als a priori-Faktum akzeptiert, also nicht aus einer Denkkette heraus abgeleitet.

Ähnliches gilt für sein oben genanntes Paradigma (Grundlegendes Wirklichkeitsmodell, Bezugsrahmen), welches er aus drei *Träumen* in der Nacht vom 10. auf 11. November 1619 abgeleitet hat.

Mein Erlebnis in der Bibliothek liegt also außerhalb des Denkrahmens der Physik und ist auf einen nicht-alltäglichen Bewusstseinszustand, der Welt der Weisheit angehörend, zurückzuführen. Als Weisheit bezeichne ich Erkenntnisse, welche aus dem Erleben einer Wirklichkeit entstammen, die von unseren begrenzten individuellen Erfahrungen und Sinneseindrücken losgelöst sind.

Die Welt der Weisheit ist durch einen Denkprozess oder einen Willensakt nicht erreichbar, man kann sie nur erleben.

Die Welt des Wissens – die Ansammlung von Erkenntnis, welche durch rationelles Verarbeiten von Sinneseindrücken oder durch logische Schlussfolgerungen erhalten wird – öffnet sich jederzeit, wenn man über etwas nachdenken will.

Der Unterschied zwischen den beiden Welten wurde mir als Student anlässlich eines Opernbesuches deutlich. Ein Opernbesuch war damals das einzige Vergnügen, das ich mir als armer Student leisten konnte, zumindest wenn ich mich mit einem Stehplatz auf der allerhöchsten Galerie begnügte. Wagner-Opern liebte ich daher wegen ihrer Länge nicht besonders, weil ich mir „die Füße in den Bauch stand“. Die italienischen oder Mozart-Opern hingegen konnte ich genießen ohne durch ein solches, unangenehmes Körpergefühl im Genuss einer Opernaufführung beeinträchtigt zu werden:

Auf der obersten Galerie angelangt habe ich dann einen wunderbaren Blick auf das Publikum, auf die Bühne mit dem Eisernen Vorhang und auf den Orchesterraum, welcher sich etwas vertieft vor der Bühne eng an diese anschmiegt. Ich kann gut sehen, wie die Musiker, einer nach dem anderen eintreffen, und ihre Plätze einnehmen. Dann folgt das „warming-up" für die Musiker und ihre Instrumente. Das ist ein Jubilieren der Flöten und Klarinetten, ein Summen der Fagotte und ein Vibrieren der Streichinstrumente, wie im Wald vor Sonnenaufgang im Frühling, wenn die Vögel in einem vielstimmigen Konzert ihre Freude am Leben kundtun. Der Klarinettist lässt seine Klarinettentöne schnell, mit kleinen Schritten über eine steile Treppe hinauflaufen und lässt sie dann, plumps, herunterfallen. Der Geiger streicht liebevoll über die Saiten seines Instrumentes, prüft den Ton, spannt die Saite nach, noch einmal, noch einmal, beinahe; jetzt stimmt es. Auch der Paukenschläger meldet sich zu Wort mit einem leisen, dumpfen Ton. Und das alles zur gleichen Zeit! Es ist ein Übereinander, ein Durcheinander, ein musikalisches Tohuwabohu, ein zwangsloses, unstrukturiertes „Social-get-together", in welchem sich die Instrumente gegenseitig begrüßen. Bald wird aus diesem Chaos eine erkennbare Melodie entstehen.

Langsam tröpfeln auch die Besucher in den Saal, elegant gekleidet dem Rahmen dieses Ereignisses entsprechend. Die Damen betreten den Saal mit einer Miene wie die Königin in Schneewittchen, wenn sie vor dem Spiegel stand.

Sie sind, jede für sich, strahlende Königinnen, bunte, schillernde Paradiesvögel, die ihre Schönheit mit Überzeugung zur Schau stellen, unterstützt durch raffinierte Kreationen und wertvollem Schmuck, welche die Kapitalkraft ihrer Begleiter widerspiegeln. Daneben verblassen ihre Begleiter, alle in die gleichen schwarzen Anzüge und blütenweißen Hemden gesteckt, in eine unscheinbare, bedeutungslose, graue Anonymität wie in einer Gruppe von Pinguinen.

Jene Parkettbesucher, welche Karten für die Mitte der Reihen haben, kommen dem Gesetz von Murphy folgend meist später wie die „Randsitzer": Dann ist die ganze Reihe schon besetzt, bis auf „die zwei Plätze in der Mitte".

Mit einem verlegenen, entschuldigenden Kopfnicken ersuchen die zu spät Gekommenen die bereits sitzenden Besucher zum Aufstehen, welche der Bitte – zwar leicht pikiert – Folge leisten. Peinlich wird es oft noch wenn die zu spät Gekommenen sich nicht klar darüber sind, ob sie sich an den bereits anwesenden Personen mit zugekehrtem Gesicht oder „rücklings" vorbeischieben sollen.

Auch die Logenbesucher nehmen ihre Plätze ein und legen die Operngläser vor sich auf die Balustrade: Sehen und gesehen werden.

Der Duft von unzähligen Parfums – vom zarten Frühlingsduft für junge Mädchen, über berauschende Rosen für die Beautys bis zum massiven, schweren Parfüm für die vielfach beringten, schmuckbehangenen fleischigen Damen – vermischt mit dem Geruch der himbeerrot-rosa Plüschbekleidung der Sitze dringt bis zu meiner Galerie herauf und gibt der Elektrizität der Erwartung eine zusätzliche Dimension. Die gedämpften Gespräche der vielen Besucher allerorts erzeugen ein Murmeln, ein Plätschern, welches den ganzen Saal füllt.

Jetzt wird die Beleuchtung gedämmt, die Saaltüren werden geschlossen. Kein Laut dringt mehr von den Gängen in den Saal. Es wird still im Saal. Nur noch schnell ein nervöses Hüsteln hier, beantwortet durch ein ebensolches dort. Die Spannung steigt, der Eiserne Vorhang beginnt sich langsam zu heben. Das Publikum rutscht erwartungsvoll auf den Sitzen hin und her.

Dann geht auf einmal eine Welle der Erregung durch den Saal. Temperierter Applaus: Der Dirigent hat den Orchesterraum betreten. Mit beiden Händen schüttelt er zur Begrüßung die Hand des Konzertmeisters, nickt den übrigen Orchestermitgliedern zu und geht mit raschen, festen Schritten auf seinen Platz zu. Er springt federnd und energiegeladen auf das Dirigentenpodium.

Mit einem aufmunternden Blick überfliegt er seine Musiker die kreisförmig um ihn angeordnet sind. Er klopft mit seinem Dirigentenstab zweimal kurz ab, tiktik, strafft seine Gestalt, hebt den Dirigentenstab und ... mit einer kräftigen, raschen Abwärtsbewegung gibt er das Startzeichen zur Ouvertüre.

Die Musik, der Gesang, die Kostüme und das Bühnenbild verschmelzen bei der folgenden Aufführung zu einem Ganzen, einem Nicht-alltäglichen Erlebnis. Es ist ein erster Schritt in eine andere Welt, in die Welt der Weisheit: Nicht der Intellekt, die Ratio oder das Denken, sondern das Erleben, losgelöst von der Begrenzung unserer Individualität ist der Schlüssel zu dieser Welt. Ich erinnere mich dabei besonders an das Finale aus La Bohème. Die verschwenderisch verwendeten weichen Kupfertöne – Brass Sounds – der Trompeten und Posaunen schienen das Publikum in eine andere Welt verzaubert zu haben, denn nach dem Verklingen der letzten Akkorde war es eine Weile mäuschenstill im Saal, man hätte eine Stecknadel fallen hören. Das Publikum war wie erstarrt. Es dauerte eine Weile, bis es wieder in das Alltagsbewusstsein zurückgekehrt war. Dann aber brach ein tobender, nicht enden wollender Applaus los. Puccini, welcher wie kein anderer es verstand das Gemüt, das Herz, zu rühren hatte uns auf den Schwingen von Pegasus an die Schwelle der höheren, nicht alltäglichen Welt emporgehoben.

Nach Ablauf dieser Opernaufführung fragte ich einmal einen Kollegen, er studierte Maschinenbau an der Technischen Hochschule, was ihn besonders beeindruckt hatte. Er antwortete ungerührt: „Der Schlagschatten auf den handgemalten Kulissen war falsch konstruiert". Der Ärmste, er war in der Welt des Wissens steckengeblieben.

Beinahe überflüssig zu melden, dass ein Opernbesuch nicht der einzige Weg in die höheren Sphären ist; jede Art von Musikerleben, Kammermusik, ein Konzert, eine Gesangdarbietung ist der Schlüssel in die Welt des „höheren" Bewusstseins, in die Welt der Weisheit. Musik ist eine Brücke zwischen Erde und Himmel. Das Gleiche gilt für jede Art von Kunsterlebnis.

Ich hatte einen Schimmer dieses nicht-alltäglichen, „höheren" Bewusstseins – Paul Brunton nennt es das Überselbst – bereits einige Male in den 1970er-Jahren aufgefangen. Ich war den Anweisungen von Paul Brunton gefolgt und hatte alle Körpergefühle, Emotionen, Sinneseindrücke, das Wollen und vor allem das Denken in meinen Meditationen ausgeschaltet. Das Ausschalten der Gedanken ist das Allerschwierigste, aber wenn es gelingt und wenn man nicht einschläft, ist man trotzdem noch da, und zwar bei vollem Bewusstsein. Dann öffnet sich der Weg zum Überselbst.

Diese Übungen sind eine Art „Jnana-Yoga" (sprich Dschnana-Yoga), Yoga der Erkenntnis; man erkennt sein Höheres Selbst, sein Überselbst. Das Wort „Jnana", oft auch geschrieben als „Gnana", ist verwandt mit dem griechischen Wort gnoosis, und bedeutet Kenntnis, tiefere Einsicht in den Menschen und die Welt. Diese Jnana-Yoga-Übungen gehen einen Schritt weiter wie Descartes, der das Denken als das Höchste einstufte.

Auch im Agni-Yoga – Feuer-Yoga –, mit dem ich mich in den 1970er-Jahren intensiv beschäftigte, machte ich weitere Schritte in Richtung auf das Überselbst. Über meine diesbezüglichen Erfahrungen, sowie über die „Analogies between Agni-Yoga and Physics" hielt ich auf Einladung der Agni-Yoga Society im Jahre 1972 einen öffentlichen Vortrag in London.

S. Grof, Arzt und Psychiater, hat sich vierzig Jahre lang mit der Erforschung nicht-alltäglicher, außergewöhnlicher, nicht-pathologischer Bewusstseinszustände beschäftigt. Er nennt sie holotrop, auf das Ganze hinstrebend, und beschreibt verschiedene Methoden beziehungsweise Riten wie man sie erlangen kann. Meine Erlebnisse stimmten mit den von Grof beschriebenen gut überein, aber ...

... ich hatte doch keine dieser beschriebenen Methoden verwendet oder den Wunsch geäußert irgendetwas in dieser Richtung zu erreichen. Es war alles von selbst gekommen. Ein Zitat aus meiner Agni-Yoga-Zeit in den 1970er-Jahren fiel mir ein: „Die Pforten öffnen sich zur vorgegebenen Zeit. Sollte es das sein?

Was ist aber dann die Bibliothek? Ich fragte mehrere Bekannte, mit Interesse an spirituellen Phänomenen, über die Bibliothek. Um sie aber nicht zu beeinflussen sagte ich zunächst nichts über meine eigenen Erlebnisse.

Einige der Befragten hatten ähnliche Besuche in der Bibliothek erlebt und reagierten sofort verstehend und positiv auf meine Frage. Ihre Beschreibungen stimmten in großer Linie mit der meinen überein. Andere, die diese Erfahrung nicht gemacht hatten, sahen mich verständnislos an.

Was war eigentlich der Inhalt meines Besuches? Es schien irgendwie auf meine Zukunft hinzudeuten: Ich „müsste noch eine Seite schreiben, ich stünde in den Startblöcken für ein neues Leben ...“

Viel Zeit zum Nachdenken blieb mir aber nicht, denn einen Tag später holt mich der erste Mönch, mein Betreuer, wieder in die Bibliothek. Ich weiß spontan, sozusagen aus dem Nichts heraus, dass er den Namen Ananda hat.

Er legt die dicke, schwere Chronik vor mir auf ein Schreibpult: Ich muss zurückblättern und schlage eine Seite auf. Sie ist mit schöner Kalligraphie, wie man sie in alten Dokumenten oder Chroniken findet, vollgeschrieben. Links oben steht, reich verziert „AD 1602“. Diese Seite hatte ich geschrieben; in der Zeit in der ich als Mönch inkarniert war:

*... Dumpf dröhnen die Trommeln im Morgengrauen des 17. Feb. 1602. Ich sitze in der Schreibstube des Klosters und arbeite an der Chronik. Die tiefen Töne der Trommeln bringen mein Wurzelchakra zum Mitschwingen und flößen mir Furcht ein. Das Wurzelchakra ist einer der sieben Hauptknotenpunkte für den Austausch von psychischer Energie im menschlichen Körper. Es steuert die Grundtriebe: Leben und Tod, es ist das Um und Auf der irdischen Existenz.*

*Diese Urangst, die in mir aufgekommen ist, schneidet mir beinahe den Atem ab. Ich weiß, was die dumpfen Töne der Trommeln bedeuten: Sie hatten auch vor genau zwei Jahren meinen besten Freund Giordano Bruno auf seinem Weg zum Scheiterhaufen begleitet. Man hatte ihn zum Ketzer erklärt und zum Tode verurteilt ...*

*... weil er behauptet hatte, dass es außer unserem Sonnensystem noch unzählig viele andere Sonnensysteme gäbe, unsere Erde also nicht im Zentrum des Universums stünde,*

*... weil er die Heilige Dreifaltigkeit und das Bild eines persönlichen Gottes ablehnte,*

*... weil er behauptet hatte, dass das Universum, als Spiegelbild Gottes, schon immer bestanden habe und daher nicht mehr erschaffen werden könnte,*

*... weil er behauptet hatte, dass Gott als Weltseele das gesamte Weltall durchstrahlt und durchtränkt – wie schon von Plotinus poniert – und*

*weil er der Meinung war, in Nachfolge von Cusanus, dass in Gott alle Gegensätze zusammenfallen.*

> *Heute, genauso wie vor zwei Jahren spreche ich mein*
> *„Ave Maria ... bitte für uns arme Sünder, jetzt und*
> *in der Stunde unseres Absterbens. AMEN."*

*Das Dröhnen der Trommeln hat aufgehört, es ist totenstill, der süßliche Geruch von verbranntem Menschenfleisch, vermischt mit beißendem Rauch dringt in die Schreibstube; wieder war ein „Ketzer" den grausamen Händen der kirchlichen Justiz zum Opfer gefallen.*

✳ ✳ ✳

Ich bin wieder zurück in der Bibliothek, die Chronik liegt vor mir ausgebreitet. Ich muss noch weiter zurückblättern in der Chronik, ich muss eine andere meiner bisherigen Inkarnationen aufsuchen ...

*Brütende Hitze liegt über dem Ägypten zur Zeit der Pharaos, aber hier drinnen im dämmrigen Schreibsaal des Tempels der Isis, durch lichte, luftige Vorhänge von direktem Sonneneinfall geschützt, ist es angenehm kühl. Ich sitze allein im großen Saal an einem der Schreibpulte und male meine Hieroglyphen auf Papyrusblätter. Gerade noch war die Hohepriesterin der Isis, gekleidet in weiße Leinenkleider bei mir gewesen und hat mir den Auftrag erteilt das Einweihungsritual aufzuzeichnen. Dieses Einweihungsritual wurde stets im Allerinnersten des Tempels gehalten. Unter den Einzuweihenden waren damals auch viele Griechen, die in engem Kontakt mit Ägypten standen. Das Wort Esoterik, vom griechischen Wort esooterikos, was so viel bedeutet wie „Das Allerinnerste", erinnert noch an diese Periode.*

*Ich habe mich diesmal als Sohn eines Fischers am Nil inkarniert. Oft war ich mit meinem Vater in einem der typischen Boote mit den schrägen Rahen über den Nil gesegelt, habe den lichtblauen Himmel der hoch über uns stand, den Blick auf den Nil und den Blick in die Weite des Landes genossen. Ich durfte Lesen und Schreiben lernen und wurde Schreiber im Tempel der Isis.*

*Eine Tempeljungfrau, in weiß gekleidet, die ich schon des Öfteren – und auch gerne – gesehen hatte betritt den Saal. Mein Herz beginn schneller zu schlagen ...*

... dann Geschrei, Tumult.

*Jäh bricht die Erinnerung an diese Zeit ab und ...*

*... ich stehe im Louvre in der ägyptischen Abteilung vor einer handgroßen Holzfigur. Sie ist lebensecht mit blauen, roten und grünen Pastellfarben bemalt und stellt einen ägyptischen Schreiber, „Le scribe", dar.*

Warum nur hat es mich immer wieder zu dieser Figur hingezogen wenn ich den Louvre besuchte? Ist diese Figur eine Darstellung meiner damaligen Inkarnation als Tempelschreiber?

✳ ✳ ✳

Was soll all das bedeuten? Ich überlege, ob das Zurückblättern in dem dicken Buch, welches ich als eine Art Chronik empfinde, ein Hinweis auf meine Vergangenheit, meine früheren Inkarnationen ist.

Ist andererseits die leere Seite, die ich noch schreiben muss, ein Hinweis auf meine Aufgabe, die ich jetzt, in der Gegenwart, erfüllen muss? Deutet meine Starthaltung, auf der höchsten Spitze des Turmes, auf meinen Weg in die Zukunft, auf ein neues Leben? Habe ich insgesamt eine Reise durch die Zeit gemacht?

Ich erinnere mich, dass ich vor vielen Jahren über die Akasha-Chronik, das sogenannte Weltgedächtnis gelesen habe, in welcher das gesamte Wissen der Menschheit bewahrt sein soll. Könnte es sein, dass die „Bibliothek" symbolisch das gesamte Wissen der Menschheit darstellt; das dicke Buch wäre dann, der Sprache des Unbewussten entsprechend, die Akasha-Chronik selbst. Das Konzept eines kollektiven Unbewussten von C. G. Jung, würde in dieselbe Richtung weisen. Die esoterischen Bücher beschreiben, dass die Akasha-Chronik demjenigen, der imstande ist darin zu lesen, Auskunft gibt über alles was ist, was war und was sein wird, d. h. wenn man in der Akasha-Chronik liest steht die Zeit quasi still.

Die Akasha-Chronik enthält daher auch das Wissen über alle vergangenen Leben jedes einzelnen Menschen. Das Zurückblättern in der Chronik, überlege ich mir, wäre dann ein Rückblick auf meine früheren Inkarnationen, auf vergangene Zeiten.

Aber was ist die Zeit? Wie erleben wir die Zeit? Warum können wir uns an die Vergangenheit erinnern, aber nicht an die Zukunft? Warum verläuft die Zeit stets nur in eine Richtung? Im täglichen Leben ist die Zeit ein Hilfsmittel, welches es möglich macht die Ereignisse in unserer dreidimensionalen (3D) Welt mit Länge, Breite und Höhe so zu ordnen, dass stets die Ursache vor der Wirkung kommt.

Die Ursache muss aber nicht immer *vor* dem Geschehen liegen, sie kann auch in der Zukunft also *nach* dem Geschehen liegen, erinnern Dethlefsen und Dahlke an die Überlegungen von Aristoteles: „Ich gehe *heute* in die Stadt einkaufen, weil *morgen* die Geschäfte geschlossen sind." Die Ursache kommt also *nach* der Wirkung. Aristoteles nennt dies Causa (Ursache) finalis.

Die übliche Verknüpfung, erst die Ursache und dann die Wirkung, nennt Aristoteles Causa efficiens: „Ich habe mir das Bein gebrochen, weil ich über einen Stein gestolpert bin." Hier liegt die Ursache, wie wir es gewohnt sind, *vor* der Wirkung. Bewegung, Kraftübertragung und Zeit bestimmen das Geschehen.

Aristoteles nennt noch zwei weitere Kausalitäten, in welchen aber die Zeit nicht vorkommt und bei welchen auch die Verknüpfung zwischen Ursache und Wirkung nicht so zwingend ist. Er spricht von Causa formalis, wenn zum Beispiel ein Haus nach einem Plan gebaut wird, *weil* es der Architekt so entworfen hat.

Dieses Haus entsteht, nimmt eine bestimmte Form an, *weil* der Zimmermann und der Maurer das Material, Holz, Ziegel und Glas entsprechend dem Plan des Architekten zusammenfügen: Causa materialis.

Bei der Causa efficiens spielt die Zeit also eine wichtige Rolle. Wir nehmen dabei stillschweigend an, dass die Zeit nur in einer Richtung fließt. So entsteht die Polarität des Vorher und Nachher. Wir machen mit unserem Denken aus der „Gleichzeitigkeit in der Einheit", so argumentiert Aristoteles weiter, ein Nacheinander im irdischen Leben. Zeit ist im Wesen eine Illusion, die wir aber brauchen um Ordnung in die Geschehnisse bringen zu können.

Die Zeit erleben wir durch den Verlauf der Sonne, d. h. durch den Stand der Sonne im Raum, aber auch durch das Klopfen unseres Herzens. Unser Herzschlag ist ein Maß für die Zeit. Die Zeit ist über den Herzschlag untrennbar mit dem Leben verbunden. Leben ist Rhythmus: Herzschlag, Atem. Wenn das Herz aufhört zu schlagen, ist das Leben vorbei. Mit dem Erleben von Tag und Nacht, Sommer und Winter, d. h. mit dem Stand der Sonne im Raum erleben wir Zeit und Raum als gemeinsames Element.

Wir können uns an die Vergangenheit erinnern, weil die Vergangenheit realisiert und damit fixiert ist als *eine* Möglichkeit aus der Vielzahl der Möglichkeiten. Die Zukunft steht noch offen, es ist noch alles möglich. Als Physiker weiß ich, dass die Quantenmechanik ein analoges Verhalten kennt.

Noch etwas fällt mir ein: In unserem Kosmos, betrachtet als geschlossenes System, nimmt die Entropie – ein Maß für die Unordnung – ständig zu. Wir können das Fortschreiten der Zeit, die Richtung des Zeitablaufes also ablesen aus der Zunahme der Unordnung, der Entropie.

Die Zunahme der Unordnung erleben wir ja täglich im Laufe des Tages, in der Küche, im Kinderzimmer oder wenn wir zum Beispiel einen Bücherkasten aus einem Baupaket selbst zusammensetzen wollen. Wir beginnen mit einer aufgeräumten Bastelstube. Die Schraubenzieher hängen an der Wand, der Größe nach geordnet, einer neben dem anderen wie Orgelpfeifen. Holzsäge, Metallsäge links, Hammer und Zangen rechts, vervollständigen die Runde. Schrauben und Nägel, befinden sich in ihren Plastikdosen auf einem Regal über den Schraubenziehern und das Material für den Bücherkasten liegt noch am Boden, säuberlich verpackt in Kartons, wie wir sie in Empfang genommen haben.

Dann beginnt der Kampf gegen die Unordnung. Die Verpackung muss geöffnet werden, aber die Klebestreifen lassen nicht los; wir suchen ein Messer oder wer ungeduldig ist reißt ganz einfach die gerippte Kartonverpackung auf, verstreut den Karton in der Hitze des Gefechtes in der Gegend und holt die auf Maß gefertigten Bretter heraus. Aber wo ist jetzt nur die Montagebeschreibung hingekommen? Eben war sie noch da! Liegt sie nicht unter diesem Brett? – Nein! – oder vielleicht unter jenem? ... und in kürzester Zeit ist die größtmögliche Unordnung entstanden.

Das Hantieren von vielen Gegenständen verwandelt eben Ordnung in Unordnung, weil die Zustände der Unordnung mit unendlich viel mehr Möglichkeiten verwirklicht werden können als Zustände der Ordnung. Verschwitzt und mit hochrotem Gesicht müssen wir zugeben: Die Entropie, „die Unordnung" hat wieder einmal gesiegt.

Zeit und Raum sind miteinander über die Bewegung verbunden, nämlich über die Geschwindigkeit von Körpern; die Geschwindigkeit gibt ja an, welche Strecke ein Körper in einer bestimmten Zeit zurückgelegt hat.

Noch besser sichtbar wird diese Verknüpfung von Raum und Zeit in der Einheit Lichtjahr: Hier wird ein *Abstand* also eine Raumdimension in der Dimension einer Zeit gemessen. Ein Lichtjahr ist bekanntlich die Strecke, welche das Licht, mit einer Geschwindigkeit von 300.000 km pro Sekunde, in einem Jahr zurücklegt.

Das schönste Beispiel für diese Verknüpfung von Raum und Zeit, finde ich noch immer, ist der Anblick von zwei Sternen, z. B. 5 bzw. 20 Millionen Lichtjahre von der Erde entfernt, welche nebeneinander am Himmel stehen. Wir sehen nämlich die zwei Sterne gleichzeitig und nebeneinander, obwohl sie zeitlich Millionen von Jahren auseinander liegen. Vielleicht gibt es einen von den beiden inzwischen gar nicht mehr.

Zeit lässt sich ohne Raum und ohne Änderung von irgend „Etwas“ nicht definieren. Zeit und Raum führen also zwangsweise zum Begriff des Lebens: Veränderung. Zeit und Raum sind polare Eigenschaften, man kann das Eine ohne das Andere nicht definieren. Zusammen ergeben sie das Ganze: Leben, in Raum und Zeit.

Bewegt sich die Zeit eigentlich? Wilhelm Busch sagt:

> Eins zwei drei im Sauseschritt,
> Eilt die Zeit, wir eilen mit.

Ich denke zurück an meine Studentenzeit. Was hatte ich doch in den Vorlesungen gehört? Mein Professor hatte ein Postulat von Isaak Newton, dem Begründer der klassischen Physik, wie folgt zitiert:

„Die absolute, wahre, mathematische Zeit verfließt an sich und vermöge ihrer Natur gleichförmig und ohne Beziehung auf irgendeinen äußeren Gegenstand im absoluten Raum.“ Jetzt kommt der absolute Raum auch noch dazu, seufze ich.

Im *Denk*bild, Paradigma, der klassischen Physik ist der Raum per Definition, dasjenige, welches den Abstand von Objekten zueinander festlegt. Der Raum ist die „Bühne“ auf welcher sich das Weltgeschehen abspielt.

Wir *erleben* täglich, dass unsere Körper eine Ausdehnung im Raum haben, wenn wir zum Beispiel durch einen engen Spalt schlüpfen wollen. Wir haben jedoch das Gefühl für den Raum verloren, weil wir unsere Wohn*räume* vollstopfen mit Möbeln und anderen Gegenständen. Ich erinnere mich noch an mein Urerlebnis des Raumes als ich in Japan war: Ich besuchte damals einen „Shogunpalast“, ein ebenerdiges hölzernes Gebäude, durchlässig für Licht, Luft und den Duft von Blumen aus dem Garten, da es die Japaner lieben um in und mit der Natur zu leben. Man musste durch lange, enge Gänge mit knarrenden Fußböden gehen – kein Feind konnte so ungehört den Shogun erreichen – ehe man zur Audienzhalle kam; der enge Gang weitete sich aus und man betrat einen sehr geräumigen, lichten Saal welcher bis auf einige Sitzmatten, Tatamis, leer war. Hier konnte ich den Raum an sich, ungestört von überflüssigem Mobiliar, in seiner gesamten Essenz erleben.

In der Moschee von Cordoba, unter der Kuppel des Petersdomes, in einem Buddha-Tempel und einem Shinto-Schrein hatte ich den Raum in ähnlicher Weise erlebt.

In der klassischen, Newton'schen Physik wurden also Raum und Zeit als getrennte, verschiedenartige Kategorien aufgefasst. Einstein hat jedoch 1905 gezeigt, dass

Raum und Zeit innig miteinander verknüpft sind: Aufgrund seiner speziellen Relativitätstheorie wird deutlich, dass jeder Mensch, der sich mit gleichförmiger und geradliniger Geschwindigkeit gegenüber einem anderen Menschen bewegt, seine eigene Zeit, seine Eigenzeit, relativ zu dem Anderen mit sich trägt; daher der Name Relativitätstheorie. Analoges gilt für das Messen von Längen; jeder Mensch hat in seinem Bezugssystem eine eigene Längeneinheit, abhängig von seiner Relativgeschwindigkeit. Zum dreidimensionalen (3D) Raum kommt also noch eine vierte Dimension dazu: die Zeit. Genauer: Zeit mal Lichtgeschwindigkeit mal imaginäre Einheit.

Gut und schön, wir leben laut Theorie in einer vierdimensionalen (4D) Welt. Wenn diese vierdimensionale Theorie so wichtig ist, warum merken wir dann aber im täglichen Leben nichts davon? Das hat folgenden Grund: Die 4D-Formeln weichen nicht merkbar von den dreidimensionalen (3D) Formeln ab, solange man sich mit Geschwindigkeiten bewegt deren Beträge gegenüber der Lichtgeschwindigkeit vernachlässigbar sind.

Im täglichen Leben ist das der Fall; die Geschwindigkeit von Satelliten zum Beispiel ist gegenüber der Lichtgeschwindigkeit jedoch nicht mehr vernachlässigbar.

In der modernen Physik, seit Einstein 1905, sind also Raum und Zeit vereint zur Raumzeit. Die Zeit ist jetzt eine den Raumdimensionen ebenbürtige, aber nicht mit ihnen identische Dimension. Hier findet man etwas Ähnliches wie bei Betrachtungen über die Akasha-Chronik: „Die Gegenwart ist nur eine Scheibe herausgeschnitten aus der Gesamtheit der vierdimensionalen (4D) Weltereignisse in Länge, Breite, Höhe und „Zeit". Sie ist nur ein hauchdünner Bereich zwischen Vergangenheit und Zukunft. Das Jetzt ist der Moment in dem Vergangenheit und Zukunft zusammenstoßen.

> The past is history
> The future is a mystery
> The present is a gift.

Ein Ereignis, welches im dreidimensionalen Raum als Ablauf in der Zeit beobachtet wird, ist im 4D-Raum also „eingefroren". Ein Skeptiker könnte einwenden, dass man mit diesen Betrachtungen nicht viel anfangen kann: Das sei nur für Theoretiker. Hier irrt er sich aber. Für die Berechnung der Position von Objekten auf der Erde mit Satellitensignalen und Navigationssystemen muss man drei Raumachsen und eine vierte, imaginäre Zeitachse verwenden; imaginär, weil man im 3D-Raum eben keine weitere vierte, unabhängige Achse unterbringen kann. Die Ortsbestimmung von Autos mit Hilfe von Satellitensignalen und modernen Navigationssystemen, „GPS", ist aber nur deshalb so genau möglich, weil man die Abstände über den 4D-Raum berechnet.

Im 3D-Raum *bewegt* sich ein Gegenstand, z. B. ein Zug, für uns mit einer bestimmten Geschwindigkeit von Ort zu Ort. Im 4D-Raum ist er auf all seinen Positionen *zugleich* vorhanden. Im 3D-Raum fließt die Zeit; im 4D-Raum steht die Zeit still, sie entspricht einer Koordinate genauso wie Länge oder Breite etc.: Man sagt ja auch nicht die Länge oder die Breite bewegt sich.

✺ ✺ ✺

Am nächsten Tag muss ich auch noch in den Keller der Bibliothek hinuntersteigen. Ich habe Angst. Ich versuche es aber trotzdem weil ich weiß, dass die blaue Flamme über meinem Kopf die Dunkelheit erleuchten wird.

Ich bin im Keller. Es ist alles sauber, alles ist leer. Die Wände sind aus rot-schwarzen, hochglanzpolierten, norwegischem Granit. Es ist schön. Kein Stäubchen. Nichts. Alles wunderbar sauber.

✺ ✺ ✺

Ich hatte das Buch von C. G. Jung „Erinnerungen, Träume, Gedanken" des Öfteren intensiv mit Herz und Verstand gelesen. Jetzt fiel mir ein was C. G. Jung in diesem Buch über seinen Turm in Bollingen geschrieben hatte: „In meinem Turm in Bollingen lebt man wie in vielen Jahrhunderten." Der Keller der Bibliothek lässt in mir ähnliche Gedanken aufkommen. Immer dann nämlich, wenn ich über den Turm von C. G. Jung las, hatte ich das Gefühl je tiefer man geht umso weiter zurück in der Zeit geht man zu unseren Urahnen, zum Urgrund der Menschheit. Vielleicht sind das kollektive Unbewusste von Jung, das Überbewusste, das „Höhere" Bewusstsein, die Akasha-Chronik und die Bibliothek identisch.

Der Aufenthalt in der Bibliothek war auf jeden Fall immer wunderbar für mich; es hatte etwas Erhabenes und zugleich Erquickendes in sich. Jedes Atom in meinem Körper vibrierte mit der Energie, welche – konzentriert, mit ungeheurer Intensität, mit enormer „power" – in diesem Gebäude vorhanden war. Hier war ich in Kontakt mit dem gesamten Wissen und der Weisheit der Menschheit, dem kollektiven Unbewussten. Ich erlebte dieses kollektive Unbewusste in einem nicht-alltäglichen Bewusstseinszustand.

Jung hat dieses Reservoir menschlicher Weisheit das „kollektive Unbewusste" genannt, weil es dem einzigen damals akzeptierten – dem alltäglichen – Bewusstsein eben nicht bewusst war. Jetzt begriff ich auch, warum man in grauer Urzeit Ahnenkult betrieben hatte. Die Schwingungen der Bibliothek und der Chronik konnten von diesen „primitiven“ Menschen, den Schamanen direkt empfunden werden.

❋ ❋ ❋

Der Aufenthalt in der Bibliothek hatte für mich immer etwas Erfrischendes. Mein ganzes Wesen war in Resonanz mit den Schwingungen einer Energieform die nur der Bibliothek eigen war. Kein Wunder, dass mich der Wunsch erfüllte wieder in die Bibliothek zurückzukehren. Da ich noch abgestimmt war auf diese Frequenz gelang es mir auch ohne weiteres wieder dorthin zu gelangen:

*... Dann stehe ich tatsächlich, jetzt aber aus eigener Initiative wieder vor der Bibliothek, vor dem gläsernen Haus. Ich gehe hinein, alles ist leer und verlassen. Niemand kommt, um mich zu empfangen. Alles macht einen traurigen, verlassenen, desolaten Eindruck. Grau. Düster.*

*Ich bin enttäuscht. Papierfetzen liegen im großen Saal herum. Schmutzig. Es ist wie im Frühjahr in der Großstadt: Wenn der Schnee auf den Gehsteigen geschmolzen ist, bleibt nur eine schmutzige, schwarze Masse vom göttlichen Weiß des frischen Schnees über.*

Langsam dämmert es mir, dass ich jetzt in der Bibliothek nichts verloren habe. Ich muss warten, bis man mich wieder holen wird. Die Bibliothek ist eben eine viel zu seriöse Sache, als dass man zum Vergnügen hineingeht, nur „weil es dort so schön ist“. Im Agni-Yoga heißt es: „The gates open at the predestined time“, d. h.: Der Schüler muss warten, bis die Zeit reif ist. Einen Tag, einen Monat, ein Jahr, ein ganzes Leben lang. Das chinesische Ideogramm für Diszipel*) – ein Mann sitzend vor einer Pforte – drückt das auch sehr deutlich aus. Ich muss also warten bis ich wieder gerufen werde. Die Bibliothek ist jetzt für mich geschlossen!

*) Diszipel bezeichnet in der Esoterik einen Schüler im Tempel.

# KAP 2 PRELUDE

## 2.1 Die „Weiße Frau“

Mein letzter Besuch in der Bibliothek war sehr enttäuschend, aber ich habe die Hoffnung noch nicht aufgegeben, wieder als willkommener Besucher empfangen zu werden. Ich kann mich nicht dagegen wehren, aber der Wunsch wieder dort zu sein ist riesengroß. Zu allem Überdruss kann ich jetzt die Bibliothek nicht einmal mehr finden.

Verzweifelt irre ich in der Stadt umher, auf der Suche nach der Bibliothek. Ich habe die Hektik, das Gewühl der Menschenmassen und den Lärm der Stadt hinter mir gelassen; ich bin jetzt in einem ruhigen Außenbezirk, wohin man sich nicht jeden Tag verirrt. Keine Menschenseele ist zu erblicken. Ein Teppich der Stille liegt über diesem Teil der Stadt. Es ist hier so wunderbar still, dass ich nur das Klopfen meines eigenen Herzens und das Rauschen meines Blutes höre.

Plötzlich steht eine Frauengestalt vor mir. Sie ist in lange, strahlend weiße Chiffontücher gehüllt, die weichfließend bis zum Boden reichen. Sie sieht so leicht aus als würde sie schweben.

> „Warum schaust Du so verzweifelt?“, fragt sie mich.
> „Weil ich die Bibliothek nicht finden kann”.
> „Das ist uns allen einmal so gegangen. Habe Geduld,
> wenn die Zeit gekommen ist, wirst Du sie wiederfinden.”

Ich will mir die Frau noch näher anschauen und sie fragen wen sie mit „wir” meint. Aber da beginnt sie schon, buchstäblich vor meinen Augen, zu zerrinnen, und wenig später ist sie ganz verschwunden.

## 2.2 Der Teil und das Ganze

Die „Weiße Frau“ war verschwunden, stattdessen sehe ich plötzlich in mich selbst hinein:

Ich merke, dass mein Bewusstsein vom Kopf in die Herzgegend abgestiegen ist. Eine kugelförmige, durchsichtige, lichte, helle, feinstoffliche Wolke von der Größe eines Kinderkopfes ist in meiner Herzgegend. Diese Wolke, bestehend aus vielen kleinen mattschillernden Pünktchen, ist so zart, fast nur ein Hauch und könnte durch meinen Körper mühelos hindurchgehen, ohne ihn zu berühren. Sie könnte auch durch eine Wand gehen. Sie ist so materielos wie man sich früher Gespenster vorstellte. Ich erlebe diese Kugel unmittelbar als mein innerstes Selbst, meine essentielle, begrenzte Individualität, mein Überselbst.

Alles was da draußen ist, das gesamte Universum ist in diese Kugel hineinprojiziert. Ich fühle mich einerseits als Teil des Universums und doch zur gleichen Zeit als das ganze Universum. Ich weiß „unmittelbar": „Ich bin das Universum, das Universum ist in mir." Mein begrenztes Selbst ist eine Spiegelung des unbegrenzten, unteilbaren Universums. In dieser begrenzten Manifestation, der Projektion des Universums, welches ich als „Ursuppe" erlebe, ist alles vorhanden was war, was ist und was ewig sein wird.

Ich erlebe die Erhabenheit des EINEN, des unnennbaren ewigen SEINS in mir.

Wieder kehre ich zurück in mein Alltagsbewusstsein. Ich bin ergriffen von der majestätischen Größe des Erlebten. Es ist die Erhabenheit des „Göttlichen" die ich erlebt habe.

Dann aber beginnt mein Tagesbewusstsein, mein Verstand an diesem Paradox zu nagen: Wie kann etwas ein Teil des Ganzen sein und doch wieder gleichzeitig das Ganze selbst? Dann müssen doch notwendigerweise der Teil und das Ganze identisch sein! Aber kann man dann noch von einem Teil sprechen?

Das kürzlich von L. Kouwenhoven nachgewiesene Majorana-Teilchen zeigt analoges Verhalten.

Mein Verstand kann dieses Paradox nicht lösen, welches ich doch im höheren Bewusstseinszustand, in der anderen Welt als selbstverständlich empfunden hatte.

Ich beschließe eine Literaturstudie zu diesem Thema zu machen:

In der hinduistischen Lehre ist Atman – das Äquivalent zu dem Überselbst – der innerste Kern des individuellen menschlichen Daseins. Atman ist auch ein Teil von Brahman, der universellen Seele. Atman, das individuelle Selbst, ist das, was vom Menschen überbleibt, wenn man Körpergefühle, Sinneseindrücke, Emotionen, das

Wollen und den Verstand beiseiteschiebt beziehungsweise ausschaltet. Wenn einem dies gelingt wird man sich der Einheit von Brahman und Atman bewusst. Brahman ist die universelle Seele, die Urquelle allen SEINS.

Paul Brunton schreibt in seinem Buch „The Quest of the Overself":

That, which exists within the human being as the Overself-centre, exists also outside him in the Universal Spirit. of which it is a fragment. This is paradoxal because there is one Overself, one Universal-divine self in all men. There is no separate overself attached to each individual. There is but one Overself for all bodies, not a separate one for each individual. There are not millions eternal overselves, only millions of perishable individualities. (Das, was innerhalb des menschlichen Wesens als Überselbst existiert, besteht auch außerhalb von ihm als universeller Geist, ist aber nur ein Teil davon. Eigentlich ist das paradox, weil es nur EIN Überselbst gibt, EIN universelles göttliches Selbst in allen Menschen. Es gibt kein separates, getrenntes Überselbst welches jedem Individuum angehängt ist. Es gibt nur EIN Überselbst für alle Körper, nicht ein separates für jedes Individuum. Es gibt nicht Millionen ewige „Überselbste", sondern nur Millionen vergängliche Individualitäten.)

Im Buch Erinnerungen, Träume, Gedanken von C. G .Jung finde ich:

„Das Gottesbild (Imago Dei) ist eine Spiegelung des Selbst oder umgekehrt das Selbst ist das Bild Gottes im Menschen (Imago Dei in homine)."

Für die Logik bleibt es ein unlösbares Paradox, dass eine Entität gleichzeitig sowohl begrenzt als auch unendlich sein kann. Das gleiche Paradox findet man auch im christlichen Gottesbegriff, wonach Gott einerseits eine Person, Gott-Vater, also begrenzt ist, andererseits aber ALLES umfasst.

Ich erinnere mich, dass in der Mathematik, in der Lehre von den Kurven, etwas Ähnliches vorkommt:

***Die Hyperbel ...***

... ist eine Kurve bestehend aus zwei Zweigen AB und A'B', welche – in Bezug auf einen in der Mitte zwischen den beiden Zweigen gelegenen Punkt, dem Pol P – die Spiegelbilder voneinander sind. Sie erstrecken sich in entgegengesetzte, polare Richtungen vom Endlichen bis ins Unendliche.

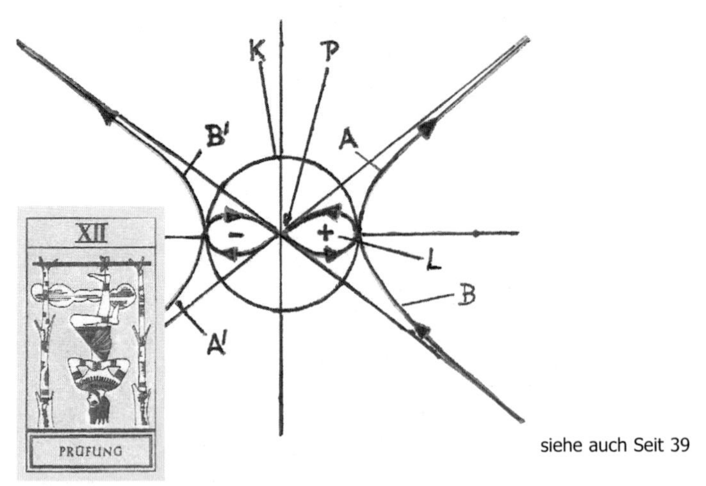


siehe auch Seit 39

2.1: Eine Hyperbel besteht aus zwei Zweigen (AB) und (A'B'), welche in Bezug auf einen Punkt P, Pol genannt, Spiegelbilder voneinander sind.
Der rechte Zweig (AB) kommt via B aus dem – mathematisch positiv – Unendlichen und verschwindet wieder dorthin via den Zweig A.
Für den Zweig (A'B') gilt analog: Er kommt via A' aus dem negativ Unendlichen und verschwindet wieder dorthin via den Zweig B'.
Reziproke Spiegelung der beiden Zweige am Kreis K mit Radius Eins, daher der Name Einheitskreis, gibt die sogenannte Lemniskate L.
Reziproke Spiegelung bedeutet (siehe Text), dass quasi alles auf den Kopf gestellt wird.
Die Tarotkarte XII zeigt den Prüfling, welcher ebenfalls auf den Kopf gestellt ist.

Der rechte Zweig geht vom Endlichen in das – mathematisch – positiv Unendliche, der linke entsprechend in das negativ Unendliche. Jetzt führt man eine sogenannte reziproke Spiegelung dieser Kurve an einem Kreis K, mit dem Mittelpunkt im Pol und mit Radius „Eins" (z. B. 1 Zentimeter) aus. Reziproke Spiegelung bedeutet, dass man den Abstand eines Punktes vom Pol in einer beliebigen Richtung durch seinen Kehrwert ersetzt; z. B.: Aus 2 wird $^1/_2$, aus 3 wird $^1/_3$, aus 100000 wird 1/100000 = 0,00001 und aus Unendlich wird $1/\infty \approx 0$. Reziproke Spiegelung heißt also, dass man quasi alles auf den Kopf stellt.

Durch diese reziproke Spiegelung der beiden Hyperbelzweige an einem Kreis mit dem Mittelpunkt im Pol, erhält man im Kreis zwei aneinander grenzende, tropfenförmige, geschlossene Kurven L von der Form ∞. Diese Kurve besteht aus einem „positiven" Teil mit + angedeutet und einem negativen Teil, mit – angedeutet. Diese Kurve ist also ein Bild, hier im Endlichen, von dem Verhalten der Hyperbelzweige dort im Unendlichen; sie bringt das Unsichtbare, Verborgene (das Unendliche) in das Sichtbare (das Endliche). Darum wird das Symbol ∞ in der Mathematik auch als Symbol für Unendlich verwendet. Die Kurve mit der Form ∞ nennt man Lemniskate, vom lateinischen lemniscatus und bedeutet „mit Schleifen geschmückt".

Das Symbol $\infty$ wird auch für die Ehe verwendet; es soll die Verbindung von + (Plus) und – (Minus), Mann und Frau ausdrücken: Wenn man sich nämlich vorstellt, dass man entlang der Kurve fährt, dann wird der linke Teil der Kurve im Uhrzeigersinn und der rechte Teil im Anti-Uhrzeigersinn durchlaufen, entsprechend dem Gegensatzpaar + (Plus) und – (Minus), bzw. Mann und Frau.

Belanglos und spielerisch blättere ich in dem Buch „Tarot für Eingeweihte", einem Geschenk meiner vor einigen Jahren verstorbenen Freundin Elisabeth. In der Tarotkarte XII, Prüfung, sehe ich eine Person die mit einem Bein an einem Balken festgebunden ist, der Kopf hängt nach unten, d. h. die Person ist „auf den Kopf gestellt". Diese Tarotkarte stellt den Weg der Erkenntnis dar und die Prüfungen und Mühsalen die der Neophyt – der in die Mysterien Einzuweihende – durchlaufen muss. Dann kann er das Unendliche im Endlichen erkennen und das Endliche im Unendlichen. Er kommt schließlich zur Erkenntnis, dass das Überselbst wie es durch das Individuum erlebt wird und das Universum letzten Endes EINS sind.

Von einer höheren, mystischen Ebene aus betrachtet sind ja beide EINS, die Trennung der beiden ist eine Illusion; von der irdischen Ebene aus betrachtet ist die Trennung jedoch eine Realität.

Durch diese mathematische Spielerei, reziproke Spiegelung am Einheitskreis, wird das Unendliche in das Endliche gebracht. Der Mystiker würde sagen:

> *All das Unendliche, hier wird's Ereignis.*
> *Und was verborgen war, hier wird es sichtbar gemacht.*

✳ ✳ ✳

Bei der Niederschrift meiner Erlebnisse – und den daraus resultierenden Gedanken – in mein Protokollbuch, wie ich es von der Arbeit als Physiker gewohnt bin - fällt mir auf, dass ich versuche Dinge zu beschreiben wofür man keine Worte finden kann, welche man eigentlich nicht benennen kann. Das Erlebnis selbst kann ich nicht vermitteln, ich kann nur eine mangelhafte, holprige Beschreibung geben. Worte sind zu „grob", denn sie nehmen leicht den Glanz und den Zauber solcher Erlebnisse weg. Aber versuchen will ich es wenigstens. In diesem Sinne hat Ludwig Wittgenstein recht wenn er sagt: „Worüber man nicht reden kann, darüber sollte man schweigen".

Warum schreibe ich dann dieses Buch überhaupt? Es kostet doch nur eine Menge Arbeit. Für mich ist das keine Frage: Einerseits muss ich das Geschaute anderen

Leuten mitteilen, eingedenk des Auftrages bei meinem ersten Bibliotheksbesuch: „Diese Seite musst du vollschreiben", andererseits aus mir selbst heraus möchte ich die Freude an der unendlich großen Erhabenheit meiner Reiseerlebnisse, die Schönheit des Erlebten anderen, interessierten Menschen mitteilen. Ich möchte meine unbändige Freude mit der ganzen Welt teilen; es ist genug Freude in diesem unbeschreibbaren, unbegrenzten, unerschöpflichem, unendlich großen Reservoir der Schönheit und Erhabenheit, sodass man es mit anderen teilen kann – anderen mitteilen kann – und es trotzdem noch immer üppig gefüllt bleibt. Unendlich, geteilt durch eine endliche Zahl ist immer noch unendlich. Ich kann meine „Freude schöner Götterfunken" nicht mit Musik ausdrücken und probiere es eben auf meine Weise.

Warum bleibt eigentlich Unendlich, auch wenn man es teilt, noch immer Unendlich? Um dafür ein „Gefühl" zu bekommen kann man sich Folgendes überlegen:

Wir betrachten die abzählbare, unendliche Menge der natürlichen Zahlen, der Zahlen des Zählens: 1, 2, 3, 4, 5, 6, 7, 8, 9, 10, ..., das sind also unendlich, ∞, viele Zahlen. Dann nehmen wir alle ungeraden Zahlen weg, was die Menge um die Hälfte kleiner macht, es bleiben also: ∞/2 Zahlen über, d. h. die Reihe 2, 4, 6, 8,10 usw. Dann teilen wir diese Menge von ∞/2 Zahlen noch durch 2 und erhalten 1, 2, 3, 4, 5 ..., also die gleiche Reihe von ∞ vielen Zahlen wie zu Beginn. Das heißt $\infty/2 = \infty$. Unendlich geteilt durch eine endliche Zahl, hier 2, ist eben immer noch Unendlich.

## 2.3 Das Wesen der Materie

Ich habe alle meine Empfindungen, Emotionen und Gedanken auf die Seite geschoben, ich bin „in der Stille" und meditiere: „Möge Liebe die ganze Schöpfung durchdringen – Minerale, Pflanzen, Tiere, Menschen ...".

Plötzlich bin ich in Nichts aufgelöst. Ich bin Nichts. Ich bin wie ein milchig-weißer Sommernebel auf der Alm. Aber ich bin noch da, nur habe ich keine Form mehr. Die Konturen meines, im Übrigen nebelig erscheinenden, Körpers sind verwaschen, verschwommen und gehen in einen unendlich ausgedehnten Nebel-Ozean über. Mein Körper ist da, ich fühle ihn noch, aber er ist auch nicht da, weil er nicht sichtbar ist. Das ganze Universum ist in mir, ich bin ein Teil des Universums, aber auch zugleich das ganze Universum. Das Überselbst in mir ist begrenzt; es ist eine Projektion des Unendlichen in das Endliche.

Dieses Erleben wirft in mir die Frage auf: Was ist das Wesen der Materie aus welcher unsere Körper bestehen?

Materie kommt in gasförmiger, flüssiger und fester Form vor. Materielle Körper sind bei hohen Temperaturen für unser Auge sichtbar, wenn sie „glühen". Sie senden dann elektromagnetische Strahlen aus, welche im Empfindlichkeitsbereich unserer „Lichtdetektoren" im Auge liegen. Bei niederen Temperaturen ist ein fester Körper für uns nur dann sichtbar wenn er auffallendes Licht im sichtbaren Bereich des elektromagnetischen Spektrums reflektiert. Dieser sichtbare Bereich erstreckt sich von Rot – der Strahlung mit der größten Wellenlänge – über Orange, Gelb, Grün, Blau, Indigo bis zum Violett – der Strahlung mit der kleinsten Wellenlänge. Alle diese sieben Spektralfarben, also die wunderbaren Regenbogenfarben, zusammen ergeben weißes Licht.

Es gibt aber auch elektromagnetische Strahlung mit viel größerer oder kleinerer Wellenlänge, als das sichtbare Licht. Diese Strahlung kann durch geeignete Nachweisgeräte, sogenannte Detektoren, für uns „sichtbar" gemacht werden.

In der Nacht zum Beispiel kann man Gegenstände, auch Menschen, sichtbar machen mit Hilfe der langwelligen Infrarotstrahlung, also der Wärmestrahlung, welche sie aussendet. Röntgenstrahlung hingegen, hat eine sehr kurze Wellenlänge und wird verwendet um Gegenstände zu durchleuchten und „Fehler" festzustellen, z. B. Hohlräume, Lunker*), im Stahl für den Brückenbau oder Knochenbrüche im menschlichen Körper.

Neben der elektromagnetischen Strahlung gibt es auch noch andere Arten von Strahlung. z. B. Ultraschallstrahlen, welche man u.a. zur Kontrolle von Babys im Mutterleib verwendet.

Einen materiellen Körper können wir aber auch durch unseren Tastsinn wahrnehmen. Babys lernen materielle Körper kennen, indem sie diese mit ihren Fingern be**greifen**. Ihre Finger sind eine „Sonde" mit der sie sich einen Begriff von der Kontur oder Oberfläche eines Körpers machen. Sie lernen, dass ein Körper hart oder weich, verformbar oder nicht verformbar, rau oder glatt sein kann.

Jeder Körper besteht aus einer Vielzahl von Atomen und Molekülen, welche von unserem Tastsinn als undurchdringlich erfahren werden. Woher kommt das? Nach einem alten, anschaulichen, heute jedoch nicht mehr haltbaren, Modell von Lord

---

*) Lunker ist ein Begriff aus der Metallurgie und bezeichnet einen bei der Erstarrung gegossener Teile entstandenen Hohlraum.

Rutherford besteht ein Atom aus einem Kern, dem Nukleus, welcher von einer Elektronenwolke umhüllt wird. Der Atomkern trägt eine positive elektrische Ladung welche ebenso groß ist wie die Ladungssumme der Elektronen in der Elektronenwolke. Kern und Elektronen ziehen sich durch ihre entgegengesetzten elektrische Ladungen an. In diesem Modell stellt man sich die Elektronen als Teilchen vor, die unter der Wirkung der elektrischen Anziehungskraft den Kern umkreisen, ähnlich wie die Planeten unter der Wirkung der Gravitationskraft um die Sonne kreisen.

Die Abmessungen des Atomkernes sind viele Male kleiner wie die Bahndurchmesser der ihn umkreisenden Elektronen. Das Innere eines Atoms ist also praktisch leer. Weiters ist die Masse des Atomkerns viele Male größer wie die Masse aller ihn umkreisenden Elektronen. Die gesamte Masse des Atoms ist also im Atomkern konzentriert.

Alle Elektronen zusammen hüllen den Atomkern ein, bilden eine Elektronenwolke, also ein elektrostatisches Feld und belegen ein Raumgebiet mit ihrer elektrostatischen Energie. Daher wirken sie abstoßend auf die entsprechenden Elektronenwolken der Atome anderer Körper – zum Beispiel auf die Atome unserer Fingerspitzen – welche ihrerseits ja auch ein Raumgebiet mit elektrostatischer Energie belegen. Solange sich die Elektronenwolken nicht durchdringen erscheinen uns Festkörper als undurchdringlich; zwei Körper können sich also nicht zur gleichen Zeit im gleichen Raumgebiet aufhalten. Die Kompaktheit, die Undurchdringlichkeit von Materie ist also nicht zurückzuführen auf Masse, sondern auf das Vorhandensein nicht sichtbarer, nicht greifbarer elektrostatischer Felder die sich gegenseitig abstoßen.

Die Wirklichkeit, die „Begreiflichkeit“ von Materie ist also eine Illusion.

Beim Abtasten eines Körpers mit den Fingern oder mit einer feinen mechanischen Sonde, einem Stylus, kann man nur Details unterscheiden welche gleich groß oder größer sind wie die Sonde. Die Situation ist ähnlich dem Versuch die Umrisse einer gespreizten Hand – die Finger sind dann die Details – auf einer Unterlage mit Hilfe von Sandkörnern abzubilden. Streut man feine Sandkörner – viele Male kleiner wie die Fingerdurchmesser oder die Abstände zwischen den Fingern – auf die Hand und zieht dann die Hand vorsichtig zurück, dann bleibt die Kontur der Hand deutlich sichtbar auf der Unterlage. Man erhält ein „Bild" der Hand mit gespreizten Finger. Nimmt man stets größere Sandkörner so verschwimmen die erhaltenen Konturen immer mehr. Wenn die Sandkörner größer geworden sind wie die Details, so kann man nach Wegziehen der Hand nicht mehr erkennen, dass dort jemals eine Hand aufgelegt war.

Die Fähigkeit zwei Strukturdetails unterscheiden zu können nennt man das räumliche Auflösungsvermögen. Wenn man feine Details erkennen will, muss man entsprechend feine Sonden verwenden.

Mit einem Lichtmikroskop, welches Licht als „Sonde“ verwendet, kann man im Prinzip Details unterscheiden, welche die gleiche Größenordnung haben wie die Wellenlänge des verwendeten Lichtes. Weißes Licht hat eine mittlere Wellenlänge von zirka 0,5 µm, wobei 1 µm der millionste Teil von einem Meter ist. Man kann damit also Objekte, z. B. Bakterien, oder Details auf einem Chip für Computer erkennen, welche Abmessungen von dieser Größenordnung besitzen.

Zum „Betrachten" von Atomen, deren Durchmesser zirka fünftausend Mal kleiner sind wie die Wellenlänge von Licht, braucht man also feinere Sonden, welche effektive Abmessungen von der Größe der zu untersuchenden Atome haben.

Im Transmissions-Elektronenmikroskop verwendet man hierzu Bündel von Elektronen mit sehr hoher Energie. Man macht hierbei Gebrauch von der Tatsache, dass uns ein Elektron entweder als Teilchen oder als Welle erscheint, je nachdem welche Versuchsbedingungen wir gewählt haben. Elektronen genügend hoher Energie verhalten sich beim Durchgang durch einen Festkörper in einem Transmissions-Elektronenmikroskop, wie Wellen mit einer Wellenlänge gleich dem Atomdurchmesser. Man nennt diese Wellen „Materiewellen", zum Unterschied von Lichtwellen. Die Materiewellenlänge ist umso kleiner, je größer die Geschwindigkeit beziehungsweise die kinetische Energie der Elektronen ist.

Bei geeigneter Einstellung des Mikroskops erhält man dann ein Bild über die Verteilung der Atome im untersuchten Festkörper, zum Beispiel in einem Silizium-Einkristall, der Basis für Chips in Computern. Beim „Abtasten“ von Atomen mit Materiewellen kann man also Atome, genauer gesagt die Lage der Atome im Festkörper, zum Beispiel im Chipmaterial (Silizium), „sichtbar" machen.

Will man aber noch weiter gehen, d. h., ist man lediglich an der Zusammensetzung der Atome im subatomaren Bereich interessiert, muss man statt Elektronen viel schwerere, elektrisch geladene Sondenteilchen, z. B. Protonen oder Heliumionen, mit noch höherer Energie und entsprechend kleinerer Wellenlänge verwenden. Hier gibt es hier allerdings keine Abbildung mehr.

Rutherford, ein berühmter Physiker, hat solche hochenergetischen Teilchen, sogenannte Alphateilchen – das sind doppelt positiv geladene Heliumionen mit der vierfachen Masse eines Protons – auf andere Atome geschossen.

Die Energie dieser Alphateilchen war so groß, dass sie die Elektronenhülle von anderen Atomen durchdringen konnten. Die oben erwähnten Experimente haben gezeigt, dass die gesamte Masse eines Atoms in einem winzigen Gebiet im Inneren des Atoms konzentriert ist. Bei diesen Energien bleiben die Atomkerne des beschossenen Atoms noch intakt.

Erhöht man die Energien der Beschussteilchen noch weiter, dann zerschlägt man die Atomkerne in Protonen und Neutronen. Bei weiterem Erhöhen der Energie der Beschussteilchen findet man, dass die Protonen und Neutronen in sogenannte Quarks zerfallen.

Und wenn man noch einmal zu höheren Energien geht? Zerfallen die Quarks auch wieder in noch kleinere Teilchen? Gibt es eine Grenze? Laut der Stringtheorie, zu Deutsch Strang-, Saiten- oder Schleifentheorie, bestehen diese Quarks wiederum aus noch kleineren Einheiten, sogenannten Strings, gespannten Saiten, von extrem kleinen Abmessungen. Diese Strings, die allerkleinste Einheit der Materie sind „nur mehr" reine Schwingungsenergie in einer bestimmten Form. Brian Greene, ein amerikanischer theoretischer Physiker unserer Zeit, schreibt in seinem Buch „The Fabric of Cosmos":

„Atoms are finally composed of Quarks and Electrons. According to string theorie all such particles are tiny loops of vibrating strings", d. h. Quarks und Elektronen sind nicht zusammengesetzt aus verschiedenen Strings, sondern sie sind nur eine bestimmte Schwingungsform, Mode, des Strings.

Die greifbare, sichtbare, undurchdringliche Materie wie sie uns im täglichen Leben als Wirklichkeit erscheint, ist also reduziert auf einen String, einen strukturierten Zustand von Schwingungsenergie.

Dieselbe Erkenntnis, dass Masse und Energie äquivalent sind, wurde bereits von Einstein aus der speziellen Relativitätstheorie abgeleitet. Seine diesbezügliche Formel $E = mc^2$ ist inzwischen weltberühmt.

Das Modell von Rutherford, die Formel von Einstein und die Stringtheorie führen also zum gleichen Schluss: Der Atomkern füllt ein begrenztes Gebiet mit entsprechender Energie.

Die obigen Betrachtungen zeigen, dass der Begriff „Wirklichkeit", welcher in der Physik und für die mit den Sinnen wahrnehmbare Welt verwendet wird, relativ, eine Illusion ist. Abhängig von der „Sonde" welche man verwendet erscheint uns die Materie zunächst, im täglichen Leben als undurchdringlich; sie entpuppt sich aber sehr bald als durchsichtig und leer und löst sich letzten Endes in unsichtbare Energie auf. Materie ist also nur die lokale Anhäufung von Energie im ansonsten homogen mit Energie gefüllten Vakuum.

Die Masse eines Atoms – und somit die Masse aller materiellen Körper – ist laut Stringtheorie die Energie seines entsprechenden Strings:

***Materie ist Energie im strukturierten Zustand.***

## 2.4 Feuerwerk

In den Jahren 2006 und 2007 finde ich mich spontan immer wieder in holotropen, höheren Bewusstseinszuständen:

### Die Opferschale

Ich „erlebe" das Herzchakra als den Kelch, in welchem das „Ego", das persönliche, niedere „Ich" aufgeht in das unpersönliche Überselbst. Die Schale muss rein sein, d. h. sie darf keine persönlichen Wünsche, Emotionen oder Gedanken enthalten. Die Schale muss leer beziehungsweise ausbalanciert sein. Das Herzchakra ist die unpersönliche Verbindung zum Universum. Das Kronenchakra ist die individuelle, persönliche Kontaktstelle zum höheren Bewusstsein.

Chakras sind Zentren, Knotenpunkte, für den Austausch von psychischer Energie im menschlichen Körper. Sie liegen entlang der Wirbelsäule in der Nähe der entsprechenden körperlichen Organe, das Herzchakra zum Beispiel liegt in der Herzgegend. Jedem Chakra entspricht ein bestimmtes Bewusstseinsniveau, ein bestimmter Vibrationszustand.

Das oben beschriebene Erlebnis erinnert mich an die Legende von Parzifal und dem Gral. Ist mein Kelch, die Opferschale, vielleicht der Gral? Parzifal, der reine Tor! Nur ein reiner Tor konnte Amfortas, den König erlösen, den Bann brechen.

### Ich muss eine Klasse wiederholen

Ich lasse alle Gedanken los und merke, dass mein Bewusstsein von selbst vom Kopf in das Herz abgesunken ist. Eigenartig, wie beschrieben im Kapitel „Der Teil und das

Ganze" begann dort auch alles mit dem Absinken des Bewusstseins vom Kopf in das Herz. Das Herz spielt also nicht nur eine wichtige Rolle in unserer körperlichen Welt, sondern auch in der unsichtbaren Welt. Ich hatte dem aber nicht allzu viel Aufmerksamkeit geschenkt, ich hatte es nicht genügend in mich aufgenommen, auf mich einwirken lassen, durch die Vielfalt der übrigen Geschehnisse. Darum wird es mir jetzt noch einmal. ohne ablenkende andere Information, sehr eindringlich nahe gebracht.

Rückblickend auf dieses und viele andere der folgenden Erlebnisse ähnlicher Art, scheint es mir, als ob ich in dieser Periode in einem Kurs, einem Grundlehrgang gewesen bin; als ob ich in der Volksschule oder wie man heute sagt in der Grundschule, gewesen bin. Wenn ich also etwas im holotropen Zustand nicht mit dem Herzen erfahren hatte, dann wurde es wiederholt; es wurde mir solange vorgesetzt, bis ich es ganz in mich aufgenommen hatte.

Ähnliches war mir vor vielen Jahren bei einem Praktikum der Traumanalyse (nicht Traumdeutung) nach dem Buch „Dream power" von Ann Faraday, mit Hilfe freier, spontaner Assoziationen auch schon aufgefallen: Wichtige Träume mit einer Botschaft, d. h. Träume denen man einen Namen geben konnte, kamen solange immer wieder bis man begriffen hatte worum es im Wesentlichen ging. Durch diese Traumanalysen lernte ich die Sprache des Unbewussten kennen: Es „spricht" nicht verbal, sondern in Symbolen, in Bildern. Die „Sprache" des Unbewussten in Träumen und die „Sprache" in holotropen Zuständen ähneln einander, sind vielleicht sogar das Selbe.

Noch etwas: Einerseits ist das Prelude die Basisausbildung für „Etwas" das ich noch nicht verstehe, andererseits ist es aber auch eine Art „DEMO", dem Sprachgebrauch der Informationstechnologie folgend, um die verschiedenen Facetten der anderen Welt zu beleuchten. Es ist eine Art Vorschau für die Menschen, welche man zu einer „guided tour" in die andere Welt eingeladen hat.

In diesem Sinne betrachte ich meine holotropen Erlebnisse nicht als „auf meinem Mist gewachsen", sondern ich fühle mich mehr als Vermittler (Herold) von etwas „Höherem". Ich betrachte es daher als meine Aufgabe, meine Erfahrungen anderen mitzuteilen, die reif dafür sind und sie zu schätzen wissen.

Kann man hier überhaupt von „Höher" sprechen? Raum und Zeit sind in den holotropen Gefilden ja nicht vorhanden. Die Begriffe „höher oder nieder", welche einen Raum voraussetzen, sind also gegenstandslos. Trotzdem werde ich den Term „höher" ab und zu verwenden, einerseits dem allgemeinen Sprachgebrauch folgend, andererseits aber auch aus reiner Gewohnheit.

Das „Höhere" als Bezeichnung für das Überirdische – über dem Irdischen – geht zurück auf das Weltbild von Aristoteles.

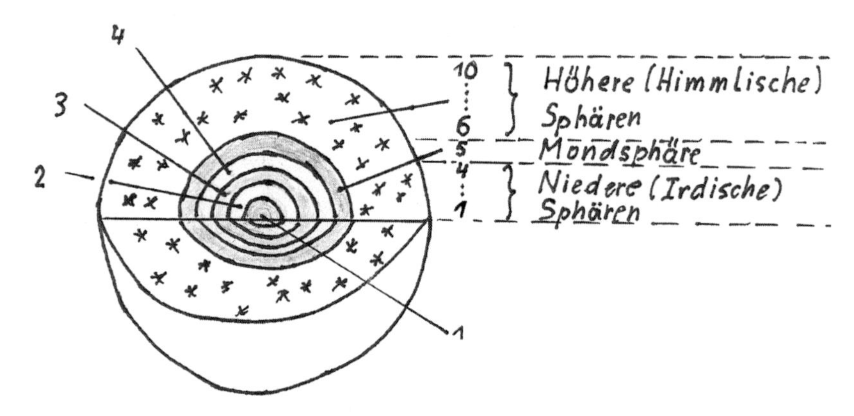


2.2: Das Weltall laut Aristoteles besteht aus 10 „Sphären" (Kugeln): 1–4 sind die „Niederen Sphären": Sie bestehen aus den 4 (schweren) Grundelementen: 1 = Erde, 2 = Wasser, 3 = Luft, 4 = Feuer). Die Substanz (Essenz) der „Höheren Sphären" (6–10) ist der Aether, das fünfte Element (Quintessenz). Die Mondsphäre (5) hat, ebenso wie im Lebensbaum der Kabbalah, eine Ausnahmestellung.

Das Universum – der Kosmos, Ordnung, Harmonie – besteht aus zehn konzentrischen Kugelschalen mit der Erde im Zentrum. Kugel heißt im altgriechischen „sphaira", daher der Name „Sphären". Alle Dinge in dieser Ordnung, dem Kosmos, haben einen vorbestimmten Platz, den sie einzunehmen bestrebt sind. Die schweren Körper sind per Definition unten und die leichten oben. Die Erde und die drei unmittelbar darüber liegenden Sphären – Wasser, Luft, Feuer – sind die vier schweren, veränderlichen Grundelemente, Essenzen. Die oberen, höheren Sphären, die himmlischen, unveränderlichen, ewigen Sphären, bestehen aus leichtem, unveränderlichem, ewigem Material: Äther, vom Altgriechischen aither (heiterer Himmel). Der Äther ist somit die fünfte Grundessenz (Quinta essentia, Quintessenz). Die Sphären aus Metall oder durchsichtigem Kristall gedacht, drehen sich mit donnerndem Schall um die Erde herum: Den Klang den sie dabei hervorbringen nannte man daher die Sphärenklänge.

Goethe sagt hierüber in Faust I:

> Die Sonne tönt, nach alter Weise
> In Brudersphären Wettgesang,
> Und ihre vorgeschriebne Reise
> Vollendet sie mit Donnergang.

**Ist unsere Welt ein Mega-Hologramm?**

Der Raum zeigt sich mir als ein vibrierendes, kubisches, dreidimensionales (3D) Gitter. Dieses Gitter besteht aus vielen, ultrakleinen Druckfederspiralen, welche miteinander verbunden sind, nebeneinander und übereinander, um ein (3D) Gitter zu bilden; der Raum ist wie ein – immaterieller – Zitterpudding, ein Gelatineklotz. Einstein spricht von „Mollusken". Ich sehe einen liegenden Menschen als 3D-Hologramm, eingebettet in dieses vibrierende, immaterielle Raumgitter.

Holografische Bilder, Rekonstruktionen von Hologrammen, sieht man zurzeit überall auf Banknoten, Kreditkarten oder Personalausweisen. Es sind die kleinen, schillernden „Abbildungen", gespeichert in den entsprechenden Papierebenen – mit einer enormen Tiefenwirkung. Wenn man solch ein holografisches Bild von verschiedenen Blickwinkeln aus betrachtet, hat man den Eindruck den Gegenstand räumlich (3D) vor sich zu sehen; man glaubt man könnte ihn angreifen. Dennoch erscheint es uns nur so. Es ist die raffinierte Rekonstruktion der Oberfläche eines Gegenstandes aus einem Hologramm.

Ein Hologramm ist die kodierte zweidimensionale (2D) Datenspeicherung, welche man durch Abtasten eines Gegenstandes mit Hilfe von zwei kohärenten Laserbündeln erhält. Es hat keinerlei Ähnlichkeit mit dem abzubildenden Objekt. Es enthält nur sogenannte Phasen und Intensitätsinformation und ist ein komplexes Muster von Strichen, Quirlen, Löchern und Wirbeln. Erst durch geeignetes Bestrahlen dieses Hologramms mit einem Laserbündel erhält man eine Rekonstruktion, eine erkennbare Abbildung des Objektes, ein holografisches Bild. Holografische Bilder werden oft schlampiger Weise ebenfalls mit Hologramm bezeichnet, was zu großer Verwirrung führt.

Für eine solche Rekonstruktion eines Objektes kann man entweder die gesamte kodierte Fläche des Hologramms verwenden oder nur einen kleinen Teil davon, im letzteren Fall ist das Bild allerdings etwas unscharf.

Der Teil und das Ganze sind also in holografischer Sicht gleichwertig. Analoge Überlegungen gelten für das individuelle Bewusstsein (Atman) und das universelle Bewusstsein (Brahman).

Ein „Hologramm" gibt also eine realistische „Abbildung" einer 3D-Wirklichkeit. Wenn man dies extrapoliert, dann wäre also ein Mensch oder ein beliebiger materieller Gegenstand, aufgefasst als 3D-Hologramm, eine realistische Abbildung einer

4D-(Raumzeit-)Wirklichkeit. Gedankengänge vom Nobelpreisträger Gerard van 't Hooft in seinem „holografischen Prinzip" könnten in dieselbe Richtung weisen. Unsere Welt wäre demnach ein Mega-Hologramm.

Das Mega-Hologramm wäre also die zweite Betrachtungsweise über Materie. Die erste war: Masse und Energie sind äquivalent.

Eine dritte Betrachtungsweise stammt aus der allgemeinen Relativitätstheorie von Albert Einstein: Für ihn äußert sich die Materie in einer Verzerrung der Metrik des Raumes. Raum und Masse sind bei Einstein eng verflochten, eine Entität. Die Schwerkraft, zum Beispiel die Anziehung der Erde durch die Sonne lässt sich dann wie folgt erklären: Durch die Anwesenheit der Sonnenmasse wird die Metrik verzerrt; es entsteht eine Mulde in welche die Erde hineingezogen wird. Diesen Effekt nennen wir Schwerkraft. Analoges gilt für die Anziehung von Körpern durch die Erde.

Das sind also drei Modellvorstellungen von der Materie. Die drei Modelle widersprechen einander nicht; sie schließen einander nicht aus. Man kann nicht sagen, dass das eine oder das andere Modell falsch ist, es sind nur verschiedene Aspekte derselben Ganzheit: Materie.

Gerd Ponisch beschreibt dieses Phänomen mit seinem Multiparametermodell: „Jeder Gegenstand hat viele, vielleicht unendlich viele Eigenschaften womit man ihn charakterisieren kann. In der Physik nimmt man aber immer nur einige wenige davon heraus um bestimmte Phänomene zu beschreiben. Würde man alle Eigenschaften zusammenlegen können, hätte man den wirklichen Gegenstand vor sich."

Physik ist eine exakte Wissenschaft, weil sie – den Ideen von Descartes folgend – aus der Vielzahl der Eigenschaften eines Gegenstandes nur einige wenige davon isoliert. Diese Eigenschaften kann man dann verwenden um exakte, quantitative Voraussagen über das Verhalten eines Körpers hinsichtlich dieser Eigenschaften zu machen.

Die Gesetze für die Pendelbewegung zum Beispiel sind nur deshalb so einfach durch die sogenannten „harmonischen Funktionen" (Schlangenlinien) beschreibbar, weil zu ihrer Beschreibung lineare Näherungen gemacht wurden. Wenn diese linearen Näherungen nicht mehr gültig sind kommt man zu nicht linearen, komplexen Systemen und deren Erscheinungen, welche zur Entwicklung der modernen Chaostheorie geführt haben.

In der Physik werden Gegenstände unter anderem charakterisiert durch ihre Masse. Man beschreibt z. B. die Bewegung eines Billardballes als ob die gesamte Masse in seinem Schwerpunkt vereint wäre. Mit dieser Annahme kann man das Verhalten eines Billardballes beim Stoß genau berechnen und seine Bahn voraussagen. Aber damit hat man noch nicht den Billardball an sich beschrieben: Ein Billardball hat Farbe, Ausdehnung, Rauigkeit, er riecht vielleicht nach Lack oder Plastik usw. Wir sehen auch nur die Oberfläche des Balles. Wie er von innen aussieht wissen wir nicht: Ist er hohl, besteht er aus mehreren Lagen usw.?

Durch diese vereinfachenden Annahmen ist Physik eine exakte Wissenschaft. In den Life Sciences, also bei lebenden Organismen kann man das nicht machen. Ein lebender Organismus ist ein sehr komplexes, nicht lineares System welches mathematisch sehr schwer zu beschreiben ist. Würde man einzelne Teile davon herausnehmen, hätte man nicht mehr den lebenden Organismus vor sich. Die Wirklichkeit der Physik ist also nur ein Ausschnitt aus der Totalität der materiellen „Wirklichkeit".

### Der blaue Stern

Die blaue Flamme über meinem Kopf wird ein strahlender Stern. Er zieht mich nach rechts oben in das Unendliche.

### Viele Chakras, wie Perlen auf einer Schnur

Ich sehe Chakras - unendlich viele, aufgereiht auf einer langen Schnur. Sie sind geöffnet und gehen bis in die Unendlichkeit. Der blaue Stern zieht die Schnur mit sich in das Unendliche. Das ist der Entwicklungsgang des Menschen. Jeder Schritt weiter, jede Stufe zum nächsten Chakra ist ein Schritt weiter in der Evolution des Menschen:

- vom primitiven Menschen und Identifikation mit dem Körper,
- zum entwickelten Menschen und Identifikation mit der Person, dem Verstand,
- zum kosmischen Menschen und Identifikation mit dem Überselbst ...

Die Chakras drehen sich wie kleine handflächengroße Kreis-Sägeblätter. Sie sausen und summen. Sie drehen wie Papierwindräder für Kinder mit vier Blättern auf einem Holzstab. Sie sind wie spiegelnde Trichter, mit Lampen im Zentrum.

### Das universelle Weltgedächtnis

Die gesamte Weisheit und das Wissen der Menschheit sind zum Bersten voll gespeichert in einer großen Blase, prall wie ein Kuheuter. Man braucht nur mit einer feinen Nadel hineinzustechen und sofort ergießt sich daraus Weisheit als ein enormer milchig weißer Strom. Milch-Nährmutter – Gaia – Weltgedächtnis.

### Das Tor zu den subtilen Welten

Ich erlebe das Herzchakra als das Tor zu den subtilen Welten:

Das Herzchakra ist das Tor zu den subtilen, feinstofflichen Welten, genauso wie die fünf Sinne das Tor zur materiellen Welt sind.

### Wiedergeburt in den subtilen Welten

Ich stehe an der Schwelle zum Erleben der feinstofflichen Welt. Ich sehe die feinstoffliche Welt wie durch einen Kristall. Es ist wie in einem Flugzeug, die Tür ist offen, ich schaue hinaus wie bei der Geburt, rutsche hinunter wie auf einer Rutschbahn in einen glatten Trichter. Ich kann es nicht mehr bremsen. Es ist eine Wiedergeburt in den subtilen Welten. Ein enormes Glücksgefühl überkommt mich, ein spiritueller Tsunami von Glück. Aurora, Morgenröte, der neue Tag, ein neues Leben! Ich bin umgeben von weißem Licht; es ist diffus, kommt von überall her, ist mattschimmernd. Es quillt. es quillt, es quillt ..., es ist ein unaufhörlicher Strom von etwas. Es ist nicht zu bremsen. Mein Kopf ist schon draußen. Ich erlebe die Geburt in den subtilen Welten, ein enormes Glücksgefühl. Befreiung!!

Jetzt hat ein neues Kapitel in meinem Leben begonnen: „Das ist die leere Seite in der dicken Akasha-Chronik die ich vollschreiben muss."

## 2.5 Die Kathedrale

Ein schmaler Sandpfad führt durch das Birkenwäldchen. Die schlanken Stämme der Birken – deren Weiß in mehr oder weniger regelmäßigen Abständen unterbrochen wird durch dunkle Gebiete, die sich in Form von Inselketten rund um die Stämme schlängeln – liegen weit genug auseinander, sodass die Sonnenstrahlen zwischen den einzelnen Stämmen hindurch mühelos die gelbgrünen, trockenen, harten Stängel des Büschelgrases streicheln können.

Die zarten Blätter der Birken. die sich in einer sanften Brise wiegen und der zartblaue Himmel der durch dieses Laub und zwischen den Bäumen hindurchblickt, lassen in mir „heitere Empfindungen bei der Ankunft auf dem Lande“ aufkommen.

Ich wandere leichtfüßig durch das Birkenwäldchen und sehe auf einmal, zwischen den Stämmen durch, ein leuchtendes Etwas. Es sind viele grüne Lichtstrahlen, die wie Laserlicht in alle Richtungen aus einem nicht deutlich erkennbaren Gebilde zum Himmel emporschießen. Als ich näher komme sehe ich, dass es eine Kathedrale mit vier Türmen ist, aus welcher die grünen Lichtstrahlen durch alle Fenster und Luken zum Himmel aufsteigen. Ich weiß sofort: Das sind die Türme der vier göttlichen Segnungen – Liebe, Mitleid (Compassion), Freude und Serenität (Klarheit). Ich wundere mich, dass ich diese Kathedrale nicht schon früher einmal hier gesehen habe.

Die „Weiße Frau“ tritt mir entgegen und sagt: „Beeile Dich, solange du sie noch sehen kannst; heute findet die mystische Hochzeit statt”. Dann verschwindet die „Weiße Frau“ ebenso rätselhaft wie sie erschienen war.

**Der Novastern**

Ein Strom von Licht strömt plötzlich aus meinem Herzchakra. Dieser Strom von flüssigem Gold wird immer größer, nimmt an Umfang zu, wird noch größer, schwillt an, wird immer mächtiger. Ich platze vor Energie. Es ist wie eine Novaexplosion, blendend weißes Licht, extreme Intensität. Es ist eine goldene Feuerkugel. Ich schicke dieses Licht in den gesamten Kosmos. Es ist ein Orkan von Licht. Ich bin überwältigt von der Gewalt, „power”, Potenz, Kraft, Macht des Erlebten. Es ist genug davon da für die ganze Welt.

Diese Energie kommt aus der feinstofflichen Welt, aus dem Nichts, aus dem Vakuum, aus der „Höheren” Welt, der Welt der Schwingungen, der Vibrationen mit höheren Frequenzen.

Wenn in esoterischer Literatur von Energie, Kraft, Impuls, „power” oder Licht die Rede ist, so sind damit nicht die gleichlautenden, gut definierten physikalischen Größen gemeint, sondern es sind Worte die verwendet werden um das Erlebte in der Alltagssprache mitzuteilen. Wenn ich also zum Beispiel von einem blendend weißen Lichtstrom spreche, so meine ich damit keine messbare elektromagnetische Welle in welcher sich alle Regenbogenfarben Rot, Orange. Gelb, Grün, Blau, Indigo und Violett zum Weiß vereinigt haben; es beschreibt nur die „Wirklichkeit" in den subtilen, höheren Welten die letzten Endes über die alltägliche Welt der physikalischen Erscheinungen hinausgeht, diese transzendiert.

Ich fühle mich nur als Vermittler, als Bote, Intermediär. Der Klang von AUM, AMEN hallt durch das Weltall. Die „Engel singen", in hohen Frequenzen. Die Welt ist Klang. Es ist Klang im weitesten Sinne, aufgefasst als Schwingung, Strahlung verschiedenster Art: Elektromagnetische Strahlung, Oszillationen von Elektronen im Atom, alles was oszilliert und periodisch wiederkehrt in den Anfangszustand. Schallwellen, Worte. Worte sind ein wichtiges Kommunikationsmittel auf der Erde, obwohl sie manchmal, besonders in der Politik, missbraucht werden, um Gedanken zu verbergen.

Der Strom von flüssigem Gold hört nicht auf. Es ist ein Strom von „männlicher" Energie; er trifft sich mit einem Strom von „weiblicher" Energie. Die beiden bauen gemeinsam eine Kathedrale mit vier spitzen Türmen die in das Weltall hineinragen. Die vier spitzen Türme sind die vier göttlichen Segnungen.

Die Kathedrale ist im gotischen Stil gebaut: Licht, luftig, leicht, hell, transparent und offen nach oben zum Kosmos. Die Kathedrale ist eine Lichtbake*) in der Finsternis, welche heute überall herrscht. Sie ist ein Orientierungspunkt, ein Zufluchtsort für den Wanderer welcher vorbeikommt. Ich bin tief gerührt und dankbar, dass ich diese Herrlichkeit erleben darf.

S. Grof schreibt: „Das Absolute wird erlebt als strahlende Lichtquelle von unvorstellbarer blendender Intensität." In meinem Erleben ist es ein Nova-Licht. Grof fährt weiter fort: „Das Absolute ist unergründlich, die persönlichen Grenzen lösen sich auf, man beobachtet sich von außen. Man identifiziert sich mit der kosmischen Leere, dem kosmischen Nichts, der Leere an sich."

Diesen außergewöhnlichen Bewusstseinszustand, in welchem man das „Absolute Sein" erlebt nennt S. Grof einen holotropen Bewusstseinszustand. Holotrop – vom griechischen holos, ganz, und tropein, sich hinwenden – heißt also sich zum Ganzen, Unbegrenzten hinwenden.

In einem holotropen Bewusstseinszustand wird die Begrenzung durch unseren Körper transzendiert; man erhält Information aus einer anderen Seinsebene, aus dem „kollektiven Überbewussten": Der Term kollektives Unbewusstes von C. G. Jung beschreibt alles was nicht bewusst ist, also Unter- und Überbewusstes; darum ist hier

---

*) Als Licht- oder Leuchtbake bezeichnet man ein Licht- bzw. Feuerzeichen, welches in der Seefahrt den Weg weist.

wohl Überbewusstes besser am Platz. Ich hatte das Erlebnis von Tod und Wiedergeburt, das Gefühl der Einswerdung mit dem Ganzen, mit dem Universum. Unser gewöhnliches (Alltags-)Bewusstsein identifiziert sich nur mit unserem persönlichen, begrenzten Bewusstsein, also nur mit einem Bruchteil von unserem wahren Selbst, dem Überselbst.

Der Novastern, ein weißglühender Feuerball, symbolisiert die göttliche Macht im Kosmos, von Heraklitos mit Urfeuer bezeichnet. Die Welt ist Feuer, Energie, „power". All das Geschaffene auf Erden ist in Form gegossene, strukturierte Energie, in unserem Fall, die Kathedrale. Es ist die vereinte Schöpferkraft von männlicher und weiblicher Energie.

Die Engel – das sind die Bewohner der Astralwelt – sowie alle irdischen Geschöpfe gehören zur Welt der Formen. Auf Erden überwiegen niedere Frequenzen. Wenn man mit den Frequenzen höher geht verschwinden die Formen und alles wird unpersönlich, unbegrenzt, unlimitiert, unendlich in Raum und Zeit.

## Spirituelle Partnerschaft und mystische Hochzeit

Der König mit Krone, Krönungsmantel, Reichsapfel und Zepter betritt die Kathedrale. Der Krönungsmantel ist ein Leopardenfell mit Schamanensymbolen von Sonne, Mond und Sternen. Der König muss zu allererst Herrscher über sich selbst sein, über sein „Niederes Ich". Dann erst darf er den Krönungsmantel tragen. Der Reichsapfel passt genau in die Opferschale. Der König und die Königin, Symbole für das männliche und das weibliche Prinzip - Yin und Yang in der taoistischen Philosophie – haben gemeinsam die Kathedrale gebaut; das ist die mystische Hochzeit. Nur durch die gemeinsame Arbeit der beiden kommt man zur absoluten Einheit. Man transzendiert die Ebene der Polarität. Die Kathedrale ist der Zufluchtsort für Menschen welche die gleiche Schwingungsfrequenz haben. Andere Menschen können sie nicht sehen.

Das Institut der Ehe wie es heutzutage gehandhabt wird, ist in vielen Fällen – gemessen an der Zahl der Scheidungen – degradiert zu einer reinen Vertragspartnerschaft, um die Schwierigkeiten des Lebens besser meistern zu können, wenn die erste Verliebtheit vorbei ist, memoriert Gary Zukav in seinem Buch „The Seat of the Soul". Früher sagte man: „Ehen werden im Himmel geschlossen", wobei man ursprünglich meinte, dass nicht nur die rein äußerliche Anziehung eine Rolle bei der Partnerwahl spielen sollte, sondern auch eine innere, tiefergehende Verbundenheit auf einer höheren, spirituellen Ebene. Vielleicht waren die Partner schon in früheren Leben zusammen und haben vieles gemeinsam erlebt in der spirituellen Partnerschaft einer mystischen Hochzeit. Diese spirituelle Partnerschaft kann sich über verschiedene Inkarnationen hindurch bemerkbar machen, meist erst in reiferem Alter, wenn die Hormone nicht mehr so im Vordergrund stehen. Die Partnerschaft auf der physischen Ebene – Ehe im landläufigen Sinne – wird dann nicht mehr gestört. Platon hat dies auch in seinem „Symposium" erwähnt: Ursprünglich lebten Mann und Frau als Einheit, in Harmonie in einem Körper. Zeus wurde eifersüchtig auf das Glück der Menschen und hat diese Urmenschen in zweien gespalten. Seither suchen Mann und Frau ihre jeweils bessere Hälfte. Nur wenige finden das Gegenstück, das genau in Allem, körperlich und geistig, zu ihnen passt. Wenn sie sich aber gefunden haben, dann sind sie wieder im (siebenten) Himmel.

**Die Kathedrale ist das Licht in der Finsternis, sie ist eine Lichtbake**

Ich lege mein Bewusstsein in die Herzgegend. Es geht nicht. Es will nicht licht werden. Ich gehe in die Kathedrale. Dort ist das Licht, blendend weiß, diffus. Plötzlich weiß ich: Die Kathedrale ist das Licht, das allumfassende, göttliche Licht. Das Licht ist strahlend, hell, es durchtränkt alles, das ganze Universum.

Die Kathedrale ist wie ein Leuchtturm in der Dunkelheit. Es ist genug Licht da für das ganze Universum. Es ist das göttliche Licht. Die Kathedrale hat kein Dach, keine Grenze nach oben, sie ist transparent. Das Licht ist formlos, diffus. Jetzt merke ich, dass ich auf einmal nicht mehr da bin; nur mehr das formlose Licht, unendlich, ohne Grenzen in Raum und Zeit. Es ist ein strahlend weißer, diffuser Turm von Licht: formlos, allumfassend, grenzenlos.

Einige Wochen später finde ich diesbezüglich bei S. Grof:

„Das Absolute wird erfahren als eine Lichtquelle von unvorstellbarer Intensität; diese Erfahrung ist außerhalb von Raum und Zeit".

**Die Lichtflut löst alles auf**

Die Kathedrale strahlt Licht und Liebe aus. Alles löst in dieser Lichtflut auf. Alles wird ohne Struktur und ohne Form. Alles Zukünftige ist schon vorhanden in dieser

Lichtflut. Es ist dies die absolute Wirklichkeit. Das Licht ist unpersönlich geworden; ohne Struktur in Raum und Zeit. Ich gehe wieder in das Licht der Kathedrale. Meine Person löst sich vollständig auf; auch alles was in die Kathedrale hineingeht löst sich in NICHTS auf. Ich bin vollgepumpt mit Energie. Alles vibriert in der allerhöchsten Frequenz.

## Das kosmische Herz klopft

Ich sehe im Dezember 2006 eine gallertartige, durchsichtige Kugel*) mit feinen Verästelungen an der Oberfläche, spinnwebenartig, wie auf der Mondoberfläche. Es gibt viele solcher Punkte an der Oberfläche von welchen feine Drähte ausgehen in das Innere. Einer dieser Punkte beginnt zu leuchten: Weiß. Plötzlich beginnen alle Punkte an der Oberfläche zu leuchten. Es ist wie ein Weihnachtsbaum mit intensivem Licht.

Beim Rückweg vom Einkaufen sind in der Kugel unendlich viele leuchtende Punkte. Die Kugel dehnt sich aus, wird das Firmament, der Sternenhimmel, der Kosmos, die Unendlichkeit.

Jetzt zieht sich die Kugel wieder zusammen, es pulsiert. Das kosmische Herz klopft ..., klopft ..., klopft ..., klopft ...,. poch ..., poch ..., poch. Das kosmische Herz pumpt Energie, das menschliche Herz pumpt Blut.

Das kosmische Herz verursacht Entstehen und Vergehen des Kosmos. Die Tage und Nächte von Brahmâ: Manvantara und Pralaya. Der Kosmos wird periodisch immer wieder erschaffen und vergeht dann wieder. Es gibt also mehr als nur einen Urknall.

Die Kugel wird weißglühend, setzt sich auf die vier Türme der Kathedrale. Auf der Kugel sind unendlich viele Punkte. Das ist wie beim reziproken Gitter in der Kristallografie: Dort entspricht jedem Punkt auf der Bragg'schen Kugel eine Richtung, definiert als Flächennormale einer kristallografischen, reflektierenden Ebene. Hier entspricht jedem Punkt einer der unendlich vielen Ebenen des SEINS. In dieser Kugel ist der gesamte Kosmos mit seinen verschiedenen Daseinsebenen enthalten. Die Kugel ist unsere Individualität in welcher das Universum sichtbar wird.

---

*) Jahre später (Juni 2012) finde ich bei Hofstadter hierfür den mir unbekannten Ausdruck „Indra's Netz". Ich bin sehr beeindruckt. Verblüffend.

Beim Aussprechen von je einer der vier göttlichen Segnungen – Liebe, Mitgefühl (compassion), Freude und Klarheit (Serenität) gibt es jedes Mal eine Riesenexplosion/Urknall mit intensiver Strahlung. Diese Riesenexplosionen sind gleichmäßig verteilt über alle Richtungen; keine Richtung, kein Punkt, auch die Erde nicht, ist bevorzugt. Die Kugel zerspringt in viele blaugrüne Kristallite mit Goldeinlagen.

**Das smaragdgrüne Licht und das trügerische Licht**

Aus der Kathedrale strömt smaragdgrünes Licht. Es ist honigweich, genesend, flüssig, alldurchdringend. Das smaragdgrüne Licht kommt aus dem Herzen, es ist warm und weich, sanft. Das smaragdgrüne Licht ist heilend. Das smaragdgrüne Licht ist das kosmische Feuer; es ist das Feuer für die Zukunft. Ich werde durchflutet von diesem smaragdgrünen Licht. Es durchtränkt mich, lässt mich nicht aus. Ich sehe dieses Licht auch mit geschlossenen Augen. Es ist ein „echtes" Licht, kein „falsches, trügerisches" Licht.

Ich überlege mir: Was ist mit trügerischem, falschem Licht gemeint?

In den 1960er-Jahren war mir zwar bereits die Schauung von Licht zu Teil geworden, aber das war Licht von einer ganz anderen Qualität. Ich erlebte damals die verzaubernde, berauschende Schönheit reinster, satter, leuchtender raumfüllender Spektralfarben. Ich konnte nicht genug davon kriegen. konnte mich nicht davon losreißen. Mein einziger Wunsch war, für immer in diesem berauschenden Reich der Farben zu bleiben.

Diese Versuchung ist auch Goethe nicht unbekannt. Faust hat bekanntlich dem Mephisto seine Seele verkauft und bekommt dafür die Erfüllung all seiner Wünsche, alle Güter dieser Welt, allen Glanz der Erde. Wenn er aber, davon bezaubert, ausrufen würde: „Verweile doch! Du bist so schön", dann wäre er dem Mephisto verfallen.

Einen seichten Abglanz der Farbenpracht die ich sehen durfte findet man im betörenden Funkeln geschliffener Diamanten. Vielleicht liegt die Anziehungskraft von Diamanten in dem unbewussten Verlangen – tief in unserem kollektiven Unbewussten – nach dem Reich der funkelnden Farbenpracht.

Wenn man an einem Tautropfen vorbeigeht sieht man, in einer etwas billigeren Ausführung, die verschiedenen Spektralfarben nacheinander auftauchen.

Mit der Zeit aber schien ich damals durch diesen Bereich hindurchgeschritten zu sein, denn ich befand mich in einer glasklaren Leere. Der Raum war erfüllt von einer transparenten Substanz, welche aber auch zugleich Nicht-Substanz war. Man konnte hindurchblicken wie durch den reinsten Bergkristall.

Was ist dann aber das trügerische Licht? Zu meinem Erstaunen fand ich einige Jahre später in dem Büchlein „Die Stimme der Stille" von H. P. Blavatsky, die folgenden Passage:

*„Durch drei Hallen, O Pilger, musst Du gehen um zur unzerstörbaren Quelle der allumfassenden Weisheit zu gelangen, in das Tal der Glückseligkeit.*

*Halle I ist unsere materielle, sichtbare Welt in welche wir hineingeboren werden und in welcher wir, d. h. unser vergänglicher Teil, sterben werden.*

*Halle II ist die Welt der übersinnlichen Wahrnehmungen aber auch der trügerischen Erscheinungen. Es ist die Halle der Probezeit, ob man charakterlich weit genug ist um den Verlockungen von Mâra widerstehen zu können.*

*Nach Verlassen von Halle II muss man in Halle III den geistigen Führer suchen, welcher einem weiterhilft auf dem Weg zur unzerstörbaren EINEN Quelle der allumfassenden Weisheit".*

Blavatsky schreibt weiters:

*„Mâra ist die personifizierte Versuchung und wird in der exoterischen*), hinduistischen Religion als König dargestellt. welcher in der sogenannten Astralebene oder Gefühlsebene zu Hause ist. Diese astrale Welt beinhaltet die übersinnlichen, manchmal trügerischen extrasensorischen Wahrnehmungen und Erscheinungen. Hier sind die Medien und Spiritisten zuhause. Es ist auch die „Ebene" der Gefühlsprozesse. In der Krone von Mâra glänzt ein Juwel. Es funkelt, in den reinsten, satten Spektralfarben und ist von unglaublicher Schönheit. Die Schönheit dieses Juwels verzaubert die Sinne. verdunkelt den Verstand und erweckt den Wunsch für immer dort zu bleiben".*

Mâra wird also als personifizierte Versuchung dargestellt, welcher den Pilger, Schüler, Diszipel bleibend als Sklave an sich fesseln möchte. Der Diszipel, welcher die astrale Welt durchforschen will, wird darum gewarnt ...

---

*) Esoterik: Verinnerlichte, spirituelle Inhalte, bestimmt und begreiflich nur für die eingeweihten des Tempels. Daher synonym für Geheimwissenschaft.
Exoterik: Nach außen gerichtet. Zugänglich und verständlich auch für die breite Masse der Nicht-Eingeweihten außerhalb des Tempels.

*„... den berauschenden Duft der Blumen aus der astralen Welt nicht einzuatmen, sondern die Astralebene so schnell wie möglich zu verlassen."*

Diese wunderbaren Farben und Lichterscheinungen, welche man am Anfang einer solchen Pilgerfahrt sieht, sollte man sich als schöne Erinnerung in Dankbarkeit und mit Respekt bewahren, aber nicht überproportional bewerten.

Jetzt wurde mir deutlich: Das Licht aus dem Juwel des Mâra ist ein trügerisches Licht, ein Irrlicht, welches den Pilger vom Pfad der spirituellen Entwicklung ablenken möchte. Ich hatte die Faszination und Anziehungskraft dieser Fallgrube ja am eigenen Leib verspürt, noch bevor ich die „Stimme der Stille" gelesen hatte.

Dieser Weg der spirituellen Entwicklung wie ihn Blavatsky beschreibt ist nur einer von vielen. Ein anderer Weg, aber sicher nicht der einzig wahre, ist der vierfache Pfad:

## Der vierfache Pfad

Eines Tages, beim Stöbern in einem Trödelladen, sah ich im hintersten, etwas dämmerigen Winkel ein längliches, flaschenartiges Gebilde am Boden liegen. Es war mit einem verstaubten und mit vielen kleinen Rußteilchen durchspickten, dicken Spinnengeflecht bedeckt. Nachdem ich diese einigermaßen verfilzte Schicht entfernt hatte sah ich, dass ich einen verstaubten, wunderbar geschliffenen, durchsichtigen, tulpenförmigen Glaspokal in meiner Hand hielt.

Wenn man mit dem Fingernagel vorsichtig gegen den Pokal klopfte entstand ein nicht ganz sauberer Ton, der schnell weg ebbte. Bei näherer Inspektion fand ich als Ursache einige dicke Teerpatzen welche auf dem Pokal klebten. Ich entfernte diese Teerpatzen und gleichzeitig mit ihnen auch die vielen kleinen, lichtbraunen Flecken, die unvermeidlichen Fliegenexkremente.

Wenn man jetzt mit dem Fingernagel gegen den Pokal klopfte war ein wunderbar sauberer, zarter, heller Ton zu hören, der sich vom Pokal löste, langsam verblassend durch den Raum schwirrte und immer kleiner und kleiner werdend, schließlich als winziger Punkt im Unendlichen verschwand.

Ein Mensch, welcher den vierfachen Pfad bewandert und ernsthaft nach seinem unaussprechlichen, nicht zu fassenden Selbst sucht, befindet sich in einer ähnlichen Situation: Der vierfache Pfad ist ein Reinigungsprozess, ein Läuterungsprozess in welchem der Mensch versuchen soll seine Charakterschwächen, durch eine Veränderung in seinem Verhalten, in gute Eigenschaften zu transformieren.

Das ist auch der tiefere Sinn des Meditierens in den zahlreichen Yogasystemen.

Im Allgemeinen betritt ein Mensch den vierfachen Pfad mit dem schweren Ballast seiner Charakterschwächen. Um diese zu transformieren soll der Mensch, wie mir meine liebe, inzwischen verstorbene Agni-Yoga-Lehrerin Lydia eröffnete, versuchen die folgenden vier „Tugenden" zu entwickeln:

*1. Selbstlosigkeit*

Wir brauchen unser kleines, begrenztes Ich: Körper, Empfindungen und Intellekt zum Überleben auf der Erde. Der Selbsterhaltungstrieb ist dadurch in unser Erdenleben eingebaut. Übersteigerter Selbsterhaltungstrieb führt jedoch zu Habsucht und Machthunger, die großen Übel auf Erden.

Mit Selbstlosigkeit ist gemeint, dass man nicht ausschließlich an sich selbst denken soll, sondern sich bewusst sein soll, dass wir alle Teil einer großen Einheit sind, der Einheit von allem Leben auf Erden. Selbsterhaltungstrieb und Selbstlosigkeit müssen aber im Gleichgewicht sein.

Verglichen mit der unermesslichen Weite des Weltalls ist der Mensch nur ein kleines, unbedeutendes Staubkorn, zeitlich betrachtet eine minimale Fluktuation, eine kleine Störung im großen Weltgeschehen. Der Mensch sollte sich daher in Demut vor dem großen, unbegreiflichem SEIN beugen, welches hinter unserer Welt steckt. Man soll sich selbst nicht so wichtig nehmen und in Bescheidenheit üben. Man kann in die höheren geistigen Regionen nur gelangen. wenn man durch das Tor der Demut und Bescheidenheit schreitet.

*2. Harmlosigkeit*

Boshaftigkeit, Spott, hämische Bemerkungen, Verleumdung, Lügen usw. sind Ballast, den man so schnell wie möglich abwerfen muss. Gehässigkeit und Kritiksucht sind weitere Feinde der inneren Entwicklung.

*3. Richtiges Denken*

Man soll immer positive Gedanken ausstrahlen für die ganze Welt.

- Liebe statt Hass.
- Verehrung eines höheren Prinzips wie z. B.: Die Einheit von allen Lebewesen in unserem Universum.
- Hingabe (Devotion) an eine „Person" wie z. B. Buddha, Christus, Krishna.

Die 10 Gebote, der „Edle Achtfältige Pfad" von Buddha und der Tao Te King geben hierüber konkrete Anweisungen. Man sollte vor allem ohne Vorurteil sein und den gesunden Menschenverstand walten lassen. „Non-irritability" als das „Nicht sich ärgern lassen" sollte eine weitere Grundhaltung werden.

Beim Besuch des Dalai Lama 2009 in den Niederlanden, wurde er nach spiritueller Entwicklung gefragt. Er antwortete: „Üben Sie sich täglich in Mitgefühl – compassion – mit ihren Mitmenschen, d. h. handeln Sie nach DEM was Ihr Herz Ihnen sagt."

*4. Richtiges Sprechen und richtiges Handeln*

Diese sind eine Folge des richtigen Denkens oder wie Hugo Claus in Bezug auf das Sprechen sagt: „Worte sind die Kleider der Gedanken".

## Auf der Suche nach unserem innersten Selbst

Wenn der Pilger auf diesem Pfad nach und nach– im Verlauf von vielen Jahren oder sogar Inkarnationen – seinen Ballast abgeworfen hat, wird er eines Tages im Geröll einer Steinhalde einen vagen Lichtschimmer wahrnehmen. Es ist das Licht, welches von seinem Überselbst, seinem wahren Selbst ausstrahlt. Aber dieses Licht ist für ihn noch durch den Schleier der Unwissenheit verdeckt.

Paul Brunton, ein Schüler von Ramana Maharishi, beschreibt 1934 in seinem Buch „The Secret Path" wie man diesen Schleier entfernen und das innerste Selbst finden kann.*) Er sagt: „Setze Dich auf einen Stuhl, Rücken frei von der Lehne, und entspanne Dich."

---

*) Eastcott und Schmelzer geben ebenfalls ausführliche Anleitungen zu dieser Methode.

Das tue ich, schließe meine Augen und frage mich:

*„Fühle ich meinen Körper?" Nein, ich fühle ihn nicht, weil er ja vollkommen entspannt ist. Aber „Wer" ist dieses „Ich" das meinen Körper beobachtet? Der Körper ist es offenbar nicht, denn ich fühle ihn ja gar nicht.*

*Wie steht es mit meinen Gedanken? Sie rasen vorbei wie die wilde Jagd.*

*Durch ganz seicht zu atmen. wie von Paul Brunton empfohlen, kann ich die Gedankenflut bremsen und schließlich zum Stillstand bringen. Kein Gedanke steigt mehr in mir auf, aber „Ich" bin noch immer da. „Ich" kann also nicht „Meine Gedanken" sein, wie von Descartes postuliert. Wer, was ist dann aber dieses „Ich" das über und außerhalb meiner Gedanken ist? Dieses „Ich" kann also nicht identisch sein mit meinen Gedanken.*

*Es ist mir, als ob ich auf einem straff gespannten Seil, sozusagen auf des Messers Schneide, über einen Abgrund balanciere. Ich muss Gleichgewicht halten. Wenn ich mich zu sehr nach links neige, falle ich in den tiefen dunklen Abgrund des Schlafes, in einen nicht-bewussten Dämmerzustand. Wenn ich aber wach bleibe – das gelingt mir durch Konzentration auf den blauen Stern über meinem Scheitel – dann kann ich auf die andere Seite des Abgrundes kommen und dort den ersten Schritt in eine andere Welt setzen, in die Welt von meinem innersten Selbst, die Welt des bewussten Beobachters.*

Paul Brunton nennt dieses innerste Selbst „Overself" (Überselbst).

Viele Jahre wird man diesen Weg, mit viel Geduld beschreiten müssen und wird nur Millimeter um Millimeter vorankommen. Spirituelles Wachstum - durch regelmäßiges Meditieren - muss immer begleitet sein von einem „Vorwärts" in der Verbesserung des Charakters.

Ein indischer Weiser sagte einmal:

> „Es hat keinen Sinn zu hasten .
> Jeder gehe seinen gewohnten Gang.
> Jeder ist sicher, ans Ziel zu kommen.
> Aber vor allem: Bleibet nicht stehen".

Warum beschreibe ich in meinem Tagebuch so ausführlich und begeistert die Erlebnisse des smaragdgrünen, alldurchdringenden Lichtes?

Zum Ersten weil es mich tief beeindruckt hat. Zum Zweiten möchte ich den in dieser Materie unerfahrenen Menschen das Erlebnis der subjektiven Wirklichkeit der unsichtbaren Welt näher bringen; ich möchte es mit-teilen, mit ihnen teilen, und zum Dritten soll es Menschen die ähnliche Erfahrungen haben aber damit nichts anzufangen wissen oder sich darüber unsicher fühlen eine Stütze sein, diese Erlebnisse als wertvoll und reell zu akzeptieren.

## Zum Thema Geheimwissenschaft

Der Tradition von vielen Jahrtausenden folgend wurde die Kenntnis über die höheren Welten bisher streng geheim gehalten. Das war die sogenannte Geheimwissenschaft, Esoterik im ursprünglichen Sinne. Sie war nur einem kleinen Kreis von Eingeweihten zugänglich. Esoterik – vom griechischen esooterikos (das Allerinnerste) – deutete an, dass dieses Wissen bei der Einweihung im allerinnersten des Tempels an den Adepten durchgegeben wurde. In der heutigen Zeit sind Tempel in diesem Sinne nicht mehr in Gebrauch. aber im Allerinnersten des Menschen, dem „Tempel Gottes", in seinem Herzen findet noch immer die Einweihung statt, „wenn der Adept reif dafür ist". Diese geheime Einweihung ist die persönliche innere Einsicht, welche zur Weisheit führt. Die Beschränkung auf nur wenige Eingeweihte war, entsprechend dem allgemeinen Entwicklungsgrad der Menschheit in früheren Zeiten auch sinnvoll. In unserer modernen Zeit soll aber ein größerer Kreis von Menschen, welche reif dafür sind und bereitstehen, eingeweiht werden.

## Schweigepflicht

In der Tradition der Geheimwissenschaften galt: „Wer redet weiß nichts. Wer weiß redet nicht"; es galt eine strenge Schweigepflicht über alles was man in den höheren Welten gesehen, erlebt hatte. Ich habe daher lange gezögert, um meine Erlebnisse auf Papier zu setzen. In mehrmaligen Besuchen in der Bibliothek wurde ich jedoch belehrt, dass es meine Aufgabe, ja sogar meine Pflicht ist damit an die Öffentlichkeit zu treten und so den Menschen zu helfen, welche an der Schwelle sind, um den spirituellen Weg zu betreten.

Das lässt sich auch rationell nachvollziehen: In unserer heutigen Zeit ist der Trend zur Vereinigung von Mystik und Physik deutlich merkbar. Bedeutende Physiker, zum Beispiel die Nobelpreisträger Niels Bohr oder W. Pauli, haben sich intensiv mit dem Thema Physik, Metaphysik und Mystik befasst. Das Tai Chi-Symbol im Wappen von Niels Bohr oder der Briefwechsel von W. Pauli mit C. G. Jung, festgelegt in dem Buch „Atom and Archetype“ sind typische Beispiele dafür.

Da ich in beiden Gebieten, Physik und Mystik einigermaßen zu Hause bin, kann ich die Übereinstimmung der beiden Gebiete einem breiterem Publikum näher bringen und hiermit mein Scherflein beitragen die „Neue Energie" in die heutige Zeit einfließen zu lassen.

* * *

Die Kathedrale steht in Flammen, sie verbrennt aber nicht. Sie transformiert sich, wird durchsichtig, ganz zart, blass-violett an der Oberfläche. Die höchsten männlichen Schwingungen. Der Lotus hat sich entfaltet. Der Kern der Kathedrale ist jetzt smaragdgrün. Es ist eine heilende, regenerierende Kraft. Sie muss noch transformiert werden.

**Die Mutter der Welt**

Die Hohepriesterin ist im Inneren der Kathedrale. Es ist das weibliche Prinzip, lichtblau, warm. An der Oberfläche, außen ist das männliche Prinzip.

**Abschied von der Kathedrale**

Ich bin gerade dabei die Kathedrale zu verlassen. Es herrscht Aufbruchstimmung. Abschied. Die vier göttlichen Segnungen, dann ist die Kathedrale plötzlich verschwunden.

## 2.6 Der weiße Tempel

Ich wundere mich: Erst war die Kathedrale plötzlich da, an einer Stelle wo ich sie vorher noch nie gesehen hatte, und dann war sie plötzlich wieder verschwunden. Es wird mir deutlich, dass das an mir selbst liegt: Wenn ich auf die richtige Frequenz, die richtige Vibration, abgestimmt bin, dann kann ich die Kathedrale und die „Weiße Frau“ sehen. Darum sagte sie mir auch, dass nicht jeder Wanderer die Kathedrale sehen kann, denn er muss auf die richtige Frequenz abgestimmt sein.

Mit dieser Erkenntnis trete ich aus dem Birkenwald heraus. Ein weites, ebenes, kahles Land liegt vor mir; trockener, harter, grau-silberner Sandgrund, hier und da spärlich mit einer Art Steppengras bewachsen. Rechts von mir sinkt der Boden mit einer leichten Neigung ab. In einer flachen Mulde liegt ein kleiner See und darin, in seiner Mitte, ein kleine Insel. Auf dieser Insel liegt, durch eine Holzbrücke mit dem Land verbunden der Shogunpalast, ein ebenerdiges, schlichtes hölzernes Gebäude. In der Ferne, am Horizont kaum wahrnehmbar, dort wo das Land den Himmel zu berühren scheint, auf einem hohen, steilen Felsen gelegen ein weißer Tempel.

Der Tausendblätterige Lotus entfaltet sich über meinem Haupt. Ich lasse den Shogunpalast rechts liegen und gehe weiter, zum weißen Tempel. Ich weiß, dass er der Aphrodite geweiht ist. Strahlend weiß; weißer Stein. Kreis der Tempeljungfrauen, rein und heiter. Würdig schreiten sie um den Tempel herum.

**Das Tor zum Unendlichen**

Ich trete in den Tempel ein; alles ist weiß, strahlend weiß. Ich betrete eine andere Dimension. Alles ist weiß, ohne Struktur. Diffuses Licht: Es kommt von überall, ist überall. Warmes weißes Licht. Nebelweiß.

Das Licht füllt den ganzen Raum, es ist unendlich ausgedehnt. Alle Strukturen sind verschwunden. Alles ist gleichmäßig von weißem Licht erfüllt. Der weiße Tempel ist das Tor zur Unendlichkeit: Zum EINEN, nicht-differenzierten SEIN. Es ist das raumlose und zeitlose, wahre SEIN. Es ist NICHTS. Nur weiß. Strahlend weiß.

**Die hohen Frequenzen**

Der weiße Tempel ist „zu hoch, zu viel" für mich. Ich bin noch nicht reif dafür. Ich muss mich noch besser vorbereiten. Ich muss noch hier auf Erden etwas in Ordnung bringen bevor ich die Schwingungen mit hohen Frequenzen ertragen kann.

**Demut**

Ich fühle mich wie neugeboren; Ich muss wieder von vorne anfangen. – Der Diszipel sagt in Demut: „Ich bin bereit, wenn man mich ruft."

## Die Energie im weißen Tempel

Ich werde plötzlich emporgehoben zum weißen Tempel. aber nur zur Außenseite. Die Energie im Inneren ist noch zu stark für mich, sie würde mich verbrennen. Ich bin noch zu sehr mit niederen Frequenzen beschäftigt.

Die Energie im weißen Tempel hat hohe Frequenzen, sie ist erquickend.

## Die heilende Energie

Die Kathedrale ist jetzt wieder voll sichtbar im Birkenwald. Sie strahlt in vollem Glanz. Gold und grün, smaragdgrün. Es ist die höchste Form der heilenden Energie.

Man muss die richtige Frequenz finden. Dies wurde mir anhand der folgenden Erlebnisse deutlich:

- Die leere Seite im Buch ist inzwischen durch meine Arbeit an der Kathedrale vollgeschrieben. Meine Aufgabe ist jetzt alles über die Kathedrale aufschreiben. Erst wenn das geschehen ist kann ich wieder zu den hohen Frequenzen und zum weißen Tempel gelangen. Die Erlebnisse in der Kathedrale sind nicht zum Vergnügen da, man muss sie ernst nehmen: „Wir haben Dir das nicht zum Vergnügen übermittelt.“
- Ruhe vor dem Sturm. Die Kathedrale ist in weiter Ferne. Der weiße Tempel ist in Nebel gehüllt.
- Die Tür zu den höheren Welten schließt sich langsam. Ich bin zu sehr mit irdischen Dingen beschäftigt. Ich muss durch den Staub kriechen. Ich muss alle Widerwertigkeiten akzeptieren.
- Ich war eine Zeit lang abgeschlossen von den lichten, subtilen Welten, den hohen Frequenzen. Ich war zu sehr verhaftet in irdische Probleme. Ich musste durch alle Tiefen des irdischen Bestehens gehen. Ich habe akzeptiert.
- Die „Weiße Frau“ sagt mir: „Du musst Deine eigene Sonne finden.” Ich muss also meine eigene Frequenz finden.
- Eine schwarze Kugel saß in meiner Herzgegend, hatte den Zugang blockiert.
- Der blaue Stern ist plötzlich von selbst wieder da. Er ist in einer Linie mit Wurzelchakra, Herzchakra, Scheitelchakra und Sonne. Sie bilden zusammen ein Schwingungssystem, wie eine gespannte Violinensaite. Es kann in allen mög-

lichen Frequenzen schwingen, je nachdem in welchem psychischen Zustand man ist. Ich muss Kontakt mit der Sonne suchen, ich muss meine eigene neue Frequenz finden. Die Sonne über mir wird durchsichtig und zeigt, dass ich wieder Kontakt mit der „Neuen Energie" habe.

- Der weiße Tempel ist nicht mehr. Dort wo er früher stand sind nur mehr Ruinen, also das was man mit dem physischen Auge sehen kann. Bisher sah ich mit dem „geistigen Auge", war ich in Resonanz mit den hohen Frequenzen.

✳ ✳ ✳

## Der weiße Tempel ist für mich jetzt geschlossen

Ich sehe den weißen Tempel wieder, aber mit Balken kreuz und quer wie nach einem Bombenangriff oder Erdbeben. Zerstörung. Die gekreuzten Balken bedeuten „Eintritt verboten". Es entspricht der nicht- verbalen Kommunikation wie ich sie in China kennengelernt hatte; Gekreuzte Arme bedeutet dort: Geschlossen; Eintritt verboten.

P.S. Die Pforten des weißen Tempels haben sich für mich erst wieder nach zirka einem Jahr geöffnet. Der weiße Tempel und die Säulen sind nur eine Attrappe, eine Art Makyo, durch welche man hindurchgehen muss um zur wahren Gottheit zu gelangen.

Makyo bedeutet in der Zen-Praxis Selbsttäuschung, Illusion, welcher man in der Meditation zum Opfer fallen kann. Entspricht in etwa dem Mâra der Hindus.

## Die vielen Ebenen des Bewusstseins

Es gibt viele Bewusstseinsebenen für den Menschen: Zum Beispiel das Tagesbewusstsein, die Ebene der Emotionen und Gedanken und die höheren, holotropen Bewusstseinsebenen. Zu jeder dieser Bewusstseinsebenen gehört eine bestimmte Energie beziehungsweise die Frequenz einer Schwingung, Vibration. Je höher die Energie umso höher die Frequenz der ihr entsprechenden Schwingung. Das Tagesbewusstsein, der Grundzustand, hat die niederste Energie und somit die niederste Frequenz. Die höheren, holotropen Bewusstseinsebenen haben höhere Energien beziehungsweise höhere Schwingungsfrequenzen. Das ist analog dem Energiezustand eines Elektrons in einem Atom: Dem Grundzustand entspricht geringe Energie und eine niedere Frequenz; angeregte Zuständen mit höheren Energien haben entsprechend höhere Frequenzen. Zwischen den einzelnen Energieniveaus befinden sich die sogenannten verbotenen Zonen, „energiegaps". Dort darf sich kein Elektron aufhalten. Diese verbotenen Zonen sind eine Art Abgrund den die Elektronen überqueren müssen, wenn sie von einem Energieniveau in das andere „springen" wollen. Die verbotenen Zonen entsprechen dem Abgrund zwischen Tagesbewusstsein und dem höheren Bewusstsein.

### Der allumfassende Strahl der Liebe

Endlich wieder „zu Hause" in den höheren Ebenen. In meinem Scheitelchakra ist es ganz hell. Es explodiert beinahe, fließt über von Energie. Ein unsagbar heller Strahl schießt von oben in mein Scheitelchakra. Es ist ein Licht wie von einem funkelnden Diamanten, aber goldfarbig. Das Licht geht in die ganze Welt. Der Strahl ist goldgelb, wird im Scheitelchakra in einen blauen allumfassenden Strahl der Liebe für die ganze Welt umgesetzt. Dann sinkt der Strahl ab in das Herz.

### Das Erlebnis der Serenität

Mit dem Term Serenität konnte ich nie etwas anfangen; es sagte mir nichts, höchstens „O sole mio ... l'area é serena doppo la tempesta ..." Die Luft ist rein nach dem Gewitter. Jetzt funkelt der Stern über mir in weißlich-blauem Licht. Es ist das Reinste das es gibt, es ist das reinste Sein, das Erlebnis der Serenität.

Durch all diese Erlebnisse hat sich mir eine strahlende, leuchtende Welt aufgetan, die scheinbar parallel, neben oder „über" unserer alltäglichen Erlebniswelt besteht. Sie waren aber erst der Auftakt zu den vielen, noch intensiveren Erlebnissen in den Jahren 2007 bis 2009.

# KAP 3 JENSEITS DES ABGRUNDES

## 3.1 Das Erleben des SEINS, das Erleben des EINEN und das Erleben der „Schöpfung“

Die bisherigen Erlebnisse hatten einen tiefen Eindruck auf mich gemacht, aber verglichen mit dem was noch kommen sollte versanken sie ins Nichts. Jetzt ging es erst richtig los:

*Ich bin hellwach im Bett, ich schließe die Augen. Plötzlich wird alles schwarz um mich. Das schwärzeste Schwarz, das man sich vorstellen kann, pechschwarz, erschreckend schwarz. Es ist das absolute Schwarz, die absolute Dunkelheit. Ich bin erstarrt vor Entsetzen. Ich rufe um Hilfe, aber ich muss allein weiter. Es ist beängstigend und ich falle, falle, falle ..., tiefer, immer tiefer ... in einen unendlich tiefen, pechschwarzen, gähnenden Abgrund. Das ist das absolute schwarze Loch, unendlich tief.*

Dann, auf einmal wird mein Fallen gebremst ..., ich beginne zu schweben. Eine absolute Schwärze umgibt mich wie ein warmes, weiches, strukturloses, nicht-differenziertes Fluidum. Ich BIN in diesem amorphen Fluidum, ohne Raum und ohne Zeit. Hier gibt es kein Oben und kein Unten, kein Früher oder Später, hier ist nur das ewige SEIN-an- sich. Hier ist schon alles drin, alle zukünftigen Strukturen, aber man sieht sie nicht, weil es so finster ist.

*Hier ist schon alles drin, aber unmanifestiert. Ich bin sehr erschrocken, weil alles so dunkel ist. Wo bleibt das Licht?*

*Es ist das absolute, unmanifestierte SEIN, das absolute Bewusst-Sein. Das ist für mich als Individualität viel zu groß, kaum zu ertragen. Es schmerzt im Herzen; es ist viel zu groß für mich.*

*Es ist das Nichts, das zeitlose, raumlose, strukturlose, ewige Nichts. Es ist Nichts und doch enthält es alles was ist, was geschehen ist und was kommen wird. Es ist das absolute Nichts. Es ist alles und doch wieder Nichts; es ist kein Frieden und es ist kein*

*Krieg, es ist nicht warm und es ist auch nicht kalt, es ist nicht oben und es ist auch nicht unten. Alle Gegensätze sind in diesem Nichts zugleich, vereint, enthalten.*

*Ich bin vollkommen starr und steif, wie gelähmt von dieser Dunkelheit. Nichts bewegt sich, es ist totenstill.*
*Der schwarze Nebel dämpft jedes Geräusch.*
*Totenstille, erhabene, serene Stille.*
*Es ist Nichts, das große Nichts.*
*Es ist nur Bewusstsein, es ist ewig und unveränderlich. Hier ist alles ausgelöscht aber zugleich ist auch alles darin.*

Die Kirchenglocke schlägt 4 Uhr. Langsam komme ich wieder zurück in das Hier und Jetzt in unsere alltägliche Welt. Ich schreibe alles genau auf, in Stenographie, dann geht es schneller, bevor die Eindrücke wieder weggeflogen sind und dann werde ich sofort wieder, wie durch eine Klapptür, zurückversetzt in die andere Welt.

*Langsam wird es Licht, Aurora.*
*Ein zarter Lichtstrahl durchbricht die Finsternis.*
*Das Licht tritt aus der Dunkelheit hervor. Das Licht schwillt an, wächst weiter und weiter – „dröhnt" –, dann ... ein Donnerschlag, und das Weltenei ist aus der Finsternis geboren. Alles vibriert. Die „Engel" summen, singen, aber ich sehe sie nicht. Das ist der Urlaut, der Urklang.*

*Das Wort „Urknall" wäre viel zu grob für diese „feinen" Vibrationen.*

Ein unbeschreibliches Glücksgefühl durchflutet mich, erfüllt mich. Ich möchte jauchzen, schreien vor Freude, möchte tanzen, singen vor unbändiger Freude über die Größe des Geschauten. Ich kann nicht aufhören. Es ist wunderbar, wunderbar. Jetzt erfühle, erlebe ich warum man „Halleluja" jauchzt.

Ich komme wieder zurück aus dem Jenseits in das Diesseits des Abgrundes. Ich assoziiere den „Abgrund" mit dem Styx der Griechen. Wieder stenographiere ich alles was ich geschaut habe und kehre sofort zurück in das „Jenseits" des Abgrundes. Es ist als ob ich durch eine unsichtbare Klapptür hin und her „switche", vom Diesseits zum Jenseits des Abgrundes und wieder zurück. Das wiederholt sich noch einige Male an diesem Morgen.

*„Langsam entsteht Alles aus dem Nichts.*
*Es WIRD, es emaniert aus dem Chaos, aus dem Nichts ..."*

*Die Atome entstehen, das Weltall, die Sterne, die Milchstraße, die Erde. Ich erlebe die Entstehung des Weltalls im Zeitlupentempo. Die Erde ist nur ein winziges Stück aus dem großen Universum. Der Mensch ist nur ein Staubkorn in dieser großen Unendlichkeit. Aber für uns Erdenwürmer ist der Mensch das Maß aller Dinge.*

*Die Schöpfung geht gepaart mit Klang. Ich bin vollkommen erstarrt, bewegungslos, es ist totenstill. Nichts, Nichts, Nichts ... Ewigkeit, Unendlichkeit, das schwärzeste Schwarz ... Nichts ... nur das EINE, unbegrenzte, zeitlose, ewige, absolute SEIN. Das Eine ohne ein Zweites. Das Sein und das Nicht-Sein zugleich, alles was ist und was nicht ist. Es ist schon alles drin in dieser absoluten Finsternis. Aber man sieht es nicht. Auch die Götter sind noch nicht geschaffen! Auch der anthropomorphe „Gott als Person" besteht noch nicht, sondern es ist nur das EINE, unbegrenzte absolute Sein. Es ist zu stark für mich, ich habe Stechen im Herzen. Ich möchte zurück, aber ich muss noch bleiben.*

*Das Licht tritt aus der Dunkelheit hervor.*
*Das erste Gegensatzpaar tritt auf. Die Polarität tritt in Erscheinung:*
*Groß und Klein , Mann und Frau, Gut und Böse. Polarität ist Leben.*
*Das Leben ist die Polarität vom SEIN.*
*Am Beginn war Nichts, nur das EINE Bewusstsein, das „ICH BIN".*

Wieder zurück im Diesseits des Abgrundes. Ich bin erschöpft und müde. Welche unermesslichen Weiten habe ich durchkreuzt, ohne Grenzen, ohne Ende, Unendlichkeit und Ewigkeit. Welche majestätische Größe, manche nennen es Gott, durfte ich erleben. Ich bin überwältigt vom grandiosen Schauspiel, das sich mir dargeboten hat. Die serene Stille. Ich bin erfüllt mit Staunen, Ergriffenheit, unbändiger Freude, Verwunderung, Dankbarkeit.

Ich habe den Hauch des Numinosen gespürt. Ich bin zutiefst beeindruckt.

***

Diese unbändige Freude, die seither noch immer in mir nachhallt, erinnert mich an die Gesichter von Hare Krishna's Jüngern, welchen ich in New York am Broadway begegnet bin. Sie sangen unablässig ihre monotonen Mantras:

> Hare Krishna, Hare Krishna,
> Krishna Krishna, Hare Hare
> Hare Rama, Hare Rama
> Rama Rama, Hare Hare ...

Sie tanzten dabei, sie sprangen jauchzend, man hatte den Eindruck, dass sie in einer anderen Welt wären. Möglicherweise waren sie durch diese monotonen Wiederholungen des Gesanges und durch den Tanzrhythmus, wie die tanzenden Derwische, in einen höheren Bewusstseinszustand versetzt worden. Rhythmische Monotonie von Klang, ist ja ein althergebrachtes Ritual zur Erzeugung höherer, holotroper Bewusstseinszustände.

Das Hochamt in einer katholischen Messe bezweckt Ähnliches: Die Monotonie der Kyrie Eleison-Litanei, das Zeremoniell und die lateinische Sprache – die man aus Unkenntnis abgeschafft hatte – soll die Ratio ausschalten und statt einem cerebralen Akt, ein cordiales Miterleben, Mitfühlen erzeugen. Es geht dabei nicht um das Verstehen, sondern um das Einfühlen in einen „erhabenen" Zustand.

Im Islam ist es nicht viel anders: Der Koran ist in Alt-Arabisch geschrieben. Nur sehr wenige können dies noch lesen. Aber es ist der Klang, der Rhythmus beim lauten Lesen, das *Rezitieren*, welches, wie mir ein Moslem sagte „das Herz öffnen soll". Von Mohammed geht die Sage, dass ihn der Erzengel Gabriel aufgefordert hatte: „Da, lies den Koran", worauf Mohammed antwortete „aber ich kann ja gar nicht lesen", worauf ihm der Erzengel Gabriel einen Backenstreich versetzte und sagte „Lies, *rezitier*". Man sagt, dass das Wort für Lesen und Rezitieren, im Arabischen gleich lautet.

*... und wieder bin ich Jenseits des Abgrundes:*
*Langsam tritt das Manifestierte aus dem Unmanifestierten heraus.*
*Die Griechen nannten das Emanation. Das Unmanifestierte* ***wird*** *das Manifestierte, d. h. es ist nur eine Zustandsänderung, eine Phasenänderung. Die Gottheit ist SEIN und Nicht-SEIN zugleich, Die Gottheit ist alles was ist und was nicht ist. Mein „Ich" umfasst die gesamte Welt. Mein Atman ist Brahman und Brahman ist mein Atman.*

„Das Licht tritt aus der Finsternis hervor", d. h. es ist ein Ausstülpen, ein Ausfließen, eine Emanation des „NICHTS". Unsere Welt war schon immer vorhanden, aber sie war in dunkel gehüllt. Erst durch das Licht wird sie sichtbar. Das Nichts, das EINE ist also immer und überall vorhanden. Es ist in allen Formen auf Erden und auch sonst wo als Möglichkeit. Es durchtränkt das gesamte Weltall, die ganze Formenwelt.

Die Konsequenz dieser Betrachtung ist jedoch, dass das Nichts, das EINE, Gott wenn man möchte, in allem anwesend ist und nicht getrennt von uns, also außerhalb von uns, irgendwo „oben" als göttliche Person existiert.

Emanation steht also im Gegensatz zum Begriff Schöpfung, wenn man Schöpfung interpretiert, nach der bis vor kurzen einzigen, althergebrachten, historischen Genesis-Übersetzung: „Gott *schuf* Himmel und Erde", d. h. er hat etwas geschaffen was außer ihm ist. Die Menschheit ist sozusagen von Gott getrennt und braucht Vermittler, den Klerus, welcher uns zu ihm führt. Gott wäre dann konsequenterweise außerhalb der Menschen was in Widerspruch zum Lukas-Evangelium (17,20 f) ist, nämlich: „Das Reich Gottes ist ***in*** euch."

Neueste Forschungen durch E. van Wolde haben gezeigt, dass der oben zitierte Satz aus der Genesis I auf einem Übersetzungsfehler beruht. Der Satz müsste richtig lauten: „Gott trennte Himmel und Erde." Gott hat Himmel und Erde also nicht geschaffen, weil sie schon da waren; er schuf, wenn überhaupt, höchstens eine Polarität.

Das stimmt überein mit der oben besprochenen Idee der Emanation.

Gott, um in Termen von Genesis zu sprechen, wird dann als Dasjenige betrachtet welches Ordnung (Kosmos) in das Chaos der Elemente gebracht hat. Anstelle von Gott sollte man besser von Gottheit sprechen, weil dieses Wort weder männliches noch weibliches andeutet.

Das Problem der „Creatio ex nihilo", Schöpfung aus dem Nichts, welches dem Papst so viele Schwierigkeiten bereitet, ist also hiermit gelöst.

Schöpfung bedeutet also lediglich das Schaffen von Ordnung, welche hier aufzufassen ist als das Gegenteil von Chaos. Gott, aufgefasst als der LOGOS laut Johannes, trennt also das, was zuerst eine Einheit bildete, führt eine Polarität ein, nachdem das Licht aus der Finsternis hervorgetreten ist. Licht und Dunkel sind also das erste Gegensatzpaar, die erste Polarität welche auftritt. Was früher im Dunklen des Nichts, des Chaos, als Einheit – unerkennbar für die Ratio – vorhanden war, wird jetzt durch das Licht als Polarität erkennbar. Es ist das Licht der Erkenntnis von Gut und Böse, nachdem Adam und Eva den Apfel vom Baum der Erkenntnis gegessen hatten.

Nach der Vertreibung aus dem Paradies erkannten sie Gut und Böse, Hoch und Tief, Mann und Frau: „... und sie sahen dass sie nackt waren", oder symbolisch gesagt: Sie erkannten ihre Gegensätzlichkeit – mit einem etwas abgedroschenen, aber allgemein bekannten Ausdruck – als Yin- und Yang-Aspekt bezeichnet.

Die Polarität ist die treibende Kraft allen Geschehens auf Erden und im Weltall. Sie zeigt uns das SEIN, gegossen in eine begrenzte, vergängliche, irdische, materielle Form. Das SEIN zeigt sich auf Erden als Leben, Veränderung, Vergänglichkeit.

Die Schöpfung aus dem Nichts (creatio ex nihilo) ist also nur eine Zustandsänderung.

In der Physik kennt man ähnliche Phänomene wie z. B. den Urknall, welcher nur eine Zustandsänderung ist. Er ist nämlich ein Übergang von der formlosen Urenergie in strukturierte, lokalisierte Energie in Vibrationsmuster von Energie der sogenannten Strings.

Ein anderes Phänomen in der Physik ist die spontane Entstehung von Teilchenpaaren aus dem Energie-Inhalt des Vakuums, entsprechend der Formel $E = mc^2$. Diese Teilchenpaare bestehen aus Teilchen mit entgegengesetzten, polaren Eigenschaften, z. B. positiver und negativer elektrischer Ladung.

Die Polarität findet man aber auch überall im täglichen Leben als treibende Kraft allen Geschehens:

Ein elektrischer Strom kann nur dann durch einen elektrischen Leiter fließen, wenn eine Spannung – genauer Potentialunterschied –, eine Polarität von Plus und Minus, zwischen den Drahtenden bzw. den Polen der Steckdose vorhanden ist.

Eine Kugel auf einem Abhang wird sich stets von einem höher gelegenen Punkt zu einem tiefer gelegenen Punkt bewegen weil sie die Polarität hoch-tief hinsichtlich des Gravitationspotentials der Erde „spürt".

Wenn man von Wind oder Sturm spricht, dann meint man damit den mehr oder weniger vehementen Netto-Transport von Luft aus einem Gebiet mit hohem Luftdruck („viele" Moleküle pro $cm^3$) zu einem Gebiet mit niederem Luftdruck („wenig" Moleküle pro $cm^3$). Auch hier entsteht effektiv wieder Bewegung durch das Gegensatzpaar Hochdruck-Tiefdruck. Diese Bewegung von Luftmassen entsteht hier aber nicht dadurch, dass die Luftmoleküle aus dem Hochdruckgebiet durch die Moleküle vom Tiefdruckgebiet angezogen werden. Es gehen lediglich mehr Moleküle vom Hochdruckgebiet zum Niederdruckgebiet wie umgekehrt.

Ich hatte beim oben beschriebenen Erlebnis des Entstehens von Atomen und des Weltalls das Gefühl, als ob Raum und Zeit einander durchdringen, es war ein Geschehen kreuz und quer durch Raum und Zeit.

Brian Greene, ein bedeutender theoretischer Physiker unserer Zeit, beschreibt in seinem Buch „The Fabric of the Cosmos" ähnliches über die Raum- und Zeitstruktur. Er sagt: „Die Fluktuationen der Raum-Zeitstruktur werden aufgrund der Heisenberg'schen Unsicherheitsbeziehung für extrem kleine Abmessungen so groß, dass Raum und Zeit ineinander übergehen. Der Begriff Raum und Zeit wird dann sinnlos."

## 3.2 Der pechschwarze, gähnende Abgrund

Das Erleben des SEINS, als tiefstes Schwarz, als Finsternis, Dunkelheit hat mir monatelang zu schaffen gemacht:

War ich schwarzen, dunklen Mächten in die Hände gefallen, war ich in der Welt des Bösen, der Finsternis gelandet? Dieses Erlebnis der Dunkelheit widersprach nämlich meiner bisherigen Auffassung vom „Jenseits". Ich hätte erwartet ein großes helles Licht zu sehen; man spricht doch auch von göttlichem Licht, nicht von göttlicher Finsternis? Wenn jemand gestorben ist, also in das Jenseits hinübergegangen ist, sagt man doch auch: „Requiescat in pace, et lux aeterna luceat ..." (Er möge ruhen in Frieden und das ewige Licht leuchte ihm.)

Langsam dämmert es mir: Das Schwarz ist das Nicht-Sein im „Licht" der irdischen Formen. Man kann ja Körper, welche aus sich selbst nicht leuchten, nur sehen wenn Licht auf sie scheint, im Finsteren sieht man sie nicht. Alles was wir nicht sehen, bzw. nicht sehen können, erscheint uns als Finsternis, Dunkelheit.

Das Nicht-Sein ist das Verschwinden des begrenzten, individuellen Ich's in die unendlich große, unbegrenzte, unbeschreibliche Einheit, ohne Form und ohne Ende in Raum und Zeit.

Im Buch „Esoteric Christianity" von A. Besant, finde ich eines Tages:

„Light is born out of Eternal Darkness" (Licht wird geboren aus der ewigen Finsternis). Mir geht ein „Licht" auf: Ich habe es doch selbst auch erlebt und niedergeschrieben: „Das Licht tritt aus der Finsternis hervor", aber das war zu dieser Zeit noch nicht zu mir durchgedrungen.

Ja, sage ich mir, das ist es! Das Licht tritt aus der Finsternis hervor, d. h. es war dort schon immer vorhanden, eingebettet in das EINE. Das Unnennbare, das Unerkennbare ohne Form, ohne Begrenzung, ohne Bewegung – das ewige NICHTS.

Das göttliche Licht ist ewig, aber vor uns verborgen durch den Schleier der Dunkelheit. Das Licht in dieser Zustandsebene, ist für unser begrenztes, beschränktes Bewusstsein nicht erfassbar, nicht wahrnehmbar. Daher erleben *wir* das Licht als Dunkelheit.

Auch im täglichen Leben ist das so. In der Nacht ist es für uns finster, weil kein „Licht", elektromagnetische Strahlung im Empfindlichkeitsbereich unserer Augen, vorhanden ist. Aber trotzdem wimmelt es von Licht anderer Wellenlängen, anderer Qualität: Röntgenstrahlung, Infrarot (Wärmestrahlung), Radiowellen, Wellen für drahtlose Telefonie.

Erst wenn das Licht aus der Dunkelheit emaniert ist – die Kabbalah nennt das eine Verdichtung des ursprünglichen, allersubtilsten Zustandes – strahlt das göttliche Licht in einer für uns sichtbaren, erträglichen Form.

Was ich erlebt habe ist das Erwachen aus der ewigen Finsternis, aus dem Dunkel, aus dem Nichts in das Licht, welches die Polarität und damit die Mannigfaltigkeit irdischer Formen entstehen lässt. Mein Erlebnis war der umgekehrte Weg wie beim Abschied von der irdischen Welt:

Jedes Mal wenn ich den Beginn des Requiems von Mozart höre erfasst mich ein Schaudern: Die klagenden Töne der Oboen sind die Schmerzen um das Verlassen der irdischen, materiellen Welt an die man noch verhaftet ist. Monotone tiefe Töne lassen das Herz zusammenkrampfen. Sie lassen eine graue, düstere, einsame, kahle, trostlose Welt entstehen ... Unter Paukenschlägen verpulvert der letzte vergängliche Teil des Menschen zu Staub.

Aber dann, plötzlich ein Aufschrei: „... et lux perpetua ...". Es ist das Licht am Ende des finsteren Tunnels durch welchen man hindurch musste. Die Dunkelheit verschwindet, man sieht das Licht der astralen Welt, dem physischen Auge unsichtbar. Man steigt langsam empor in der Welt der Emotionen, dann der Gedanken, dann zum strahlend weißen Licht. Wenn man nach und nach die Formen, die in diesen Welten sichtbar sind, abgebaut hat, aufgelöst hat, verarbeitet hat, kommt man in das Reich der „Durchsichtigkeit", wo alles formlos ist, hell, transparent wie ein Bergkristall, und schließlich betritt man das Reich des ewigen, formlosen, für uns schwarzen Nichts. Schwarz, weil wir das Licht dieser Ebene in unserem heutigen, begrenzten Entwicklungszustand nicht sehen, nicht erfassen können. Es wäre für uns unerträglich, viel zu groß.

Es dämmert mir, aus diesem meinem eigenen Erleben, dass hinter der Dunkelheit das göttliche Licht verborgen ist, ewig und endlos. Ich kann es aber nicht sehen, weil mein Bewusstsein noch zu begrenzt ist und ich daher nur Dunkelheit sehe.

Jetzt bin ich beruhigt. Das ewige, göttliche Licht strahlt für uns alle, wir müssen es nur zu finden wissen.

# KAP 4 AUF DER SUCHE NACH BESTÄTIGUNG

## 4.1 Die Schöpfungsgeschichte laut Hesiodos

Das Erlebnis des Absoluten SEINS, das Erleben der Schöpfung und die darauf folgenden holotropen Erlebnisse hatten mich tief beeindruckt, aber eine Frage quälte mich: War das Ganze vielleicht nur eine Halluzination, ein Phantasiegebilde, Autosuggestion oder ein unbewusstes Wunschdenken? Was war in der seriösen esoterischen Literatur hierüber zu finden, was sagt die Kosmologie auf Basis der modernen Physik dazu? Das waren die Gedanken, die mich Tag und Nacht beschäftigten.

Eines Tages besuchte ich, ohne irgendwelche Planung, Christine, eine gute Bekannte von mir. Ich traf sie, auf der Veranda ihres Hauses sitzend, mit zwei großen Bücherstapeln vor sich auf einem Tisch. Die Bücher hatte sie hergerichtet für eine Sammlung vom Roten Kreuz. Neugierig, wie ich immer bin wenn es um Bücher geht, nahm ich das oberste Buch in die Hand. Es hatte den Titel „Mythen und Sagen der antiken griechischen Welt". Ich blätterte in dem Buch ...

Ein Kapitel erregte sofort mein Interesse. Es behandelte die Schöpfungsgeschichte von Hesiodos, einem griechischen Sänger, Dichter und Seher, welcher um 700 v.d.Z. lebte. Die Griechen sagten von ihm, dass er „Die Gabe der Götterschau habe". In seinem Hauptwerk „Theogonie, Entstehung der Götter" schreibt er Folgendes:

Im Anfang war das Chaos[1]
die Leere, das ungeformte Nichts.

Es war ein unendlicher gähnender Weltenabgrund[2]
weder hell noch dunkel, weder warm noch kalt
weder tönend noch stumm[3].

---

[1] Das griechische Wort Chaos, bedeutet hier eine ungeordnete, formlose, amorphe Masse, im Gegensatz zum Kosmos, was Ordnung bedeutet.

[2] Chaos bedeutet wörtlich: Abgrund. Im Text der holländischen Bibel aus dem Jahre 1898, der sogenannten „Statenbijbel" wird Chaos noch übersetzt mit Abgrund, in der Version von 1968 wird es übersetzt mit Flut, Gewässer.

[3] Das verweist auf die zukünftigen Gegensatzpaare oder polaren Paare.

Ein Mensch wie wir[4]
hätte mit seinen irdischen Sinnen[5],
nichts gesehen, nichts gehört, nichts gefühlt.

Dennoch war das Chaos nicht leer[6].
Es war die Heimat der Götter[7] und Geister[8]
die auf die große Stunde warteten,
dass die Schöpfung beginnen sollte.

Alles was später entstanden ist,
sichtbar und unsichtbar
war schon im Chaos vorhanden[9]:

Wie ein Keim ruhte es in den erhabenen
Gedanken und im tatbereiten Willen der Urgötter[10].

Noch war nichts vorhanden,
nicht der zarteste Lichtstrahl, nicht der leiseste Hauch,
weder Luft noch Feuer, weder Wasser noch Erde.
Nirgends herrschte sichtbare Bewegung[11]
nur Totenstille und Finsternis[12].

---

[4, 5] Nur ein Seher im holotropen Zustand kann dies „sehen".

[6 (a)] H. J. Pagels schreibt in seinem Buch „Quantumphysics as the language of Nature": „The vacuum is not only a state of nothingness, but contains the potentiality for all forms of the particle world."

[6 (b)] Der Physik-Nobelpreisträger Paul Dirac sagt: „Alle Materie wird aus einem nichtwahrnehmbaren ‚Substrat' erschaffen und die Erschaffung der Materie hinterlässt in diesem Substrat ein Loch, welches als Antimaterie erscheint. Dieses Substrat erfüllt den ganzen Raum und ist durch keinerlei Beobachtung nachweisbar." Dies ist ein Hinweis auf das polare Paar: Materie – Antimaterie.

[6 (c)] In der Hinduliteratur findet man: „Im Koilon, dem Urstoff, bohrt Fohat Löcher in den Raum, die mit seinem Bewusstsein gefüllt werden und uns dann als Materie erscheinen."

[6 (d)] Poincaré, ein berühmter französischer Physiker sagt: „Ein Atom ist nur ein Loch im Aether."

[6 (e)] Das Gegensatzpaar Elektronen und Anti-Elektronen (Löcher) beherrscht die Halbleitermechanismen und somit alle Vorgänge im Computer.

[7] Das heißt die Götter (Plural, männlich und weiblich) mussten noch geschaffen werden.

[8] Die Kabbalah erwähnt Hierarchien von Geistern: Sefirot, Seraphim, Cherubim etc.

[9] Im vierdimensionalen (4D-)Raum ist alles schon und stets vorhanden.

[10] Mit Urgöttern ist „Das EINE" gemeint. *Das* war die Ebene für welche Moses seinen Monotheismus einführte; dies ist jedoch falsch ausgelegt worden, nämlich „Eine Ebene zu tief". – Auch der LOGOS im Evangelium des Johannes, ist ein Gott der *zweiten* Generation!

[11] Bewegung ist Leben; wenn sich nichts mehr bewegt, ist man tot.
Für die Griechen waren die Planeten Götter, welche die Erde bewegen ließen. Das griechische Wort „thein" bedeutet bewegen, daher das griechische Wort Theos, Thea(ina); dies wird im lateinischen zu Deus, Dea.

[12] Totenstille und Finsternis: Das *beängstigende* numinosum von C. G. Jung.

Auch das begnadete Auge des Sehers, das weiter und tiefer
blickt als der Sinn des gewöhnlichen Menschen[13]
vermochte das Chaos nicht zu durchdringen[14]
Nur bis an seine Schwelle reichte die Rückschau des Weisen[15].

Eines Tages verbreitete sich ein
belebendes Schimmern über das Chaos,
Das Licht trat aus der Finsternis hervor[16]
die Erde und der Himmel wurden geboren[17].
das Himmelwasser befruchtete die Erde
und Leben entstand auf der Erde[18].

Von dieser Übereinstimmung zwischen der Schöpfungsgeschichte von Hesiodos und meinem eigenen Erlebnis war ich tief betroffen. Ich fand es unglaublich und frappant. Wenn ich es nicht selbst erlebt hätte würde ich sagen, mein Bericht sei bei Hesiodos abgeschrieben: Die wichtigsten Punkte kamen in beiden Beschreibungen vor: Chaos, Abgrund, Das Hervortreten des Lichtes aus der Dunkelheit, Polarität und Totenstille.

### 4.1.1 Chaos bei den Griechen

Ich sinniere weiter über die Bedeutung des Wortes „Chaos“ bei den Griechen und im heutigen Sprachgebrauch. Chaos bei den Griechen bedeutete lediglich das Gegenteil vom Kosmos, der Weltordnung. Hier haben wir ein Gegensatzpaar, eine Polarität, welche unserer Welt zugrunde liegt. Für die Griechen war der Kosmos die Welt der sichtbaren Dinge, eine geordnete Welt. Alles verlief harmonisch, regelmäßig und vor allem periodisch, nach festen „Gesetzen“, z. B. Tag und Nacht mit dem periodischen Wechsel von hell und dunkel. Dieses Polaritätspaar war für die Griechen ein vorhersagbares Geschehen. Von dem Falsifikationstheorem von Charles Popper hatten sie damals offensichtlich noch nichts gehört.

---

[13] Gemeint ist der Verstand, das Tagesbewusstsein.

[14] Chaos ist hier aufzufassen als Abgrund; hinter diesem Abgrund ist das was man nicht nennen kann, nicht *begreifen* kann. Auch der Weise, der Seher[15] kommt nicht weiter wie bis hier.

[16] Licht und Finsternis: Das primäre, erste polare (Gegensatz-)Paar erscheint, das ist der Moment der Schöpfung. Vom ersten Augenblick an, sobald das Licht erscheint, gibt es die Polarität, welche unveränderbar mit dem irdischen Dasein verbunden ist, ja sogar sein charakteristisches Merkmal ist.

[17] Das zweite polare Paar: Gaia (Erde), und Ouranos (Himmel). Gaia ist die erste weibliche Göttin nach der Schöpfung, Ouranos ist der erste männliche Gott nach der Schöpfung.

[18] Das Zusammenspiel von Gaia und Ouranos, Frau und Mann, Yin und Yang schafft immerfort neues Leben auf Erden. Das männliche und das weibliche Prinzip, die beiden Antagonisten, müssen im Gleichgewicht sein. Nur dann gibt es ein harmonisches Bestehen auf Erden.

Dieser periodische Wechsel von Licht und Dunkel wurde als Schlangenlinie dargestellt. Man findet eine ähnlich Darstellung periodischer Vorgänge im bekannten Tai Chi-Symbol für Yin und Yang: Einem Kreis sind zwei Gebiete mit per Definition entgegengesetzten Eigenschaften eingeschrieben, z. B. hell versus dunkel; scharf versus verwaschen; männlich versus weiblich. Die beiden Gebiete, punktsymmetrisch angeordnet, sind durch eine Schlangenlinie getrennt. In jedem der beiden Gebiete ist ein kleines Gebiet, ein Punkt mit den Eigenschaften des Gegensatzes eingelegt. Er soll den Keim für die Entwicklung der gegensätzlichen Eigenschaft andeuten.

Das Chaos der Griechen, die Verneinung des Kosmos, war nicht erkennbar, es konnte also alle Eigenschaften enthalten die man sich vorstellen kann. In diesem Chaos konnte keine Ordnung herrschen, weil nichts vorhanden war worauf sich die Ordnung hätte beziehen können.

### 4.1.2 Chaos im heutigen Sprachgebrauch

Heutzutage bedeutet Chaos die Unordnung von *sichtbaren* Dingen bzw. das Verschwinden der gewohnten Ordnung. Wir sprechen z. B. vom Verkehrschaos wenn Abweichungen vom regelmäßigen Verkehrsverhalten, Verstopfungen auftreten. Unser heutiger Begriff des Chaos wäre ein Paradox für die Griechen der Antike, weil es sich um *Un*ordnung im Kosmos, also im *geordneten* Weltall, handelt.

In der Physik verwendet man den Begriff Entropie, die Zahl der möglichen Zustände in einem geschlossenen System, als Maß für die Unordnung, für das Chaos. Je größer die Unordnung umso größer, sagt man, ist die Entropie eines Systems. Unser Weltall, der Kosmos, hat nach dem Urknall ein Minimum an Entropie, es ist perfekt geordnet. Daher kann sich das Weltall nur zu einem Zustand größerer Unordnung verändern. Die Entropie in einem geschlossenen System nimmt also stets zu oder bleibt höchstens gleich. Das ist der zweite Hauptsatz der Wärmelehre in der physikalischen Chemie. Das Weltall strebt also nach einem Zustand stets höherer Unordnung, d. h. es will in den ursprünglichen Zustand des totalen Chaos, in die Strukturlosigkeit zurückkehren.

J. Gleick sagt in seinem Buch, dass die Chaos-Theorie von heute die Abweichungen vom regelmäßigen Verhalten eines komplexen, nicht linearen Systems beschreibt. Das System wird also nicht mehr vorhersagbar, nicht mehr kontrollierbar, instabil.

*Fischpopulation*

Das lässt sich Erläutern, am Beispiel der Population der Fische in einem Teich, beobachtet über eine bestimmte Zeitspanne. Die Population der Fische bei nicht allzu großer Wachstumsgeschwindigkeit, z. B. einigen Prozenten pro Jahr, wird zunächst linear ansteigen, solang noch genug Futter für alle Fische da ist. Wenn die Population der Fische aber einen gewissen Wert erreicht hat wird das Futter knapp und reicht nicht mehr für alle Fische. Das Wachstum der Fischpopulation wird durch diese Widerwertigkeit, eine Art „Gegenkraft" gebremst. Schließlich stellt sich ein stationäres Gleichgewicht ein: Der Fischbestand bleibt konstant, hat also einen Sättigungswert erreicht.

Das Erstaunliche an dieser Geschichte ist aber, dass es von der Größe der Wachstumsgeschwindigkeit abhängt, ob ein stabiles Gleichgewicht überhaupt erreicht wird. Wenn die Wachstumsgeschwindigkeit nämlich einen bestimmten kritischen Wert überschritten hat, beginnt die Fischpopulation mit der Zeit zu oszillieren, nach einer Art Schlangenlinie; sie nimmt zu, dann wieder ab, mit einer bestimmten Frequenz, erreicht aber nie einen konstanten Wert.

Ganz arg wird es wenn die Wachstumsgeschwindigkeit einen kritischen Wert erreicht. Dann tritt bei der geringsten Veränderung der Wachstumsgeschwindigkeit – selbst in der fünften Dezimale – vollständiges Chaos auf. Die Fischpopulation schwillt an, fällt jäh wieder auf beinahe Null zurück und schießt dann wieder zu großen Werten empor. Die Fischpopulation zeigt dann ein instabiles, nicht vorhersagbares, chaotisches Verhalten. Bei weiterem Anwachsen der Wachstumsgeschwindigkeit stellt sich jedoch überraschenderweise wieder ein harmonisches Wachstum ein, die Ordnung tritt wieder aus dem Chaos hervor, es herrscht Harmonie.

*Bakterien*

Ein ähnliches Verhalten findet man beim Wachstum von Bakterien bei einer Infektionskrankheit. Die Zahl der Bakterien wächst zunächst an, aber die Zunahme wird dann durch Medikamentengebrauch gebremst und nimmt ab. Die Zahl der Bakterien kann aber auch wieder zunehmen, wenn der Patient rückfällig wird. In einigen Fällen kann es sogar zu Oszillationen kommen, d. h. Zunahme, dann wieder Abnahme der Bakterienpopulation, was sich in Verbesserung bzw. Verschlechterung des Patientenbefindens äußert. Das kann sich oft sehr lange hinziehen.

*Management Science*

In der Management Science gibt es seit langem eine Faustregel, die sagt, dass eine Firma nicht mit mehr als zirka 10 % pro Jahr wachsen soll. Die Gegenkräfte zum

Wachstum – Personalmangel, die nötige Neuordnung der Organisationsstruktur, Geldmangel, Raummangel, ungenügende Zufuhr von Grundstoffen – werden dann nämlich zu stark und können schließlich zur Katastrophe führen, nämlich dem Untergang des Betriebes. Das konnte man kürzlich bei einigen Banken sehen, welche durch zu viele Aufkäufe zu schnell gewachsen waren. Die verantwortlichen Bankmanager haben wahrscheinlich im Managementseminar geschlafen als dieses Kapitel besprochen wurde.

*Wettervorhersagen*

Das „Wetter von Morgen" wie es uns jeden Tag im Fernsehen gezeigt wird, ist eine Interpretation von Berechnungen mit Hilfe von hierfür relevanten sogenannten Differentialgleichungen. Für diese Berechnungen benötigt man Messwerte von z. B. Druck, Temperatur und Feuchtigkeitsgehalt der Erdatmosphäre. Wenn sich diese Messwerte – die Randbedingungen – nur um einen geringen Bruchteil ändern, selbst in der fünften Stelle hinter dem Komma, kann daraus eine vollständig andere Wettervorhersage resultieren. Man spricht dann auch vom Schmetterlingseffekt und spielt dabei darauf an, dass eine geringfügige Änderung in den Werten der Randbedingungen einen großen Effekt auf die Wettervorhersage haben kann; der Flügelschlag eines Schmetterlings in China könnte das Wetter in Europa beeinflussen.

*Herzschlag*

Das Herz ist ein komplexes, nicht lineares und überdies dreidimensionales System, welches in einem Menschenleben milliardenfach, periodisch sauber schlagen muss. Das heutige kardiale Know-how beschränkt sich aber, in Ermangelung von etwas Besserem, auf z. B. eindimensionale Mustererkennung – Pattern recognition – im EKG und viel praktische Erfahrung. Das ganze System lässt sich im Prinzip auf zwei entgegengesetzte, antagonistische also polare Größen zurückführen: Zusammenziehen und Ausdehnen der Herzkammern. Die kleinste Unregelmäßigkeit in der Größe einer dieser antagonistischem Faktoren kann zu Abweichungen vom normalen linearen strengperiodischen, harmonischen Verhalten, zu Herzrhythmusstörungen, also Instabilitäten führen.

Auch hier haben wir wieder ein nichtlineares System in welchem die Glieder höherer Ordnung – quadratische Glieder, welche die Gegenkräfte repräsentieren – sich erst ab einer bestimmten Größe stärker geltend machen als normal.

*Pendelbewegung: Die Schaukel*

Bei nicht allzu großen Auslenkungen, d. h. bei linearem Verhalten lässt sich die Pendelbewegung einer Schaukel durch die sogenannten harmonischen Funktionen beschreiben. Diese Funktionen haben die Form einer Schlangenlinie. Bei zu großer Auslenkung tritt auch hier wieder Abweichung vom harmonischen Verhalten auf, weil quadratische Glieder, die Gegenkräfte ihren Einfluss geltend machen. Das Chaos schlägt dann auch hier wieder zu.

Es ist auch hier wieder das Wechselspiel zwischen zwei polaren antagonistischen Größen welche bestimmen, ob eine harmonische Schwingung oder eine chaotische Bewegung erfolgt. Polarität ist eben entscheidend verantwortlich für alles Geschehen auf Erden.

### 4.1.3 Der Abgrund, der Urknall und die Seen von Plitvice

Hesiodos sagt in seiner Schöpfungsgeschichte: „Im Anfang war das Chaos; ein unendlicher, gähnender Weltenabgrund." In diesen Abgrund war ich gefallen, tiefer, tiefer, tiefer ..., es wollte kein Ende nehmen.

Dieses Fallen in einen, für mich pechschwarzen, dunklen Abgrund bedeutet in der Sprache des Unbewussten ausgedrückt den Übergang vom Alltagsbewusstsein, hell, Tag, klar, deutlich, genau umschrieben, in das nicht-alltägliche Bewusstsein, dunkel, Nacht, verschwommen, nicht beschreibbar.

Der Abgrund ist also keine lokalisierte Kluft irgendwo am Rande der materiellen, sichtbaren Welt, sondern drückt symbolisch die *Trennung* zwischen manifestierter, differenzierter Formenwelt von der nicht-manifestierten, nicht-differenzierten formlosen und zeitlosen Welt aus. Unser Wort Jenseits spielt also auf dieses „jenseits" des Abgrundes an.

Der Abgrund deutet also eine Schranke, zwischen Tagesbewusstsein und dem Nichtalltäglichen, höheren oder holotropen Bewusstsein an. Holotrop bedeutet nach S. Grof „vom differenzierten, begrenzten, auf das Ganze hinstrebend". Der Abgrund ist also die Schranke zwischen der einen Phase, dem Alltagsbewusstsein, und der anderen Phase, dem holotropen Bewusstseinszustand. In der Physik nennt man den Übergang von einer Phase in die andere Phasenübergang oder Phasentransformation.

*Emanation*

Diese Phasentransformation, durch welche die Polarität erstmalig in Erscheinung tritt, wird noch verdeutlicht durch den Satz: „Das Licht tritt aus der Finsternis hervor." Hiermit wird eine Emanation angedeutet. Emanation heißt so viel wie Ausströmen, Ausfließen. Das EINE, Formlose, Unsichtbare geht über in sichtbare, greifbare, strukturierte Form. Es entspricht dem in der Physik verwendeten Term für den Phasenübergang von der Energie (E), des Vakuums, einer Energie in formlosen Zustand, in strukturierte Energie, also in materielle, begrenzte Teilchen mit Masse (m), entsprechend der Formel von Einstein $E = mc^2$. Hierin ist $c^2$ das Quadrat der Lichtgeschwindigkeit (c).

Volker Doormann hat gezeigt, dass sich diese Formel auch schreiben lässt als $m = E\,\varepsilon_0\mu_0$, wobei $\varepsilon_0$, $\mu_0$ zwei Konstanten sind welche das „Material", in unserem Fall das Vakuum charakterisieren. Das Auftreten dieser „Material"konstanten $\varepsilon_0$, $\mu_0$, deutet auf die Umformung der strukturlosen Vakuumenergie (E) in eine begrenzte, materielle, strukturierte Teilchen-Energieform. Das EINE, Formlose – mit allen denkbaren Formen potentiell in sich – hat also ein Maximum der Unordnung, d. h. ein Maximum der Entropie. Beim Urknall emaniert dieses EINE und kondensiert als Higgsfeld, d. h. stellt sich dar als Ordnung, als *eine* bestimmte Form aus der Vielzahl der möglichen Formen, entsprechend einem Minimum an Entropie.

Genz zitiert in seinem Buch „Die Entdeckung des Nichts" die Frage des Archytas von Tarent, einem Zeitgenossen von Platon, 400 Jahre nach Hesiodos, ob man eine Hand oder einen Speer noch weiter hinausstrecken kann, wenn man schon am Rande der Welt, am Weltenabgrund steht. Würde der Speer, wenn man ihn oder ein anderes materielles Objekt wirft, von einer unsichtbaren Mauer zurückgeworfen werden oder vielleicht sogar verschwinden? Die Antwort muss sein: Wo immer sich der Speer oder ein anderes materielles Objekt befindet, hat die Emanation dadurch gerade schon stattgefunden und ist die Welt, der Kosmos um dieses Stück größer geworden.

*Emanation und Expansion*

„Das Licht tritt aus der Finsternis hervor", sagt Hesiodos und meint damit ein Ausfließen, Ausströmen. In der Physik bezeichnet man dies als Expansion des Weltalls nach dem „Urknall". Messungen haben nämlich gezeigt, dass von einem beliebigen Punkt der Erde aus betrachtet alle Sterne, Spiralnebel usw. sich mit einer bestimmten Geschwindigkeit von uns in radialer Richtung fortbewegen; man nennt dies die Flucht der Spiralnebel. Diese Fluchtgeschwindigkeit hängt ab vom Abstand von der Erde. Die Spiralnebel-Antipoden bewegen sich mit Lichtgeschwindigkeit von uns weg. Man könnte den Speer also sowieso nicht über die Grenze des Kosmos hinaus schleudern, weil man ihn dann mit einer Geschwindigkeit größer als die Lichtgeschwindigkeit schleudern müsste um den äußersten Rand des Universums zu überscheiten. Laut Einstein ist aber die Lichtgeschwindigkeit die maximale, durch materielle Körper erreichbare Geschwindigkeit.

Ich habe aber noch eine Reihe von Fragen. „Das Licht tritt hervor aus der Finsternis." Mit welcher Geschwindigkeit?..., wohl mit Lichtgeschwindigkeit.

Wenn das Licht hervortritt, entsteht das Weltall, findet der Urknall statt.

Mit welcher Geschwindigkeit breitet sich dann das Weltall aus? Mit Lichtgeschwindigkeit, wie aus Messungen erwiesen ist.

Man hat weiters aus Messungen abgeleitet, dass unser Weltall endlich ist, mit einem Radius von zirka 14 Milliarden Lichtjahren. Wo ist dann der Rand dieses Universums? An der Grenze zwischen manifestierter und nichtmanifestierter Welt; an der Grenze zwischen Licht, sichtbarer Welt und Dunkelheit der unsichtbaren Welt, dem Chaos, dem Nichts, dem Vakuum.

Was ist außerhalb unseres Universums? Nichts, Chaos, Leere, Dunkelheit.

Das Licht tritt hervor: Das Licht vertreibt die Dunkelheit und macht sichtbar was schon seit ewig als Potentia, als Möglichkeit in der Dunkelheit schlummert. Eine Form, Struktur, ein Objekt welches nicht selbstleuchtend ist kann man ja nur sehen wenn es beleuchtet wird, also im Licht.

### *Urknall*

Zurück zur Expansion des Weltalls: Wenn man im Gedanken die radiale Flucht der Spiralnebel zeitlich umkehrt, also in der Zeit zurückgeht, kommt man zu dem Schluss, dass das gesamte Weltall ursprünglich in einem winzig kleinen Volumen, einem „Punkt" zusammengeballt war. Aus diesem Punkt hat sich das Universum explosionsartig, seit dem „Urknall" mit Lichtgeschwindigkeit ausgedehnt, bis zum heutigen Tage. Die Physik beschreibt also die Ereignisse *nach* dem Urknall. Woher der Urknall kommt und warum er überhaupt auftritt, darüber kann die Physik nichts aussagen.

Aus der Bestimmung der Fluchtgeschwindigkeit der Spiralnebel hat man den Radius der heutigen Welt mit zirka14 Milliarden Lichtjahren abgeschätzt. (Ein Lichtjahr ist der *Abstand* den das Licht in einem Jahr zurücklegt. Hier zeigt sich wieder deutlich die enge Verknüpfung zwischen Raum und Zeit.) Mit der Annahme, dass sich das Weltall stets mit Lichtgeschwindigkeit ausgedehnt hat, lässt sich das Alter der Erde mit 14 Milliarden Jahren schätzen.

Man könnte also annehmen, dass sich die Erde im Zentrum des Universums befände. Das ist aber nicht der Fall. Der Urknall hat nirgendwo und überall zur gleichen Zeit stattgefunden.

Um dies zu verstehen, machen wir uns am besten ein zweidimensionales Modell – Länge mal Breite –, also ein ebenes Modell des Universums: Die Erde, die Fixsterne, Spiralnebel usw. denken wir uns als eingeflochten in eine Ebene an Stellen, welche den Kreuzungspunkten von Avenues und Streets in New York entsprechen.

Wenn wir uns z. B. in New York in einem Helikopter bei der Grand Central Station, d. h. der Kreuzung Lexington Avenue at 42nd Street befänden, dann könnten wir entlang der Lexington Avenue über die 42th, 43th, 44th, ... Street nach Norden bis zur 110th Street schauen und etwas weiter, nach Nordwest, zu den Cloisters, in der Nähe der 200th Street. In den Süden könnten wir bis zur Wall Street, South Ferry und Freiheitsstatue schauen. Im Westen könnte man den Times Square, 7th Avenue at 42nd Street, sehen und im Osten den East River, vorbei an der 3rd, 2nd, 1st Avenue. Dieses orthogonale Netz von Streets und Avenues ist also ein ideales System um Positionen festzulegen.

### *Expansion der Metrik*

Wenn sich jetzt dieses Modell-Weltall ausdehnen, expandieren würde, wie oben besprochen, dann könnten wir sehen, dass sich all diese Markierungspunkte von uns entfernen. Ein Stern auf der Position Lexington Avenue at 107th Street würde sich dann zwar von uns entfernen, aber seine Position im Straßennetz wäre noch immer die gleiche, nämlich „Lexington Avenue at 107th Street". Es hat sich nur die Metrik des Raumes geändert, d. h. die Abstände zwischen den einzelnen Streets bzw. Avenues. Die gegenseitige, *relative* Lage der Sterne ist aber gleich geblieben, alles hat sich nur proportional geändert.

Unser Universum ist vielleicht nur ein Sandkorn in einem anderen größeren Universum; wir würden es nicht merken. Es würde uns ähnlich ergehen wie in Gullivers Reisen beschrieben. Trotzdem hätten wir aber doch den Eindruck, dass sich alles von uns fortbewegt, d. h. dass wir im Mittelpunkt des Universums wären. Das ist aber nicht der Fall, denn wenn wir uns an einem beliebigen anderen Punkt unseres Universums befänden, würden wir zu dem gleichen Schluss kommen, nämlich im Zentrum des Weltalls zu sein, weil sich auch von dort aus gesehen alles von uns fort bewegt. Kein Punkt in unserem Positionsnetz ist ja wegen der Symmetrie des Raumes vor einem anderen ausgezeichnet.

Der Urknall hat also nirgendwo oder überall stattgefunden. Das Weltall ist entstanden aus dem Nichts, dem Chaos, wo es keine Zeit gibt. Also ist der Zeitpunkt des Entstehens, von dort ausgesehen – auch vom Standpunkt der speziellen Relativitätstheorie aus betrachtet – unbestimmbar. Das Weltall ist also irgendwann entstanden. Man kann auch sagen das Weltall ist nirgendwo und nirgendwann, im „no-where, no-when“ entstanden.

### *Ein Modell des Urknalls und die Seen von Plitvice*

Die Seen von Plitvice sind weltberühmt. Sie befinden sich auf verschiedenen Niveaus und sind durch ein Netz von Kanälen miteinander verbunden. Diese türkisfarbig schillernden Seen, sind gefüllt mit glasklarem Wasser, sodass man bis auf den Grund sehen kann.

Sie werden durch verschiedene Quellen gespeist, unter anderem durch die sogenannte „weiße Quelle“. Diese Quelle, ein Wasserbecken, gefüllt mit reinstem Wasser, hat ihren Namen von der weißen Farbe ihres Bodens. Von Zeit zu Zeit sprudelt ein Wasserpfropfen aus dem weißen Grund des Beckens empor und verursacht die Ausbreitung von kreisförmigen Wasserwellen auf der spiegelglatten Oberfläche des Wassers im Becken. Die Ausbreitung dieser konzentrischen Wasserwellen, die sich wie ein Ölfleck ausbreiten, ist vergleichbar mit der Ausdehnung, Expansion unseres Modellweltalls.

Diese Wasserwellen bedecken die Beckenoberfläche mit einem Gekräusel von konzentrischen, kreisförmigen Wellenbergen und Wellentälern, welche sich von ihrem Entstehungsort, der einmal dort und einmal das sein kann, nach außen hin ausbreiten.

Die Struktur dieser Wasserwellen ist in Potentia, als eine der vielen Möglichkeiten bereits im formlosen, „amorphen“ Wasser des Beckens enthalten. Erst durch den

„Aufprall" des Wasserpfropfens an der Oberfläche kommen sie zur Ausbildung. Analoges gilt in der Quantenmechanik für die Gleichung von Schrödinger; sie enthält alle Möglichkeiten. Aber erst durch die Wahl der Randbedingungen wird eine bestimmte Form realisiert.

*Der Rand des Universums*

Der Rand des zweidimensionalen Modells des Universums ist also die Grenzlinie zwischen dem Kopf der Wasserwelle und der ungestörten Zone an der Wasseroberfläche. Diese ungestörte Zone im Becken, vergleichbar mit dem Nichts, dem Chaos, dem Vakuum, ist ein unendlich großer Ozean, verglichen mit dem kleinen Stück, in welcher sich eine Form zeitlich entwickelt.

Aus diesem Nichts entsteht unser Weltall an einem beliebigen Punkt, zu einer beliebigen Zeit.

*Entstehen und Vergehen des Universums und des Menschen*

Nach dem Abklingen der Wasserwelle liegt das Wasser im Becken wieder wie ein spiegelglatter See, unbewegt, unverändert wie seit ewigen Zeiten. Das Entstehen und Abklingen der Wasserwelle symbolisiert das Entstehen und Vergehen unserer Welt, aber auch das Entstehen und Vergehen eines Menschen in unserer sichtbaren Welt: Plop ..., ein wenig Gekräusel und dann ist es vorbei. Was bleibt ist das ewige, wunderbare, ruhige, erhabene Nichts. Dieser „Plop" kann 14 Milliarden Jahre oder etwas mehr dauern oder nur ein Menschenleben lang. Im Vergleich zur zeitlosen Ewigkeit sind aber beide nur eine kleine Störung, also nicht der Rede wert.

Genauso wie das Wasser im Becken schon die Potenz der Wasserwellen in sich trägt, ist auch unser Universum schon immer im Dunklen vorhanden und tritt dann irgendwo und irgendwann aus dem EINEN, unveränderlichen, göttlichen, ewigen, undefinierten, formlosen SEIN hervor. Dieses EINE wird mit verschiedenen Symbolen angedeutet: Das Wahre, das Absolute, das Unveränderliche TAO, Brahman, das EINE ohne ein Zweites (A-dvaita, das Nicht-zwei), Gott, Alles was ist und was nicht ist. Der Term Gott ist dabei eher als Symbol denn als Begriff den man beweisen kann, aufzufassen.

Das sichtbar, greifbar werden, das Entstehen der Welt, Manvantara, wird in der Hinduphilosophie als das Erwachen von Brahmâ dargestellt; es markiert den Beginn des Tages von Brahmâ. Wenn das Weltall wieder vergeht (Pralaya) dann beginnt die Nacht des Brahmâ, das Weltall verschwindet in der Dunkelheit des Nichts.

Mit dem Auge Gottes in der Kabbalah ist es ähnlich: Wenn es sich öffnet entsteht das Weltall, wenn es sich wieder schließt vergeht das Weltall.

## 4.2 Die Kabbalah (QBLH)

Ich hatte von der Kabbalah gehört sie sei eine Art Zahlenmagie; man müsste den einzelnen Buchstaben in einem Wort eine Zahl zuteilen und dann die Quersumme bilden. Die so gefundene Zahl habe dann magische Kräfte. Diese Zahlenmagie ist in letzter Zeit sehr populär geworden. Ich fand jedoch in der mir zur Verfügung stehenden Literatur, einem Erbstück das mir meine liebe Freundin Elisabeth hinterlassen hatte, beim näheren Studium der Kabbalah, dass die Kabbalah mehr ist als nur Zahlenmagie.

Im Allgemeinen versteht man unter Kabbalah die Niederschrift der Sammlung von uralten jüdischen Weisheiten aus vielen Jahrhunderten. Die Kabbalah beschäftigte sich ursprünglich mit der Weisheit „Gottes", der Schöpfung und dem Sinn des menschlichen Lebens. Die Weisheit wird laut Kabbalah erhalten durch direkten Kontakt mit Gott, also nicht durch theologische Schlussfolgerungen oder Spitzfindigkeiten, sondern durch direktes Erleben der Göttlichkeit in einem höheren nichtalltäglichen Bewusstseinszustand. S. Grof hat hierfür den Term „holotrop" – auf das Ganze, das EINE hinstrebend – eingeführt.

Solchen direkten Kontakt mit „Gott" oder einem höheren geistigen Wesen in einem holotropen Zustand nennt man Mystik. Unter Kabbalah versteht man heutzutage also die mystische Tradition des Judentums. Diese Tradition wurde ursprünglich nur mündlich weiter gegeben, vom Meister zum Lehrling, und wurde daher QBLH genannt. QBLH oder auch Kabbalah ausgeschrieben, bedeutet so viel wie „mündliche Überlieferung". Abraham soll der erste Kabbalist gewesen sein.

Man sagt, dass die Kabbalah auch viele Weisheiten aus Indien, Mesopotamien, Ägypten und Griechenland enthält. Im antiken Ägypten schrieb man ihre Zusammenfassung in einem Buch dem Gott Thot zu. Thot ist der Gott der Weisheit und Magie, er ist besser bekannt unter seinem griechischen Namen Hermes Trismegistos (der „Dreimalgroße Hermes"). Der Ausdruck „Wie oben, so unten" wird auch heute noch als „Hermetisches Prinzip" bezeichnet. Man sagt weiters, dass Pythagoras und Orpheus ihre Einweihung in die göttliche Weisheit des Hermes in ägyptischen Tempeln erhalten haben. Der Name den man in Griechenland dieser verlorengegangenen göttlichen Weisheit – Theosophia – gegeben hat war kab-baloo oder kata-baloo. Dies hat die Bedeutung herabsenken, herabsteigen, niederfahren der göttlichen Weisheit und trifft den esoterischen, inneren Inhalt des Wortes Kabbalah besser als das Wort „Überlieferung".

All diese Ansichten sind undeutlich, schlecht dokumentiert und verlieren sich im grauen Nebel der Vorzeit. Die heiligen Bücher der verschiedenen Religionen beruhten aber ursprünglich auf mystischen Erfahrungen. Im Laufe der Zeit wurden, vor allem in der Bibel geschichtliche und profane Elemente hinzugefügt, welche man nicht mehr als „Heilig" bezeichnen darf.

Der Term „Gott" ist eine Adaption (Anpassung) an den Sprachgebrauch, welcher im Westen von den Griechen und den monotheistischen Religionen eingeführt wurde. Diese haben versucht mit der Ratio, mit Denken, Gott zu „definieren", zu „beweisen". Gott lässt sich aber nicht *definieren*, d. h. man kann ihm keine Ende – finis – zuschreiben, weil das ein Widerspruch in sich, zu seinen von den Menschen postulierten Eigenschaften wäre: Unendlich groß, grenzenlos, unendlich mächtig, (all)mächtig, zeitlos (ewig). Laut den Gesetzen der Logik darf man einen Begriff aber nicht durch eine Verneinung definieren. „Un"endlich, d. h. „nicht"endlich usw. darf man also nicht für eine Definition verwenden.

Laut Kabbalah kann man Gott und das Wesen Gottes intellektuell nicht begreifen, man kann ihn in seiner ganzen Herrlichkeit auch nicht mit Worten beschreiben. Gott ist für den Kabbalisten viel zu erhaben; der Kabbalist spricht das Wort „Gott" daher auch nicht aus. Das, was von Gott für unseren beschränkten Intellekt und unsere emotionelle Kapazität erfassbar ist, kann immer nur ein Teil des Wesens Gottes sein.

Der Kabbalist „nennt" die Gottheit daher Ain-sof, wörtlich das Nichts, im Sinne von „Nicht"-manifestiertes Sein. Ain-sof oder En-sof ist das Unerkennbare, Unergründliche, Unvergängliche, das Dunkle, das Eine (ohne ein Zweites), das Allerhöchste, das Nicht-manifestierte-Sein. Gott kann man nicht mit Worten beschreiben, man kann ihn nur erleben. Diese unpersönliche Gottheit ist daher weder männlich noch weiblich und muss als Neutrum gedacht werden: Nicht *der* Gott, Gottvater, *der* Allerhöchste, sondern *das* Allerhöchste. Die Gottheit in seiner Ganzheit ist für den Menschen nicht erfassbar, nicht zu ergründen. Wir können nur seine vielen Widerspiegelungen erfassen, welche von ihm ausströmen, emanieren.

Das Gebot von Moses „Du sollst an *einen* Gott glauben" bezieht sich auf Ain-sof, das Unnennbare, Gott-ohne-Namen. Die Religionskriege sind darauf zurück zu führen, dass man Ain-sof mit dem LOGOS verwechselt hat. Die monotheistischen Religionen haben Ain-sof als den LOGOS, den Schöpfer der Welt, personifiziert und haben ihm verschiedene Namen gegeben. Damit begann der Streit, welcher Name der richtige sei. Man vergisst aber, dass der Name nicht das Wesentliche ist, sondern die Tatsache das alles, auch der LOGOS, aus einer Quelle, also dem Ain-sof hervorgegangen ist.

Die verschiedenen Religionen lassen sich vergleichen mit den verschiedenen Farben aus dem Regenbogen: Jede für sich enthält einen Teil der Wahrheit, aber erst zusammen ergeben sie das weiße Licht.

Laut Kabbalah emaniert eine geistige Wesenheit genannt Kether, Krone, der Erste, der Einzige (nicht *das* Einzige), der Unerkannte (nicht *das* Unerkennbare) aus dem allerhöchsten Ain-sof. Emanation, im Gegensatz zu Schöpfung, impliziert nämlich die Wesensgleichheit von Ain-sof und dem was aus ihm hervorgegangen ist. Sie bilden eine untrennbare, wenn auch nicht unmittelbar sichtbare Einheit.

Der Emanationsgedanke findet sich auch wieder in der griechisch-orthodoxen Kirche und im Hinduismus.

Schöpfung würde bedeuten, dass Gott etwas geschaffen hat was außerhalb von ihm ist, getrennt und verschieden von Art. Gott ist dann irgendwo „da oben", außerhalb von uns und wir brauchen einen Vermittler der uns zu ihm führen kann. Diese Betrachtungen sind aber im Widerspruch zum Evangelium von Lukas, 17; 20: „... das Reich Gottes ist nicht hier und nicht dort ..., das Reich Gottes ist *in* Euch."

Zwischen dem Ain-sof und dem Emanierten befindet sich ein Abgrund oder Vorhang, wodurch der Glanz der Herrlichkeit Gottes abgeschwächt wird, um sie für uns erträglich zu machen. Jede Wesenheit würde, laut Kabbalah, verbrennen und sich in Nichts auflösen wenn sie Gott ohne diese Abschwächung in seinem vollen Lichtglanz „sehen" würde. Ein Beispiel dazu wäre der Blick in die Sonne ohne Sonnenbrille. Das Emanierte ist daher de facto, aber nicht im Prinzip von Gott durch einen Abgrund getrennt.

Aus dem Allerhöchsten emaniert also, indem er den Abgrund überschreitet, der Kether, auch Krone genannt. Der Kether, der erste der zehn Sefirot, ist eine Ausstrahlung der Gottheit. Die Sefirot sind eine Verdichtung Gottes, eine Beschränkung seiner Unermesslichkeit und ermöglichen uns daher mit unserer beschränkten Aufnahmefähigkeit wenigstens Teile von Ain-sof, Gott, zu erfassen. Die Sefirot sind eine Hierarchie geistiger Wesenheiten auf verschiedenen Bewusstseins- bzw. Schwingungsniveaus.

Der Kether, welcher das Vater-Mutter-Prinzip zunächst als Einheit in sich trägt, spaltet sich in Weltvater und Weltmutter, die zwei nächsten Sefirot. Zusammen bilden diese drei die Triade oder Trinität, welche als gleichseitiges Dreieck mit dem Kether auf der Spitze und Weltvater, Weltmutter als Basis dargestellt wird. Dem Dreieck eingezeichnet ist „Das Auge Gottes". Wenn dieses Auge geöffnet wird, entsteht die Welt. Wenn sich das Auge schließt wird das Weltall absorbiert und fließt zurück in den Kether und von dort in das dunkle, unergründliche ewige Sein. Das Auge Gottes sieht man in manchen Barockkirchen in Österreich und auf den 1 Dollar-Banknoten.

In der Hinduphilosophie wird ein periodisches Entstehen und Vergehen des Weltalls dem Wirken von Brahmâ zugeschrieben. Wenn Brahmâ erwacht, beginnt der Tag von Brahmâ, ein Manvantara, und das Weltall entsteht. Wenn die Nacht von Brahmâ beginnt, ein Pralaya, vergeht das Weltall, es löst sich in Nichts auf. Die Silbe „...laya" erinnert an das griechische Wort „lysis", welches die Bedeutung „Auflösen" hat.

Nach der Spaltung des Kethers in ein Vater-Mutter-Prinzip „verdichtet" sich dieses weiter und emaniert über einen weiteren Abgrund, dem Abgrund der jungfräulichen Gewässer, in die Welt der manifestierten Formen. In dieser Welt der Formen und Manifestationen ist der Vaterstrom die göttliche Offenbarung des Geistes, der Mutterstrom ist die realisierte Form, die Bekleidung des Geistes.

Von jedem der drei Punkte in der Triade – nämlich Kether, Vater, Mutter – geht ein Energiekanal, symbolisiert durch eine Säule, senkrecht nach unten in die Tiefe. Diese drei parallelen Säulen sind:

Die männliche Säule, Vatersäule, auch Sonnensäule genannt, durch welche der Vaterstrom fließt,

Die weibliche Säule, Muttersäule, auch Mondsäule genannt, durch welche der Mutterstrom fließt, der Aspekt der Formverwirklichung, der realisierten Form, als Widerspiegelung der Weltmutter.

Die Ähnlichkeit mit der Yang Yin-Philosophie des Taoismus ist deutlich.

Die Funktion der beiden Säulen ist, laut Kabbalah, Aufbauen und Abbrechen, also gegensätzliche Eigenschaften. Hier findet man wieder das Prinzip der Polarität.

Die Säule in der Mitte, ausgehend von Kether, ist die Säule der Ruhe, des Gleichgewichtes und der Harmonie. Es ist die Säule des höheren Bewusstseins, die Säule des perfekten Gleichgewichtes zwischen Mann und Frau. Es ist die Säule der Erleuchtung, der Illumination. Es ist der Energiestrom des Einswerdens durch die Liebe. Diese Säule entspricht dem Bhakti-Yoga in der Hinduphilosophie. Diese Mittensäule betont, dass der Weg zu Gott gehen muss über die Vereinigung von Emotion (Herz) und Intellekt (Kopf). Diese Säule zeigt auch den Weg, welcher geradlinig nach oben direkt zum Kether führt, währen der Pfad über die beiden anderen Säulen sich schlangenförmig windet.

Entlang dieser drei Säulen, wenn sie aus den jungfräulichen Gewässern emaniert sind, befinden sich sieben weitere Sefirot, Energiezentren, Energieniveaus in regelmäßigen Abständen, in total also zehn Sefirot.

Die zehn Sefirot bilden zusammen den Lebensbaum mit Kether als Krone des Baumes. Dieser Lebensbaum ist der zweite Baum – neben dem Baum der Erkenntnis – von dem im Paradies die Sprache ist. Die einzelnen Sefira entsprechen den Planeten in unserem Sonnensystem, die unterste Sefira z. B. ist der Erde zugeordnet. Die einzelnen Sefira entsprechen aber auch den Chakras im menschlichen Körper. „Wie oben, so unten". Der Mikrokosmos ist eine Widerspiegelung vom Makrokosmos.

Die Anordnung der einzelnen Sefira entlang der drei Säulen, soll zeigen, dass sich der Mensch entlang dieser Energieniveaus zum Göttlichen emporarbeiten kann. Sie ist Symbol für den Aufstieg in die überirdische Welt über eine Hierarchie von Wesen mit verschieden hohem Entwicklungsgrad.

Analog findet man in der Bibel, Genesis 28, dass dem Jakob eines Nachts ein Engel auf einer Leiter erschien. Diese Leiter, seither bekannt als Jakobsleiter, führte von der Erde bis in den Himmel, zu Gott.

Die Übereinstimmung zwischen diesem Lebensbaum und der Hinduphilosophie ist bemerkenswert: In der Hinduphilosophie spricht man von drei Energiebahnen im menschlichen Körper: Einem zentralen Strom, Sushuma genannt und zwei gegenläufigen Strömen, Ida und Pingala, die sich in einer Schlangenlinie um die zentrale Energiebahn winden. Die Sefirot und die drei Säulen entsprechen den Chakras und diesen Energiebahnen.

Die Kabbalah lehrt weiters:

Aus dem Ain-sof emaniert der Einziggeborene, der Einzige, Kether. Der Kether kennt zwei Aspekte; einerseits Vater-Mutter-(als)-Einheit und andererseits den LOGOS, bestehend aus den sieben Elohim, erhabenen Geistern, welche alle Prototypen der Formenwelt im Universum erschaffen.

Zwischen den verschiedenen Daseinsebenen, mit verschiedener Dichte, Beschränkung, Abgrenzung und Schwingungsfrequenzen liegt jeweils ein Abgrund oder Vorhang. Dieser sorgt dafür, dass das Bewusstsein nicht ohne gründliche Vorbereitung in die nächst höhere Daseinsebene eintreten kann, weil es sonst zu Schaden kommen könnte, verbrennen würde, sich in nichts auflösen würde.

Der Tarot wird oft in Verbindung gebracht mit der Kabbalah. Das ist nicht verwunderlich, weil der Tarot ein Extrakt der Kabbalah auf Karten ist, ausgedrückt in Archetypen. Der Tarot ist aber kein Kartenspiel! Tarock, Bridge, Skat hingegen sind Spiele, welche Karten verwenden die durch Profanierung der Tarotkarte entstanden sind.

Die Karte II im Tarot, die Hohepriesterin, ist sehr interessant. Sie zeigt den Ursprung, den Weg und das Ziel des Daseins auf Erden: Die Hohepriesterin sitzt auf einem Stuhl und hält in ihrer linken Hand einen Schlüssel, in der rechten Hand hält sie ein Buch. Auf dem Kopf trägt sie das Zeichen des Mondes mit den Isishörnern. Sie sagt damit: „Du musst zuerst Bücher lesen, vor allem das Buch von Thot – die Kabbalah – und dann werde ich Dir mit dem Schlüssel die Tore zu den höheren Welten öffnen.

Thot, bei den Ägyptern, ist der Gott der Weisheit und Magie; er wird im griechischen mit Hermes Trismegistos bezeichnet. Thot wird immer nur im Profil, also von einer Seite gezeigt wie der Mond. Er wird von den Ägyptern in Verbindung gebracht mit Mond, Weisheit, Intuition. Thot wird auch dargestellt mit einem Hundekopf. Bellen die Hunde deshalb zum Mond oder haben ihm die Ägypter deshalb einen Hundekopf gegeben?

Thot wird auch als Schlange dargestellt, welche bei den Babyloniern als heilig und als kreative Weisheit verehrt wurde. In der Bibel wurde die Schlange – die bei den Erzfeinden der Juden, den Babyloniern, so sehr verehrt wurde – natürlich das Symbol für das Böse.

Kether wurde nicht nur als Krone des Lebensbaumes dargestellt, sondern auch als Krone des Königs und daraus, pars pro toto auch als König. Dieser König, ein alter Mann mit weißem Bart wird immer nur im Profil gezeigt, wie damals üblich. Seine für uns unsichtbare Seite ist immer nach dem Ain-sof gerichtet, also der dunklen, unsichtbaren Seite, der Finsternis. Aus diesem Ain-sof empfängt der König seine Lebenskraft die er an uns weitergibt aus seiner sichtbaren, hellen Seite. Die weißen Haare sind Symbol für die Ströme göttlicher Weisheit.

*Einige Hauptthemen der Kabbalah*

- Es gibt nur einen Gott, unergründlich, unerkennbar, formlos: Ain-Sof.
- Kether, die Krone, emaniert aus dieser unerkennbaren Gottheit und trägt das männliche und das weibliche Prinzip als Einheit in sich.
- Kether spaltet sich in männliche und weibliche Aspekte. Die beiden emanieren aus dieser Sphäre als zwei gegensätzliche, einander ergänzende Prinzipien. Die Polarität entsteht.
- Kether, männliches und weibliches Prinzip zusammen, bilden die Triade, die Trinität.
- Aus der Krone entsteht parallel zum männlichen und weiblichen Aspekt der LOGOS, der Weltschöpfer, der unerkannte Gott. LOGOS wird fälschlich übersetzt mit „Wort".

Verschiedene Daseinsebenen mit verschiedenen Niveaus der Entwicklung sind durch Abgründe voneinander getrennt. Diese Abgründe müssen beim Übergang von einem Niveau zum anderen überquert werden. In einem Atom findet man etwas Ähnliches beim Übergang eines Elektrons von einem Energieniveau zu einem anderen. Die beiden Niveaus sind getrennt durch die sogenannte „Verbotenen Zone" im Englischen „band *gap*."

„Die zehn Sefirot, die verschiedenen Eigenschaften Gottes, haben verschiedene Energie- bzw. Bewusstseinsniveaus. Der Lebensbaum symbolisiert diese verschiedenen Bewusstseinszustände (Niveaus) entlang welcher sich die Menschheit entwickeln muss um zu Gott zurückzukehren.

* * *

Weder die Kabbalah noch der Tarot sind mein Weg. Aber ich habe viele Gemeinsamkeiten gefunden die meine eigenen Erlebnisse bestätigen. Ich verlasse daher diese Landschaft und verneige mich mit Respekt vor den Leuten mit anderer Meinung als der meinen, wenn sie ihren eigenen Weg wählen wollen.

## 4.3 Genesis und das Evangelium nach Johannes

**Genesis**

Die Bibel (das Alte Testament), vom griechischen biblos (Buch) ist eine Sammlung von vielen Büchern. Die ersten fünf dieser Bücher, Pentateuch, enthalten auch das Buch Genesis, die Schöpfung. Dieses Buch beschreibt die Erschaffung der Welt, die Sintflut, den Zwist mit dem Erzfeind der Juden, den Babyloniern, den Turmbau zu Babel, die Entwicklung der jüdischen Nation, und die Gefangenschaft in Ägypten. Der größte Teil der Genesis behandelt die letztgenannten Themen sowie Regeln für das tägliche Leben, ist also nicht unbedingt als heilig zu betrachten. Die Schöpfungsgeschichte der Juden, Genesis, nimmt einen relativ kleinen Teil ein. Das Buch Genesis wurde zunächst Moses zugeschrieben. Man hat aber inzwischen gefunden, dass eine Anzahl unbekannter Autoren ihren Beitrag geleistet haben bzw. möglicherweise auch ihre Meinung hineingearbeitet hat.

Die Schöpfungsgeschichte, Genesis I,1-4, in der niederländischen, protestantischen Bibel, der sogenannten „Statenbijbel", in einer Ausgabe aus dem Jahre 1898, lautet – übersetzt in das Deutsche – wie folgt:

I, 1 Im Anfang schuf Gott Himmel und Erde
I, 2 Die Erde aber war wüst und leer.
Finsternis lag über dem Abgrund
und Gottes Geist schwebte über den Wässern.
I, 3 Gott sprach: „Es werde Licht, und es ward Licht."
I, 4 ...und Gott machte eine Trennung zwischen Licht und Finsternis.

Der erste Satz in Genesis (I, 1): „Im Anfang *schuf* Gott Himmel und Erde" macht mir Schwierigkeiten. Wenn Gott die Erde geschaffen hat, dann hat er zu etwas bereits Bestehendem, nämlich seiner Existenz etwas hinzugefügt. Das würde aber bedeuten, dass Gott vorher nicht alles umfasst hat. Ein unermesslicher, „unendlicher" Gott muss aber alles umfassen was ist und was nicht ist. Man kann also besser sagen:

Gott hat Himmel und Erde, also zwei entgegengesetzte Kategorien getrennt, welche vorher als Einheit, aber noch nicht unterscheidbar, vorhanden waren.

Das Modell einer „Trennung" von zwei Objekten die schon im Prinzip vorhanden sind steht in Einklang mit den Erhaltungsätzen der Physik wie sie seit Descartes gehandhabt werden. Einer dieser Erhaltungsätze sagt z. B. dass Masse oder Energie nie verlorengehen oder aus nichts entstehen kann. Sie kann höchsten in eine andere Energieform umgewandelt werden oder aus einer anderen entstehen.

Ähnliches hat man in der modernen Physik bei der Entwicklung des Weltalls nach dem Urknall. Kurz nach dem Urknall sind die vier fundamentalen Kräfte – Schwerkraft, starke Wechselwirkung, schwache Wechselwirkung und elektromagnetische Kräfte – noch nicht zu unterscheiden. Erst im Laufe von extrem kurzen Zeitspannen löst sich eine Fundamentalkraft nach der anderen aus dem nicht Unterscheidbaren und nimmt seine eigene Identität an.

Ellen van Wolde, Professor für Exegese des Alten Testamentes an der Universität Nijmegen, kommt aufgrund sprachwissenschaftlicher Studien zu dem Schluss, dass der erste Satz der Genesis (I, 1) bisher immer falsch übersetzt worden ist; er müsste richtig lauten:

„… Gott trennte Himmel und Erde" anstatt „… Gott *schuf* Himmel und Erde".

* * *

Der zweite Satz der Genesis (I, 2): „Die Erde aber war wüst und leer" kommt auch bei Hesiodos und in der Kabbalah vor. In der Kabbalah wird dies angegeben mit dem Wort Tohuwabohu, was Chaos, wüst, leer bedeutet.

Übrigens bedeutet Tohuwabohu im österreichischen Sprachgebrauch ebenfalls Chaos, Unordnung.

Finsternis und Abgrund – wie in der Genesis I, 2 aus 1816 und 1898 – entsprechen meinen eigenen Erlebnissen: Den Eindruck ganz, ganz tief zu fallen und eine beängstigende Finsternis bevor man in „höhere" Sphären aufsteigt.

Dem Märchen von Frau Holle könnte ein ähnliches Erlebnis zugrunde liegen:
Erst fällt man in den tiefen, tiefen Brunnen und dann steigt man auf zur Frau Holle die im Himmel ihre Polster ausschüttelt.

In einer neueren Ausgabe der „Statenbijbel" aus dem Jahre 1968 finde ich: „Finsternis lag über der *Flut*", an Stelle von „Finsternis lag über dem *Abgrund*" wie im Druck von 1898. Das lässt sich wie folgt erklären: Der Abgrund zwischen den drei höchsten Sefirot und den sieben niederen Sefirot wird in der Kabbalah mit „Abgrund der jungfräulichen Gewässer" bezeichnet. In den genannten Übersetzungen wurde eben, aus Unkenntnis, nur jeweils ein Wort nämlich, Abgrund *oder* Flut (Gewässer), verwendet.

Man sieht also, dass die Bibelübersetzung mit nur sprachwissenschaftlichen Hilfsmitteln nicht immer adäquat ist. Die Genesis, welche wie alle übrigen *wirklich* Heiligen Schriften, auf holotropen Erfahrungen beruht, sollte daher nicht nur mit dem Kopf, sondern auch mit dem Herzen übersetzt werden. Aufgrund ihrer Herkunft sollte man die Genesis auch nicht allzu wörtlich, sondern mehr als Metapher nehmen. Moses musste natürlich eine Bildsprache verwenden, welche an die Kultur und den Entwicklungstand seines Volkes angepasst war. Wenn er seinen Leuten vom Urknall und vom Higgsfeld erzählt hätte, wäre er nur auf Unverständnis gestoßen.

Der dritte Satz aus der Genesis, (I, 3}: Gott *sprach*: „Es werde Licht ..." deutet darauf hin, dass der Urtext der Genesis, welcher Moses zugeschrieben wird, die Niederschrift eines holotropen Erlebnisses ist. In holotropen Erlebnissen wird eine unmittelbare Kenntnis der höheren Welten vermittelt, was man in religiösen Termen mit Offenbarung bezeichnet. Die Personen, die so etwas erlebt haben, beschreiben, dass diese unmittelbare Kenntnis von einer „inneren Stimme" kommt, die zu ihnen *sprach*. Als ich meine holotropen Erlebnisse der Schöpfung einer Bekannten erzählte, sagte ich auch spontan: „Eine Stimme sagte mir ...." Dann dachte ich nach: In welcher Sprache, Deutsch, Holländisch, Englisch? oder war es die Stimme eines Mann, einer Frau? Ich kam zu dem Schluss, dass ich alles ohne Worte, direkt vermittelt bekommen hatte; das englische Wort „straightknowledge" drückt das am besten aus, es bedeutet unmittelbare Erkenntnis, d. h. ohne Umwege über eine Denkkette.

Gott sprach: „Es werde Licht, und es ward Licht" zeigt außerdem, dass die Polarität – Licht versus Finsternis – typisch ist für das Leben auf der Erde. Wo viel Licht ist, ist auch viel Schatten. Gut und Böse, Mann und Frau, ursprünglich EINS treten im Irdischen getrennt auf und sorgen für Spannung als Antrieb für alle entsprechenden Aktivitäten.

Ich betrachte jene Teile der Bibel als heilig, welche auf ursprüngliche holotrope Erfahrungen zurückzuführen sind. Diese erkennt man unter anderem daran, dass sie mit heiligen Texten anderer Religionen übereinstimmen, wie in der vorliegenden Arbeit gezeigt wird. Hinzufügungen jeder Art gehören nicht dazu. Die Entscheidung was heilig ist und was nicht, muss jeder mit seinem Herzen selbst herausfinden.

Zeile vier (I, 4) und Zeile drei (I, 3) passen nicht ganz zusammen. Laut I, 3 wird das Licht aus der Finsternis geschaffen, es muss also hinzugefügt werden. In I, 4 trennt Gott das Licht von der Finsternis. Dann sind aber Licht und Finsternis vorher bereits beide vorhanden aber nicht voneinander zu unterscheiden.

**Das Evangelium nach Johannes**

„Im Anfang war das *Wort* ... und das Wort war bei Gott ... und das Wort war Gott ... und alle Dinge sind von IHM geschaffen" so beginnt das Johannes-Evangelium. Dieser Satz ist eine Übersetzung des lateinischen Satzes: „In principium erat *verbum*", welcher seinerseits aus dem Griechischen „En archai en ho *LOGOS* ..." übersetzt wurde. Das griechische Wort LOGOS kann man übersetzen mit Wort (verbum), aber auch mit Denkkraft, Denken. Goethe plagt sich in seinem Faust I ebenfalls mit dieser Übersetzung ab. Den Begriff LOGOS kennt man im Westen seit Heraklitos und er bedeutet dort einen immateriellen Weltgeist, eine Ur-Energie. Dies ist auch in besserer Übereinstimmung mit dem Konzept der Energie des Vakuums, in der modernen Physik.

Der LOGOS hat laut Heraklitos der Welt Gestalt durch Trennung der Urelemente gegeben, welche im Chaos seit ewig verbunden waren. Das Universum verdankt also seine heutige Existenz diesem LOGOS. Das Johannes Evangelium sollte also beginnen mit:

„Im Anfang war der LOGOS, welchem das Universum seine Existenz verdankt." Das müsste noch ergänzt werden zu: „Im Anfang war der LOGOS *und* die LOGAINA (sprich Logäna) – das weibliche Gegenstück zum LOGOS – welchen das Universum seine Existenz verdankt". Damit würde der Beitrag der weiblichen Komponente an der „Schöpfung" explizit dargestellt.

LOGOS muss man primär übersetzen mit Denkkraft, Denken. Das ist eigentlich ganz logisch: Zuerst kommt nämlich das Denken und dann erst das Reden, das Handeln, das Sichtbare. Hugo Claus hat dies sehr schön ausgedrückt indem er sagt:

„Worte sind die Kleider der Gedanken".

In der Theosophie ist der LOGOS ganz allgemein die Manifestation eines verborgenen kosmischen Prinzips. Das kosmische Prinzip im obigen Fall ist die Denkraft und ihre Manifestation ist das Wort, die Sprache, der Klang.

## 4.4 Upanishaden und die Bhagavad Gita

Die Upanishaden und die Bhagavad Gita sind Teile der heiligen Bücher des Hinduismus. Der Hinduismus ist zirka 1500 bis 2000 vor unserer Zeitrechnung entstanden, zurzeit als die Arier Indien eroberten. Die Arier hatten wie alle Völker dieser Entwicklungsstufe einen Naturgottesdienst. Die Kräfte und Elemente der Natur wurden als „göttlich“ verehrt; sie kannten einen Gott des Feuers, einen Gott des Windes, einen Gott der Erde usw.

Die Verehrung dieser Götter fand ihren Niederschlag in religiösen Schriften, den Veden, den Büchern der Weisheit. In diesen Schriften findet man zu Beginn Hymnen, Mantras und rituelle Texte zur Beschwörung der verschiedenen Naturgötter.

Die Upanishaden, welche ebenfalls zu den Veden gezählt werden, sind Kommentare und philosophische Betrachtungen. Man sucht hier nach der Urkraft, der Urenergie – vergleichbar mit dem Suchen nach der Causa Prima im Westen – hinter dem Entstehen der Welt. Auch die Frage nach dem Sinn des Lebens wird hier erörtert.

Die Upanishaden betrachten Brahman, manchmal auch mit Brahmâ (nicht zu verwechseln mit Brahmâ, welcher aus Brahman emaniert) bezeichnet, als das EINS, das Ewige, Unveränderliche, Unstoffliche, Unendliche, Unerkennbare, Unbegreifliche.

Brahman ist etwas das man mit dem Verstand nicht begreifen kann. Diese und ähnliche Begriffe findet man auch wieder in anderen Religionen. Brahman wird aber nicht, so wie wir es im Westen gewohnt sind als persönlicher, zürnender oder gnädiger Gott empfunden. Brahman ist eine Form von unwandelbarer, unveränderlicher, unerschütterlicher Ordnung, Ruhe und Harmonie. Aus Brahman ist letztendlich alles entstanden, aber nicht durch seinen „Willen" oder durch einen Plan den „Er“ gemacht hat. Das „Er“ ist schon wieder zu anthropomorph, persönlich, patriarchalisch. Brahman ist kein „Er“ auch keine „Sie“. Streng genommen gilt: „Brahman ist Alles und Alles ist Brahman.“ Brahman ist Eins ohne ein Zweites (a-dwaita, nicht-zwei). Brahman wird also nicht betrachtet als persönlicher Schöpfer der Erde und der Menschen.

„All that existed then, was void and formless. Only darkness there was.“ (Alles was existierte war leer und formlos. Es gab nur Dunkelheit.)

Brahman ist die Weltseele, die innerste alles durchdringende Essenz aller Dinge.

Die Manifestation von Brahman im tiefsten Kern des menschlichen Wesens, die innerste, individuelle Seele nennt der Hindu „Atman". Brahman und Atman sind jedoch keine unterschiedlichen, verschiedenartigen Entitäten, Einheiten. Brahman und Atman sind wesensgleich aber nicht identisch.

„Brahman und Atman sind Eins."

Jedes Lebewesen auf Erden befindet sich in einem unveränderlichen Kreislauf von Tod und Wiedergeburt. Atman, die unsterbliche, individuelle Seele des Menschen inkarniert sich nach dem Tod und der darauf folgenden Ruheperiode in einem anderen Körper.

Karma ist das Gesetz von Ursache und Wirkung. Jede Handlung eines Menschen hat eine Wirkung, hat Einfluss auf seine Lebensumstände. Dies kann sich entweder in diesem Leben äußern oder in einem späteren Leben, einer neuen Inkarnation. In jeder Inkarnation bringt man gewisse Anlagen und Lebensumstände mit sich. Das Verhalten in einem früheren Leben kann Einfluss haben in welche Verhältnisse man hineingeboren wird, arm oder reich, in welche Rasse, ob als Mann oder als Frau, mit welchen körperlichen und geistigen Anlagen – genial oder mit Unzulänglichkeiten. Man bringt sozusagen seinen Saldo von guten und bösen Taten mit in das neue Leben.

„Die schlechten Taten in einem früheren Leben werden hierdurch gesühnt", ist *eine* Interpretation dieses Karmagesetzes. Man kann aber auch sagen, dass man in jeder neuen Inkarnation andere Voraussetzungen mitbringt, damit die unsterbliche Seele, die sich wiederverkörpert, Gelegenheit bekommt andere, neue Eindrücke aus der Vielfalt des Lebens aufzunehmen.

Für die breite Masse war dieses unpersönliche, abstrakte Prinzip von Brahman zu weit weg und unnahbar. Man konnte nicht darüber reden, man konnte sich nichts darunter vorstellen, man konnte es nicht begreifen. Brahman, diese esoterische Gottheit, d. h. nur für die Eingeweihten verständlich, entsprach nicht dem Verlangen der Massen nach einer heimeligen, sichtbaren, persönlichen Gottheit (einem Gott oder einer Göttin), welche man sich vorstellen konnte, der man sich anvertrauen konnte und die man um Hilfe bitten konnte. Mit der Zeit entstanden in Indien daher tausende Gottheiten, als Spiegelung, Repräsentant einer unnennbaren Gottheit, welche die verschiedenen Eigenschaften von Brahman personifizierte. Die zehn Sefirot in der Kabbalah haben ähnliche Funktionen.

Die drei wichtigsten dieser Götter, Brahmâ, Vishnu und Shiva, werden mit Trimurti bezeichnet. Brahmâ ist der Schöpfer, Vishnu der Erhalter und Shiva ist der Zerstörer der wieder aufbaut. Ihre entsprechenden weiblichen Aspekte werden Sarasvati, Radha und Parvati genannt.

Brahmâ ist eine Projektion, eine Spiegelung von Brahman. Er ist ein „Gott der zweiten Generation“, wie auch bei Hesiodos beschrieben:

„... das Chaos aber war nicht leer. Es war die Heimat der Götter, die auf die große Stunde warteten, dass die Schöpfung beginnen sollte.”

Aus Brahmâ entspringen ein Vaterstrom (Geist, Denkkraft, Purusha) und ein Mutterstrom (Materie, Prakriti). Brahmâ ist das Äquivalent zum LOGOS (Wort, Denkkraft) im Johannes-Evangelium.

Diese drei wichtigsten Götter der Hindus entsprechen der Heiligen Dreifaltigkeit (Trinität) der Christen und der Triade Osiris, Isis und Horus bei den Ägyptern. Osiris ist die erste Person, der oberste dieser Götter. Isis (Issa) ist die Muttergöttin, das weibliche Prinzip, die erzeugende Kraft in der Natur. Horus, der Sonnengott ist der Sohn von Isis. Die Geschichte von Osiris ähnelt übrigens der von Christus: Osiris wurde getötet, begraben, ist am dritten Tage wieder auferstanden von den Toten und in den Himmel aufgestiegen.

Capra erwähnt in seinem Buch „The Tao of Physics”, dass man heute in Indien die Trimurti: Shiva, Vishnu und die Göttliche Mutter (Shakti) verehrt. Diese neue dritte Gottheit „Shakti” ist der Archetyp der „weiblichen” Energie im Universum und macht sich jetzt überall bemerkbar. Ich nenne es das Auftreten der „neuen” Energie.

Vishnu und Shiva haben sich in vielen Formen in menschlicher Gestalt inkarniert, man nennt sie dann Avataras. Inkarnationen von Vishnu sind z. B. Rama(chandra) und Krishna. Das Mantra der Hare Krishna-Bewegung:

> „Hare Krishna, Hare Krishna,
> Krishna, Krishna
> Hare Hare”

dürfte darauf zurückzuführen sein.

Buddha ist eine andere Inkarnation von Vishnu.

Shiva ist erschienen als Nataradscha, König des Tanzes. Er stellt als kosmischer Tänzer den endlosen Zyklus von Entstehen und Vergehen des Universums dar. Nach dieser Auffassung müsste es also mehr als nur einen Urknall geben. Unser Universum wird vielleicht nach vielen Milliarden Jahren vergehen und andere Universen werden entstehen.

Die Heldentaten dieser personifizierten Gottheiten wurden in epischen Werken, niedergeschrieben. Eines dieser Epen, Ramayama genannt, beschreibt die Heldentaten von Prinz Rama als einer Inkarnation vom Gott Vishnu. Rama hat sich für die Menschheit aufgeopfert um sie vom Bösen zu befreien. Er hat eine ähnliche Funktion wie Christus zwei Jahrtausende später.

Das weitaus bekannteste dieser epischen Werke ist die Mahabarata. Sie enthält einen Abschnitt, die Bhagavad Gita, von der Mahatma Gandhi sagte, sie sei ein Ozean mit verschiedenen Tiefen. Je tiefer man geht, umso schöner die Perlen die man findet. Jeder muss seinen eigenen Weg gehen, um das höchst Ziel, Erleuchtung, zu erlangen.

Die Bhagavad Gita erzählt als Rahmenhandlung die Geschichte vom König Ardjuna, der in einen Streit mit seinen Brüdern verwickelt ist, weil sie ihm sein Erbe streitig machen wollen. Dieser Zwist droht in einen Krieg auszuarten und Ardjuna steht am Vorabend des Kampfes auf seinem Streitwagen bereit, mit Krishna – einer Inkarnation von Vishnu – verkleidet als Wagenlenker.

Die Bhagavad Gita beschreibt das Gespräch zwischen Ardjuna (sprich Ardschuna) und Krishna, dem höheren Selbst von Ardjuna, am Abend vor der Schlacht. Die Essenz der Bhagavad Gita ist, laut Mahatama Gandhi, der ewige Kampf zwischen Gut und Böse im Herzen des Menschen, auf seinem Weg zur Erleuchtung. Der Streitwagen ist Symbol für das menschliche Leben: Ardjuna ist das niedere, begrenzte „Ich"; die Pferde sind unsere Leidenschaften welche vom Wagenlenker Krishna, unserem höheren Selbst, gezügelt werden müssen.

Wenn im Islam von Jihad gesprochen wird, so ist damit genau das Gleiche gemeint: Der Kampf des Menschen mit *sich* selbst, in sich selbst, zwischen seinen guten und bösen Eigenschaften. Blutiger Terror ist nicht die Sprache des Islam wie mir ein gläubiger Moslem sagte.

Krishna erklärt in diesen Gesprächen mit Ardjuna die Essenz des Hinduismus:

Die Vielfalt aller Dinge und Ereignisse in unserer Welt sind nur verschiedene Manifestationen der letztendlichen Realität, der Urenergie, also Brahman. Das zeigt, dass der Hinduismus im Grunde genommen eine monotheistische Religion ist.

Als Moses sagte: „Du sollst an einen Gott glauben", so hat er damit die unnennbare, unerkennbare Gottheit, das Äquivalent zu Brahman, oder zum (unerkennbaren) Tao gemeint. Das wurde und wird noch immer falsch ausgelegt: Man hat die *Emanation* der unnennbaren Gottheit als diesen *einen* Gott von Moses angesehen und ihm verschiedene Namen gegeben wie JHWH, LOGOS, Gott usw. Man hat dann im weiteren Verlauf Kriege darüber geführt, was der wahre Namen Gottes sei, ob der wahre Gott – protestantisch oder katholisch – sei. Man hat dabei übersehen, dass man als irdischer Zwerg, zwischen z. B. Brahman und Brahmâ, seiner Emanation, schwer unterscheiden kann. Das entspricht der Situation eines Menschen am Fuße eines Wolkenkratzers. Von seinem niederen Standort aus kann er schwer feststellen wer im 49. und wer im 50. Stockwerk wohnt, zumal an der Außenseite eines Wolkenkratzers im Allgemeinen keine Andeutung der Stockwerke zu finden ist. Das ist auch die Schwierigkeit bei der Reise in höhere Bewusstseinsebenen. Es gibt keine Andeutung wo, bzw. in welcher Bewusstseinsebene man gelandet ist. Die einzelnen Ebenen tragen keine Visitenkarten bei sich, wie mir bei meinen Reisen deutlich wurde.

Die Erschaffung der Welt und aller Dinge auf ihr wird in der Bhagavad Gita wie folgt beschrieben: Aus Brahman, dem Einen, dem Unaussprechlichen emaniert Brahmâ. Dieser enthält zunächst die Mutter, die Frau (Nari) schlechthin als latente Materie (Prakriti) und den Vater, Mann (Nara), den Geist (Purusha). Beide sind eng miteinander zu einer Einheit verflochten.

Wenn Brahmâ in Erscheinung tritt spaltet er sich und ergießt einen Vaterstrom und einen Mutterstrom in die sichtbare Welt. Die Polarität ist geboren. Die Wechselwirkung der beiden, das Zusammenspiel von kosmischem Vater und kosmischer Mutter erzeugt danach alle Dinge.

„Alles was entsteht, sei es ein Ding oder ein Wesen, ist das Ergebnis der engen Verbindung zwischen Materie (dem Feld, Prakriti) und dem göttlichen Geist (dem Kenner, Purusha).

Der Geist, Purusha, macht die Form; die Seele, Prakriti, füllt diese Form. Das ist analog dem Wirken des LOGOS, welcher den Blaudruck, das Skelett schafft. Die Bekleidung dieses Skelettes mit Materie erfolgt danach durch ein weibliches Prinzip.

Goethe sagte hierzu: „Das männliche und das weibliche Prinzip, die Polarität, ist das Grundgesetz des Weltgeschehens".

# 4.5 Taoismus

Die chinesische Philosophie beruht auf einer Kombination von intuitiver Kenntnis, Mystik, Weisheit und einem praktischen, durch die Ratio erhaltenem Wissen. Die Mystik, symbolisiert durch den Weisen, ist die Grundlage des Taoismus. Das rational erhaltene Wissen, symbolisiert durch den Krieger, ist die Grundlage des Konfuzianismus. Diese beiden entgegengesetzten Pole der chinesischen Philosophie werden aber nur als verschiedene Ausdrucksformen ein und derselben menschlichen Natur betrachtet. Im Taoismus hat man erkannt, dass das rationelle Denken nicht im Stande ist, die letzten Tiefen des Menschseins zu erfassen, welche in der „unnennbaren, unbeschreiblichen Leere, im Nichts“ verankert sind.

Das Tao, von dem der Taoismus seinen Namen hat ist „ Das Nichts, aus welchem alle Dinge hervorgehen". Dieses Tao wird in der chinesischen Schrift durch ein bildhaftes Symbol, ein Bildzeichen, ein „Charakter", ein Schriftzeichen wiedergegeben. Die chinesische Schrift ist nicht wie bei uns eine Zusammenfügung von Buchstaben zu Wörtern, sondern sie beschreibt Gegenstände – mit sogenannten Piktogrammen – und Ideen oder Begriffe – mit sogenannten Ideogrammen – auf bildhafte Weise. Jedes Bildzeichen muss innerhalb eines stehenden rechteckigen Feldes bleiben.

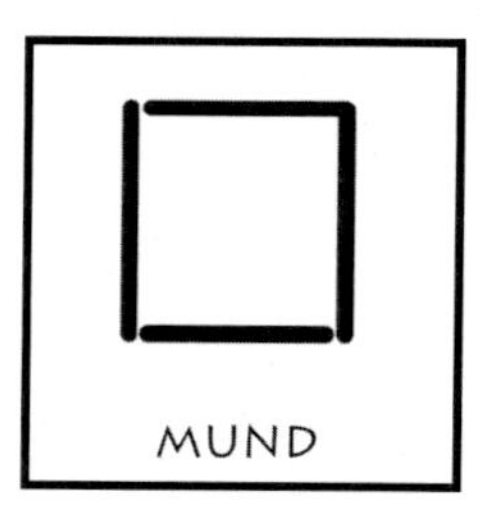


**4.1 Mund**
Der Mund z. B. wird dargestellt durch ein Quadrat.
Ursprünglich war das die Skizze eines Mundes, mit Oberlippe und Unterlippe, wurde aber vereinfacht, wie viele andere Symbole, auf eine „kantige, eckige" Schreibweise.

**4.2 Sonne**
Die Sonne hat als Bildzeichen ein Quadrat, mit einem horizontalen Strich durch seine Mitte; das war ursprünglich eine kreisrunde Scheibe mit einem Punkt in der Mitte, der in der eckigen Schreibweise zu einem Strich wurde.

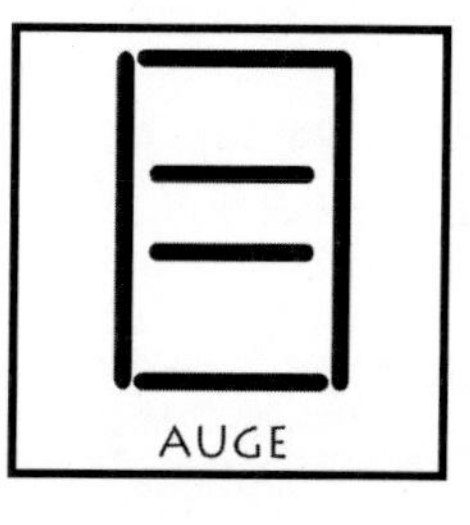


**4.3 Auge**
Das Auge wird dargestellt durch ein stehendes Rechteck, mit zwei parallelen Strichen darin; ursprünglich war dieses Piktogramm einem Auge ähnlich. In der heutigen, eckigen Schreibweise, sollen die zwei parallelen Striche noch an die Augenlider erinnern.

**4.4 Sprechen**
Das Piktogramm für Sprechen ist ein Quadrat, den Mund darstellend, mit vier horizontalen, parallelen Strichen darüber; diese sollen die akustischen Wellen darstellen, welche beim Reden aus dem Mund ausströmen. Der lange Strich symbolisiert die Information, die mit dem gesprochenen Wort übermittelt wird.

**4.5 König**
Drei horizontale, übereinander gestapelte Striche, verbunden durch einen vertikalen Strich sind das Ideogramm für den König. Der unterste horizontale Strich stellt die Oberfläche der Erde dar, der mittlere die Menschheit und der oberste den Himmel. Der König, früher auch Priester, war der Vermittler für den Menschen zwischen Himmel und Erde.

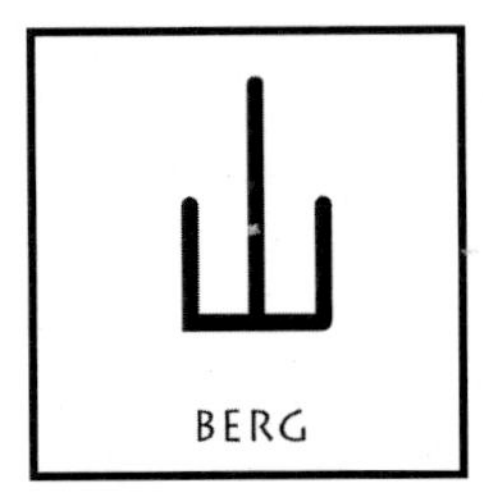


**4.6 Berg**
Drei parallele, vertikale Striche wovon der mittlere der längste ist – auf einem horizontalen Strich welcher die Erdoberfläche symbolisiert – sind das Piktogramm für einen Berg. Der mittlere vertikale Strich ist der Berggipfel.

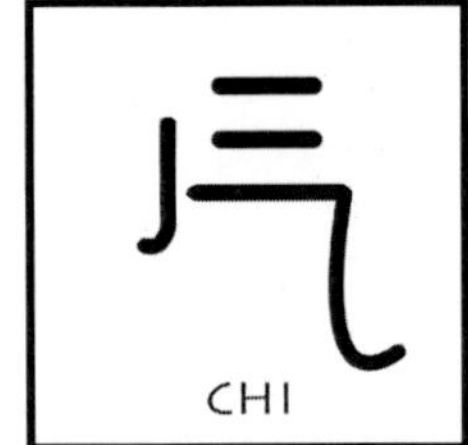


**4.7 Chi**
Chi, das chinesische Wort für Atem, Wasserdampf oder Äether, wird dargestellt durch einen horizontalen Strich mit rechts einen nach unten und außen weisenden geschwungenen Haken, dem Symbol für die Verankerung in der Erde. Über diesem Strich sind horizontale Striche welche den Wasserdampf, den Atem der Erde, darstellen. Der Wasserdampf steigt von der Erde zum Himmel empor und kommt wieder zurück zur Erde. Diese Striche erinnern an die aus der Physik bekannten Kundt'schen Staubfiguren, welche „Bäuche" einer stehenden Welle sichtbar machen. Eine stehende Welle ist das Resultat der Wechselwirkung von zwei in entgegengesetzter Richtung laufenden Wellen gleicher Wellenlänge, wodurch es zur Bildung von regelmäßig angeordneten Knoten und Bäuchen kommt; mit Knoten bezeichnet man die Stellen wo die beiden Wellen sich gegenseitig völlig auslöschen; Bäuche bezeichnen die Stellen wo sie sich maximal verstärken. Diese stehende Welle symbolisiert das Zirkulieren des kosmischen Atems, das ständige Auf und Ab, Hin und Her, zwischen Himmel und Erde. Es bedeutet die ständige Veränderung im irdischen Sein.

Das Lesen dieser chinesischen Schriftzeichen mag uns Bewohnern der westlichen Welt schwierig erscheinen, die Aussprache und noch mehr das Verstehen gesprochener Wörter ist aber für den Ungeübten ein wahrer Horror. Das kommt daher, dass ein Wort im Chinesischen durch die Tonhöhe seine Bedeutung verändert und durch ein vollständig anderes Schriftzeichen (Bildzeichen) dargestellt wird.

Das chinesische Wort HAO zum Beispiel wird auf vier verschiedene Arten ausgesprochen, wie die folgenden – englischen – Sätze illustrieren:

How$^{1}$ nice; How$^{2}$ do you know that?; How$^{3}$ dare you!; I don't know how$^{4}$. Die Superscripts 1–4 geben die Tonhöhe, für die Transkription eines chinesischen Wortes in unser westliches Alphabet-System an.

Die Bedeutung von HAO ist dann z. B. je nach Tonhöhe:

HAO$^{1}$: Aromatische Pflanze.
HAO$^{2}$: Der tausendste Teil, Atom.
HAO$^{3}$: Gut, Liebe: Zeigt Frau mit Baby.
HAO$^{4}$: Verschwenden, überwältigend, luminös, das Himmelslicht:
Zeigt Sonne und Himmel, strahlend.

Das Wort HAO wird also durch verschiedene Bildzeichen mit entsprechend verschiedener Bedeutung dargestellt. Wir kennen Ähnliches im Deutschen: Das Wort „modern", kann Verschiedenes bedeuten, je nachdem ob wir „módern" oder „modérn" sagen.

Wenn ich ein chinesisches Bildzeichen betrachte, z. B. Hao$^{3}$ zerlege ich es in seine Bestandteile: Frau und Baby. Wenn eine Frau ein Baby hat, dann geht es ihr gut und sie schenkt ihm ihre ganze Liebe. Meine chinesischen Kollegen aber sagten mir als ich sie diesbezüglich fragte, dass sie die Bildzeichen als *Ganzes* eingehämmert bekommen. Eine ähnliche Situation haben wir auch hier in Europa: Lesen lernen mit der Ganzheitsmethode oder durch Zusammenstottern der Worte aus den einzelnen Buchstaben.

Das sind nur einige Beispiele. Für HAO gibt es im Ganzen zirka 20 verschiedene Bildzeichen.

Für das Wort CHI, schreibt L. Wieger (1927) in seinem klassischen Buch „Ursprung und Entwicklung der chinesischen Schriftzeichen“, dass es abgesehen von den vier Tonhöhen auch noch als TSI oder TS'I ausgesprochen werden kann. TSI, kennt zirka 100 Bildzeichen. Eines davon bedeutet Grenze, Begrenzung, Limit. TS'I mit zirka 50 Bildzeichen bedeutet unter anderem: Atem, Spirit, Geist, Dampf.

Als Bildzeichen für CHI$^{4}$ findet man auch das oben gezeigte Symbol mit einem zusätzlich links unten eingelegten Symbol für ein Reiskorn. In diesem Falle bedeutet CHI die „beiden Prinzipien“, also die Polarität: Materie dargestellt durch ein Reiskorn und Geist, Atem, dargestellt durch das einfache CHI-Symbol.

In modernen also kommunistischen Büchern nach der Kulturrevolution – gedruckt 1993 – über Etymologie der chinesischen Schriftzeichen habe ich vergeblich nach den Worten CHI, TAO, TE, TAI-CHI und anderen philosophischen Begriffen gesucht.

Jede Verbindung mit der uralten chinesischen Philosophie wird hier systematisch unterdrückt. Aus einem Zeitungsbericht im Jahre 2011 entnehme ich jedoch, dass die chinesische Regierung die Prinzipien von Konfuzius wieder einführen möchte.

Wie kann man ein chinesisches Bildzeichen in z. B. Englisch übersetzen? Wie sind die chinesischen Bildzeichen in einem entsprechenden Lexikon angeordnet?

Man kann z. B. die Zahl der Pinselstriche in einem chinesischen Bildzeichen als Ordnungsprinzip verwenden. Dann findet man für die oben besprochenen Bildzeichen die folgende Reihe:

Mund, Berg (3 Pinselstriche),
Sonne, König, CHI (4 Pinselstriche),
Auge (5 Pinselstriche).
Sprechen (7 Pinselstriche), zusammen mit den entsprechenden Worten in Englisch.

Es gibt Bildzeichen mit bis zu 19 Strichen. Man muss bei diesem Ordnungsprinzip aber das Bildzeichen kennen.

Bei einer zweiten Methode werden die Bildzeichen in alphabetischer Reihenfolge, nach dem chinesischen Laut des Bildzeichens angeordnet.

Für die obigen sieben Bildzeichen erhält man dann die Reihe:

CHI (Atem, Geist), KOU (Mund), MU (Auge), RIH (Sonne), SHAN (Berg), WANG (König), YEN (Sprechen). Man hat hier also eine ganz andere Reihenfolge. Hier muss man aber das Gesprochene chinesische Wort kennen.

Die Verständigung über die Sprache kann auch für Chinesen sehr schwierig sein wenn es um nicht alltägliche Dinge geht. Neben den oben besprochenen Schwierigkeiten kommt nämlich auch noch die Vielzahl der Sprachen, Dialekte und lokalen Tonfärbungen dazu.

In der esoterischen Literatur ist manchmal vom Tao und dann wieder vom Dao die Rede. Wie mir neulich ein chinesischer Freund erläutert hat ist Tao die klassische und Dao die moderne (kommunistische) phonetische Transkription.

Möglicherweise hat das aber auch seinen Ursprung in der verschiedenen Aussprache und Tonfärbung in der chinesischen Region aus welcher der eine oder andere westliche Untersucher seine Information bezogen hat. Ähnliches kennt man ja auch im deutschen Sprachraum: In Deutschland trinkt man **T**ee, oder besser Thee, also mit „hartem" T; in Österreich trinkt man, wenn überhaupt „an **D**ee", mit „weichem" D.

Das Gleiche gilt für die Stadt Beijing, welche bis zum Sieg von Mao im Jahre 1949 Peking hieß.

Einmal war ich zu Gast bei einer Pan-chinesischen Konferenz über „Instrumentelle Halbleiteranalyse", welche in der Tsinghua-Universität in Beijing stattfand. Es waren, außer den eingeladenen Experten aus Europa, den USA und Japan, erstmalig Teilnehmer aus ganz China vom Festland, aber auch aus Taiwan anwesend. Ich habe es auf dieser Konferenz mehrmals erlebt, dass zwei Chinesen im Gespräch mit ihren Zeigefingern etwas in die Hand des Gesprächspartners zeichneten, wenn ihnen das Englisch – die Konferenzsprache – und ihr Chinesisch nicht begreiflich waren. Sie sagten mir, dass sie ihre Worte gegenseitig nicht verstünden, wohl aber die Schriftzeichen die der andere in ihre Handflächen male.

Das Gleiche bemerkte ich in Gesprächen zwischen Japanern und Chinesen. Die Japaner haben ja bekanntlich eine andere Sprache wie die Chinesen, verwenden aber auch chinesische Bildzeichen, von den Japanern Kanji (sprich; Kan-dschi) genannt.

So ist z. B. das Bildzeichen für Berg im Chinesischen und im Japanischen das Gleiche (Fig. 4.6). Es wird aber im Chinesischen ausgesprochen als SHAN[1] und im Japanischen als YAMA.

Einige Jahre zuvor, nach Beendigung der Kulturrevolution, hatte ich eine Einladung erhalten, um in Shanghai an einer Konferenz über „Die Zukunft der instrumentellen Analyse in China" teilzunehmen.

Bei dieser Konferenz sollten zirka 30 Experten aus den USA, Europa und Japan über ihre Erfahrungen berichten. Von chinesischer Seite waren 30 Teilnehmer anwesend, darunter auch die Staatssekretärin Sita Seah vom Ministerium für Unterricht und Wissenschaft. Sie zeigte sich sehr interessiert am Stand der instrumentellen Analyse in Europa.

Zu meiner großen Freude entdeckte ich auch Prof. Cha Langzhen, einen guten Bekannten von mir, unter den chinesischen Teilnehmern. Ich hatte viele Jahre Kontakt mit ihm gehabt, doch seit Beginn der Kulturrevolution war er plötzlich verschwunden, unerreichbar.

Jetzt erzählte er mir, dass er während der Kulturrevolution zusammen mit vielen Wissenschaftlern in die „Wildnis" verbannt worden war. Dort musste er wie ein Bauer, mit seiner Hände Arbeit sein Leben fristen um so „zur Einsicht zu kommen". Er musste Häuser bauen und Straßen anlegen ohne genügend Hilfsmittel. Jetzt hatte er seine Stelle als Professor an der Chinghua-Universität in Beijing wieder zurückerhalten.

Die Konferenz fand im ehemaligen Sommerpalast von Mao Dse Dung statt, etwa 20 Kilometer außerhalb von Shanghai gelegen, in einem naturbelassenen Gebiet von einigen Hektar Ausdehnung.

Wir waren in einem langgestreckten, ebenerdigen Gebäude mit zirka 50 Zimmern, einem Frühstücksraum mit dazugehöriger Küche sowie einem Konferenzsaal für ungefähr 80 Teilnehmer untergebracht.

In der Nähe dieses Gebäudes lag ein einstöckiges palastartiges Bauwerk im Zuckerbäckerstil, mit einer pompösen breiten Aufgangstreppe, welche zu einer Empfangshalle und einem Konferenzsaal für zirka 500 Personen führte. Bei einem wichtigen Empfang stand Mao dann ganz oben auf der Treppe und die Diplomaten oder Politiker mussten sich zu ihm hinauf bemühen.

Mein Zimmer, mit einer kleinen Glasveranda, gestattete einen Blick ins Grüne. Von einer Sitzbank in der Veranda konnte ich auf Palmen und andere exotische Gewächse schauen. Die Einrichtung, ein Bett, ein Tisch, Stühle und ein Schreibtisch, alles aus Bambusholz, war einfach aber praktisch.

Man sagte mir, dass Mao in diesem Zimmer geschlafen hätte. Ich fühlte mich sehr geehrt, wunderte mich aber warum man gerade mir dieses besondere Zimmer zugeteilt hatte.

Nach einer angenehmen Nacht in Mao's Bett begab ich mich in den Frühstücksraum. Gerade wollte ich erzählen in welch' besonderem Bett ich die vergangene Nacht zugebracht hätte, als ich einen Amerikaner an einem der Tische zu seinen Kollegen sagen hörte:

„Ihr werdet es nicht glauben, aber ich habe heute Nacht in Mao's Bett geschlafen!" Betroffene Stille allenthalben. Dann empörte, erstaunte, enttäuschte Gesichter. Ein Stimmengewirr: „Nein, ***ich*** habe in Mao's Bett geschlafen", klang es von allen Seiten. Jeder von uns wollte also in Mao's Bett geschlafen haben. Hatte man uns zum Narren gehalten, oder doch nicht ganz?

Mao schlief nämlich jede Nacht in einem anderen Zimmer, so dass niemand wusste in welchem Zimmer er gerade die Nacht verbrachte. Es war also für einen potentiellen Attentäter schwierig ihn zu finden.

Stalin hatte bekanntlich einen ähnlichen Trick wenn er in „seinem" Arbeitszimmer saß. Er hatte nämlich drei identische Arbeitszimmer, in welchen er und seine beiden Doppelgänger sich gleichzeitig aufhielten.

* * *

Wir hatten den Grundriss von Mao's Sommerresidenz und seiner Gebäude, alle fein säuberlich nummeriert, erhalten. Es war mir aufgefallen, dass ein kleines Gebäude, angebaut an die große Empfangshalle für offizielle Besuche, die Nummer 1 trug.

In einer der Mittagspausen ging ich also dorthin. Ein Chinese folgte mir und fragte mich was ich hier wollte. Ich sagte ihm den Grund. Er lachte, legte einen Finger auf seinen Mund und sagte: „Big secret, only for you" und nahm mich mit zur Hinterseite des Empfangsgebäudes. Dort war ein quadratischer Bereich von zirka 10 x 10 Meter von einer haushohen Mauer umschlossen. Durch ein Astloch in einer Art Scheunentür in dieser Mauer, hatte ich Einblick in das Gebiet innerhalb der Mauer: Ich sah ein kleines, einfaches Häuschen, am Rande eines Gemüsegartens. *Hier* wohnte Mao, die Nummer 1 der Volksrepublik China und versorgte, wahrscheinlich mit Hingabe, seinen eigenen Gemüsegarten, wie er es, seiner Herkunft gemäß, früher auch immer getan hatte.

Von diesem Häuschen aus, welches an das Hauptgebäude angebaut war, konnte er bei offiziellen Empfängen ungesehen in das große Gebäude gelangen und die illustren Gäste durch sein unerwartetes Auftauchen in Erstaunen versetzen.

**4.8 TAO**

Das Tao, von dem der Taoismus seinen Namen hat, wird dargestellt durch ein stehendes Rechteck, Symbol für den Kopf mit darin zwei parallelen leicht schräg gestellten Strichen – Symbol für die Augen – und links daneben, eng angeschmiegt das Symbol für Fuß, Gehen, Bewegung. Zwei konisch aufeinander zulaufende Striche oberhalb des Kopfes symbolisieren das Einströmen von Energie von „Oben", es soll auf die Intuition hinweisen. Auf das rein Sichtbare bezogen, werden diese Striche als die Haare auf dem Kopf interpretiert.

Das Tao-Ideogramm wird von den Sinologen oft nicht ganz zutreffend übersetzt mit „Weg“.

Ja, die Füße sind es wohl, womit wir auf dem Weg gehen, aber das ist noch nicht alles: Das Tao-Ideogramm zeigt die Einheit vom Kopf mit dem Fuß. Der Fuß auf dem Weg symbolisiert die Bewegung, also eine sichtbare Tätigkeit, der Kopf symbolisiert das Denken und Fühlen.

„Wie oben so unten,
das Tao ist der Weg und das Ziel.”

Im Tao Te King, dem klassischen Werk über das Tao, heißt es:

„Das Tao welches man beschreiten kann,
ist nicht das ewige, unveränderliche Tao.“

Intuition enthält das lateinische Wort „tueor”, ansehen, anschauen. *In*tuition bedeutet somit wörtlich „hineinschauen”, die innere Schau, das Sehen wie die Dinge von innen sind. Es ist eine direkte Kenntnisnahme über das Wesen der Dinge ohne Intervention von Sinneseindrücken oder logischen Schlussfolgerungen. Das englische Wort „straightknowledge”, unmittelbares, direktes Erkennen, gibt dies besonders treffend wieder.

Für den Taoismus ist die ständige, zyklische Veränderung das essentielle Kennzeichen der Natur und des Weltgeschehens, wie auch schon im Chi-Symbol angedeutet.

„Das Tao zieht sich zyklisch zusammen und dehnt sich aus”. Beim Ausdehnen, dem Entstehen der Welt, erschafft es die zehntausend Dinge, beim Zusammenziehen, wenn die Erde wieder vergeht, bringt es die große Leere, das Nichts, zustande. Form entsteht aus Nicht-Form; die Form kehrt wieder zurück in die Nicht-Form.”

Diese ständige Veränderung, das Auf und Ab, das ständige „Fließen”, das panta rhei, ist auch der Grundgedanke bei Heraklitos, welcher eine erstaunliche Übereinstimmung mit dem Taoismus zeigt.

All diese Veränderungen in der Natur sind Manifestationen eines dynamischen Wechselspiels von zwei gegensätzlichen, polaren Konzepten – Polarität.

Auf der Erde erscheinen diese entgegengesetzten Pole, Kräfte oder Wirkungen getrennt, aber von einer höheren Ebene aus betrachtet, jenseits der irdischen Gegensätze, dem Wesen nach, hängen sie voneinander ab, setzen einander voraus und ergänzen einander. Im Englischen wird dies treffend mit „interdependent" bezeichnet. So sind sie in Einheit verbunden, wobei aber jeder Pol den Keim des Anderen in sich trägt.

Solche Gegensatzpaare beschreibt der Taoismus mit den Symbolen Yin und Yang. Yin und Yang, Yang und Yin, zwei gegensätzliche, polare, archetypische Symbole widerspiegeln den dualen Ursprung des Lebens auf Erden.

Yang ist hierbei Repräsentant für eine Reihe von miteinander verwandten Eigenschaften wie z. B.: Intellekt, Klarheit, Analyse, Trennung, Individuum, Aggressivität, Männlichkeit, Konkurrenzkampf, Nüchternheit, überlegtes durch die Ratio beherrschtes Handeln.

Yin ist Repräsentant für eine Reihe von dazu entgegengesetzten, ebenfalls miteinander verwandten Eigenschaften wie z. B.: Gefühl, Verschwommenheit, Synthese, Vereinigung, Gemeinschaft, Rezeptivität, Weiblichkeit, Zusammenarbeit, emotionelles Handeln.

Yin und Yang, die zwei polaren Größen, sind wie die zwei Seiten einer Münze. Flach aufgelegt sieht man entweder die eine Seite oder die andere. Wenn die Münze aufgestellt wird, also eine Dimension höher im Raum, sieht man, dass die Münze als Ganzes betrachtet sowohl eine Vorder- als auch eine Rückseite hat. Die beiden zusammen bilden die gesamte Münze.

**4.9 Das kosmische Yang**

Das Ideogramm für das kosmische Yang besteht aus der Sonne (rechts oben im Bild), die über dem Horizont (horizontaler Strich) aufgeht. Unter dem Horizont sind Sonnenstrahlen angedeutet. Links davon ist mit ein paar Kuppen ein Berg skizziert. Dieses Symbol sagt: Die Sonne scheint auf den Berg am Morgen, der Berg badet im Sonnenlicht. – Dieses zeigt typische, dem Yang per Definition zugeordnete Eigenschaften: Hell, deutlich, scharf umrissen, bewusst.

**4.10 Das kosmische Yin**

Das Ideogramm für das kosmische Yin zeigt links wieder einen Berg und rechts oben ein Symbol für Kontakt (Dachgiebel) und darin das Symbol für „jetzt, dieser Augenblick". Nebel ist angedeutet unter dem Horizont. Mit diesem Symbol sollen die Yin-Eigenschaften, nebelhaft, verschwommen („fuzzy") zum Ausdruck gebracht werden. Roger Rundquist interpretiert dies als: „Im Augenblick bedecken Nebelschleier den Himmel."

**4.11 Das individuelle Yang**
Das Ideogramm für das *individuelle* Yang, zeigt das Chi-Symbol mit eingefügter Sonne. Das Männliche wird gleichgesetzt mit der Sonne: Strahlend, hell, scharfdefiniert, ausstrahlend, aktiv.

**4.12 Das individuelle Yin**
Das Ideogramm für das *individuelle* Yin zeigt wiederum das Chi-Symbol jetzt aber mit eingefügtem Mond; das Weibliche wird gleichgesetzt mit Mond: Mysteriös, meditativ; der Mond empfängt die Strahlen von der Sonne, also ist empfangend, passiv.

Yin und Yang bilden zusammen die Ganzheit des Menschen. Wenn ein Mensch heil, ganz – „heel" im holländischen, „whole" im Englischen – sein will dann müssen sein Yin und Yang innerlich im Gleichgewicht sein. Die „Individuation" bei C. G. Jung bedeutet dasselbe.

Die Sonne im *individuellen* Yang gibt das Strahlende, das Ausatmen an, der Mond im *individuellen* Yin symbolisiert das Einatmen, das Empfangen. Dies gibt den dynamischen Charakter der Yin-Yang-Beziehung an. Yang und Yin symbolisieren den ewigen Wechsel von Tag und Nacht, Sommer und Winter, Gut und Böse. Wenn die beiden im Gleichgewicht sind, wie auch bei Heraklitos beschrieben, herrscht Harmonie.

Die für Yang typischen Eigenschaften findet man im Allgemeinen, d. h. nicht immer, bei Männern stärker vertreten als bei Frauen. Männer haben aber auch Yin-Eigenschaften. Das Gleiche gilt mutatis mutandis für Yang-Eigenschaften bei Frauen.

Es wäre falsch Yang mit „Mann" und Yin mit „Frau" gleichzusetzen, weil sich die betreffenden Eigenschaften nicht nur auf Mann und Frau als Träger von Geschlechtsmerkmalen beziehen.

✳ ✳ ✳

Einige Zitate aus dem Tao Te King (Dao De Ching):

Das Tao ist die letzte, undefinierbare Wirklichkeit hinter der Vielfalt von Dingen und Ereignissen.

Das Tao ist ein Reservoir von unendlich vielen Möglichkeiten und nicht nur eine Leere.

Das Tao, welches begangen werden kann, ist nicht das ewige unveränderliche Tao.

Der Name, welcher genannt werden kann, ist nicht der ewige unwandelbare Name.

Namenlos ist es der Ursprung von Himmel und Erde, benannt ist es die Mutter aller Dinge.

Das Tao war schon vor Himmel und Erde. Das Tao ist nicht dem Wandel unterworfen.

Das Tao fließt in die Ferne und kehrt wieder zurück.

Das Tao ist überall.

## 4.6 Heraklitos, griechischer Philosoph, 576–480 v.d.Z.

Der Begriff LOGOS stammt unter anderem von Heraklitos und bedeutet dort Weltgeist, das ewige, unendliche, göttliche Feuer aus welchem das Universum hervorgeht. Die wörtliche Übersetzung von LOGOS ist: Denkkraft, Vernunft, Wort, Vortrag, Ausdruck eines Prinzips.

Unsere Welt besteht laut Heraklitos im Wesen aus einem ewigen, göttlichen Feuer, welches er Ur-Energie nennt. Im LOGOS sind alle Gegensatzpaare noch vereint: Tag und Nacht, Mann und Frau, Gut und Böse. Die Erde und alles auf ihr gehen aus diesem Weltgeist hervor und strömen auch wieder zurück, d. h. die irdische Welt ist aus der gleichen Substanz aufgebaut wie das kosmische Feuer.

Das Entstehen der Welt ist lediglich eine Zustandsänderung vom Chaos in den geordneten Zustand, den Kosmos. Die Substanz des göttlichen Feuers emaniert und wird als unser Universum sichtbar.

Stabilität, ein statisches SEIN ist eine Illusion, eine Täuschung. Die Welt ist ein fortwährendes sich ändern, ein ewiges werden. Diese ständige Veränderung ist eine Folge der Spannung zwischen den Gegensatzpaaren, welches zu einem ewigen „Krieg" führt. Mit Krieg meint er aber nicht den blutigen Kampf mit Waffengewalt. Er will damit nur eine ständige Wechselwirkung zwischen den Gegensatzpaaren andeuten, welche um einen Gleichgewichtszustand herumtanzen. Dies hat er ausgedrückt mit seinen bekannten Worten: „Panta rhei, Alles fließt", und: „Du kannst nicht zweimal in denselben Fluss steigen, weil Du selbst und der Fluss sich in der Zwischenzeit verändert haben". Er meint damit, dass die Form der Flussoberfläche und das Flussniveau zwar gleich geblieben sind, aber jetzt durch andere Atome gebildet werden. Das gleichbleibende Flussniveau täuscht eine statische Ruhe vor. Dem ist aber nicht so. Solange nämlich am Flussbeginn ebenso viel Wasser einströmt wie am Flussende ausströmt – d. h. in einem dynamischen oder stationären Gleichgewicht des Gegensatzpaares, Zufluss-Abfluss – bleibt das Flussniveau gleich, scheinbar unverändert und statisch, obwohl eine dauernde Veränderung auf atomaren Niveau stattfindet. Unveränderlichkeit ist also letzten Endes eine Illusion.

Das Leben auf Erden wird regiert durch die Wechselwirkung von Gegensatzpaaren. Der LOGOS transzendiert die Trennung von Yang und Yin, weil er beide als Einheit enthält. Aus diesem Begriff des LOGOS, welcher auch als „Wort" übersetzt werden kann ist die Idee eines intelligenten, persönlichen Gottes entstanden, und ist so, über das Johannes-Evangelium, die Basis der christlichen Vorstellung von Gott als „Wort" geworden.

## 4.7 S. Grof und andere zeitgenössische Quellen

### *4.7.1 Stan Grof, Arzt und Psychiater*

S. Grof berichtet Folgendes aus seiner 40-jährigen Erfahrung mit nicht-pathologischen, außergewöhnlichen – von ihm als „holotrop" bezeichneten – Bewusstseinszuständen:

Holotrope Zustände beinhalten das Erleben des allerhöchsten kosmischen Prinzips, des „Absoluten Seins". Die beschränkten Grenzen des persönlichen Bewusstseins lösen sich auf. Es findet eine Verschmelzung mit der göttlichen Quelle statt. Man identifiziert sich mit dem kosmischen Nichts, der kosmischen Leere; diese enthält bereits die gesamte Schöpfung in potentieller Form. Das kosmische Nichts liegt jenseits der Polarität von Licht und Dunkel. Das metaphysische Vakuum ist die Urquelle aller Existenz.

Zur Schöpfung sagt er: Die undifferenzierte Einheit spaltet sich in eine Vielfalt von Bewusstseins-Einheiten (die Monaden von Leibniz?). Hierdurch findet eine Abgrenzung, Dissoziation, ein Vergessen der ursprünglichen Einheit statt.

### *4.7.2 Juan Matus, Yaqi-Indianer und zeitgenössischer Schamane*

Laut Juan Matus, zitiert von Carlos Castaneda, ist das Weltall eine Manifestation, eine Emanation von Energie. Das Weltall besteht aus belebten und unbelebten Zwillingskräften, welche einander gegenüberstehen und zu gleicher Zeit sich ergänzen. Bewusstsein ist ein Zustand von belebter Energie. Jeder Organismus auf Erden ist Träger von vibrierender Energie, wie es auch in der modernen Physik in der Stringtheorie beschrieben wird.

Die Menschen sind Konglomerate von Energiefeldern, die leuchtenden Kugeln gleichen. Jede dieser leuchtenden Kugeln ist verbunden mit einer Energie-Masse von unvorstellbaren Dimensionen. Juan Matus nennt sie den „Dunklen Ozean von Bewusstsein". Diese Energie-Masse entspricht der kosmologischen Konstante in der Feldgleichung von Einstein. Laut seiner „Weltformel" ist die Schwerkraft eine Folge der Raumzeit-Verzerrung aufgrund der Anwesenheit von Masse und Energie.

### *4.7.3 Maoris*

Am Anfang gab es nur Dunkelheit und Wasser überall. Es gab kein Licht, und Io wohnte allein im Unendlichen. Und aus der tiefsten Dunkelheit sagte die Stimme Ios: „Dunkelheit, werde hell", d. h. auch hier wieder das Konzept der Polarität.

### *4.7.4 Popul Vuh, das heilige Buch der Mayas*

Das Weltall war in Ruhe. Kein Hauch, kein Laut. Reglos und schweigend die Welt. Und des Himmels Raum war leer. Nur das sanfte Meer war da und des Himmels weiter Raum.

### *4.7.5 André Frossard, französischer Journalist*

In den 1980 er Jahren schrieb er täglich im Figaro. Er war in einer atheistischen Familie aufgewachsen. Der Vater war überzeugter Kommunist, also war André was die Thematik des Spirituellen betrifft sicherlich ein unbeschriebenes Blatt. Umso erstaunlicher ist seine Beschreibung dessen was ihm vor 40 Jahren spontan zugestoßen war. Er beschreibt dies, tief beeindruckt, in einem Büchlein mit dem Titel: „Dieu existe. Je l'ai rencontré" (Gott existiert, ich bin ihm begegnet). Seine Beschreibung dieser „Begegnungen" zeigt – abgesehen davon, dass sie ebenso wie bei mir spontan aufgetreten waren und sich einen Monat lang jeden Tag wiederholten – in Details viele Parallelen zu meinen eigenen Erlebnissen.

### *4.7.6 Fritjof Capra*

Die Einleitung in seinem bahnbrechenden Buch „The Tao of Physics" zeigt, dass er ähnliche Erlebnisse der „Einheit von Allem" erlebt hat wie ich.

Auch bezüglich anderer Themenkreise, wie z. B. über die Arbeiten und Denkweise von Descartes, finde ich gute Übereinstimmung. Das ist nicht verwunderlich, denn zwei Personen, welche sowohl in der Physik als auch in der Mystik Erfahrung haben – leider habe ich gemerkt, dass solche Personen sehr dünn gesät sind – müssen notwendigerweise zu den gleichen Ansichten kommen.

### *4.7.7 Pim van Lommel*

Als Kardiologe hat er in seiner jahrzehntelangen Praxis regelmäßig erlebt, dass Personen nach einem kurzzeitigen Herzstillstand durch Reanimation wieder zum Leben erweckt werden konnten. Die Erinnerungen der betreffenden Personen an die Periode während des Herzstillstandes nennt man Nah-Tod-Erfahrungen.

Van Lommel beschreibt in seinem Buch „Eindeloos bewustzijn" (Endloses Bewusstsein) spezifische Elemente dieser Berichte. Einige davon, welche mit meiner eigenen Erfahrung übereinstimmen sind: Tunnelerlebnisse, Licht, Farben oder himmlische Landschaften und der Drang über diese wunderbaren Erfahrungen zu berichten. Van Lommel charakterisiert diese Berichte als authentische Erfahrungen, welche man nicht auf Phantasie, Halluzination, Psychose oder Medikamentengebrauch zurückführen kann. Er, als Arzt, kommt nach einer systematischen Studie dieser Berichte zu dem Schluss, dass Bewusstsein auch unabhängig vom Körper erlebt werden kann.

### *4.7.8 Philomena*

Während der Bearbeitung meines Buches für den Druck wurde ich auf das Buch „Raphael" von Philomena aufmerksam gemacht. Die Erlebnisse die sie beschreibt decken sich wunderbar mit meinen Eigenen. Mein Buch beschreibt die gleichen Erfahrungen, allerdings vom Standpunkt eines Mannes und Physikers aus betrachtet. Die beiden Bücher sind quasi Zwillinge, die Yin-Yang-Ergänzung zu einer Ganzheit.

***

Aus diesen erstaunlichen Übereinstimmungen meiner Reiseerfahrungen mit den Berichten der oben zitierten Quellen leite ich ab, dass alle Mystiker und Berichterstatter von spirituellen Erlebnissen aus derselben, universellen, kosmischen Quelle geschöpft haben, also alle gleichberechtigt sind.

Wenn alle Religionen – welche ja letzten Endes auf Erlebnissen von Mystikern beruhen – aus derselben Quelle geschöpft haben, dann kann doch keine von ihnen besser sein als die andere, oder die einzige Wahrheit darstellen.

**Religion ist erstarrte Spiritualität.**

Warum dann soviel Streit und so viele Kriege, so viele Schlachtungen, soviel Intoleranz, nur um die eigene „Wahrheit" zu ertrotzen? Im Endeffekt hat jeder Mensch seine eigene Vorstellung von Gott oder einem „höheren" Wesen; es gibt ebenso viele Religionen wie es Menschen gibt: Tot capita, quot religiones.

Gotthold Ephraim Lessing, hat dieses Thema in seiner Ringparabel besprochen: Ein reicher, weiser Mann im Osten besaß einen wertvollen Ring, welcher die Eigenschaft hatte, um denjenigen der ihn trug „Vor Gott und den Menschen angenehm zu machen". Dieser Mann hatte drei Söhne, die ihm alle eben lieb waren. Er wusste daher nicht, welchem von seinen Söhnen er den Ring dereinst vererben sollte. Da kam ihm eine Idee: Er ließ einen berühmten Goldschmied kommen und gab ihm den Auftrag zwei Kopien von diesem Ring anzufertigen, welche man vom Original nicht unterscheiden könne. Der Goldschmied lieferte die beiden Kopien zur vollen Zufriedenheit ab und als der weise Mann starb hinterließ er jedem von seinen Söhnen einen dieser wunderbaren Ringe.

Aber keiner wusste, welcher der echte Ring sei. Seither streiten sich die drei Brüder, welcher von ihnen wohl den „wahren" Ring in seinem Besitz habe.

# Logos und Logaina, die Gottheit der Zukunft

# KAP 5 IST GOTT MÄNNLICH, WEIBLICH ODER ...? DAS GOTTESBILD DER ZUKUNFT

## 5.1 Das Numinosum

„Wo die Mürz in die Mur mündet, liegt Bruck an der Mur", lernten wir in der Heimatkunde. In diesem Städtchen am südöstlichen Ausläufer der Alpen habe ich meine Kindheit und Jugend verbracht.

Die Mürz und die Mur, zwei kleine Flüsse aus den Bergen kommend, umschließen hier wie eine Schutzmauer ein Gebiet, in welchem sich schon zur Römerzeit eine Siedlung befand, wie aus Funden einer römischen Villa ersichtlich wurde.

Sternförmig angeordnete, sanft ansteigende Hügelketten, dicht bewachsen mit hohen Tannenbäumen bildeten eine Mulde in deren Mitte das Städtchen gewachsen war.

Meine Eltern und ich wohnten außerhalb des Stadtzentrums, südlich der Mur, in der sogenannten Mur-Vorstadt, nur ein paar hundert Meter entfernt von einem der mit Tannenbäumen bewachsenen Hügel. Unsere Wohnung im ersten Stock gelegen, war Teil eines Gebäudekomplexes mit vier getrennten Eingängen für je sechs Mietwohnungen. Sie war für die damalige Zeit, in den 1930-er Jahren, schon sehr modern: Wir hatten fließendes Wasser in der Küche, ein kleines Vorzimmer, ein eigenes WC und ein Schlafzimmer. Unser Haus hatte sogar ein Badezimmer und eine Waschküche für den allgemeinen Gebrauch im Keller. Das Wasser für das Bad musste in einem Kessel mit Holzfeuer erwärmt werden. Es dauerte jedes Mal eine bis zwei Stunden ehe das Wasser heiß genug für ein Bad geworden war.

**Die Waschküche**

Einmal pro Woche, an unserem festen Waschtag, kam unsere Wäscherin. Ich musste ihr die Jause von unserer Wohnung im ersten Stock in die Waschküche hinunterbringen. Die Jause bestand aus Tee mit Rum, serviert in einem „Teehäferl", einem robusten, dickwandigem Porzellanbecher mit Handgriff und einem Veilchenmuster rund um den oberen Rand. Dann war da noch der Wurstsalat: Eine Knackwurst und Zwiebel in Scheiben geschnitten mit Essig und darüber reichlich steirisches Kürbiskernöl, welchem Arnold Schwarzenegger, ein gebürtiger Steirer, seine enorme Kraft verdanken soll. Das Kürbiskernöl präsentierte sich in Form von zahlreichen, briefmarkengroßen, rot-braun-violett schillernden Fetttropfen, welche mit einem grünlichen, samtartigen Schimmer überzogen waren. Dazu gab es zwei Butterbrote.

Im Keller angelangt öffnete ich die Türe zur Waschküche und prallte gegen eine grau-weiße Nebelwand. Es war eine undifferenzierte einheitliche Masse, welche den ganzen Raum erfüllte. Hinter dieser Nebelwand konnte alles stecken: Ein Märchenschloss mit spitzen Türmen, von denen Fahnen lustig im Wind flatterten, mit Zinnen, Herolden und verwunschenen Prinzessinnen oder vielleicht ein stiller Bergsee im Morgennebel. Keine von den beiden Möglichkeiten war realisiert. Der Nebel verbarg nur unsere Waschküche, einen trostlosen, grauen Raum mit einem glatten Betonfußboden, Betonwänden mit hellgrauer wasserabstoßender Farbe bemalt und einem kleinen Klappfenster in Schulterhöhe. Das Fenster befand sich zur Hälfte über und zur Hälfte unter dem Niveau des Grasfeldes vom Vorgarten. Wenn man hinausschaute fühlte man sich wie begraben: Man sah die Grashalme von unten, vom Tageslicht durchstrahlt, in einer blassgrünen, leicht gelblichen fahlen Farbe.

Die Nebelschwaden entstiegen einem Waschkessel, welcher sich in einer Ecke der Waschküche befand: Eine große Halbkugelschale aus blitzblank geputztem Kupfer eingemauert in einen Ofen aus Ziegelsteinen. Kohlenheizung. Dieser Kessel war gefüllt mit einer siedend heißen, glucksenden milchig-schmutzigen Lauge in welcher Wäschestücke herumtrieben. Die Wäscherin rührte darin des Öfteren mit einem länglichen, an den Rändern abgerundeten schmalen Brett aus weißem Weichholz – ähnlich dem Paddel eines Bootes – welches durch die Lauge im Laufe der Zeit rau wie eine Katzenzunge geworden war.

Jedes Mal wenn die Wäscherin in der Lauge rührte stiegen Nebelschwaden aus dem Kessel auf und breiteten sich im ganzen Raum aus. In der Nähe der kalten Wände entstand daraus ein feiner Sprühregen. Unzählige kleine, feine Wassertropfen von verschiedener Größe schlugen sich daraus auf den Wänden nieder. Sie vereinigten sich zu großen Tropfen, wobei die jeweils größeren die kleineren auffraßen. Die kleinen konnten sich nicht dagegen wehren, sie wurden einfach eingesogen und dienten scheinbar nur dazu um die größeren noch größer zu machen, während sie selbst verschwanden. So ist eben das physikalische Gesetz, welches der Tropfenbildung zugrunde liegt. Im Zusammenleben der Menschheit ist es leider nicht anders: Die Großen wachsen auf Kosten der Kleinen.

Die Tropfen werden immer größer und schwerer und gleiten langsam und ruckartig, irrflugartig zu Boden. Wenn viele große Tropfen zusammenkommen entstehen kleine Rinnsale, welche am Boden angelangt kleine, ständig wachsende Pfützen bilden. Darum war am Boden auch ein Lattengitter gelegt, wodurch die Wäscherin nicht in den Wasserpfützen stehen musste, wenn sie die Wäschestücke im Weichholz-Waschtrog auf der Waschrumpel bearbeitete.

Meist fand ich die Wäscherin dort mit hochrotem, verschwitzten Gesicht und aufgelöstem Haar vor. Dankbar nahm sie die Jause, mit ihren fleischigen, rissigen, von der Lauge hellrot gebleichten Händen in Empfang. Die Nebelschwaden in der Waschküche machten mir deutlich, woher die Redensart „Ein Wetter wie in einer Waschküche“ stammt.

**Kindergarten, Grundschule und Freunde**

Ich besuchte den nahegelegenen Kindergarten in welchem strenge Disziplin herrschte. Einmal klopfte mir die Aufsichtsperson, eine im Allgemeinen liebe Ordensschwester, mit einem Lineal auf meine Finger, wegen eines Vergehens, welches ich meiner Meinung nach nicht begangen hatte. Empört verließ ich den Raum und rannte davon. Das gab die nötige Aufregung bis man mich wiedergefunden hatte. Aber im Übrigen gefiel es mir dort recht gut.

Nach dem Kindergarten besuchte ich ab 1937 die Volksschule, Grundschule, welche ich, stets zu Fuß natürlich, in zirka 30 Gehminuten erreichen konnte. Ich musste zuerst über die Murbrücke gehen – die Stadt verdankt dieser Brücke ihren Namen – und dann in die erste Straße links, welche weiter zum Hauptplatz führte, einbiegen. Diese Straße war für mich zunächst wie jede andere bis zu dem Tag an dem ich einen älteren Herrn begleitete: „Da drüben“, sagte er und wies auf ein bescheidenes Haus „gleich neben dem Eisenwarengeschäft hat einmal der Heinrich Harrer gewohnt. Der hat als Erster die Eiger Nordwand bestiegen. Jetzt aber ist er in Indien auf einer Expedition und wird den Himalaya erforschen.“

Expedition, Himalaya, das waren für mich bis dahin unbekannte Worte, aber sie hatten einen exotischen, faszinierenden Beigeschmack. Von da an ging ich täglich auf dem Weg zur Schule, mit dem nötigen Respekt, am Haus von Heinrich Harrer vorbei in Richtung Hauptplatz und von dort weiter zur Volksschule.

Am Hauptplatz musste ich an einem vierstöckigen Zinshaus, heute sagt man Mietshaus, vorbei, in welchem im obersten Stockwerk, knapp unter dem Dach, kleine Krater in der Mauer zu sehen waren. Sie waren durch Einschüsse bei den Kämpfen während des Februarputsches 1934 entstanden. Mit Februarputsch bezeichnete man den Versuch der sozialdemokratischen Arbeiterbewegung, gestützt auf ihren paramilitären „Schutzbund", die damalige Regierung mit Waffengewalt zu stürzen. Diese Regierung unter Kanzler Dollfuss nannte sich „christlich–sozial"; von ihren Gegnern wurde sie als „Klerikal-Austro-Faschistisch" bezeichnet.

Am 12. Februar 1934 kam es zu heftigen Kämpfen zwischen dem Schutzbund und dem Bundesheer, letzteres unterstützt durch die Heimwehr. Die Mitglieder dieser paramilitären „Heimwehr" von Kanzler Dollfuss nannte man „Hahnenschwanzler", weil sie an ihren Mützen kleine Federn, die an einen Hahnenschwanz erinnerten, trugen. Die Kämpfe in Wien fanden hauptsächlich um den Karl Marx-Hof statt. In Bruck wurde vor allem um die Gendarmerie-Kaserne und die Forstschule, in welcher sich zirka 120 Heimwehrler verschanzt hatten, gekämpft. Auch am Hauptplatz wurde gekämpft, wovon die Einschüsse in das besagte Mietshaus noch bis in die 1950-er Jahre sichtbar waren.

Der Aufstand wurde nach einigen Tagen niedergeschlagen. Etliche Mitglieder des Schutzbundes wurden vom österreichischen Bundesheer sofort exekutiert. Viele Jahre später habe ich ein Foto von der Erschießung eines Schutzbündlers an der Stadtmauer in Bruck, gleich gegenüber der Volksschule, gesehen. Der Anführer der Sozialdemokraten in Bruck, Koloman Wallisch, wurde am 19. Februar vor Gericht gestellt, zum Tode verurteilt und noch am gleichen Tag gehängt.

Vom Schulbesuch ist mir eines noch in Erinnerung geblieben: Wir mussten uns nach Schulschluss in der Halle vor dem Ausgang aufstellen und aus Leibeskräften „Heil Österreich" rufen. Dann durften wir nach Hause.

Meine Freizeit verbrachte ich mit dem Lesen von Kinderbüchern oder ich spielte mit dem „Matador", einem Holzbaukasten, eine Art Lego aus Holz; es gab damals ja weder Fernsehen, CD, DVD-Player oder Computerspiele jeglicher Art.

Am liebsten aber tobte ich mit gleichaltrigen Kindern aus den Nachbarhäusern auf einem großen Bauplatz, welcher gegenüber unserem Haus lag. Dieser Bauplatz gehörte dem Vater eines Spielgefährten. Er war Zimmermann und ließ die von ihm – aus ganzen Baumstämmen – gesägten Bretter in bis zu drei Meter hohen Stapeln an der Luft trocknen. Hier konnten wir Ballspielen, Tempelhupfen oder Fangen spielen. Unsere Lieblingsbeschäftigung war jedoch „Verstecken spielen" und je mehr die Dämmerung hereinbrach, umso aufgeregter wurde unser Geschrei. Die vielen Holzstapel und Schuppen, zum Bewahren von Maschinen und Werkzeug, boten unzählige Verstecke.

Eines Tages, ich dürfte damals sieben Jahre gewesen sein, schlüpfte ich – auf der Suche nach einem geeigneten Versteckplatz – durch eine Zaunlücke in das Nachbargrundstück. Ich befand mich in einem abgelegenen, etwas düsteren, stillen Teil der örtlichen Krankenhausanlage und stand vor einem kleinen, kalkweiß gestrichenem Häuschen dessen beide Flügeltüren weit offen standen. Neugierig trat ich ein und fand eine alte Frau, aufgebahrt in einem mit Brüsseler Spitzen reichverzierten Sarg. Rechts und links vom Sarg waren brennende Kerzen in zwei Reihen aufgestellt. Das Gesicht der alten Frau gespenstisch vom flackernden Kerzenlicht beleuchtet, war wachsbleich. Die Wände waren durch schwarze Vorhänge, die vom Plafond bis zum Boden reichten, verdeckt. Hierdurch wurde jedes Geräusch verschluckt und es herrschte Totenstille. Diese Stille war mir unheimlich und unerträglich und ich flüchtete so schnell wie möglich durch die Zaunlücke, zurück in das Sonnenlicht, zurück zum Geschrei und zur Lebenslust meiner Spielgefährten, zur sprühenden Lebenslust der Jugend.

Beim Spielen auf dem Bauplatz hatte ich Bruno kennen gelernt. Er wohnte nicht weit weg von mir, war zwei Jahre älter und etwas kleiner als ich, hatte kurzes, dunkelbraunes, leicht gewelltes Haar und lebhafte, braune Augen. Er wurde mein bester Freund: Unsere Väter waren nämlich gute Freunde und machten, wenn mein Vater im Ort war, jeden Abend einen gemeinsamen Spaziergang. Mein Vater war damals Bilanzprüfer für die weite Umgebung unserer Stadt und daher meistens unterwegs.

Jeden Sonntag gingen unsere Eltern, Bruno und ich auf eine nahe gelegene Alm und verbrachten dort den ganzen Tag auf einer Wiese, versehen mit dem nötigen Proviant: Kaltes Wienerschnitzel mit Erdäpfel-(Kartoffel)-Salat oder Eierspeise, d. h. Rührei mit Petersilie schmackhaft gemacht, zwischen jeweils zwei Schwarzbrotschnitten. Zum Nachtisch gab es Vanillepudding mit Himbeersaft, welchen wir in einer goldgelb verzinnten Blechbüchse mitgenommen hatten. Zu trinken gab es für uns Kinder ein sogenanntes „Kracherl", das war eine in Glasflaschen abgefüllte kohlensäurehaltige Limonade mit wunderbaren Farben nach Wahl: Grell-grün, leuchtend-gelb oder himbeer-rot. Wenn man den patentierten Klemmgummiverschluss der Flaschen öffnete, machte es „pffft", das war ein „Kracherl", eine Verkleinerungsform – im österreichischen Sprachgebrauch – für Krach.

Von „unserer“ Wiese aus konnte man weit ins Land schauen und den Lauf der Mur verfolgen, die sich – wenn die Sonne am späten Nachmittag schon nieder stand – wie ein silbernes Band durch das Land schlängelte.

Die Schwammerl (Pilze), die Bruno und ich tagsüber gefunden hatten, wurden am Abend paniert wie ein Wienerschnitzel und bildeten eine willkommene, schmackhafte Ergänzung oder Abwechslung des Abendessens.

So verging für Bruno und mich ein Tag wie der andere, bis wir am 12. März 1938 durch Motorengedröhn, welches die ganze Umgebung erfüllte, aufgeschreckt wurden. Eine ununterbrochene Reihe von offenen Lastwagen fuhr, nicht weit von unserem Haus entfernt, auf der Umfahrungsstraße, an uns vorüber. Soldaten in feldgrauen Uniformen, mit Stahlhelmen, Gewehre zwischen den Füssen, saßen auf reihenförmig angeordnet Bänken, in strammer Haltung auf diesen Lastwagen: Deutsche Truppen zogen in Österreich ein. Wir Kinder jubelten über die vielen Autos die wir sahen. Das war für uns ein wunderbares Erlebnis.

Das Dröhnen der Motoren war verstummt. Österreich hatte aufgehört zu bestehen. Wir hießen fortan „Ostmark“ und waren ein Teil des Großdeutschen Reiches geworden. Ich merkte damals nicht viel davon, nur eines fiel mir auf: Statt „Heil Österreich” mussten wir nach Schulschluss jetzt „Heil Hitler“ rufen.

Auch vom Krieg, welcher im September 1939 begonnen hatte, merkte ich zunächst nicht viel. Vielleicht war ich noch zu jung um zu begreifen was Krieg bedeutet, aber sicher auch weil mein Interesse als Achtjähriger anderswo lag.

### 5.1.1 Das Erlebnis des Numinosen

Im Jahre 1939 waren Bruno und ich im Banne der Indienexpedition unseres Stadtgenossen Heinrich Harrer und der, schon einige Jahre zurückliegenden Grönlandexpedition seines Schwiegervaters Alfred Wegener. „Der Wegener“, sagte Bruno, „ist der mit der Schollentheorie der Kontinente.“ Was das genau bedeutete konnte er mir aber nicht sagen.

Wenn wir durch die Wälder streiften – das war unsere Lieblingsbeschäftigung – waren wir Heinrich Harrer oder Alfred Wegener oder irgendein Forscher in einem unerforschten Land. Wir suchten entweder den Ursprung eines Bächleins das aus den Bergen kam, oder wir suchten die nichtmarkierten Verbindungspfade, Jägersteige, die von einem Hügel zum anderen führten.

Wieder einmal waren wir auf solch einer Expedition. Wir gingen nebeneinander und Bruno erzählte mir mit Begeisterung von Alfred Wegener und seinen Abenteuern in Grönland, und ich hörte ebenso begeistert zu.

Es war früh am Vormittag an einem Sommertag. Unter den hohen kerzengeraden Stämmen der Tannenbäume die hoch in den Himmel hineinragten war es wunderbar still, majestätisch, geheimnisvoll. Eine beinahe unheimliche Stille. Kein Laut war zu hören. Nichts regte sich: Totenstille. Die schräg einfallenden Sonnenstrahlen – in deren gedämpften Licht Myriaden kleinster Insekten einzeln oder in Gruppen herumschwirrten – bohrten scharfkantige Lichtschächte zwischen die Baumstämme und erzeugten ein Muster von abwechselnd hellen und dunklen Gebieten.

Dann plötzlich, einen Augenblick lang – oder ist es eine Ewigkeit? – werde ich durch die hellen Gebiete emporgehoben, hoch in den Himmel hinauf, welcher in zartem hellblau durch die Wipfel der Bäume schimmert. Mein kleines „Ich" ist winzig in dieser Erhabenheit. Ich habe das Gefühl einer ungreifbaren, majestätischen Heiligkeit.

Gleichzeitig aber überfällt mich dumpfe Angst: Steht dort nicht eine regungslose Gestalt im Dunklen? Lauert nicht ein wildes Tier, regungslos verharrend, bereit um plötzlich hervor zu brechen und mich zu verschlingen? Ich kann ja nichts erkennen in dieser Dunkelheit. Ich weiß nicht was sich dort verborgen hält. Diese Bewegungslosigkeit, Regungslosigkeit, Leblosigkeit aber auch die Totenstille machen das alles so unheimlich. Es ist die Angst vor dem Unbekannten, die Angst vor dem was geschehen könnte, die alles so drohend macht. Dieses Dunkel ist nahe bei mir, aber auch weiter weg, weit weit weg sogar, unfassbar weit weg. Wie tief ist dieses Dunkel?

Ich erlebe die beglückende Stille des Nichts, in welcher sich erhabene Gefühle und Angst vor dem Dunkel vermischen. Die Erde auf der ich stehe und der Himmel über mir, das Nah und das Fern des Dunklen sind zusammengeschmolzen zu einem einzigen Punkt, zu einem ewigen Jetzt, in welchem Raum und Zeit in einer unbegrenzten, gestaltlosen Ewigkeit vereint sind.

Dann bin ich wieder zurück. Der Film des Lebens, welcher für einen Augenblick stillgestanden hatte, beginnt wieder zu laufen.

Ich habe nie mit jemandem darüber gesprochen, auch mit Bruno nicht, weil ich fürchtete man würde mich auslachen, mich nicht verstehen, weil es ja eine – auch für mich – ungewöhnliche Erfahrung, Empfindung war.

Dieses Jetzt, das ich damals erlebt hatte, war so hauchdünn, dass das nächste Jetzt schon wieder durchschimmerte ehe das erste ganz vorbei war. Zusammen bilden alle diese „Jetzte" die Unendlichkeit von Raum und Zeit. Das Dunkle, das mich beängstigte, ist der Schatten den das Licht wirft. Es ist auch das Gegenteil des Lichtes. Das Licht und das Dunkel, das Erhabene und das Erschreckende, Furchterregende, Beängstigende sind zwei Aspekte eines Ganzen, welches C. G. Jung – wie ich erst viele Jahrzehnte später entdeckte – das Numinosum nennt. Er spricht von einem Numinosum fascinosum, einem Unaussprechlichem, Geheimnisvollem, dem Erleben einer göttlichen Erhabenheit, welches aber gleichzeitig etwas ganz anderes ist, nämlich ein Numinosum tremendum: Furchterregend, erschreckend, beängstigend, ein unerklärliches Entsetzen.

Furcht und Angst sind genau genommen zwei verschiedene Begriffe. Sie werden aber oft durcheinander verwendet. Furcht hat man vor Etwas, das man kennt oder zu kennen glaubt. Man bekommt einen Schrecken wenn das eintritt was man befürchtet hat. Angst hat man vor Etwas, das man nicht kennt. Angst birgt etwas Unbekanntes in sich. Angst ist unheimlich, „nicht heimelig", nicht zum eigenen Heim gehörend, fremd und daher bedrohend. Das Wort Angst – verwandt mit dem niederländischen Wort „eng" für eine beklemmende Situation – erzeugt etwas beengendes, alles krampft sich zusammen. Vielleicht ist das ein Urinstinkt im Menschen: Man möchte sich so klein wie möglich machen, man möchte zusammenschrumpfen, am liebsten in die Erde versinken um nicht bemerkt zu werden von dem Unbekannten, Drohenden, welches in der Stille des Dunklen verborgen ist und lauert.

Heutzutage haben viele Menschen Angst vor der Stille, weil sie ihnen unbekannt ist, vielleicht auch weil Stille und Regungslosigkeit an den Tod erinnern, den wir in unserer heutigen Kultur weit weg verbannt haben möchten. Diese Menschen suchen dauernd Ablenkung in immer neuen Sinneseindrücken und Darbietungen. Sie rennen von einem Event zum anderen, von einer Aktivität zur anderen. Sie laufen davon nur um nicht die erdrückende Stille „hören" zu müssen.

Wenn man aber die erste Barriere zum Reich der Stille durchbrochen hat – wie z. B. in tiefer, selbstloser Meditation – wird man paradoxal genug mit der *Stimme* der Stille belohnt. Man erlebt das wunderbare Glücksgefühl einer unbegrenzten Einheit in Allem.

Wie ich erst viel später erfuhr, war für viele sogenannte „gottgläubige" Leute, das waren nicht konfessionell gebundene Leute – religiöse Do-it-Yourselfer würde man heute sagen –, der Aufenthalt in diesen wunderschönen Wäldern in denen wir herumstreiften wie ein Gottesdienst in einer gotischen Kirche mit ihren zum Himmel strebenden schlanken Pfeilern.

Ein derartig beängstigendes, gleichzeitig aber auch ein Ehrfurcht heischendes Gefühl, könnten die Urmenschen beim Anblick eines Naturschauspieles gehabt haben, wenn sie Angst vor Blitz und Donner hatten und gleichzeitig die Größe einer unbekannten, ihnen göttlich erscheinenden Naturgewalt empfanden.

Rudolph Otto, ein deutscher Gottesdiensthistoriker, hatte bereits 1917 in seinem Buch „Das Heilige" vorgeschlagen, um an Stelle der „Heiligkeit Gottes", einem unsichtbaren, höheren Wesen, den Term Numinosum zu verwenden, weil das Wort „Gott" in den vergangenen Jahrtausenden allzu oft missbraucht worden war.

Der Term Numinosum leitet sich ab vom lateinischen Wort „numen", und bedeutete dort göttliches Wesen. „Die Römer fühlten die Anwesenheit von numina, Geistern, also überirdischen, nicht-stofflich gedachten Wesen in heiligen Grotten", berichtet Karen Armstrong in ihrem Buch „A history of God". Das Wort Numinosum soll also im übertragenen Sinne die Heiligkeit eines höheren, unnennbaren Wesens andeuten, welches durch seine Größe, die wir mit unserem beschränktem Bewusstsein nur zum Teil *erleben* können, ehrfürchtiges Schaudern in uns hervorruft und uns in höhere Sphären emporhebt. Der Term Numinosum birgt also einen gewissen Grad von Göttlichkeit und/oder Heiligkeit in sich. Was bedeutet eigentlich „heilig"? Das Wort „heil", verwandt mit dem englischen „whole" und dem niederländischen „heel" bedeutet „ganz sein". Aber *was* muss denn ganz sein? ... Es ist die Vereinigung von männlichem und weiblichem Prinzip im menschlichen Individuum zu ihrer ursprünglichen, ungeteilten Ganzheit. Diese Wiedervereinigung, C. G. Juni nennt es Individuation, ist das Ziel der menschlichen Entwicklung. Der Nobelpreisträger Wolfgang Pauli – welcher mit C. G. Jung einen intensiven Schriftwechsel hierüber hatte – sagt, dass wir davon aber noch sehr weit entfernt sind.

Platon beschäftigt sich in seinem „Symposium" mit dem gleichen Thema:

Im glücklichen, paradiesischen Zeitalter bestand der Mensch aus Mann und Frau in einer Person. Sie waren im Gleichgewicht, in Harmonie, keiner herrschte über den anderen und sie waren glücklich. Zeus beneidete sie um ihr Glück und trennte sie in zwei Hälften, in einen männlichen und einen weiblichen Teil. Seither suchen Mann und Frau die genau zu ihnen passende ursprüngliche Hälfte. Wenn sie diese nach etwaigen Misserfolgen wiedergefunden haben sind sie, laut Platon, wieder im (siebenten) Himmel.

## 5.2 Die Entstehung des Gottesbegriffes

Es gibt verschiedene Theorien über die Entstehung des Gottesbegriffes. Man kann sie weder beweisen noch widerlegen. Außer dem Erleben des Numinosen als Basis für die Entwicklung des Gottesbegriffes, sind aber noch zwei andere Wege denkbar.

### 5.2.1 Das Gottesbild des Durchschnittsmenschen

Einen Durchschnittsmenschen gibt es genau genommen nicht. Ein Durchschnittsmensch aus der Bevölkerungsstatistik wäre z. B. 35,2 Jahre alt, und hätte 2 1/2 Kinder. Das ist natürlich absurd. Mit Durchschnittsmenschen deute ich vielmehr schlampiger Weise auf das Verhalten des Großteils der Bevölkerung, ohne dabei ein Werturteil abgeben zu wollen.

Folgen wir also der Erlebniswelt des Durchschnittsmenschen der Urzeit – schlechthin als Urmensch bezeichnet – als Jäger und Sammler. Die Jagdbeute war für ihn seine wichtigste Nahrungsquelle. Erfolg in der Jagd war für ihn daher entscheidend fürs Überleben. Es ist also nicht verwunderlich wenn er sich eines guten Jagderfolges versichern wollte. So kam es vor der Jagd zu Beschwörungsriten, ausgeführt durch den Schamanen. Tierzeichnungen zum Beispiel in den Höhlen von Lascaux weisen in diese Richtung. Möglicherweise aber deuten diese Zeichnungen auch auf eine Identifikation des Schamanen mit dem abgebildeten Tier während der Beschwörungsriten. Der Schamane lebte ja in einer magischen Einheit mit der Natur und seinen Geschöpfen, in einer „participation mystique", wie es Levy Bruhl der französische Philosoph und Soziologe nannte.

Im täglichen Leben, bei bekannten Ereignissen, mit sichtbaren Ursachen und deren Folgen konnte sich der Urmensch, dank der Hilfe des Schamanen sicher fühlen. Sichtbare Ursachen konnte er begreifen und beherrschen. Naturgewalten aber, wie Sturm, Regen, Feuer, Blitz und Donner konnte er nicht beherrschen. Die Ursachen waren ihm unbekannt und daher drohend, überwältigend, beängstigend. Es waren für ihn unsichtbare Mächte und Kräfte, Geister, Götter welche dies verursachten. Ähnlich erging es ihm mit Geburt und Tod. Die Ursachen waren ihm ebenfalls unbekannt und daher unheimlich.

Der Schamane hatte ebenso wie seine Mitmenschen keine Ahnung von den physikalischen oder biologischen Hintergründen der Naturvorgänge, aber er hatte die Einheit allen SEINS selbst erlebt. Für den Schamanen war daher alles göttlich: Jeder Stein, jedes Insekt, jedes Ereignis war für ihn durchtränkt mit dem EINEN, dem Göttlichen in seinen Erscheinungsformen auf allen Ebenen des Seins.

So auch die Naturgewalten, welche der Schamane mit personifizierten, männlichen oder weiblichen „göttlichen Wesen", Göttern, in Verbindung brachte. Mit diesen personifizierten, anthropomorphen Göttern hatte der Mensch Gott nach seinem Ebenbild erschaffen. Daran hat sich bis heute nicht viel geändert. Die Götter waren hiermit für den Urmenschen begreiflich und erreichbar. Man konnte sie um Hilfe bitten, man konnte sie gnädig stimmen durch Opfergaben und Gebet. Der Urmensch konnte sich etwas dabei vorstellen.

Die Naturgötter dachte man sich in Bäumen, heiligen Quellen, Steinen usw. anwesend. Auf der Osterinsel zum Beispiel dachte man, dass die Geister der Ahnen in den großen, meterhohen Figuren anwesend wären. Alles was man nicht erklären konnte, was man selbst nicht lösen konnte wurde jetzt den Göttern oder Geistern zugeschoben. Diese Funktion hatte man auch noch im antiken griechischen Drama dem „Deus ex machina" zugeteilt.

Der Schamane konnte außerdem bei den Ritualen zur Ehre der Götter die Urmenschen für kurze Zeit in Bewusstseinszustände bringen, welche das Alltagsbewusstsein transzendierte und so den Menschen ein kleines Stück in ihrer Entwicklung weiterhelfen.

Mit der Zeit begann man in diesem Vielgötterglauben (Polytheismus) mit einer Einteilung der Götter in Gruppen, die zum Teil noch heute gilt, wobei der heiligen Zahl drei eine besondere Bedeutung zukommt.

Bei den Ägyptern bestand die Dreifaltigkeit, die Triade, aus Osiris – dem Obergott –, Isis – Repräsentantin für das weibliche Prinzip, und Horus – Repräsentant für das männliche Prinzip.

Bei den Griechen gab es keine Trinität, aber Zeus wurde als oberster Gott betrachtet. Die Götter der Griechen wurden als Menschen dargestellt, aber größer in jeder Hinsicht; sie waren größer an Körperkraft, aber auch größer und heftiger in ihren Emotionen und in ihrem Verlangen. Man denke nur an die vielen Liebesabenteuer von Zeus.

In der jüdischen Mystik, in der Kabbalah bilden Kether, der Erste, mit Binah – dem weiblichen Prinzip, und Chokma – dem männlichen Prinzip, die Trinität. Binah symbolisiert hierbei den Verstand und Chokma symbolisiert die Weisheit, also genau umgekehrt wie im Taoismus.

Im Taoismus verbindet man das nennbare Tao mit Yin – dem weiblichen Prinzip, der Weisheit –, und Yang – dem männlichen Prinzip, dem Verstand.

Im Hinduismus bilden Brahmâ, Vishnu und Shiva die sogenannte Trimurti. Vishnu repräsentiert das weibliche Prinzip, Shiva das männliche und Brahmâ ist der Hauptgott. Man sagt auch, aus Brahmâ fließt der Mutterstrom (Nari, Prakriti, die Materie) und der Vaterstrom (Nara, Purusha, der Geist).

Man kennt darüber hinaus auch noch eine *unpersönliche*, alles durchdringende Urenergie, toleriert aber das Trimurti-Konzept.

Das Christentum (Vater, Sohn, Hlg. Geist) tanzt aus der Reihe. Der LOGOS, Gott-Vater, ist der Schöpfer des Himmels und der Erde, aus welchem der Sohn und der Heilige Geist hervortreten. Das weibliche Element ist aber seit dem Konzil von Nicea (325) auf kaiserlichen Befehl, und der Synode von Konstantinopel (381) verbannt und auf Drängen von Athanasius ersetzt durch den Heiligen Geist.

❋ ❋ ❋

Außer diesem Vielgötterglauben gibt es auch noch den Pantheismus: Die Gottheit dachte man sich in Allem auf Erden anwesend: In Mineralen, Pflanzen, Tieren und Menschen. Gott wurde daher in allen seinen Geschöpfen verehrt. Es ist das Gotteserlebnis des Mystikers, des Schamanen.

❋ ❋ ❋

Der Monotheismus, der Glaube an einen einzigen, personifizierten, persönlichen Gott ist unter anderem über das Alte Testament in das Christentum und damit in das westliche Weltbild eingeflossen. Moses kann aber mit seinem „Du sollst an einen Gott glauben“ nicht den unerkannten, aber erkennbaren Gott, den LOGOS gemeint haben, wenn er seine Weisheit aus einem holotropen Erlebnis mitgebracht hat. In Berichten über holotrope Erlebnisse aller Zeiten und aus allen Teilen der Welt wird nämlich von einer Urenergie oder Urmacht, unerkennbar und unnennbar, gesprochen, welche nicht persönlich aufgefasst werden kann, weil sie nicht definierbar und nicht begrenzt ist.

Von Gott als Person, also erkennbar und benennbar, kann man erst sprechen nachdem man sich das Unbegreifliche, Unbeschreibbare mit begreiflichen Eigenschaften, wie Gestalt und Willen ausgestattet, vorgestellt hat.

Judentum, Christentum und Islam, mit den entsprechenden Grundideen von Gerechtigkeit, Liebe und Unterwerfung stammen alle drei aus benachbarten Regionen. Es sind strenge, prinzipielle monotheistische Religionen. Es sind sehr egozentrische, intolerante, unduldsame Religionen, welche sich durch die Beanspruchung ihrer Einmaligkeit und der Doktrin des Auserwählt-Seins, von den übrigen Religionen absondern; ein typisches Yang-Verhalten. Sie zeigen wenig Empathie und bezeichnen Anhänger anderer Religionen als ungläubig; in extremen Fällen werden sogar Buddhisten als Atheisten bezeichnet.

Wie man sieht treten in allen Religionen, mit Ausnahme des Christentums, Gegensatzpaare auf, welche man als männliches bzw. weibliches Prinzip bezeichnet. Es hat sich eingebürgert vom Yin-Yang-Gegensatzpaar zu sprechen. Ebenso gut könnte man auch von Plus-Minus, Gut-Böse, Hell-Dunkel usw. sprechen, solange es nur Gegensätze andeutet. Auch Mann-Frau ist ein Gegensatzpaar, es wird aber allzu oft nur auf Mann und Frau als Träger von Geschlechtsmerkmalen verwendet.

Die obigen Betrachtungsweisen widerspiegeln den Gedanken, dass es ohne Gegensatzpaare keine Bewegung, keine Veränderung, kein Leben gibt, denn Veränderung ist Leben. Wenn sich nichts mehr ändert ist man gestorben.

Das Zusammenspiel der Gegensatzpaare erzeugt die bunte Vielfalt der Dinge und Ereignisse. Friedrich von Schiller hat diese Mann-Frau-Wechselwirkung mit dem folgenden Gedicht zum Ausdruck gebracht:

> Solange nicht den Lauf der Welt,
> Philosophie zusammenhält,
> Erhält sich das Getriebe
> Durch Hunger und durch Liebe.

### 5.2.2 Das Gottes-Erlebnis des Mystikers

Der Mensch in der Urzeit konnte sich in der „greifbaren“ Welt behaupten. Die Bewanderung der unsichtbaren Welten überließ er dem Schamanen. Diese nahmen den zweiten Weg in der Entwicklung der Religionen. Ihre Arbeiten wurden später von Eingeweihten und spirituellen Führern der Menschheit fortgesetzt.

Schamanen waren Menschen, welche den Bereich des Alltagsbewusstseins z. B. durch Meditation oder auch durch Einnahme von psychedelischen (in Euphorie versetzende) Pflanzen überschritten hatten und höhere, sogenannte holotrope Bewusstseinszustände selbst erlebt hatten. Die Schamanen waren also die ersten Mystiker. Der Term holotrop, von S. Grof lanciert, bedeutet „auf das Ganze gerichtet sein". Er enthält die griechischen Worte holos (ganz) und trepoo (sich auf etwas hinbewegen). Das Wort holotrop spielt darauf an, dass unser gewöhnliches Alltagsbewusstsein sich nur mit einem Teil von unserem wahren Selbst identifizieren kann. Im holotropen Zustand werden die Grenzen unseres alltäglichen, begrenzten Ichs transzendiert und man erlebt die Ganzheit, die vollständige Ganzheit. Dieser holotrope Zustand ist rationell nicht zu begreifen.

Der Wunsch zur Erlangung „höherer", holotroper Bewusstseinszustände hat in alten Kulturen zur Entwicklung einer Vielzahl hierfür geeigneter Methoden geführt. Ziel all dieser Methoden war das Tagesbewusstsein durch monotone Reize zu übermüden und somit auszuschalten, sodass man die Stimme der Stille „hören" konnte und man das Erlebnis hatte: „Es gibt etwas das über mich hinausgeht."

Die hierfür verwendeten „Werkzeuge" waren unter anderem:

***Klang.*** Man verwendete Trommeln, Glocken oder Gebetsmühlen. Das Chanting*) bei der Hare Krishna Bewegung verursacht ähnliche Resultate.

Das ***Rezitieren***, also lautes Lesen des Korans. Monotones Wiederholen von Mantras oder die ...

***Litanei*** im *Hochamt* der katholischen Messe, wobei man den Inhalt des Gesprochenen nicht zu verstehen braucht, können ähnliche Wirkungen hervorrufen, weil es nur um den monotonen, einschläfernden Klang geht. Außer der Litanei enthält das Hochamt in der katholischen Kirche auch noch Zeremonien, welche möglicherweise auf archaische, magische Beschwörungsrituale zurück zu führen sind.

✳ ✳ ✳

*Leibnitz*

Ich war zirka sieben oder acht Jahre alt als ich das erste Mal einem katholischen Hochamt beiwohnte. Es war in Leibnitz, wo ich jeden Sommer die Schulferien bei meinen Großeltern verbrachte. Leibnitz, nur 10 km von der slowenischen Grenze entfernt, ist in meiner Erinnerung eine idyllische Kleinstadt in einem überwiegend

---

*) Singen einfacher Melodien bzw. singen von Mantras als religiöse Praxis im weiteren Sinn.

agrarischen Gebiet im Süden der Steiermark. Die Landschaft zu beiden Seiten der Grenze war – und ist noch immer – gleich und auch der Menschenschlag und die Gebräuche – abgesehen von der Sprache – waren und sind einander sehr ähnlich. Die Frauen, zu beiden Seiten der Grenze trugen Kopftücher in gleicher Weise, lose über den Kopf gebunden – also nicht so straff und provozierend wie heutzutage manche junge Muslimas sie tragen. Das Kopftuch war also nicht Symbol oder Demonstration für den Islam – man war ja zu beiden Seiten der Grenze katholisch –, sondern diente anfänglich nur dem Zweck um sich bei der Arbeit auf den weiten, ebenen, sonnenübergossenen Feldern von der in dieser südlichen Region bereits sehr starken Sonnenstrahlung zu schützen. Später aber wurde das Kopftuch auch im Haus getragen.

Slowenien, Kroatien und Serbien – der Schlüssel zum Balkan – waren bis zum Ende des Ersten Weltkrieges Teile der Donaumonarchie gewesen. Nach dem Ersten Weltkrieg forderten jedoch unter anderem die Slowenen, welche bereits im 6. Jahrhundert, mit deutschen Sprachinseln ab dem 8. Jahrhundert, diese Gegend besiedelt hatten, ihre Unabhängigkeit von Österreich. Sie beanspruchten dabei die Gegend rund um Leibnitz, das Gebiet rund um die Stadt Marburg, zirka 30 km südlich von Leibnitz, und das Gebiet um die Stadt Graz, zirka 30 km nördlich von Leibnitz. Nach lokalen Scharmützeln zwischen slowenischen und deutschsprachigen Milizen im Jänner 1919, wurde vom Völkerbund eine Kommission entsandt, welche entscheiden musste, welcher Teil deutsch- und welcher slowenischsprachig sei.

Die Kommission, welche in einem Sonderzug angereist war, wurde auf den Bahnhöfen in Graz und Leibnitz von der rein deutschsprachigen Bevölkerung stürmisch begrüßt und erklärte daher diese Gebiete, zu Recht, als deutschsprachig und somit zu Österreich gehörend.

Die Stadt Marburg war überwiegend deutschsprachig, mit vielen glücklichen Mischehen von Slowenen mit Deutschen. Die Umgebung von Marburg war überwiegend slowenisch. Hier entschied die Kommission jedoch anders. Ein deutschsprachiger Augenzeuge, Hofrat Grassenik – seine serbischen Vorfahren nannten sich noch Grassenic – hat mir Folgendes erzählt:

Eine zahlreiche Menge deutschsprachiger Bewohner erwartete die Kommission auf dem Bahnhof in Marburg. Es befanden sich jedoch auch Slowenen unter diesen Leuten, welche die Deutschsprachigen mit Messern im Rücken zwangen, bei der Ankunft der Kommission zu schweigen. Die Kommission traf ein, hörte im Zug nur „Shivio" – das ist slowenisch für „Hoch"-rufen – und erklärte das Gebiet als slowenisch. Marburg wurde Maribor und ein Teil von Slowenien Es ist nicht bekannt welches Resultat eine Volksabstimmung gehabt hätte.

Meine Verwandten, der Mann deutschsprachig, die Frau Slowenin in glücklicher Ehe vereint, übersiedelten nach Österreich.

Der jahrhundertelange Streit zwischen Deutschsprachigen und Slowenen – von den ersteren auch Windische genannt – widerspiegelt sich auch in Ortsnamen wie Deutscheck, Deutschfeistritz, Deutsch-Haseldorf, Deutschwald, Deutschlandsberg – womit man die Deutschsprachigkeit betonen wollte – zum Unterschied von Windischeck, Windischfeistritz, Windischdorf usw.

Deutschlandsberg hat nichts mit Deutschland zu tun, es sollte korrekt geschrieben *Deutsch* Landsberg heißen.

Der Name Graz könnte übrigens darauf hinweisen, dass es sich um eine ursprünglich slawische Befestigungsanlage handelte: Gradic bedeutet im Slowenischen „Schloss, Burg". Im Russischen kannte man Stalingrad, es bedeutete „Stadt von Stalin".

### *Sommerferien*

Für die Sommerferien, die ich immer bei meinen Großeltern verbrachte, reisten meine Mutter und ich mit dem Personenzug die zirka 100 km lange Strecke von Bruck über Graz nach Leibnitz.

Unser Zug wurde durch eine rauchende, keuchende, kohlenbeheizte Dampflokomotive gezogen – das Gebiet war ja damals noch nicht elektrifiziert –, welche manchmal kleine Funken in die Luft schleuderte. Meist aber stieg nur eine gelbgraue, schmutzige Wolke aus dem Rauchfang der Lokomotive. Wenn der Wind ungünstig lag, bekam man bei offenem Fenster – die umweltfreundliche „Aircondition" der damaligen Zeit – eine nach Schwefel riechende Rauchfahne in das Abteil und als Zugabe einen säuerlichen, prickelnden Geschmack auf der Zunge.

### *Hubert*

Am Bahnhof in Leibnitz, einem mehr oder weniger alleinstehenden größeren Gebäude inmitten ausgedehnter Äcker und weiter Felder warteten schon mein Großvater und Hubert, mein Cousin, mit dem Leiterwagerl. Ein Leiterwagerl ist ein handgezogener kleiner Wagen, mit Deichsel und vier Rädern und einem kleiner Bretteraufbau, ähnlich den „Polderwagen" wie man sie an den Nordseestränden sieht. Unsere Koffer wurden in das Leiterwagerl gelegt und wir machten uns auf den Weg zum Anwesen der Großeltern: Ein kleines, bescheidenes, ebenerdiges Langgiebelgebäude auf einem riesigen Grundstück von zirka 15.000 m² Fläche. Es gab hier viele Obstbäume: Pflaumen, Griecherln – Griecherln ist die österreichische Verkleinerungsform von Griechen – das waren nussgroße dunkelblaue Pflaumen mit einem leichten Grauschimmer und einem weichen, gelbgrünen süß-saftigem Fruchtfleisch, vermutlich aus Griechenland herstammend. Daneben gab es Ringlotten, Birnen und Äpfel, einen großen Gemüse- und Blumengarten und ein riesiges Maisfeld.

Mit dem Maisfeld war mein Großvater Selbstversorger mit der damaligen steirischen Nationalspeise dem „Sterz", welcher in etwa dem italienischen „Polenta" entspricht. Den Sterz erhielt man durch Kochen von grobem Maismehl mit ein wenig Wasser bis sich ein dicker Brei gebildet hatte, welchen man zunächst in eine Schale füllte und danach auf den Essteller stürzte. „Sterz" war also „Das Gestürzte". – Das Wort Sterz ist verwandt mit dem niederländischen bzw. niederdeutschen „stort" und findet sich auch wieder im Namen des berüchtigten Seeräubers „Störtebeker", welcher der Hanse*) so viel Sorgen machte. Störtebeker, niederdeutsch, bedeutet „Stürz den Becher".

Dieser Sterz wurde mit Schweinefett abgeschmalzen – Cholesterin spielte damals noch keine Rolle – und mit Milchkaffee als Frühstück verzehrt. In Niederösterreich rümpfte man hierüber die Nase und nannte den Sterz ein Schweinefutter.

Meine Großmutter nannte den Mais manchmal Woaz, manchmal auch Kukuruz. Das Mehl, welches man hieraus gewann nannte sie Türkenmehl. Der Sterz aus Türkenmehl war dann logischerweise Türkensterz, zum Unterschied von Haidensterz, welcher aus Haiden-(Buchweizen)-mehl gemacht wurde.

„Woaz" ist verwandt mit dem hochdeutschen Wort Weizen. Den Weizen selbst nannte meine Großmutter „Bauwoaz", also Weizen (woaz) zum Anbauen.

„Kukuruz" könnte eine Verunstaltung des Wortes Kuruzzen sein. Die Kuruzzen waren Aufständische (Ungarisch: „kuruczok"), welche sich in Ungarn im 17. Jahrhundert gegen die Habsburg'sche Monarchie auflehnten. Sie eroberten mordend und

*) Vereinigungen niederdeutscher Kaufleute, Mitte 12. bis Mitte 17. Jhdt.

brandschatzend große Teile von Ungarn und Siebenbürgen für die Türken. Im Jahre 1683 zogen sie sogar gemeinsam mit den Türken gegen Wien.

Die Erinnerung an die unselige Liaison zwischen Kuruzzen und Türken ist in Österreich mit dem Schimpfwort „Kruzitürken“ (Kuruzzi und Türken) bis heute noch erhalten geblieben.

Die oben erwähnte Verbindung Kukuruz–Türkenmehl könnte darauf hinweisen, dass der Mais durch die Kriege mit den Kuruzzen und Türken seinen Weg in die Steiermark gefunden hat. Mais im italienischen heißt übrigens granturco (türkisches Getreide), könnte also ebenfalls durch die Türken dorthin gelangt sein.

Die Maispflanze war ursprünglich von Christoph Kolumbus aus der Karibik – sie hieß dort mahiz – nach Spanien gebracht. In Spanien nannte man sie daher maiz. Der Maisanbau hat sich von Spanien aus zunächst in den östlichen Mittelmeerraum, vor allem in die Türkei und von dort in den Balkan und Österreich verbreitet.

✳ ✳ ✳

Hubert war ein Jahr älter als ich und durch die Arbeit auf dem Feld und im Garten der Großeltern kräftig gebaut. Er wuchs bei den Großeltern auf, die er „Voda" und „Muada" nannte. Seinen leiblichen Vater, welcher geschieden war und dann noch einmal geheiratet hatte, nannte er nur beim Vornamen „Flurl", Florian. Hubert hatte zwischen zwei Vorderzähnen ein Stecknadelkopf großes kreisrundes Loch durch welches er prächtig spucken konnte ohne den Mund aufmachen zu müssen. Ich habe ihn darum immer sehr beneidet.

Hubert war ein pfiffiger mit allen Wassern gewaschener Junge vom Land und ich, als naives Stadtkind, wurde oft das Opfer seiner Schabernacks (Schelmenstreiche).

*Die Eierspeise*

So machte er eines Tages den Vorschlag, dass wir uns heimlich hinter dem „Woazfeld", auf einem mit Steinen improvisierten Ofen eine Eierspeise (ein Rührei) machen sollten.

Ich war von seinem Vorschlag sofort hell begeistert und stimmte zu. Hubert sagte: „Wir brauchen aber Eier dazu. Die musst Du aus dem Hühnerstall holen wenn Du eine Eierspeise haben willst." Natürlich wollte ich. Hubert öffnete die niedere Tür zum Hühnerstall und schubste mich hinein weil ich steif stehen geblieben war; der Gestank im Hühnerstall war nämlich zu arg. Es verschlug mir den Atem, aber es gab kein Zurück mehr. Da stand ich nun, mit bloßen Füßen – wir liefen bei den Großeltern in den heißen Sommertagen immer barfuß – im Hühnerstall und musste aufpassen nicht in eines der zahlreichen Hühnerpatzln (Hühnerexkremente) hineinzusteigen. Da ich mich auf das Finden von Eiern konzentriert hatte geschah es dann doch und eine grau-weiß melierte sandige Soße, dick wie Zahnpasta quoll träge zwischen meiner großen Zehe und den übrigen Zehen heraus. Die Hühner stoben als ich ein paar Eier aus ihren Nestern nahm empört gackernd auseinander und flüchteten durch ihren Ausgang, eine kleine Lucke, ins Freie. Die Eierspeise hat mir besonders gut geschmeckt, vielleicht auch deshalb weil ich fand, dass ich sie mir verdient hätte.

*Schnaps für die Hühner*

Das Wohnhaus der Großeltern war ein ebenerdiges langgestrecktes Gebäude. Vor der zum Süden gelegenen Eingangstür, standen rechts und links zwei riesige Oleander in viereckigen Holzbottichen. Sie gediehen prächtig in der schattigen Weinlaube in welcher der Großvater seine Trauben züchtete und seinen eigenen Wein – Eigenbauwein, verächtlich oft auch Heckenklescher genannt – daraus machte. Als ich älter war durfte ich einmal davon kosten. Man sagte mir, dass dies ein besonders guter Tropfen sei. Ich bin seither Anti-Alkoholiker.

Durch die Eingangstüre des Wohnhauses kam man in einen kleinen Vorraum und dahinter in die Küche und die daran anschließende, verlockend riechende Speisekammer. Eines Tages, die Großeltern arbeiteten auf den Feldern, sagte mir Hubert ich solle mich vor dem Haus bei den Oleandern aufstellen und ihn warnen falls die Großeltern unerwartet ins Haus kämen. Die Türe zur Speisekammer war immer verschlossenen, Hubert wusste schon warum, aber das störte ihn nicht. Er hob die Tür aus den Angeln – das mache er immer so sagte er mir später – und stibitzte etwas vom Schnaps, den der Großvater selbst gebrannt hatte, füllte es in ein Fläschchen, nahm ein paar Stück Brot und deutete mir geheimnisvoll ihm zu folgen. Er ging auf den Hühnerstall zu und ich folgte ihm. Dort tränkte er die Brotstücke mit Schnaps und rief mit „putputput" die Hühner herbei. Freudig und erwartungsvoll kamen die Hühner herbei, angeführt durch einen stolzen Hahn, mit schillernden rot-braun, schwarz-grünen Federn, wie auf den Paradeuniformen des Generalstabs der k u. k.-

Monarchie. Es war ein sogenannter Altsteirer-Hahn mit einem grünlich-rot glänzenden Schweif. Begeistert stürzten sie sich auf die Brotkrumen und pickten alle auf. Aber oh weh! Nach einiger Zeit begannen der Hahn und seine Hühner zu torkeln und gaben krächzende ungewohnte Laute von sich. Die Großmutter, welche ein feines Ohr für ihre Hühner hatte, kam Schlimmes vermutend, herbeigeeilt und konstatierte mit Entsetzen, dass die Hühner alle sterbenskrank seien. Hubert, welcher das Schnapsfläschchen vorsorglich wegesteckt hatte, teilte mit tiefbetrübter Miene ihre Meinung.

Weitere Details weiß ich nicht mehr. Ich kann mich nur noch erinnern, dass die Hühner am nächsten Tag unter der Leitung ihres – wieder stolzen – Hahnes auf den Äckern scharrten um sich ihre Nahrung zu ergattern.

*Der Holzapfelbaum*

In der Nähe vom Hühnerstall stand, mit wunderbar rotglänzenden kleinen Äpfeln, ein Baum. Unvorsichtigerweise fragte ich Hubert was das für ein Baum sei. Er meinte ich solle diese Holzäpfel doch einmal selbst probieren, sie hätten einen unvergesslichen, einmaligen Geschmack. Ich tat es und biss hinein. Hubert hatte nicht zu viel versprochen: Es war tatsächlich ein Geschmackserlebnis welches ich mir seither nie wieder gönnte: Meine Mundhöhle zog sich zu einem winzigen, kleinen gefühllosen Fleischklumpen zusammen und es dauerte einige Zeit bis meine Mundhöhle und mein Gaumen wieder fühlbar waren.

✳ ✳ ✳

*Das Hochamt*

Jeden Sonntag mussten Hubert und ich, zwar widerwillig aber dennoch, zum römisch-katholischen Hochamt in die nahegelegene Kirche. „Sonntag ist der Tag des Herrn", sagte die Großmutter und mit einem Augenzwinkern fügte sie hinzu: „Das Hochamt wird Euren verdorbenen Seelen gut tun". Hubert und ich wurden trotz unserer Proteste in unsere blauen, feierlich wirkenden Bleyle-Matrosenanzüge – wie die der Wiener Sängerknaben – gesteckt und Richtung Kirche geschickt. Die Barock-Kirche und ihren Turm mit Zwiebelkuppel konnten wir durch eine Allee von hohen Kastanienbäumen schon von weitem sehen. Sie lag in der einen Richtung eben so weit von unserem Haus, wie der Friedhof in der anderen Richtung. Vor der Kirche hörten wir schon leise Orgelmusik, das „Warming-up“. Beim Betreten der Kirche war ich zunächst geblendet vom Lichterglanz der Kronleuchter und dem Licht, welches von den mit Blattgold bedeckten Heiligenstatuen reflektiert wurde. Diese Heiligenstatuen, abgewechselt durch Bilder vom Leidensweg Christi, umsäumten rechts und links den schmalen Weg nach vorne zum Hochaltar. Über dem Hochaltar war eine Statue von Maria mit dem Kind in Blau und Gold und darüber ganz hoch oben ein goldenes Dreieck dem ein Auge eingelegt war. „Das ist das Auge Gottes sagt die Muada“, flüsterte mir Hubert zu. Wir saßen, der Anordnung von Großmutter folgend ganz vorne und konnten so das Zeremoniell eines Hochamtes aus nächster Nähe beobachten. Der Priester, welcher das Hochamt zelebrierte trug einen prächtigen, gold- und silberbestickten Umhang.

Von Zeit zu Zeit nahm er ein längliches eiförmiges Weihrauchgefäß, welches an einer langen Goldkette befestigt war und schwenkte es hin und her, wobei er für mich unverständliche Worte murmelte.

Unter dem Einfluss des Schwenkens begann es im Ei zu glühen. Weißer exotisch riechender Rauch, den ich als beißend in Augen und Nase empfand, entströmte dem Ei. Das gefiel mir absolut nicht, und ich beklagte mich leise bei Hubert. Der aber lachte: „Das ist jeden Sonntag so und gehört zur heiligen Messe wie all das andere unverständliche Zeug“. Mit „unverständlichem Zeug“ meinte er wahrscheinlich, dass ein Hochamt damals in Latein (mit Ausnahme des im griechisch gesungenen „Kyrie eleison“, der Litanei) zelebriert wurde und daher unverständlich war.

Dieses

Kyrie eleison, Christe eleison
Kyrie eleison, Christe eleison
Kyrie eleison, Christe eleison

monoton gesungen, sowie das Murmeln von Gebeten, der Weihrauch, die Orgelmusik, der Lichterglanz und gegebenenfalls gregorianischen Choräle sollen das Denken träge machen, das Tagesbewusstsein einschläfern und somit das höhere Bewusstsein von der Flut der Alltagseindrücke befreien unter welchem es meist begraben liegt .

Im Gottesdienst der griechisch- und russisch-orthodoxen Kirchen, mit den wunderbaren Chören wird man besonders stark in höhere Sphären emporgehoben. Analoge Elemente findet man bei den Indianern, wenn der Schamane seinen rituellen Tanz aufführt, nur verwendet man dort Trommeln anstelle der Orgel oder von Musik im Allgemeinen.

Kunst jeder Art, nicht nur Musik, ist ebenfalls eine Vorstufe auf dem Weg zum höheren Bewusstsein.

Der protestantische Gottesdienst hingegen, schlicht und einfach, ist ein mehr cerebrales Geschehen. Das Wort Gottes und seine dialektische Interpretation, die Predigt, ist das Hauptelement.

* * *

Zur Erzielung holotroper Bewusstseinszustände werden weitere verschiedene Methoden verwendet:

Zum Beispiel: ***Rhythmische Bewegung*** bei den tanzenden Derwischen, oder die Tai Chi-Bewegungen in welchen sich der Fluss des Tao widerspiegelt.

Erzeugung intensiver ***physischer Reize***: Zum Beispiel durch 40-tägiges Fasten in der Wüste, wie in den Evangelien beschrieben oder das Zufügen von Schmerzen wie beim Sonnengebet der Indianer, eindrucksvoll dargestellt im Film: „They called him horse".

***Meditation*** wie in den verschiedenen Yogaschulen, z.B. Raja-Yoga (sprich Radscha-Yoga), Agni-Yoga, Jnana-Yoga, Bhakti-Yoga und vielen anderen Yogasystemen.

Durch ***rituelle, sexuelle Ekstasen*** versucht man im Tantra-Yoga in den (siebenten) Himmel aufzusteigen. Beispiele für Tantra-Yoga-Bezogenheit sind die sexuellen Szenen, welche in den Skulpturen indischer Tempel dargestellt werden oder ein kurz eingeblendetes Sexualritual wie in dem Film „The Da Vinci Code".

Ignatius von Loyola, der Gründer des Jesuitenordens, gibt Anweisungen zum „Erleben Gottes" in seinen ***Exerzitien***. Diese Anweisungen sind die gleichen wie in den Yogaschulen, nur werden sie in einem christlichen Kleid präsentiert.

Der Gebrauch ***psychedelischer Substanzen*** im Tempel zu Delphi ist hinreichend beschrieben. Die Priesterin Pythia saß über einem Felsspalt aus dem berauschende Dämpfe aufstiegen.

Es ist nicht auszuschließen, dass die holotropen Erlebnisse, welche den Veden zugrunde liegen, nicht nur durch Meditation allein, sondern auch durch zusätzliche Verwendung psychedelischer Substanzen erhalten wurden.

In moderner Zeit wurden Drogen zur Bewusstseinserweiterung bzw. zum Erreichen holotroper Bewusstseinszustände sowohl von Jugendlichen als auch im Laborversuch verwendet. Abhängig von der Erfahrung, dem Hintergrund und der Persönlichkeitsstruktur des Gebrauchers, sowie der Kenntnis der Daseinsebenen welche man betreten wird, kann die betreffende Person Himmel oder Hölle erleben. Ohne die Leitung eines erfahrenen Versuchsleiters kann das Experiment nämlich leicht in einem „bad-trip" enden wie aus Experimenten von Jugendlichen und aus Laborversuchen aus den 1960-er Jahren bekannt wurde.

S. Grof, ein Psychiater mit mehr als 40-jähriger Erfahrung auf diesem Gebiet hat eine Methode entwickelt, welche kontrollierten Drogengebrauch, Atemtechnik und körperliche Anstrengung der Versuchsperson kombiniert. Seine Versuchspersonen berichten von einem Verschwinden des Raum-Zeitgefühls, einer ozeanischen Entgrenzung und einem Gefühl des Eins-Seins mit der ganzen Welt.

Carlos Castaneda berichtet von Don Juan, einem zeitgenössischen Schamanen der Yaqui-Indianer in Mexiko. Dieser verwendet Hasch und Marihuana, LSD (Lysergsäurediethylamid), welches aus Mutterkorn gewonnen wird, sowie Mescalito (Meskalin) aus dem Peyote-Kaktus. Modernere, klassische Drogen sind Amphetamin-Derivate, wie z. B. XTC (Extasy).

Die Bewusstseinsveränderung durch Einnahme dieser Drogen soll aber niemals nur Selbstzweck sein, sondern muss Teil eines höheren Zieles sein, nämlich der Begegnung mit Gott, was immer man darunter auch verstehen mag. Drugs können zwar die Erfahrung einer transzendenten Realität öffnen aber das Numinosum hat zwei Seiten: Das numinosum fascinosum und das numinosum tremendum. Wehe dem der unvorbereitet oder nur aus Spielerei in das Heilige stolpert. Die schreckliche Seite des Heiligen kann ihn zerstören.

Der gezielte Gebrauch von Drogen oder das Meditieren zum Erreichen von holotropen Zuständen lässt sich vergleichen mit dem Erreichen eines Gipfels mit der Seilbahn oder wenn man sich den Gipfel in mühevoller Kleinarbeit Schritt für Schritt mit eigener Aktivität erobert hat. Das Ziel ist in beiden Fällen: Das Tagesbewusstsein muss zur Ruhe kommen. Es muss still werden im Inneren, man wird das Erlebnis haben von „Es gibt etwas das Über mich hinausgeht" und schließlich hört man die „Stimme der Stille".

Mit der Einführung des Ackerbaus und der damit verbundenen Veränderung der sozialen Struktur, der Lebensgewohnheiten und der hieraus resultierenden Weiterentwicklung der Menschen wurden auch die alten Götter durch neue ersetzt, weil sie für die neue Situation nicht mehr „brauchbar" waren. Das geschah immer wieder im Lauf der Geschichte bei der Änderung der Lebensumstände, wie von Karen Armstrong in ihrem Buch „A History of God" ausführlich beschrieben.

An die Stelle der Schamanen traten die Priester, welche ihre Schüler im aller-innersten der Tempel in die holotropen Bewusstseinsebenen einweihten.

Das Wort Esoterik in seiner ursprünglichen Bedeutung, abgeleitet vom griechischen esooterikos, ist darauf zurückzuführen: Es bedeutet nämlich „das Allerinnerste" des Tempels. Heute hat man keine Tempel in diesem Sinne mehr, aber die Einweihung eines Diszipels, eines Neophyten geschieht noch immer im Allerinnersten seines Körpers, welchen man symbolisch als Tempel Gottes bezeichnet. Unter den Neophyten der altgriechischen Eleusis-Mysterien befanden sich berühmte Persönlichkeiten dieser Zeit, unter anderen Sokrates, Sophokles, Platon und Aristoteles.

Heutzutage ist das Wort Esoterik degradiert zu einem Modewort. Es beinhaltet alle seriösen und nicht seriösen Tätigkeiten auf „okkultem, geistigem" Gebiet.

Der Gott der Mystiker ist also eine nicht-personifizierte Gottheit. Für den Mystiker haben sich zur vorgegebenen Zeit die Pforten zu seinem Allerinnersten geöffnet und er hat die Einheit des unbegrenzten Seins ohne Raum und Zeit bewusst erlebt: Die Ur-Ursache die überall anwesend ist, das SEIN, welches alles enthält was ist und was nicht ist, das EINE ohne ein Zweites.

## 5.3 Der Gottesbegriff im Wandel der Zeiten

### 5.3.1 Gott im Patriarchat

#### *5.3.1.1 Erinnerungen an den Zweiten Weltkrieg*

*Religionsunterricht im „Dritten Reich"*

Im Juli 1940 waren wir in einen anderen Stadtteil, peripher gegenüber der alten Wohnung gelegen, übersiedelt, zirka dreißig Gehminuten von Bruno entfernt. Ich konnte ihn also jederzeit besuchen, was ich auch des Öfteren tat.

Unsere neue Wohnung befand sich im ersten Stock eines Gebäudes, über den Büroräumen eines ehemaligen Kleinbetriebes. Die Lagerhalle und das Magazin waren an dieses Haus angebaut. Unsere Wohnung bestand aus Vorzimmer, zwei Zimmern, Küche mit fließendem Wasser und einem WC. Die Küche war riesengroß; sie diente uns daher als Küche, Esszimmer und Wohnzimmer. Eine Waschschüssel auf einem kleinen damals üblichen gusseisernen Toilette-Tischchen diente als Waschgelegenheit. Da wir nahe zum öffentlichen Badehaus wohnten, konnte ich dort einmal pro Woche ein Bad nehmen.

Ab September 1941 durfte ich das „Realgymnasium für Knaben" besuchen, welches sich ganz in der Nähe unserer Wohnung befand. Unser Realgymnasium war im selben Gebäude wie das „Realgymnasium für Mädchen" untergebracht. Der Unterricht wurde jedoch in getrennten Klassen erteilt. Ein Realgymnasium war eine Mischung von Realschule und Gymnasium. Wir hatten daher Darstellende Geometrie und Latein, aber kein Griechisch.

Während des Zweiten Weltkrieges gab es in meinem Heimatland, welches im Jahre 1938 dem „Großdeutschen Reich" als „Ostmark" einverleibt worden war, keinen Religionsunterricht. Wir wurden jedoch vollgestopft mit nordischen Mythen und nordischen Göttern: Wotan, Donar usw. Vom Katholizismus, welchem laut Taufschein die Mehrheit der Österreicher angehörte, war im Lehrplan der Mittelschulen keine Spur zu finden.

*Seppi*

In der Schule lernte ich Seppi kennen, der in dieselbe Klasse wie ich eingeteilt war. Es stellte sich heraus, dass er nur ein paar Häuser von uns entfernt wohnte. Da wir den Schulweg also stets gemeinsam machen konnten wurden wir bald unzertrennliche Freunde. Seppi war ein halbes Jahr älter als ich, ungefähr gleich groß und hatte blonde Haare und blaue Augen. Er hatte laut Kretschmer einen athletischen Körperbau, worum ich ihn mit meinem leptosomen, zartgliedrigen, Körperbau stets beneidete. Seppi war immer ruhig und bedachtsam.

Bisher hatten wir noch nicht viel vom „Anschluss" an das Dritte Reich gemerkt, außer dass an Feiertagen Hakenkreuzfahnen, statt der bisherigen sogenannten Kruckenkreuz-Fahnen an den Häusern ausgesteckt waren, und dass man statt wie bisher mit „Grüß' Gott", jetzt mit „Heil Hitler" grüßte.

*Mitglied der DJ*

Da wir zehn Jahre alt geworden waren, bekamen wir aber doch noch etwas mehr zu spüren: Wir waren von heute auf morgen Mitglied der DJ, der Deutschen Jugend.

Wenn man nämlich eine Lebensmittelkarte beantragte – Lebensmittel waren inzwischen rationiert – wurde man, ab zehn Jahre, automatisch Mitglied der DJ.

Das Unangenehme an dieser Mitgliedschaft war, dass wir an den Exerzierübungen – beim Flaggenappel am Sonntagvormittag – teilnehmen und in den Heimabenden politischen Unterricht über uns ergehen lassen mussten. Das Exerzieren und die „Preußische zicke-zacke-Mentalität" waren uns „Beute-Deutschen" wie wir oft genannt wurden wesensfremd. Die Rheinländer hatten eine ähnliche Mentalität wie wir und wurden daher in der deutschen Wehrmacht – mit Ausnahme der Gebirgsjägertruppen – mit Österreichern, pardon Ostmärkern, in eine Kompanie gesteckt.

Seppi und ich haben die Sonntagsaufmärsche einige Male geschwänzt. Dann lagen wir, in sicherer Entfernung, geduckt in eine Mulde, oben auf einem Hügel und beobachteten was sich da unten beim Exerzieren abspielte. Oft konnten wir uns das aber nicht leisten, weil stets bei den Eltern nachgefragt wurde warum wir nicht erschienen waren.

*Wir melden uns „freiwillig" zur HJ*

Da wir gehört hatten, dass es bei Spezialeinheiten der HJ, der Hitler Jugend, kein Exerzieren und keinen politischen Unterricht gab – der Nachdruck lag auf Basteln und fachtechnischer Ausbildung – meldeten Seppi und ich uns Mitte 1944 „freiwillig" zu diesen Einheiten, obwohl man eigentlich erst ab 14 Jahren in die HJ eintreten durfte. Seppi ging zu der Flieger-HJ und ich zur Marine-HJ, weil ich später Schiffsingenieur werden wollte.

Die Atmosphäre bei der Marine -HJ gefiel mir sehr gut. Unsere Ausbildner waren ein Bootsmaat und ein Signalmaat. Es ging gemütlich zu, kein „Heil Hitler"-Zwang, kein politscher Unterricht. Stattdessen erzählte uns der Bootsmaat von Seeräubern, und den Schätzen die sie auf einsamen Inseln versteckt hätten, von gesunkenen Gallionen der spanischen Silberflotte, von Geisterschiffen, ... und wir hörten begeistert zu. Wir durften auch Schiffsmodelle bauen wie z. B. kleine Segelboote. Mein Boot, ein Einmaster, war sogar 70 cm lang.

Gleich nach Kriegsende sah ich unsere Ausbildner wieder. Sie trugen rot-weiß-rote Armbinden. Beide waren im Widerstand gewesen, daher auch die erholsame, a-politische Atmosphäre. Der Bootsmaat wurde Chef der Polizei in unserer Stadt.

Der Krieg kam näher. Seppi und ich wurden Luftschutzhelfer. Wir wohnten in unmittelbarer Nähe unserer Schule und mussten uns bei Fliegeralarm sofort dort melden. Wir hatten die nötigen Instruktionen erhalten um gegebenenfalls den Brand zu löschen der durch den Abwurf von Phosphor-Brandbomben der Engländer entstanden sein sollte.

*Fliegeralarm*

Es gab hin und wieder Fliegeralarm. Zuerst kam die Vorwarnung: Drei Mal hintereinander klomm die Sirene langsam zu ihrem höchsten Ton und fiel dann wieder ab. Nicht lang darauf kam der richtige Fliegeralarm: Er begann mit einem tiefen Knurren der Sirene, das sich bald zu einem hellen, schneidenden Ton erhob. Man wurde quasi wie auf einer Achterbahn beim Aufsteigen mitgerissen und dann, am höchsten Punkt angelangt, fallengelassen.

Eine Minute lang im Sekundentakt gibt es ein rasches auf und ab der Sirene, wobei einem das „ab" der Sirene richtig durch den Bauch zuckte. Dann Stille ... Das bange Warten auf das Gebrumm der Bomber.

Meistens waren sie bald da. Dann war der Himmel schwarz von Flugzeugen, wie ein großer Schwarm von Vögeln, die sich zur Abendruhe versammeln. Im sogenannten Drahtfunk hörte man dann zunächst ein monotones, träges ticktack, ticktack, ticktack, eines Weckers – sechzig Mal pro Minute –, welches angab, dass der Beobachtungsstand noch funktionierte. Dann kam die Mitteilung: „Hier ist der Drahtfunk. Starke Kampfverbände aus dem „Raume Südost, Kurs Nord." Dann wussten wir schon: Die fliegen wieder nach Wien oder Wiener Neustadt. Bald sah man die Geschosse der Fliegerabwehrkanonen (FLAK), in kleinen lichtgrauen Wölkchen am Himmel zerplatzen. Meistens konnten sie aber nichts ausrichten, weil die Bomber viel zu hoch flogen. Nach der Entwarnung, einem langgezogenen Ton der Sirene, eine Minute lang, kamen wir aus dem Schutzkeller und gingen sofort auf die Suche nach Granatsplittern. Heute sammelt man Fotos von berühmten Fußballern, von Tieren oder kleine Spielzeugfiguren. Wir sammelten Flaksplitter. Der längste den ich hatte war 15 cm lang.

*Frachtenbahnhof, Hand eines Toten*

Einmal, 1942, hieß es im Drahtfunk: „Schnelle Kampfverbände im Raume Südost, Kurs Nordost." Vorwarnung und Fliegeralarm folgten unmittelbar hintereinander, und dann auch sofort das Brummen der englischen Flugzeuge und die Detonation der Bomben. Der Frachtenbahnhof war das Ziel gewesen. Der Totalschaden war gering, einige Wohnhäuser wurden zerstört. Wir wurden zum Schuttaufräumen hinbeordert. Wir waren schon einige Zeit beschäftigt, als ich plötzlich beim Wegheben eines Ziegels die eiskalte Hand eines Toten ergriff. Entsetzt prallte ich zurück und wollte meine Kameraden rufen, aber die hatten das auch gesehen und waren schon alle verschwunden.

*Nachtangriff ..., der Katastrophe entgangen*

Die Luftangriffe hatten bisher immer tagsüber stattgefunden. Einmal aber gab es mitten in der Nacht Vorwarnung und die Meldung „Schnelle Kampfverbände im Raume Südost, Kurs Nordost." Ich eilte im Finstern zur Schule, es war ja Verdunklungspflicht, d. h. es gab keine Straßenbeleuchtung und die Fenster der Wohnhäuser mussten mit schwarzem Papier (Verdunklungspapier) gut abgedichtet sein, sodass kein noch so kleiner Lichtstrahl nach außen dringen konnte. Auch Zigarettenrauchen im Freien war in der Nacht streng verboten. Man sagte, dass die Piloten der Feindflugzeuge in der Nacht selbst das Glühen einer Zigarette sehen könnten und dann wüssten, dass dort ein Ort lag.

Ich brauchte aber nicht lange im Dunklen zu laufen, weil plötzlich die ganze Stadt taghell erleuchtet war: Über mir schwebten in einer quadratförmigen Anordnung vier riesengroße Leuchtbäume, wie riesige Christbäume. Sie bestanden aus vielen kleinen rosaroten, leuchtenden Kugeln. Diese Christbäume waren von der schnellen Vorausabteilung, den Markierern, den target markers, dorthin gepflanzt worden. Ich sah nur noch, dass unsere Stadt genau in dem Quadranten lag, welcher durch die vier Christbäume gebildet wurde. Dann war ich schon in der Schule und schloss zitternd die Stahltüre des Luftschutzraumes hinter mir. Ich lief zu unserem Unterstand, Seppi war auch schon da. Es dauerte nicht lange und der Boden unter unseren Füssen, ja das ganze Gebäude begann zu beben, begleitet von einem unaufhörlichen dumpfen Brummen – wie vom Wirbeln vieler Trommeln. Dieses Brummen stammte von den Explosionen der vielen Bomben die wie Regen niederprasselten. Es musste irgendwo weiter weg von uns ein unglaubliches Getöse sein, das wir sogar hier im tiefen Keller noch etwas davon merkten. Dieses Inferno dauerte zirka eine Viertelstunde lang. Seppi und ich hatten unsere Aluminium-„Stahlhelme" aufgesetzt und warteten in unserem Unterstand auf unser Ende, sofern der Bombenteppich auch uns erreichen würde. Aber dann war es auf einmal still. Es war unwirklich still nach dem langen Beben und Brummen. Das Bombardement war vorbei, und wir lebten noch!

Da wurde die Tür zum Luftschutzkeller aufgerissen und ein blutüberströmter Mann wankte herein, gestützt von einem Sanitäter. Nachdem seine – zum Glück nur leichte – Kopfverletzung entsprechend behandelt worden war, erfuhren wir, dass unsere Stadt um ein Haar einer totalen Vernichtung entgangen war: Die vier Christbäume waren durch einen plötzlich aufgekommenen Westwind von der Stadt weg auf unseren nahe gelegenen „Hausberg", abgetrieben worden.

Die ganze Bombenfracht fiel in unbebautes Waldgelände. Am nächsten Tag gingen wir schauen was dort geschehen war. Der Wald war über eine Fläche, entsprechend der Ausdehnung unserer Stadt, vollkommen umgepflügt, wie nach einem Tsunami.

Wir waren der Totalkatastrophe entgangen. Der Krieg war uns wieder einen Schritt näher gekommen.

*Der Krieg kommt immer näher: Tiefflieger der Amerikaner*

Außer den Bombenangriffen, durch die „Terrorbomber" wie wir sie nannten, waren es die uns besonders verhassten amerikanischen Tiefflieger, die uns das Leben schwer machten. Mit dem Fortschreiten des Krieges, 1944, und dem Näherrücken der Front in Italien waren sie plötzlich auch da. Luftabwehr gab es schon lange keine mehr und so konnten sie einzeln „auf Hasenjagd gehen". Das bestand darin, dass die Tiefflieger – schnelle, wendige Jagdflugzeuge mit nur einem Piloten – zunächst Personenzüge beschossen, warteten bis der Zug stehen blieb und die Passagiere in Panik herausflüchteten. Dann beschossen sie die Leute, die sich, wenn keine Bäume in der Nähe waren, in die Böschungsgräben geworfen hatten, Das war aber vollkommen sinnlos weil sie dort vom Flugzeug aus gesehen und beschossen werden konnten. Es war für die Piloten wohl eine besondere Art der Hasenjagd. Wir nannten es auch „Die Methode Specht": Auf der einen Seite am Baum klopfen und die erschreckten Würmer auf der anderen Seite aufpicken. Ein Krieg bringt das schlechteste im Menschen an die Oberfläche.

Einen dieser Tiefflieger hat es zu unser allergrößten Freude und Genugtuung dann doch erwischt. Man sagte, dass ein einzelner Soldat mit einem Maschinengewehr den Piloten in den Kopf geschossen hätte. Aber dieses Detail interessierte uns nicht. Er war abgestürzt und zu seinem Glück auch tot, wie der Soldat, der geschossen hatte, feststellte. Er musste nämlich die empörten Passagiere daran hindern das Flugzeug zu stürmen und den Piloten in Stücke zu reißen. Der Pilot wurde in einer nahegelegenen Kapelle aufgebahrt und bald ging das Gerücht, dass er eine eigenartige Frisur hätte: Am Scheitel entlang einen steilen Haarkamm und rechts und links davon kahlgeschoren, hinten einen langen Zopf, ein Mohikaner hieß es. Die Frauen bestaunten diesen Toten; die Wut war schon längst dem Staunen über das Exotische gewichen. Ein weiteres Gerücht sagte, dass man bei dem Piloten zwei Kinokarten für ein Kino irgendwo in Italien – gültig für denselben Abend – gefunden hätte. Wenn es stimmte, hat die Signorina wohl vergeblich auf ihn gewartet.

*Schanzen für den Ostwall*

November 1944. Die Russen waren schon bis Ungarn vorgedrungen und die Macht ihrer unzähligen gefürchteten T34-Panzer war immer deutlicher zu spüren.

Zur Stärkung der Ostfront sollte der sogenannte Ostwall dienen. Dazu mussten an der Grenze mit Ungarn – zirka 30 km Luftlinie von uns entfernt – Panzergräben ausgehoben werden. „Schanzen" hieß das. Im Dezember 1944 wurden daher alle 14-jährigen männlichen Schüler, d. h. Jahrgang 1930, zum „Schanzen" an die ungarische Grenze abkommandiert. Ältere Schüler gab es ja nicht mehr in unserer Schule, weil der Jahrgang 1929, darunter auch Bruno, bereits zum Volkssturm eingezogen worden war. Jahrgänge 1928 und darunter waren alle beim Militär. Der Volkssturm – eine paramilitäre Miliz würde man heute sagen – bestand also aus 15-jährigen und Männern über 45. Auch mein Vater, der wegen seiner Kriegsverletzung aus dem Ersten Weltkrieg bisher als „wehruntauglich" klassifiziert worden war, wurde zur Brückenbewachung eingezogen. Ich habe ihn oft auf der Murbrücke, die er bewachen musste, besucht. Er stand dann dort, nicht sehr glücklich mit einem uralten Gewehr, einem Karabiner, über der Schulter in Zivilkleidern mit der Armbinde „Volkssturm". Stoffe und Fabriken zur Herstellung von Uniformen gab es ja nicht mehr. Die Auflösung des „Dritten Reiches" wurde immer deutlicher sichtbar.

Auch mein Freund Seppi musste zum Schanzen. Er war unglücklicherweise am 29. Dezember 1930 geboren, zählte also zum Jahrgang 1930. Wäre er nur drei Tage später geboren, hätte er zu meinem Jahrgang, 1931, gehört und hätte nicht mitmüssen. Das Schanzen war nämlich wegen der ständigen Tieffliegerangriffe keine ungefährliche Tätigkeit. Zwei unserer Mitschüler verloren bei solchen Angriffen ihr Leben.

Von unserer „Knaben"-Klasse blieben außer mir nur zwei Mitschüler, beide ebenfalls Jahrgang 1931, zurück. Da unsere Klasse also de facto nicht mehr da war, mussten wir dem Unterricht in der Parallelklasse für Mädchen folgen.

Für einen beinahe 14-jährigen, pubertierenden Knaben wie mich, war der Gang in eine Mädchenklasse jedes Mal wie ein Spießrutenlaufen. Ich versuchte stets sehr früh zu kommen und setzte mich dann in die hinterste Reihe. So war ich den Blicken der Mädchen und ihrem Kichern nicht direkt ausgesetzt. Mit der Zeit aber gewöhnten wir uns aneinander. Nach einem Monat kamen die übriggebliebenen „Schanzer", unter ihnen auch Seppi, nach vollbrachter Arbeit wieder wohlbehalten zurück.

Der Unterricht wurde wieder in getrennten Klassen fortgesetzt, allerdings nur für kurze Zeit. Wir fühlten damals schon den nahenden Zusammenbruch und kamen uns vor wie in einer Mausefalle, aus der wir nicht entrinnen konnten.

*Die Nervensäge*

Der nahende Zusammenbruch des Dritten Reiches wurde uns jede Nacht durch den „Unteroffizier vom Dienst/UVD", auch „Nervensäge" genannt, deutlich demonstriert. Das hatte folgenden Grund: Im Rahmen der „planmäßigen Absatzbewegung zur Frontverkürzung" an der Ostfront waren die Russen nur mehr zirka 30 km Luftlinie von uns entfernt. Ein Bergrücken im Osten unserer Stadt versperrte jedoch ihren Panzern den Weg in unsere Stadt. Für ihre Flugzeuge waren wir aber leicht erreichbar.

Ein primitives Ein-Mann-Flugzeug aus Holz, nur mit einer einzigen 50 kg-Bombe bestückt umkreiste jede Nacht, die ganze Nacht, wie ein Raubvogel unsere Stadt. Das langsame tok ‚tok, tok, tok dieser Flugzeuge, Rata's, genannt war eine richtige Nervensäge. Ich höre diese tot tok tok heute noch. Wir verbrachten daher die Nächte nur mehr im Luftschutzkeller. Wenn der Pilot nur einen winzigen Lichtschimmer sah – das Aufleuchten einer Zigarette war schon genug – warf er seine Bombe ab. Er hatte sein Ei gelegt, war müde und ging schlafen. Wir auch.

Zwei Häuser wurden auf diese Weise zerstört und einige Menschen kamen ums Leben. Man sagte, dass jemand im Freien geraucht hätte. Die Aufschrift „Rauchen ist tödlich" auf Zigarettenpackungen wäre also schon damals nicht unangebracht gewesen.

*Totentanz*

Kurz vor Kriegsende: Lange Reihen von ausgemergelten Gestalten, in Lumpen gehüllt, schleppen sich fort auf der Straße, entlang der Mur, dem Fluss, welcher durch unser Städtchen fließt. Die Elendsgestalten – Gegner des Regimes – werden eskortiert durch grimmig schauende Soldaten in Tarnanzügen, Bajonette auf den Gewehren.

Tage später: Eine stille Bucht am Rand der Mur: Zwei aufgedunsene Wasserleichen drehen langsam ihre Kreise in einem trägen Wirbel. Ein stiller Totentanz. Der Wahnsinn eines totalitären Regimes.

*Meldung zum Panzervernichtungstrupp*

Ein Tag vor Kriegsende: Alle 14 Jahre alten männlichen Personen werden zusammengetrommelt und müssen zum Appell antreten. Ein uniformierter Funktionär stellt sich vor uns auf und gibt den Lagebericht: „Die Russen sind schon am Semmering, zirka 30 km nördlich von uns im Mürztal. Wer meldet sich freiwillig zum Panzervernichtungstrupp?“ ... „Vortreten!”. Wir haben alle Angst, vor den Russen und ihren gefürchteten T34-Panzern, die Knie schlottern uns. Keiner rührt sich. Der Funktionär sieht sich das an, dreht sich um und meldet zackig seinem Vorgesetzen: „Die gesamte Abteilung hat sich freiwillig gemeldet zum Panzervernichtungstrupp. Morgen um 6 Uhr früh, Abtransport mit Panzerfäusten”. Wir hatten keine Ausbildung, geschweige denn je eine Panzerfaust in der Hand gehabt.

Ich hatte eine unruhige Nacht, die T34-Panzer fuhren über mich hinweg und gruben mich ein, wie wir es immer gehört hatten; ich war am Ersticken. Ich wachte am 5. Mai 1945 um 4 Uhr früh auf, als meine Mutter mir sagte: „Die Russen sind schon in Kindberg“ (einem Nachbarort an der Mürz).

Ich war erleichtert.

Adieu Panzervernichtungstrupp!

*5. Mai 1945 Kapitulation. Ende des Krieges*

Wir atmen auf. Keine Angst vor den Bomben mehr.
FRIEDE!!! FRIEDE!!!

## ***Nachkriegszeit***

*Die Russen in unserer Stadt: Mai – Juli 1945*

Die Russen waren nach der Kapitulation, kampflos in unsere Stadt einmarschiert. Ihre erdfarben-gelben Uniformen waren überall. Angst bedeckte die Stadt. Würde man uns nach Sibirien verschleppen, wie wir es jahrelang gehört hatten? Zu unserer Erleichterung geschah das jedoch nicht.

Zwei enorme Probleme lasteten jedoch schwer auf uns: Die Vergewaltigung von Frauen, ganz gleich ob alt oder jung, durch russische Soldaten und der Mangel an Lebensmitteln.

Wir hatten noch in der Kriegszeit über die Massenvergewaltigungen von Frauen durch die Kampftruppen der roten Armee gelesen. So etwas fand bei uns zum Glück nicht statt, wohl aber hörte man immer wieder von Vergewaltigungen durch russische Soldaten. Eine Villa, ganz nahe bei uns war besonders berüchtigt. Jede Nacht hörte man Hilfeschreie von Frauen aus dieser Villa. Die Führung der roten Armee, so wurde uns mitgeteilt, toleriere solche Exzesse aber nicht und würde sie streng bestrafen. Aber es geschah doch immer wieder.

Eines Tages wurde von der „Kommandantura", der russischen Stadtverwaltung, welche im Rathaus am Hauptplatz stationiert war, ein Bericht für die Bewohner unserer Stadt angeschlagen:

Am nächsten Morgen würden mongolische Einheiten der roten Armee durch unsere Stadt ziehen – vom Hauptplatz Richtung Volksschule – und dann die Stadt wieder verlassen. Es wurde den Frauen geraten nicht auf die Straße zu gehen.

Daraufhin wurde in der Stadt geflüstert, dass in der Mongolei ein ungeschriebenes Gesetz herrsche: Die Frauen eines unterlegenen Stammes oder einer Stadt mussten sich vor den einziehenden Kriegern der gewinnenden Partei auf die Straße werfen, sozusagen als Kriegsbeute. Der Durchzug der Mongolen geschah ohne Zwischenfälle. Dank sei dieser Warnung. Man hörte später, dass an besagtem Tag nicht einmal eine Maus auf der Straße zu sehen gewesen war.

Es erschien unter normalen Umständen jedenfalls günstig, wenn man einen Offizier in der Nähe hatte den man im Notfall zu Hilfe rufen konnte. „Es genügte oft schon wenn die Frauen nur riefen „Ich, Offizier holen". So machte ich mich auf die Suche nach einem Offizier, mein Vater war ebenso wie Bruno vom Volksturm noch nicht zurückgekehrt. Ich fand einen Sergeanten dem ich mein Zimmer anbot. Er nahm dieses Angebot zur beiderseitigen Zufriedenheit an.

Lebensmittelknappheit war ein großes Problem. Auf der Suche nach Lebensmitteln begegnete ich im Stadtpark einem Russen mit Offiziersmütze, auf welcher vorne ein dunkelrot metallic-emaillierter Sowjetstern, mit Hammer und Sichel angebracht war. In seiner rechten Hosentasche steckte ein Colt, mit einem schlaff herunterhängenden Lederriemen vor dem Verlieren gesichert. Das musste ein Kommissar sein, von denen wir so viele Gruselgeschichten gehört hatten. Ich machte einen großen Bogen um ihn, aber er schien mich überhaupt nicht zu bemerken.

Eine russische Einheit hatte sich im Lagerraum neben unserer Küche einquartiert. Vor unserem Haus stand von da an, Tag und Nacht ein russischer Soldat mit seiner Maschinenpistole auf Wache. Die Maschinenpistolen von damals waren keine Kalaschnikows – die gab es nämlich noch nicht –, sondern bestanden aus einem Gewehrlauf an dem ein scheibenförmiges Reservoir montiert war, aus welchem die Patronen in den Lauf befördert wurden wie in einen Trommelrevolver, einem Colt. Es hieß, dass diese simple Konstruktion in Bezug auf Staubkörnchen und Schmutz weniger störanfällig war wie die deutschen, hochgezüchteten Maschinenpistolen.

Einige Soldaten dieser Einheit hatten bald unsere Küche entdeckt und konnten sich hier waschen, ihre Uniformen reparieren und ihr Essen kochen. Die Nahrungsversorgung war für uns hiermit für eine Weile gesichert, denn wir durften mit „unseren" Russen, zirka fünf bis acht Mann, zusammen essen: Einer von ihnen hatte eines Tages einen Sack mit Reis organisiert. Der Reis wurde ohne viel Federlesen in den Topf, in dem wir gerade noch unsere Wäsche ausgekocht hatten geschüttet und mit genügend Wasser versehen weichgekocht. Ein anderer unserer Russen brachte Salz und Jungzwiebel, ein dritter brachte Bier, welches er in einen unserer Abwascheimer schüttete und neben dem Tisch aufstellte. Dann saßen wir, meine Mutter und ich, mit den Russen an unserem langen Küchentisch. Vor uns lagen drei Haufen: Reis, Zwiebeln und Salz. Ich weiß nur noch, dass der gekochte Reis mit den Jungzwiebeln wunderbar schmeckte wie schon lange nichts mehr. Vor allem wichtig war aber: Wir konnten uns nach langem endlich wieder einmal satt essen.

Die „Russen" hatten für mich ein menschliches Gesicht bekommen, es waren Menschen von Fleisch und Blut geworden, mit all ihren Hoffnungen, Wünschen und Ängsten. Einer von ihnen war Lehrer aus Sibirien, er sprach fließend deutsch. Ein anderer, der alle Tage in der Küche mit unserer Nähmaschine arbeitete, war Schneider in der Ukraine gewesen. Er hatte Sehnsucht nach seiner Familie die er schon seit Jahren nicht mehr gesehen hatte. Urlaub gab es ja nicht in der roten Armee. Er war besonders nett zu mir, weil ich ihn an seine Kinder erinnerte. Er erzählte mir, mit Hilfe des Lehrers, wie gnadenlos und grausam die „Nemetzki's", die Deutschen, in der Ukraine gehaust hatten, obwohl sie von der Bevölkerung mit Wohlwollen empfangen worden waren. Die Ukrainer hatten, so vermute ich, noch immer nicht vergessen, dass „Väterchen" Stalin einige Millionen Ukrainer in den 1930-er Jahren mit Absicht hatte verhungern lassen, weil sie in Hinblick auf seine Kolchosenpolitik nicht genügend kooperativ waren. Die Ukrainer, Nachfahren der „Kazaki", der Kosaken, waren eben immer schon freiheitsliebend gewesen.

„Unsere" Russen im Lagerraum und unser Sergeant wurden bald abgelöst durch eine Frauenkompanie aus der Ukraine. Es waren mittelgroße, zierliche, bildhübsche dunkel-brünette, gut geformte, schlanke junge Mädchen, zirka 25 Jahre alt. Sie alle trugen eng anliegende, für Frauen geschneiderte Uniformen, mit Blusen, welche durch Gürtel eng tailliert wirkten, die Röcke bis knapp unter die Knie und Stiefeln von feinstem Leder. All das betonte die besonders gut entwickelten sekundären Geschlechtsmerkmale in unübersehbarer Weise, sehr zur Freude von Seppi und mir, die wir damals gerade den ersten Ansturm der uns bisher unbekannten Testosteron-Hormone zu spüren bekamen. Diese Frauen hatten bald unsere Küche entdeckt und fühlten sich bei uns wie zuhause: Sie kochten und aßen hier und wuschen sich ohne Scheu ihre wohlgeformten „oben ohne" Attribute in der Waschschüssel in unserer Küche. Für Seppi und mich war das jeden Morgen ein atemraubendes, unvergessliches Schauspiel. Wir verbargen allerdings unsere leuchtenden Blicke hinter einer großen Zeitung, in welche wir vorsorglich für jeden von uns ein Guckloch gemacht hatten. Was man heute in den „Porky"-Filmen über Teenager sieht, wurde uns damals jeden Morgen „frei Haus" geliefert.

Aus einem, an die Außenwand unseres Hauses montierten, Lautsprecher strömten Tag und Nacht russische Lieder, 24 Stunden am Tag, jeden Tag aufs Neue. Ich kannte bald das ganze Repertoire auswendig, der Lautsprecher war ja direkt unter meinem Schlafzimmerfenster montiert. Schwermütige Lieder über die unendliche Weite der Steppe wurden abgelöst durch feurige Lieder aus dem Kaukasus. Wunderbare mehrstimmige ukrainische Chöre mit ihren typischen, schrillen Oberstimmen wiegten mich am Abend in den Schlaf und weckten mich in der Früh wieder auf.

*Die Engländer*

Eines Morgens war es ungewohnt still. Die Russen waren abgezogen und bald sahen wir die ersten Jeeps mit Engländern vor unserem Haus aufkreuzen. Wir waren „Englische Zone" geworden.

Das Essen war, bei den 800 kcal welches wir pro Tag und pro Person zugeteilt bekamen, das Allerwichtigste. Jeden Montag lauschten wir am Radio, leider vergeblich, auf die Nachricht, dass die Kalorienzuteilung erhöht worden wäre. Meine Großmutter äußerte sich zur Ernährungslage sehr drastisch mit den Worten „Wir brauchen keine Kalorien, wir wollen was zum Fressen haben".

Es hatte sich sehr bald herumgesprochen, dass man bei der englischen Truppe zu essen bekäme, wenn man dort arbeitete. Eine WATS (Women Auxiliary Transport Service) Abteilung der VIII'th Army war in unserer Schule einquartiert und ich meldete mich dort beim Sergeant-Major. Die vier Jahre Englischunterricht kamen mir sehr zu statten, denn er fragte mich zunächst: „Do you read and write English?". Das „*write*" hörte sich an wie" wait" und ich antwortete, dass ich kein „waitor" sei. Er hatte Verständnis für meine Schwierigkeit und ließ mich ein paar Sätze in Englisch schreiben. Er war offensichtlich zufrieden, denn ich wurde als „Auxiliary Interpreter" angenommen, ebenso wie Bruno, der inzwischen heil und ganz vom Volkssturmeinsatz zurückgekehrt war und sich ebenfalls beim Sergeant-Major gemeldet hatte.

Der Sergeant-Major war ein typischer Engländer wie er in den Filmen auch immer dargestellt wird: Groß, kräftig, rotblondes leichtgewelltes Haar, Sommersprossen und mit einer scheinbar unentbehrlichen Pfeife im Mund, die er auch beim Sprechen nicht herausnahm. Als Kopfbedeckung trug er die für die englische Armee so typische Mütze mit beinahe senkrecht nach unten gerichtetem Schirm, welcher seine Augen beinahe bedeckte. Wenn er mit mir sprach musste er daher den Kopf immer etwas zurückneigen. Er hatte zu meinem Erstaunen kein Schnurrbärtchen. Dies war, wie ich bald herausgefunden hatte, den Offizieren vorbehalten, welche leicht wiegend, mit kurzem Rohrstock unter dem Arm ziellos, wie mir schien, durch die Gänge wandelten.

Da ich ortskundig war musste ich zunächst mit dem Sergeant-Major die hölzernen Hinweisschilder für die englischen Truppen überall in der Stadt anbringen.

Danach wurde ich „Assistant", bei einer englischen Lady im Range eines Captains. Sie war ein echte Anglo-Saxin: Eine lange, hagere Gestalt mit kerzengerader Haltung, etwas größer als ich. Sie hatte rostig-braunes Haar, das unter ihrer Offiziersmütze als Bubikopf herausragte. Sie sprach gepflegtes, leicht nasales Englisch, zum Unterschied vom Sergeant-Major welcher korrektes aber etwas gröber anmutendes Englisch verwendet hatte. Ihr Gang entsprach ihrer Sprache: Etwas gedehnt und steif. In meinen Augen war sie auch zu dürr, vor allem im Vergleich mit einer etwas kleineren, schwarzhaarigen, rundbrüstigen jungen Frau aus Schottland in schnittiger Uniform, die mich wenn ich mit ihr sprach mit ihren tiefbraunen Augen verheißungsvoll anfunkelte. Dann durchzuckte es mich immer wie ein Blitz vom Kopf bis zum Fuß.

Ich musste meinen She-Captain beim Einkauf in der Stadt begleiten oder beim Verhandeln über günstige Preise in der lokalen Wäscherei dolmetschen. Beim Preis für das Waschen eines Büstenhalters wusste ich nicht wie ich das ins Englische übersetzen sollte, aber dieses Wort kannte sie schon, es hieße „brassière", murmelte sie etwas verlegen.

Wir, Bruno und ich, hatten ID-Cards und „Permits" bekommen, mit denen wir Zutritt zu Aktivitäten der Engländer bekamen, die für Zivilisten verboten waren. Wir durften also die Kinovorstellungen der Engländer besuchen. Einem unserer Englischlehrer wurde der Zutritt durch die MP, die Military Police, verweigert. Sein Argument, dass er Englischlehrer sei, wurde von der MP mit einem „get the f... out of here" abgetan". Dieses „four-letter–word“ hatte mir im Anfang Schwierigkeiten bereitet. Im Wörterbuch stand es jedenfalls nicht. Vielleicht war es eine grammatikalische Endung, es kam ja in jeden Satz vor? Nein, in der Grammatik fand ich auch nichts. Ich fragte schließlich den Sergeant-Major. Er antwortete: „I also use it, as everyone does. But it is bad word and a bad habit. Don't ever use it."

Da besagter Englischlehrer ein nicht sehr angenehmer Typ war, viele meiner Mitschüler hassten ihn, genossen wir es sehr, dass „wir wohl, er aber nicht“ hineindurften.

Unter unserer Wohnung, in einen Teil der Büroräume im Erdgeschoss und im Nebengebäude im ersten Stock waren jetzt englische Soldaten einquartiert. Ich hatte sehr gute Kontakte mit ihnen und besuchte sie regelmäßig. Sie baten mich ihnen ein wenig Deutsch beizubringen. Ein für sie besonders wichtiger Satz den ich ihnen aus dem Englischen übersetzen musste war begreiflicherweise: „May I see you home, Fraulein“. Das Aussprechen von Umlauten bereitete den Engländen hörbar große Mühe, denn sie konnten scheinbar nicht „Fräulein“ sagen. In meinem Deutschunterricht, den ich ihnen gab, konnte ich das auch feststellen. Wenn ich ihnen vorsagte „Eins, zwei, drei, vier, fünf“ bekam ich prompt als Antwort: „Ains, swai, drei, vier, funf“.

Die Soldaten im Erdgeschoss kamen alle aus London und Umgebung. Einer von ihnen, Bill Smith, ein kleiner, untersetzter, lebhafter Bursche, mit rundem Kopf, kurzen lichtbraunen Haaren und blitzenden grünlich-braunen Augen, zirka 20 Jahre alt, hatte einen sehr starken, für mich fremden Akzent. Er kam aus der Umgebung der St. Mary-le-Bow-Kirche in London. „Dort spricht man das echte Cockney", erklärte er mir stolz. Dann sagte er zu mir:

„'elmut go up 'em apples and pears on ya almond rocks wiv ya tit fer tat on ya loaf o' bread an 'ave needle 'n'and thread wiv go as you please."

Ich schaute ihn verständnislos an und seine Kameraden schmunzelten. Dieser Satz in Cockney Rhyming Slang-Long-Version, erklärte er mir, besteht aus einem Gemisch von normalen englischen Worten und Cockney-Ausdrücken und heißt auf Englisch: „Helmut, go upstairs on your socks with your hat on your head and have bread with cheese". („Helmut geh' über die Stiege hinauf auf Deinen Socken mit Deinem Hut auf dem Kopf und hole Dir Brot mit Käse.")

Die Cockney-Ausdrücke in dieser „Longversion", bestehen aus sinnlosen Kombinationen von zwei oder drei normalen englischen Worten, von denen das letzte Wort sich reimt mit dem anzudeutenden englischen Wort. Also apples and pears, bedeutet stairs; almond rocks, bedeutet socks; Tit fer tat, bedeutet hat; loaf o' bread bedeutet head; needle 'n'thread, bedeutet bread und go as you please, bedeutet cheese. In der Cockney Short-Version, für Fortgeschrittene, wird dann nur mehr das erste Wort verwendet, also „apples and pears" wird „apples", „almond rocks" wird „almonds" usw. und lautet: „Helmut go apples on ya almonds wiv ya tit on ya loaf an 'ave thread wiv go". Kein Wunder, dass diese Cockney Short-Version im Krieg, für Außenstehende als unsinnig erscheinend, von den Engländern manchmal als geheime Kommandosprache verwendet wurde.

Die Soldaten im ersten Stock waren keine „Engländer". „We are Scottish, not English" betonten sie immer wieder. Bill Bruce, einer von ihnen, zirka 30 Jahre alt, groß und kräftig, mit kurzem, dunkelbraunem Stachelhaar und sprechenden Augen, war Buchhändler in Edinburgh gewesen. Er war sehr begeistert von Österreich und im Besonderen von Johann Straus und seinen Walzern:

„Der Donau so blau, so blau, so blau ...", sang er – zwar grammatisch nicht korrekt, aber mit Hingabe – so oft er mich sah. Er erzählte mir, dass Bill de Bruce ein schottischer Freiheitskämpfer war, der nach einem missglückten Aufstand gegen die englischen Besetzer auf grausame Weises hingerichtet worden war. Ich lernte von ihm ein paar Sätze in Schottisch, mit den charakteristischen stark betonten „ch"-Lauten. Zum Beispiel: „It's a bro brecht menlecht necht the necht." (Es ist eine schöne, prächtige, Mondlicht-Nacht heute Nacht.)

Die Engländer kamen, zum Unterschied von den Russen, nicht in unsere Küche. Stattdessen kam ich in ihre Küche: Dort gab es sicher etwas zum Essen.

Aus dem Abfallkübel vor ihrer Küchenbaracke in unserem Garten, hatte ich nämlich schon einige Male grün-verschimmelte Käserinden geholt und mit Genuss verspeist. Ich meldete mich also an einem heißen Augusttag beim Koch. Er nahm mich gerne an, weil seine bisherige Küchenhilfe, ein Junge aus der Nachbarschaft, „gekündigt" hatte. Es war ihm zu heiß und er wollte lieber schwimmen gehen. Ich konnte daher sofort mit der Arbeit beginnen und musste den Boden sauber machen, Küchengeräte aufräumen usw.

Am nächsten Morgen ging ich schon wieder früh in die Küche. Der Koch sah mich an, spindeldürr und untergewichtig wie ich war, und fragte wohlwollend:

„Hast du schon gefrühstückt". Natürlich hatte ich das nicht, denn meine Scheibe trockenes Brot für heute früh hatte ich schon längst, nämlich *gestern*, aufgegessen.

Er sagte: „Nimm Dir etwas" und wies auf eine Kasserolle mit faschiertem Braten in Tomatensoße. Das ließ ich mir nicht zwei Mal sagen und stürzte mich mit Heißhunger auf diese im Überfluss vorhandene Götterspeise. Als ich einmal absetzen musste, um Luft zu holen, merkte ich, dass ich alles ratzekahl aufgegessen und auch noch säuberlich ausgeschleckt hatte: Es waren die Portionen für vier Engländer, die noch ausgeschlafen hatten und jetzt enttäuscht und vorwurfsvoll in der Küche standen! Der Koch lachte und machte ihnen Omeletten, zur Zufriedenheit von allen Anwesenden, nicht zuletzt auch, aus doppelt begreiflichen Gründen, zu der von mir.

Meine Aufgabe in der Küche war unter anderem: Küche sauber halten, ein Holzfeuer für den Herd machen, Kartoffelschälen und das Essgeschirr von etwa 20 Soldaten abzuwaschen. Zum Abwaschen füllte der Koch einen großen rechteckigen Kessel mit kochendem Wasser und fügte etwas Soda dazu. Dann konnte ich beginnen. Wir hatten damals keine fettlösenden Abwaschmittel. Wenn ich dann alles abgewaschen hatte schwamm eine zentimeterdicke, lichtgraue, schmutzige Schleimschicht auf dem Wasser. Meine Hände waren ebenfalls bis über die Ellbogen mit diesem Schleim bedeckt. In der zweiten Phase des Abwaschens, mit reinem, heißem Wasser wurde aber alles wieder sauber. Die Hauptsache aber war: Ich bekam zu essen und das war in dieser Zeit das Wichtigste um überleben zu können.

Hier lernte ich auch den „English Afternoon-Tea" kennen: Zunächst wurde ein starker Tee gesetzt, schwarz und undurchsichtig wie ein starker Kaffee. Dann wurde dieses Gebräu mit viel Kondensmilch vermischt bis es eine goldgelbe, leicht ockerbraune Farbe hatte, eben „English Afternoon-Tea". Das war etwas anderes wie der „russische" Tee, heute sagt man meist Schwarztee, der in der Nachkriegszeit bei uns üblich war. Der russische Tee damals war eine schmutzig-graue, leicht bräunliche Flüssigkeit, welche man durch Mischung von Tee und Magermilch erhalten hatte. Magermilch, nur auf Lebensmittelmarken erhältlich, war praktisch fettfrei. Vollmilch gab es in den Geschäften damals überhaupt nicht. Der Name russischer Tee war in Österreich üblich, weil der vom Ursprung her chinesische Tee in der Monarchie-Zeit auf dem Landweg über Russland zu uns gekommen war.

Gegen Ende 1945 räumten die Engländer unsere Schule und unsere „Haus-Engländer" folgten ihnen bald nach. Ich sollte Bill und Bill in London bzw. Edinburgh besuchen, aber leider ist nie etwas daraus geworden.

Der normale Schulbetrieb hatte wieder begonnen, aber die Ernährungslage blieb nach wie vor gespannt. Die Zuteilung von 800 kcal pro Person und Tag für die sogenannten „Normalverbraucher", zu denen auch ich zählte war nicht viel. Schwerarbeiter bekamen 2000 kcal, und die Schwerstarbeiter z.B. in den Stahlwerken bekamen 2500 kcal.

Ich hatte immer Hunger: Meine sieben Stück Brot pro Woche als Frühstück hatte ich mit Fähnchen für Mo, Di, Mi ... Sonntag eingeteilt, d. h. 1 Scheibe Brot pro Tag zum Frühstück. Am Mittwoch war für mich dann schon immer Sonntag! Obesitas (Fettleibigkeit, Übergewicht) wäre ein unbegreifliches Fremdwort gewesen.

Heutzutage wird in Wellness-Zentren für viel Geld ein ähnlich karges Menü zum Entschlacken und Abspecken angeboten. Für uns war die Abspeckkur aber damals gratis!

Zum Glück gab es für die Untergewichtigen, zu denen auch ich zählte – ich war 1.70 m groß und wog 50 kg –, jeden Tag die „Schulausspeisung": Eine große Portion Eintopfsuppe.

Im Laufe der Jahre verbesserte sich die Ernährungslage, aber es dauerte noch bis 1949, bis wir zunächst endlich die von uns erhofften 1000 kcal pro Tag und Person zugewiesen bekamen. Das war aber immer noch viel weniger als die 2500 bis 3000 kcal die man heute in etwa als Norm bezeichnet. Schließlich wurde die Lebensmittelrationierung aufgehoben und man konnte wieder frei und genug einkaufen.

### *Religionsunterricht*

Nach Ende des Krieges erhielten wir auch Religionsunterricht in der Schule. Die katholische Religion war mir ungewohnt und mein Religionslehrer, ein Jesuit, den ich wegen seiner Menschlichkeit und Intelligenz sehr schätzte, sagte mir, ich müsse mich nur genügend vertiefen, der Glaube würde von selbst kommen. So folgte ich in jugendlichem Eifer – ich war inzwischen 15 Jahre geworden – dem Religionsunterricht und besuchte regelmäßig den Sonntagsgottesdienst, das Messopfer der Christen.

Im Religionsunterricht hörte ich von Gott, welcher allgegenwärtig, unendlich weise, allmächtig, allgütig und allwissend sei. Ich hörte von der Heiligen Dreifaltigkeit, die mich faszinierte aber auch intrigierte: Wie konnte Gott, ein unendliches Wesen, gleichzeitig eine Person, der Vater, also begrenzt, endlich sein? Vorerst aber nahm ich alles vorurteilslos auf so wie es gesagt wurde. Die Heilige Dreifaltigkeit gehörte eben zum Katholizismus. Punkt.

Eines Tages erzählte mir mein Onkel Gustav, ein ehemaliger Kapitän in der k. u. k. österreichischen Marine, dass die alten Ägypter ebenfalls eine Dreifaltigkeit kannten: Osiris, Isis und Horus. Osiris war die erste Person und Isis, die zweite Person war die Mutter von Horus. Ich war wie vom Donner gerührt; ja hatten andere Religionen auch so etwas, das ich bisher als einmalig und nur zum katholischen Glauben gehörend betrachtet hatte?

*Wanja-Yoga*

In dieser Zeit, wir schrieben inzwischen das Jahr 1948, gab es zwei kleine Sensationen in unserer Stadt. Zum Ersten trat ein Mann auf, der sich Wanja-Yoga nannte. Der Name allein schon genügte zu dieser Zeit, um Assoziationen vom geheimnisvollen Indien hervorzurufen, von Fakiren, Nagelbetten, Schlangenbeschwörern, von Seilen, die aus einem Korb senkrecht in die Luft schossen, an denen sich der Fakir geschickt hinaufhantelte. Wanja-Yoga sollte über okkulte „Geisteskräfte" verfügen, sollte Gedanken lesen können und auch im Stande sein, die Handlungen anderer Menschen mit seinem Willen beeinflussen zu können.

Er hatte einige Demonstrationen von Hypnose und posthypnotischen Aufträgen angekündigt. Der Saal in dem dies stattfinden sollte war überfüllt mit neugierigen Teilnehmern. Auch der Bezirksarzt war mit besorgtem und etwas ungläubigem Blick im Saal, abseits vom Publikum, anwesend. Er hatte seine braune, lederne, etwas abgeschabte, bauchige Doktortasche mit Medikamenten bei sich für den Fall, dass ärztliches Eingreifen nötig sein sollte.

Seppi und ich gingen auch zu dieser Vorstellung.

Wanja-Yoga sagte uns Teilnehmern, wir sollten die Finger über dem Hinterkopf zusammenstecken und dann versuchen sie wieder auseinander zu bringen; das würde uns aber nicht gelingen, weil er das mit seiner Geisteskraft verhindern würde. Wer seine Hände nicht auseinander bringen konnte, den holte er sich auf die Bühne. Unter diesen „Opfern" war auch mein Freund Seppi. Als Wanja-Yoga ihm sagte, dass er ein Hund sei, kroch Seppi auf allen Vieren über die Bühne, bellte und machte Männchen sobald ihm Wanja-Yoga dies befahl. Einigen anderen Opfern sagte Wanja-Yoga sie sollten nach Hause gehen, müssten aber in spätestens 10 Minuten wieder im Saale sein, weil sie sonst schreckliche Zahnschmerzen bekämen ... Sie kamen alle erst nach 20 Minuten wieder in den Saal, laut jammernd, die Hände auf die Backen gedrückt mit riesigen Zahnschmerzen.

Als ich mit Seppi nach der Vorstellung den Saal verließ, fragte ich ihn:

„Wie hast du Dich gefühlt, musstest Du wirklich gehorchen?"

„Ich wusste, dass ich kein Hund war", sagte er, „und ich hätte auch nicht mitzumachen brauchen wenn ich gewollt hätte, aber ich konnte nicht anders."

*Poltergeist*

Ein zweites Ereignis erregte noch mehr Aufsehen und stand groß in der lokalen Zeitung: In einer Volksschulklasse, heute nennt man das Grundschule, flogen Radiergummi, Bleistifte und Schulhefte durch das Klassenzimmer, wenn eine bestimmte Schülerin anwesend war. Die Lehrer waren ratlos, ebenso unser Bezirksarzt. Da sie nicht wussten was sie machen sollten, steckten sie das arme Mädchen in das Ortskrankenhaus, aus welchem es nach einer „erfolgreichen Behandlung" wieder entlassen werden konnte. Die lokale Zeitung berichtete hierüber mit der Bemerkung, dass dieses Phänomen mit der Pubertät zu tun gehabt habe, es sei eine Art Poltergeist gewesen.

Diese unerklärlichen Vorgänge interessierten mich und ich besorgte mir Bücher über Hypnose und parapsychologische Phänomene. Es fiel mir nebenbei ein, dass auch Jesus wunderbare, übernatürliche Dinge getan hatte wie z. B. die Heilung von Kranken oder das Austreiben von „Dämonen". Dann dachte ich, warum der Papst als Nachfolger Christi nicht auch solche Wunderheilungen machen könnte. Hatte er vielleicht die spirituelle Kraft, die in Jesus steckte im Lauf von zwei Jahrtausenden verloren? Ich fragte meinen Religionslehrer, der sagte er wüsste es auch nicht, aber es sei eine Sünde an der Macht des Papstes zu zweifeln. Mit dieser Antwort war mir aber auch nicht geholfen. All dies machte mich darauf aufmerksam, dass es im Bereich des Geistigen und Spirituellen viele Dinge gibt, die wir noch nicht verstehen können.

Mein Onkel Gustav, den ich hierüber fragte, riet mir, ich sollte mich in der seriösen esoterischen Literatur umsehen und gab mir das Buch von Paul Brunton „Yoga geheimnisvolle Weisheit Indiens" sowie Lesestoff über allgemeine esoterische Themen. Er brachte mich auch in Kontakt mit der „Theosophischen Gesellschaft". Es ist die Zielsetzung dieser Gesellschaft einen Kern der Bruderschaft der Menschheit zu bilden ohne Unterschied von Rasse, Religion, Geschlecht oder Hautfarbe. Weiters wollen sie zu einem tiefgehenden Studium der Religionen, Philosophie und Naturwissenschaften anregen, sowie unbekannte Naturgesetze und im Menschen schlummernde geistige Kräfte erforschen. Dies schien mir ein guter Ausgangspunkt und ich nahm mir vor später einmal eine vergleichende Studie der bestehenden Religionen zu machen.

*Mein Dilemma*

Zunächst aber hatte ich noch immer ein ungelöstes Problem: Wie ist es möglich, dass Gott einerseits unendlich weise, gütig und allmächtig, also unendlich in jeder Hinsicht ist, gleichzeitig aber eine Person bzw. drei Personen, also begrenzt und endlich sind? Diese Diskrepanz, so wurde mir erst vor einigen Jahren deutlich, kommt aus der Fehlinterpretation des Monotheismus wie es in der christlichen Lehre verstanden wird. Für die fernöstlichen Religionen ist das kein Problem, ebenso wenig für die Mystiker aller Zeiten und aller Orten, welche von einer Urenergie sprechen aus welcher alles, inklusive die personifizierten Gottheiten hervorgegangen ist. In die christlichen Religionen, welche zu Beginn ebenfalls auf den Erfahrungen der Mystiker beruhten, haben jedoch die Theologen Spitzfindigkeiten hineingeschmuggelt, weil sie selbst keinen direkten Kontakt mehr zu Gott hatten. Religion war durch die Theologen zur erstarrten Spiritualität geworden.

Der nicht-personifizierte Gottesbegriff leitet sich ab aus dem mystischen Gotteserlebnis, d. h. der Einheit von Allem. Dieser Gott ist alles was ist und was nicht ist; er ist unendlich und unbegrenzt.

Der nicht-personifizierte Gottesbegriff ist aber für den Großteil der Menschen zu abstrakt. Daher kam man zu personifizierten, anthropomorphen Gottesbildern, d. h.

zum Polytheismus. Die Vielzahl der Götter im Polytheismus ist eine logische Folge der Idee, dass Gott sich durch seine mannigfaltigen Eigenschaften offenbart. Jeder der personifizierten Götter im Polytheismus ist Träger *einer* der vielen Eigenschaften Gottes. Der persönliche Gott, der die Erde geschaffen hat, hat viele Namen: LOGOS, JHWH im Alten Testament; er ist das Tao welches beschrieben und benannt werden kann, d. h. er ist das Tao, der Weg welcher beschritten werden kann. Er ist Kether aus der Kabbalah, Brahmâ der Hindus, Gottvater aus den Evangelien. Dieser Gott, nennen wir ihn LOGOS emaniert als kosmisches Prinzip aus dem nicht-personifizierten Urprinzip, der unbeschreibbaren Urenergie, dem Uranfang von allem wie unter anderem bereits von Heraklitos poniert.

Im Christentum hat man jedoch den *LOGOS* fälschlich als den Uranfang gesehen. Man hat also zwei Konzepte durcheinander gebracht. Der LOGOS ist nämlich nicht immer vorhanden sondern entsteht, emaniert aus dem zeitlosen, raumlosen, gestaltlosen Uranfang. Er ist ein Gott der „zweiten Generation".

In dieser Fehlinterpretation liegt auch die Wurzel für das Versagen eines Gottes-„Beweises" mit Hilfe der Logik. Einen Gott, welcher unendlich groß, mächtig und ewig ist kann man nicht definieren, weil der Begriff *un*endlich in der Logik nicht erlaubt ist. Einerseits, weil man eine Größe nicht durch ihre Verneinung definieren darf und andererseits, weil definieren – vom lateinischen definire, abgrenzen, beschränken – ja bedeutet, dass man eine Grenze, eine Beschränkung setzt. Es gibt aber neben der Menge aller logischen Schlüsse noch andere Mengen, deren Durchschnitt mit der Logik die leere Menge ist. Mit anderen Worten: Neben der Logik gibt es auch noch Gefühle, Empathie, das Erleben und eine unmittelbare Erkenntnis – straight-knowledge – der unsichtbaren Welt. Dies alles lässt sich aber mit Logik nicht beweisen.

Auch die Griechen haben sich mit diesem Problem beschäftig. Das deutsche Wort „Gott" ist deutlich männlich. Im griechischen sind aber die äquivalenten Worte Theos, Gott und Thea – oder auch Theaina, Göttin. Im Latein ist daraus geworden Deus und Dea. Die griechischen Worte leiten sich ab von thein, bewegen. Man dachte nämlich, dass die Götter die Ursache der Bewegung der Planeten wären. Die Götter waren also für die Griechen eine Art causa prima, die allererste Ursache jeder Bewegung. Aber was war *vor* den Göttern? Bevor die Götter erschaffen wurden, gab es nur -wie Hesiodos schreibt- das Nichts, das formlose Chaos, welches dem oben beschriebenen unnennbaren Gott entspricht: „Die Götter warteten auf die große Stunde da sie in Erscheinung treten sollten".

Die Griechen gaben sich zufrieden mit der Antwort, dass vor den Göttern ein unbewegter Beweger, eine ursachlose Ursache bestanden hätte, aus der alles entstanden ist. Fazit: Gott kann man nicht beweisen oder widerlegen, man kann ihn nur, soweit unser begrenztes Bewusstsein es gestattet, erleben.

Es wird mir plötzlich deutlich, dass ich im Vorhergehenden aus Gewohnheit und dem allgemeinen Sprachgebrauch folgend immer von „Ihm" gesprochen hatte, wenn von Gott die Rede war. Dieser Sprachgebrauch dürfte aus dem katholischen Credo kommen: „Credo in unum Deum, patrem omnipotentem... et in Jesum Christum filium deum unigenitum." In Deutsch hatte man in den Jahren um 1950 hieraus gemacht: „Ich glaube an Gott den allmächtigen Vater, Schöpfer Himmels und der Erde und an Jesus Christus seinen eingeborenen Sohn.

Vater und Sohn !

Wo bleibt die Mutter dieser Familie, das weibliche Element?

Die Antwort ist, dass das weibliche Element, die Mutter, in der Hlg. Dreifaltigkeit (Vater, Sohn, Hlg. Geist) nicht vorkommt, weil sie von Athanasius im Konzil zu Nicea und der Synode von Konstantinopel eliminiert und durch den Heiligen Geist ersetzt worden war. Dabei hatte Athanasius einen Großteil seines Lebens bei den Priestern in Ägypten verbracht, er hat also sicher von der Triade: Osiris, Isis und Horus gewusst. Osiris war der Vater, Isis war das weibliche Prinzip und Horus – Sohn der Isis – repräsentierte das männliche Prinzip. Athansius hat also die Mutter, das weibliche Prinzip durch den Heiligen Geist ersetzt. Ein pikantes Detail ist aber, dass die weiße Taube, welche in der katholischen Kirche als Symbol für den Heiligen Geist gilt, ein uraltes Symbol für das weibliche Prinzip ist. Wollte Athansius das weibliche Prinzip vielleicht nur verstecken? Wollte er etwas vertuschen? Aber was und warum?

Im katholischen Glauben kam das weibliche Element aber heimlich in Form der Marienverehrung wieder zurück. Eine Parallele hierzu ist der Kult der Muttergöttin Nout oder Neith bei den Ägyptern: Sie ist sowohl Frau von Seb, also Mutter, aber auch virgo immaculata, unberührte Jungfrau. Seb, ist wiederum der Vater von Osiris und Isis. Das Dogma der unberührten Empfängnis von Maria könnte hier seine Wurzeln haben. Seb entspricht dem Brahman der Hindus, dem allerhöchsten Prinzip.

Aus Gesprächen mit extremen Calvinisten erhielt ich den Eindruck, dass ihnen die Marienverehrung ein Gräuel ist. Für die Calvinisten ist das *Wort* Gottes das Primäre, auch im Gottesdienst: Die Predigt ist das Wichtigste. In einem katholischen Hochamt hingegen steht das Ritual stark im Vordergrund. Aus meiner Sicht ist der Calvinismus z. B. in den Niederlanden eine streng cerebrale Religion, sie haben das Wort zu ihrem Gott gemacht. Die Katholiken, mit ihrer Marien- und der Herz Jesu-Verehrung neigen eher zu einer cordialen Religionsausübung.

Der Calvinismus in den Niederlanden ist genau genommen ein Zweigötterglaube also ein Mehrgötterglaube. Er basiert nämlich auf dem Gott der Bibel und auf dem Gott des Evangeliums. Der Gott der Bibel, JHWH, ist zürnend und rachsüchtig- Auge um Auge, Zahn um Zahn, Hand um Hand ... (Deuteronomium 19:21), seine Feinde sollen IHN fürchten. Diese Einstellung war nötig um in der damaligen Zeit als Stamm zu überleben. Der Begriff „Gottesfurcht" könnte vielleicht hier seinen Ursprung haben. JHWH ist der Vater des auserwählten Volkes, der für seine Kinder sorgt, solange sie seinen Gesetzen gehorchen und der sie straft, wenn sie unfolgsam sind. Wie anders der Gott des Evangeliums, der Frohbotschaft. Er ist ein liebevoller Vater, der Gott der Liebe und Versöhnung: „Wenn Dir jemand auf die linke Backe schlägt, halte ihm die rechte hin". Dieser Gott zeigt deutlich eine Veränderung des Gottesbildes im Laufe der Zeiten.

### 5.3.2 Vom Matriarchat zum Androgynat*)

Die Darstellung von Gott als „Unser Vater", ist eine Momentaufnahme zu Zeiten des Patriarchates. Unter Patriarchat verstehe ich jene Periode, in welcher Gott als eine männliche Person betrachtet wurde. Wie aus archäologischen Funden abgeleitet wurde, verehrte man aber vor dem Patriarchat die Frau als göttliches Wesen, als fruchtbare Mutter. Die Venus von Willendorf, aus der Zeit um 25.000 vor unserer Zeitrechnung stammend, ist ein Zeugnis dieser Verehrung der Großen Mutter. Ich nenne diese Periode, in Abweichung von der üblichen Definition einfachheitshalber, Matriarchat.

Diese Veränderung im Gottesbild entspricht dem Wandel der sozialen und kulturellen Strukturen in der Entwicklung der Menschheit, wie von Karen Armstrong in dem Buch „A History of God" beschrieben wird.

Eine analoge Entwicklung findet man auch in den einzelnen Phasen in der Entwicklung des menschlichen Individuums. Als Baby und auch noch in der frühen

*) Androgynie: Weibliche und männliche Merkmale vereinigend.

Kindheit ist der Mensch eng verbunden mit seiner Mutter. Er lernt „spielend" seine Umgebung kennen. Das entspricht dem Matriarchat und dem Bild von Gott als Frau, als Großer Mutter. Mit dem Wachsen des Kindes beginnt der „Ernst" des Lebens: Der Schulbeginn. Das Lernen wird strukturiert, geordnet, mit straffer Zeiteinteilung. Der strenge Vater übernimmt die Führung des Kindes, bereitet es auf die Anforderungen der modernen Gesellschaft vor. Diese Phase entspricht dem Patriarchat als der Gesellschaftsform und Gott als Vater. Goethe hat das treffend ausgedrückt:

> Vom Vater hab' ich die Natur, des Lebens ernstes Führen
> Vom Mütterchen die Frohnatur, die Lust zu fabulieren.

### 5.3.3 Die androgyne Gottheit

Wenn der Mensch erwachsen geworden ist, hat er Keime sowohl von seiner Mutter als auch von seinem Vater in seine Psyche aufgenommen.

Gesellschaftlich würde das einem Androgynat (griechisch: andros, Mann; gyné: Frau), der Gesellschaftsform der Zukunft, entsprechen. In diesem Androgynat, welches sich bereits am Horizont abzeichnet, werden Mann und Frau als gleichwertig, aber nicht identisch betrachtet, wobei jedes Prinzip seinen ihm eigenen spezifischen Beitrag zur Gesellschaft leisten kann. Im Gottesbild würde das einer androgynen Gottheit entsprechen, in welchem männliches Prinzip, der LOGOS, und weibliches Prinzip, die LOGAINA (sprich Logäna), als Einheit enthalten sind.

## 5.4 Polarität, das Grundgesetz des Weltgeschehens

### 5.4.1 Idealfall: Gleichgewicht

In allen Berichten über mystische Erfahrungen wird zuerst das EINE, Unergründliche, Unerkennbare, Unnennbare, das „Wahre Tao" beschrieben.

Aus diesem EINEN (ohne ein Zweites) emaniert *das* ERSTE (nicht *der* Erste), Unmanifestierte, Unerkannte aber an sich Erkennbare. Das ERSTE hat viele Namen:

Der LOGOS, Gott der Christen, Schöpfer Himmels und der Erde; Keither in der Kabbalah; Brahmâ bei den Hindus; Das „Tao“ das man nennen kann“. Die Lehren von Heraklitos und des Taoismus sind übrigens, abgesehen von der Nomenklatur, dasselbe.

Das ERSTE enthält das Gegensatzpaar Mann-Frau, Yang-Yin, Plus-Minus als Einheit, als Ganzheit in sich. Wenn sich das Erste manifestiert, d. h. auf der irdischen Ebene zu Tage tritt, spaltet es sich in die Polarität von Plus versus Minus, Yang versus Yin, Nara versus Nari usw.

Das Zusammenwirken der beiden Gegenpole verursacht ständige Bewegung und Veränderung und lässt die Mannigfaltigkeit des Lebens auf Erden entstehen. Bewegung, verursacht durch die zugehörigen Gegensatzpaare, wann immer und wo immer diese auftreten, ist Leben. Wenn sich nichts mehr bewegt, ist man gestorben.

Die Polarität ist das Grundgesetz, die Basis des Weltgeschehens.

Polarität ist die Manifestation von Gegensätzen, von Polen, im irdischen Leben. In dieser irdischen „Polaritäts-Betrachtungsweise“ schließen ein Konzept und sein Gegenteil einander aus. Im Irdischen gibt es nur ein *entweder oder*.

Dem Wesen nach, das heißt von einer höheren Ebene aus betrachtet ergänzen sich die beiden Pole aber und fügen sich zu einer Einheit zusammen. Man spricht dann von Dualität, weil man die Gegensätze als Manifestation von zwei (daher: „dual“) verschiedenen Aspekten ein und derselben Größe betrachtet.

Eine Münze zum Beispiel hat eine Vorder- und eine Rückseite; räumlich – d. h. von einer höheren Ebene aus betrachtet – bilden sie aber die Ganzheit einer Münze.

In der „Dualitäts-Betrachtungsweise“ akzeptiert man *sowohl* ein bestimmtes Konzept *als auch* sein Gegenteil, weil man die beiden als zwei einander ergänzende Erscheinungsformen ein und derselben Ganzheit, welche dahinter steckt, betrachtet. Niels Bohr, der berühmte Nobelpreisträger spricht von „Komplementarität“. Man sieht die Dunkelheit als das Fehlen von Licht.

Polarität, Dualität und Dualismus, sind äußerst schwierige, verwirrende Konzepte und werden in der Literatur von verschiedenen Autoren, oft einander widersprechend, interpretiert. So wird z. B. das oben beschriebene Konzept der Dualität manchmal mit Polarität oder Dualismus bezeichnet und umgekehrt.

Dualismus ist die Lehre laut welcher ein Konzept und sein Gegenteil einander ausschließen. Man betrachtet die zwei polaren Konzepte als unabhängig und nicht voneinander ableitbar.

Körper und Seele zum Bespiel sind dann zwei getrennte Größen die nur zufällig miteinander verbunden sind. Die Seele wird als vollkommen rein betrachtet, der Körper (griechisch: soma) ist der Sitz der Sünde und das Grabmal, der Kerker (griechisch: sema) der Seele: „Soma, sema, der Körper ist der Kerker (der Seele)." Diese Anschauung hat oft zu strengster, unsinniger Askese geführt.

Das Wesentliche an der Polarität ist das gleichzeitige Auftreten und das Gleichgewicht, die Harmonie, der beiden Pole. Chung Tsu ein chinesischer Philosoph – zitiert in Capra's bahnbrechendem Buch „The Tao of Physics" – sagt: „Life is the blended harmony between Yin and Yang". (Das Leben ist die Harmonie der ineinander verschlungenen Prinzipien von Yin und Yang.)

Zitate aus einigen mystischen Überlieferungen bzw. heiligen Schriften mögen dies verdeutlichen:

Das Tao ist die Einheit hinter Yin und Yang. Die beiden manifestieren sich als zwei getrennte Aspekte desselben kosmischen Prinzips. Alles ist in ständiger Bewegung.

Bei Heraklitos findet man denselben Gedankengang: Panta rhei, alles fließt, ist sein berühmter Ausspruch. Alles ist in ständiger Bewegung. Dies wird verursacht durch die Wechselwirkung von Gegensätzen, welche um einen stationären Gleichgewichtszustand herumtanzen.

In der Bhaghavad Gita, dem heiligen Buch der Hindus findet man: Alles was entsteht, sei es ein Ding oder ein Wesen, ist ein Ergebnis der engen Verbindung zwischen Materie (Feld, Prakriti) und Göttlichem Geist (Kenner, Purusha).

Diese Idee findet man auch bei Aristoteles in seiner Lehre vom Hylemorphismus (hylé: Materie und morphé: Form, Gestalt). Diese besagt, dass jedes irdische Objekt also ein endliches und begrenztes Ding oder Wesen, sowohl Form als auch Materie für seine Erscheinung benötigt. Unter Form versteht man sowohl die von außen sichtbare Form als auch die innere Form, z. B. die Kristallstruktur. Der Geist macht den Entwurf, das Konzept einer Struktur, den Blaudruck, den Bauplan, genauso wie ein Architekt den Plan für ein zu bauendes Haus macht bevor er mit dem Bauen beginnt.

Die Materie bringt diesen Bauplan zur Entfaltung, realisiert ihn in sichtbarer Weise. Der Geist macht die Form, die Seele füllt die Form, sagte mir die „Weiße Frau“:

**„Ein Objekt ist Form in Materie gegossen.”**

Man braucht aber gar nicht bis Aristoteles zurück zugehen um zu sehen, dass die Zusammenarbeit von Gegensätzen eine Ganzheit schafft. Es gibt genug Beispiele aus dem täglichem Leben die das bestätigen:

*Die Schaukel*

Wer erinnert sich nicht an die glücklichen Momente seiner Kindheit in welchen er die harmonischen Bewegungen einer Schaukel genossen hat: Die selbst gemachte Schaukel, ein einfaches Brett, baumelt an zwei schlaffen Schnüren von einem Baumast. Vom höchsten Punkt der Schaukelbewegung aus stürzt man sich jauchzend in die Tiefe, wobei man die Wirkung der Schwerkraft noch verstärkt, indem man Oberkörper und Beine im richtigen Augenblick ruckartig streckt, um dann am tiefsten Punkt angekommen regungslos zu warten bis man auf der anderen Seite wieder hinauf zu steigen beginnt. Langsam nimmt dann die Geschwindigkeit wieder ab, die Energie der Bewegung – auch kinetische, lebende Energie genannt – wird stets kleiner, dafür aber nimmt die Energie der Lage – auch potentielle oder passive Energie genannt – zu, je höher die Schaukel gestiegen ist. Am höchsten Punkt, dem Umkehrpunkt, ist die potentielle Energie am größten. Die Schaukel steht dann einen Augenblick still, die Geschwindigkeit und damit die kinetische Energie sind null. Dann geht es wieder abwärts in die entgegengesetzte Richtung. Alles beginnt wieder von vorne: Die Lagenenergie muss zeigen welche Potenz sie gespeichert hat, indem sie Stück für Stück einen Teil ihrer Energie in kinetische Energie umsetzt. Wenn die Schaukel am tiefsten Punkt angekommen ist, ist die potentielle Energie Null und alle Energie steckt in der Bewegungsenergie.

Dieses Hin- und Herpendeln zwischen den beiden Energieformen, wobei die Gesamtenergie im reibungsfreien Fall stets gleichbleibt, lässt sich mathematisch durch eine sogenannte harmonische Funktion beschreiben. Diese Funktion mit der Form einer Schlangenlinie findet sich auch im Tai Chi-Symbol wieder: Einem Kreis, welcher durch eine Art Schlangenlinie in zwei gleiche Teile getrennt wird, die zusammen den ganzen Kreis füllen. Dieses Tai Chi-Symbol spiegelt die Harmonie einer Schaukelbewegung wieder. Potentielle Energie und kinetische Energie repräsentieren das Gegensatzpaar Ruhe und Bewegung. Sie beinhalten, nach der klassischen Auffassung, die Gesamtenergie der Schaukel.

Das Hin- und Herpendeln zwischen potentieller und kinetischer Energie-Repräsentanten des Gegensatzpaares Potentielle- und Bewegungsenergie und die entsprechende Bewegung der Schaukel bilden zusammen die Ganzheit der Schaukelbewegung.

*Der elektrische Stromkreis im Auto*

Zwischen dem positiven und dem negativen Pol, den gegensätzlichen Polen elektrischer Ladung, einer Batterie in jedem Auto besteht ein elektrisches Feld, welches Kräfte auf elektrische Ladungsträger ausübt. Wenn man die beiden Pole dieser Batterie mit einem Leiter für Elektrizität, z. B. mit dem Glühdraht einer der Autolampen verbindet dann fließt aufgrund dieser elektrischen Feldstärke ein elektrischer Strom durch den Draht. Man sagt formell, dass im Draht ein Strom positiver Ladungsträger vom hohen Potential, dem Pluspol zum niederen Potential, dem Minuspol fließt. In der Batterie fließt Strom zwischen dem Minus- und dem Pluspol und macht so die Ganzheit eines elektrischen Stromkreises aus.

*Die stehende Welle*

Eine stehende Welle entlang eines Seiles kann man sich wie folgt vor Augen führen: Man befestigt das eine Ende eines Seiles in einem Haken an einer Wand. Dann nimmt man das lose Ende des Seils in die Hand, zieht es locker in eine Gerade und bewegt es vorsichtig auf und ab. Man sieht dann, dass durch das Auf- und Abbewegen des losen Seilendes ein Wellenberg auf das feste Ende zuläuft. Dieser Wellenberg wird am Seilende reflektiert, läuft also zum losen Ende zurück. Durch geeigneten Rhythmus der Auf- und Abbewegung des losen Seilendes kann man mehrere Wellenberge und Täler auf das feste Seilende zulaufen lassen, welche dort ebenfalls reflektiert werden. Diese hin- und zurücklaufenden Wellenberge und Täler heben sich an manchen Stellen völlig auf, das nennt man Knoten, während sie sich an anderen Stellen, den Bäuchen, maximal verstärken.

Bei geeignetem Rhythmus der Auf- und Abbewegung, abhängig von der Seillänge, bleibt dann das Seil an den Knoten in Ruhe, während es an den Bäuchen maximal, senkrecht auf der Richtung des Seiles auf- und abtanzt. Man spricht dann von einer stehenden Welle, weil keine fortschreitende Bewegung der Welle in Richtung auf das feste Seilende stattfindet. Bewegung geschieht nur senkrecht zum Seil an den Orten zwischen den Knoten. An den Stellen der Knoten ist das Seil ständig in Ruhe. Die beiden gegenläufigen, also gegensätzlichen Wellenzüge entlang des Seiles und das Seil selbst bilden ein Ganzes: Die stehende Welle.

Ein analoges Verhalten findet man im lebenden menschlichen Körper. Zwei gegenläufige Ströme, per Definition als männlich und weiblich bezeichnet, Ida und Pingala in der Hinduliteratur, Vater- und Muttersäule in der Kabbalah, bewegen sich periodisch zwischen Steißbein und Scheitel auf und ab. Es entsteht eine stehende Welle, mit den Chakras an den Stellen der Bäuche.

### *Das Wechselwirkungsgesetz von Newton*

Isaac Newton, Grundleger der klassischen Physik, hat die Bedeutung der Polarität als Grundlage der Wechselwirkung zwischen zwei Körpern, also des Weltgeschehens, deutlich formuliert: „Jede Kraft erzeugt eine Gegenkraft, welche gleich groß, aber entgegensetzt gerichtet ist: „Actio = Reactio". Bei der Wechselwirkung zwischen zwei Körpern treten entgegengesetzte Kräfte stets paarweise auf. Also auch hier wieder ein Gegensatzpaar. Das ist das 3. Newton'sche Axiom. Ein Axiom ist eine Grundwahrheit, die ohne Beweis angenommen wird.

### *Wissenschaft versus Religion*

Wissenschaft und Religion ist ebenfalls ein Gegensatzpaar, welches zusammen die Ganzheit unserer Kultur bildet. Religion ist in diesem Zusammenhang ein Sammelbegriff für Glauben, Mystik und Spiritualität. Religion war bis zum Erwachsenwerden der Wissenschaft der allesbestimmende Faktor im täglichen Leben des Abendlandes. „Die Menschen müssten sich dem Willen Gottes unterwerfen" hieß es. Die Bevölkerung des Abendlandes befand sich damals in einem Entwicklungszustand, welcher heute manchen islamischen Völkern noch eigen ist. Islam bedeutet übrigens „Unterwerfung" an den Willen Allah's, den Gott der Moslems.

Mit der Entwicklung und Reifung der Wissenschaft wurde zunächst die Kontroverse zwischen Glauben und Wissenschaft stärker. Im vorigen Jahrhundert, nach der Aufklärung, war es schließlich so weit, dass manche Wissenschaftler Religion oder

Spiritualität vollkommen ablehnten. Wissenschaft allein genügte. Das war jetzt wieder das andere Extrem.

In diesem Buch wird versucht zu zeigen, dass Mystik und Wissenschaft, zwei gegensätzliche Aspekte miteinander verträglich sind. Es soll auch darauf hinweisen, dass ein Gleichgewicht zwischen den beiden unerlässlich ist, weil sie zusammen die Ganzheit eines harmonischen Lebens bilden.

### 5.4.2 Imbalance*) in der Jetztzeit

In den besprochenen Beispielen aus der Physik herrscht Harmonie: Die jeweiligen Gegensätze sind stets im Gleichgewicht. Heutzutage ist dies jedoch nicht immer der Fall. Das zeigt sich unter anderem in der Unterdrückung, Unterbewertung der Frau in einer patriarchalen, also in einer Macho-Gesellschaftsform.

*Der Status der Frau*

Dies ist ein heikles Thema in unserer heutigen Gesellschaft. In den vergangenen Jahrtausenden wurde den Menschen weisgemacht, dass die Frau eine untergeordnete Stellung in unserer Gesellschaft haben müsse, und man berief sich auf die göttliche Offenbarung in der Bibel:

> Genesis **2**: 21,22 und Genesis **3**; 16 lauten nämlich:
> Genesis **2**: *21 ... und er nahm eine seiner (Adams) Rippen ...*
> Genesis **2**: *22 ... und er baute diese Rippe zu einer Frau.*

*Weiters in Genesis* ***3****: 16: ... nach dem Sündenfall ... zur Frau sprach er ... und Dein Mann soll über Dich herrschen.*

Dies ist die allgemein bekannte Version über die Erschaffung der Frau. Hier ist also die Frau deutlich dem Mann untergeordnet. Weniger bekannt, vielleicht sogar bewusst in den Hintergrund gedrängt, ist eine zweite Version über die Erschaffung der Frau, laut Genesis **1**: 26,27:

*Genesis* ***1****: 26 ... und Gott sprach: „Lasset uns Menschen machen nach unserem Bild nach unserem Gleichnis“.*

---

*) Ungleichgewicht

*Genesis **1**: 27 ... und Gott schuf den Menschen nach seinem Ebenbild; nach dem Bild Gottes schuf er den Menschen: Als Mann **und** Frau schuf er sie.*

Hier sind Mann und Frau, als Repräsentant des Yang- bzw. Yin-Prinzips gleichwertig.

Genesis ***1*** an sich zeigt den Geist eines Menschen mit spiritueller Erfahrung, mit einem abstrakten Gottesbegriff, für den Yang und Yin, bzw. Yin und Yang gleichwertig sind. Genesis **1** ist der Bericht eines Eingeweihten, eines Esoterikers, und daher auch tatsächlich „heilig" zu nennen.

Der Autor von Genesis **2** ist der Vertreter einer patriarchalen Gesellschaft. Er vertritt den Stammesgott der Juden (JHWH). Er schreibt ein exoterisches Stück für die breite Masse, für das tägliche Leben, passend für die damals herrschende Kultur.

*Imbalance in unserer Umwelt*

Im vergangenen Jahrhundert hat sich die Industrie mit Hilfe der Technik (Yang) enorm und ungehemmt ausgebreitet auf Kosten der Natur (Yin). Verschmutzung von Ozeanen, vom Boden, Klimaveränderung und Naturkatastrophen sind die verheerenden Folgen dieser Misswirtschaft.

Wenn wir so weitermachen wird die Erde unlebbar für unsere Nachkommen.

*Imbalance im Menschen selbst*

Hier herrscht Disharmonie zwischen dem niederen Ich, welches nur auf sich bezogen ist – sich abkapselt (Yang) von der Umgebung – und dem höheren Ich, welches Harmonie, die Einheit (Yin) mit der gesamten Welt sucht. Die Vorherrschaft des niederen Ich's und die daraus resultierende Habgier haben zu den finanziellen Katastrophen geführt die wir jetzt noch immer beinahe täglich mitmachen.

*Die neue Ethik der Banken*

Eine altruistische Verhaltensweise in der Bankenwelt, entsprechend dem „Vierfachen Pfad" (Selbsterhaltung im Gleichgewicht mit Gemeinschaftssinn) ist ein „must" (muss) zur Beseitigung der globalen finanziellen Katastrophe.

Der Ausweg aus diesen peniblen Situationen ist wie erwähnt die Wiederherstellung des Gleichgewichtes zwischen den Yin- und Yang-Aspekten.

*Trends*

Es sind Trends wahrnehmbar um dieses gestörte Gleichgewicht wiederherzustellen. Es ist heute z. B. nicht mehr ungewöhnlich, dass eine Frau eine leitende Position einnimmt, wenn sie die hierfür nötigen Eigenschaften besitzt. Diese Funktion kann sie mit Erfolg ausüben, wenn sie ein gutes Gleichgewicht zwischen Organisationstalent (Yang) und kooperativem Einsatz (Yin) besitzt.

Das Element der Zusammenarbeit anstelle von Konkurrenzkampf innerhalb einer Organisation sollte ein typisch frauenspezifischer Beitrag sein. Gute männliche Manager sollten diese Eigenschaft aber auch besitzen. Das Thema: Frau in leitenden Positionen, muss man also vorurteilsfrei und auf das Individuum bezogen betrachten. Man sollte nicht vergessen, dass in jedem Menschen sowohl männliche (Yang) als auch weibliche Aspekte (Yin) vorhanden sind, welche im Gleichgewicht sein sollten.

Bei den Betrachtungen der Polaritäten könnte man vielleicht den Eindruck einer Bewertung wie Gut und Böse erhalten. Dies ist aber nicht der Fall. Im Lichte der Einheit von Yin und Yang, die einander voraussetzen und ergänzen gibt es keine solche Bewertung.

### 5.4.3 Der Stab des Hermes und die Polarität

Einmal sprach ich mit einer sehr guten Bekannten, die als Ärztin in Afrika tätig gewesen war, über das Symbol der Ärzteschaft: Ein Stab um den sich eine Schlange windet. Sie meinte, dass dieses Symbol seinen Ursprung hat in der Methode, die man in Afrika verwendet um eine besonders ekelerregende Wurmkrankheit zu eliminieren. Bei dieser Krankheit nistet sich nämlich ein Wurm in den Venen des menschlichen Körpers ein und wächst, entlang der Venen, in den Menschen hinein. Dieses Übel wird beseitigt indem man einen kleinen Schnitt in die betreffende Vene macht und den gesamten Wurm, also mit Kopf, um einen kleinen Stab wickelt und damit entfernt. Leser der Karl May-Bücher werden sich noch erinnern, dass er diese Methode in einer Erzählung über Afrika bis in das kleinste Detail beschrieben hat.

Ich fand es aber merkwürdig, dass im Symbol der Ärzteschaft nur eine Schlange um den Stab gewunden ist, während sich beim Merkurstab zwei Schlangen um den Stab winden. Nach einem Studium der griechischen Mythologie aus Büchern und aus dem Internet kam ich zu folgendem Ergebnis: In der griechischen Mythologie ist sowohl vom Stab des Asklepios als auch vom Stab des Hermes die Rede.

Asklepios, lateinisch Aeskulapius, war bei den Griechen der Gott der Heilkunst. Er wird dargestellt als alter Mann mit einem goldenen Stab um den sich *eine* Schlange windet. Die Schlange gilt als Symbol der Weisheit und der Unsterblichkeit. Ein schlangenumwundener Stab ist auch heute noch, wie gesagt, das Symbol für die Heilkunst.

Hermes, lateinisch Mercurius, gilt als der Götterbote bei den Griechen, als Vermittler zwischen den Menschen und den Göttern. Der Stab des Hermes wird auch als Caduceus (lateinisch für Herold, Bote) bezeichnet um die Funktion des Hermes als Götterbote zu betonen. Das Wort caduceus ist vom griechischen Wort kerukeion abgeleitet und bedeutet dort ebenfalls: Herold, Bote.

Hermes ist der Vermittler zwischen den Lebenden und den Toten und begleitet als solcher die Seelen der Verstorbenen in das Totenreich, welches jenseits des Flusses Styx, dem Fluss des Vergessens, liegt. Hermes ist auch Vermittler zwischen den Menschen untereinander und als solcher der Gott des Handels. Sein lateinischer Name Mercurius wird aus dieser Eigenschaft abgeleitet. Das Wort Mercurius, enthält als Stamm das Wort Merces (Genetiv von merx: Ware), also dasjenige was den Käufer mit dem Verkäufer verbindet.

Mercurius-Hermes wird dargestellt als junger Mann, mit je zwei Flügeln an seinen Füßen und an den Händen und einer ebenfalls mit Flügeln besetzten Kalotte – Kugelmütze – für seine Reisen. In der Hand hält er einen goldenen Stab, den Merkurstab. Dieser Stab hat zwei Flügel am oberen Ende; *zwei* Schlangen, eng in einander verschlungen winden sich um diesen Stab. Die Schlange gilt auch hier, wie beim Äskulapstab, als Symbol der Weisheit und der Unsterblichkeit.

Der Eigenschaft der Unsterblichkeit liegt hier der Gedanke zugrunde, dass das Weltall, die Erde und die Menschen, einer Schlange gleich, ihre alten Hüllen von Zeit zu Zeit abstreifen und nach einer Ruhepause mit einer neuen Hülle versehen, wieder erscheinen: Es ist ein ewiger Kreislauf der Inkarnation des Geistes in die Materie. Dieser ewige Kreislauf des Lebens wird auch dargestellt als Uroboros, als eine Schlange die den eigenen Schwanz verschlingt.

Die Gesundheitsdienste in den USA verwenden fälschlicherweise einen Stab mit *zwei* Schlangen als ihr LOGO. Sie verwenden also den Merkurstab an Stelle des Stabes von Äskulap, welch letzterer nur *eine* Schlange hat, und keine Flügel besitzt. In beiden Fällen ist aber die Schlange aus den oben angegebenen Gründen das Symbol für die Unsterblichkeit.

Warum eigentlich hat der Hermesstab zwei Schlangen, der Äskulapstab aber nur eine? Dies hat seinen Grund in der zusätzlichen Bedeutung des Hermesstabes.

Wie das Bild des Merkurstabes zeigt, kann man die zwei ineinander verflochtenen Schlangen als Abbildung einer stehenden Welle betrachten. Eine stehende Welle entsteht, wenn zwei Wellen in gegenläufiger Bewegung zwischen zwei vorgegebenen Enden oszillieren (schwingen).

Dieses Auf- und Ab-, Hin- und Her-Oszillieren symbolisiert die Eigenschaft des Hermes als Vermittler zwischen zwei Polen. Im vorliegenden Fall zwischen den Göttern und den Menschen oder zwischen niederem und höherem Bewusstseinszustand.

In der indischen Mystik symbolisieren die beiden Schlangen zwei Lebensströme – einen männlichen und einen weiblichen – im Menschen, Ida und Pingala genannt. Sie oszillieren links und rechts der Wirbelsäule zwischen Wurzelchakra und Kronenchakra auf und ab. Es ist die Vereinigung von zwei entgegengesetzten Prinzipien.

Im Lebensbaum der Kabbalah sind es ebenfalls männliche und weibliche Energieströme, welche entlang der mittleren, neutralen Säule vom tiefsten Punkt, der Erde zugeordnet, emporsteigen bis zum höchsten Punkt, der Krone des Lebensbaumes.

Im chinesischen Bildzeichen, Ideogramm, für Chi, zu Deutsch Lebensatem, findet man ebenfalls die Andeutung einer stehenden Welle, welche zwischen Erde und Himmel oszilliert.

* * *

Das Wort Mercurius findet man auch noch im englischen Wort „mercury", für Quecksilber. Das Wort Quecksilber hat im Deutschen zwei Bedeutungen:

Es bedeutet einerseits eine Person welche „quicklebendig", leichtfüßig und schnell („quick" im englischen) zwischen verschiedenen Dingen hin und her tanzt, entsprechend dem leichtfüßigen Hermes mit Flügeln an den Füßen.

In der zweiten Bedeutung ist Quecksilber ein silbrig glänzendes, bei Zimmertemperatur flüssiges Metall, eine Flüssigkeit. Eine Flüssigkeit ist beweglich, „lebendig", während ein Festkörper starr und unbeweglich ist. Daher nennt man Quecksilber in der Chemie auch Hydrargyrum (Symbol Hg). Dieses Wort ist zusammengesetzt aus Hydra, Wasser, und argyros, Silber. Hydrargyrum bedeutet also sinngemäß „lebendes, bewegliches Silber", im Gegensatz zum echten Silber, welches bei Zimmertemperatur starr, fest und unbeweglich ist.

Quecksilber wurde unter anderem in Barometern zur Messung des Luftdruckes und in Manometern zur Messung des Gasdruckes in evakuierten Gefäßen verwendet. Beide Geräte bestehen im Wesen aus einem Glasrohr, dünn wie ein Strohhalm, in welchem das Quecksilber auf und ab tanzen kann. Auch hier wieder das Auf- und Abtanzen von Merkur.

# KAP 6 MYSTIK UND MODERNE PHYSIK

## 6.1 Einleitung

Warum, frage ich mich, macht man eine so strenge Trennung zwischen Wissenschaft und Mystik, wo sie doch beide Kenntnisse vermitteln, welche über das für den Alltag Nötige hinausgehen? Diese Haltung ist ein Erbstück der Ansichten von Descartes aus seinen späten Jahren, in welchen er eine strenge Trennung von Wissenschaft und Philosophie, sowie von Körper und Seele propagiert hat. Das hatte ihn zum Körper-Seele-Problem geführt, welches aber durch den Verstand allein nicht lösbar war.

In seiner Jugend allerdings hatte Descartes noch andere Ideen hierüber, wie aus seinen Notizen aus dem Jahre 1620 ersichtlich ist. Er schreibt da nämlich:

„Wir alle tragen Funken von Kenntnis in uns wie einen Feuerstein. Der Philosoph holt sie mit seinem Verstand heraus, aber durch den Dichter werden sie mit Einbildungskraft (imaginatio) herausgeschlagen und dadurch geben sie mehr Licht."

Rückblickend wird mir deutlich, dass ich stets versucht habe eine Annäherung oder vielleicht sogar eine Harmonie zwischen diesen beiden zustande zu bringen. Für einen öffentlichen Vortrag, in London,1972, mit dem Titel „Analogies between Agni-Yoga and Physics" habe ich das dann ausgearbeitet.

In meiner Gymnasialzeit war das ebenfalls bereits merkbar, als ich Religion, Philosophie und Physik zu meinen Lieblingsfächern zählte und ich nicht wusste, was ich am liebsten studieren würde.

Diese Vorliebe hat sich an der Universität durch die Wahl von Physik als Hauptfach und Philosophie und Psychologie als Nebenfächern im sogenannten Philosophicum fortgesetzt, entsprechend dem Universitas Litterarum-Konzept an österreichischen Universitäten.

War diese Wahl ein Zufall oder hat mich eine „Höhere" Macht geleitet? Eine exakte, beweisbare Antwort hierüber gibt es nicht. Es ist vergleichbar mit dem Folgenden:

*Zwei Männer blicken abends gemeinsam in die weite Ferne,*
*Der eine sieht nur Staub, dem andern funkeln Sterne.*

Ich lasse die Sterne für mich und für alle die daran teilnehmen wollen funkeln und sage mir: Wenn alles nur Einbildung ist, habe ich wenigstens Freude daran gehabt.

Jetzt, nach über 30 Jahren Erfahrung als Physiker, in einem international bekannten industriellen Forschungslabor und einer, wenn auch bescheidenen persönlichen Erfahrung mit der Mystik, fühle ich mich verpflichtet als Vermittler zwischen diesen beiden Welten aufzutreten und meine Erfahrungen - welche zu einem Verständnis der Gleichwertigkeit beider Welten führen könnten - mitzuteilen. Mein Buch soll einen Treffpunkt zwischen Mystik und rationellem Denken markieren, welche beide in jedem Menschen schlummern.

**Physik**

Physik, ist eine exakte, objektive Wissenschaft, die auf mathematischen Modellen und experimentellen Anordnungen zur Überprüfung dieser Modelle beruht.

Physik ist quantitativ, wenn es gelungen ist einige wenige Größen von den übrigen zu trennen, sodass man ein mathematisches Modell für einen zu untersuchenden physikalischen Vorgang machen kann. Mit Hilfe dieses Modells lassen sich quantitative Voraussagen über das zu erwartende Resultat der entsprechenden Messung machen.

Zum Gelingen eines Experimentes ist es nötig, dass man eine adäquate, gut funktionierende Apparatur aufgebaut hat. Man kann dann das Experiment jederzeit und *reproduzierbar* ausführen. Andere Menschen können es mit ihrer eigenen Apparatur *wiederholen* und damit objektiv überprüfen. Ein gut definiertes physikalisches Experiment muss also reproduzierbar (reproducible) und wiederholbar (repeatable) sein.

Die oben beschriebenen Eigenschaften der physikalischen Methodik lassen sich am folgenden Beispiel illustrieren: Man wirft einen Stein in die Luft; die Apparatur, in diesem Fall das Schwerefeld der Erde ist bereits aufgebaut und funktioniert wie immer tadellos. Aufgrund der Theorie kann man dann genau berechnen, unter Berücksichtigung der Luftreibung, wann der Stein bei gegebener Anfangsgeschwindigkeit seinen höchsten Punkt erreicht haben wird und auf die Erde zurückzufallen beginnt. Man kann auch berechnen wie lange es dauert bis der Stein wieder auf der Erde aufschlägt. Dieses Experiment kann jederzeit, von jeder beliebigen Person also objektiv ausgeführt und wiederholt werden.

**Mystik**

Der Inhalt der Mystik, das weiß ich aus eigener Erfahrung, ist ein subjektives Erleben des Numinosums. Dieses Erlebnis kann mit der Alltagssprache nur sehr schwer, wenn überhaupt, beschrieben werden und außerdem kann durch eine solche Beschreibung das Erlebte durch einen anderen nicht erlebt werden.

Es ist ähnlich wie bei der Beschreibung einer Konzertaufführung, man kann die Empfindungen, die man während des Konzertes hatte wohl erzählen, aber das Erlebnis selbst kann man einem anderen nicht weitergeben. Ein mystisches Erlebnis ist nicht ohne weiteres durch einen simplen Willensakt erzielbar. Man kann sich nicht hinsetzen und sagen: „Jetzt will ich in einen höheren Bewusstseinszustand kommen". Das wäre auch ein Widerspruch in sich selbst: Unser Wille ist Teil unserer „Ich's, Egos", unserer begrenzten niederen Persönlichkeiten. Man muss diese Begrenztheit ablegen, dann erst kann man das Unbegrenzte erleben.

Der Gedanke liegt also nahe, dass es bei mystischen Erlebnissen, ebenso wie in der Physik, wichtig ist bestimmte essentielle Bedingungen zu erfüllen – in der IC-Technologie, d. h. bei der Erzeugung von Bauelementen für Computer nennt man das kritische Parameter – sodass man in höhere Bewusstseinszustände aufsteigen kann. Wenn einmal die entsprechenden Vorbedingungen erfüllt sind geht alles wie von selbst. Die Anwendung von Techniken, wie z. B. Meditation, kann ein Hilfsmittel zum Erreichen höherer Bewusstseinszustände sein. Aber wenn der nötige Resonanzboden fehlt, d. h. wenn die betreffende Person nicht entsprechend entwickelt ist, dann nützt das auch nichts. Ich habe den Eindruck, dass es verschiedene Ebenen höherer Bewusstseinszustände gibt mit welchen man in Resonanz kommen muss. Jeder kann nur so viel aufnehmen als seinem Entwicklungszustand, seinem Resonanzkörper entspricht. Bei spontanem Auftreten ist vermutlich bereits ein Übersättigungszustand vorhanden und die Pforten öffnen sich, als Folge der Resonanz von selbst.

Aus Berichten über kontrollierten Drogengebrauch – z. B. einem Experiment an der Havard Universität im April 1962 – habe ich entnommen, dass die Einnahme von Drogen zur „Bewusstseinserweiterung" sehr gefährlich sein kann, wenn die betreffende Person nicht genügend vorbereitet, d. h. spirituell einigermaßen unterlegt ist, und einen „trip“ ohne erfahrene Begleitung macht.

Die Gefahr besteht nämlich darin, dass sich ihr Bewusstsein in Gebiete verirrt, die man tunlichst vermeiden soll. Mit Drogen kann man abhängig vom Entwicklungszustand den Himmel, das numinosum fascinosum oder die Hölle, das numinosum tremendum erleben.

Don Juan, ein Schamane – Lehrer von Carlos Castanedas – sagt bei der Einweihung von Carlos: „Hüte Dich vor dem ‚Feind' sonst wird er dich zerstören“. C. G .Jung spricht vom „Schatten” der Persönlichkeit.

Neben diesen Gefahren zeigen der Gebrauch von Drogen und Alkohol, sowie die Verabreichung von Narkotika für medizinische Zwecke (z. B. bei Operationen) die gleiche Wirkung: Das Tagesbewusstsein wird mehr oder weniger ausgeschaltet.

Was die Nachwirkung von Narkotika bei Operationen betrifft, weiß ich aus eigener Erfahrung, dass die Chakras im menschlichen Körper für längere Zeit, bis zu einigen Wochen nach der Operation in Mitleidenschaft gezogen werden: Die Chakras erscheinen vernebelt, diffus, trübe, sie leuchten nicht mehr so hell, die Farbe der Chakras erscheint „schmutzig”. Für den Gebrauch von Drogen und Alkohol, wofür mir jedoch die eigene Erfahrung fehlt, gilt vermutlich das Gleiche. Das Gebot in Yogaschulen, keinen Alkohol zu trinken, ist hiermit verständlich geworden.

Was mir auch aufgefallen war ist, dass bei den ersten Experimenten mit Drogen und den daraus resultierenden psychedelischen Farbkreationen die Farben einen schmutzigen, verwaschenen Eindruck machten. Verglichen mit den leuchtend hellen, reinen Farben aus der Krone von Mara, welche ich in der Meditation erlebt hatte, waren sie matt und glanzlos.

Das Erreichen von höheren Bewusstseinszuständen soll aber nicht das Hauptziel einer Meditation sein, sondern das Zurückfinden dessen, was wir einst zurückgelassen haben. Man kann einen Berggipfel mit der Seilbahn erreichen oder Schritt für Schritt sich den Weg erkämpfen. Für den Benutzer der Seilbahn ist die Jausenstation am Berggipfel die Belohnung. Für den Meditierenden, der sich still am Gipfel ausruht eröffnet sich ein wunderbares Panorama, eine unermessliche Weite wohin er auch schaut, und ein Blick auf viele andere, bis in das Unendliche reichende höhere Gipfel die er noch besteigen muss. Es ist im wahrsten Sinne eine „peak experience“ (ein Gipfelerlebnis), wie Maslow es nennt.

Michal J. Eastcott zitiert in seinem Buch „The silent path“ einen Brief von Plotinus – einem bedeutenden Mystiker der Antike – an Flaccus. Darin beschreibt Plotinus das mystische Erlebnis wie folgt:

„Wissen hat drei Stufen: Meinung, Wissenschaft und Erleuchtung. Du fragst, wie können wir das Unendliche erkennen? Ich antworte: Nicht mit dem Verstand. Es ist die Aufgabe des Verstandes um zu unterscheiden und zu definieren. Das Unendliche kann daher nicht unter seine Objekte fallen. Du kannst das Unendliche nur erfassen, durch eine Fähigkeit welche über dem Verstand steht. Indem Du in einen Zustand eintrittst in welchem Du Dein begrenztes Ich nicht mehr bist, wird dir die göttliche Essenz mitgeteilt. Es ist die Befreiung deines Geistes von seinem begrenzten Bewusstseinszustand.

Aber dieses sublime Erleben ist nicht von ständiger Dauer. Nur hin und wieder können wir uns der Erhabenheit dieser Gefilde, hoch über der Beschränktheit unserer Körper und der Welt, erfreuen. Ich selbst habe es nur drei Mal erlebt und der arme Porphyrus bisher kein einziges Mal.“

✳ ✳ ✳

Das Erlebnis der Einheit von allem und die Vereinigung von dem was auf Erden getrennt erscheint, das heißt die Verschmelzung der Gegensätze, ist der Schwerpunkt der mystischen Schau.

Die Physik beruht auf Analyse, d. h. Trennung, Isolation der einzelnen Größen. In der *modernen* Physik ist jedoch darüber hinaus ein Trend nach Vereinigung merkbar.

Im Folgenden soll dieser Aspekt, die „Vereinigung" – in welcher sich für mich die „Neue Energie“ bemerkbar macht – an einigen Beispielen aus der modernen Physik illustriert werden.

F. Capra hat in seinem bahnbrechenden Buch „The Tao of Physics“, 1975, ausführlich und tiefgreifend verschiedene physikalische Phänomene, die sich darauf beziehen, besprochen. Einige Jahre später, 1979, hat G. Zukav in seinem Buch „The dancing Wu-Li masters“ die gleiche Thematik behandelt. Die Essenz dieser Arbeiten, ergänzt durch Neuentwicklungen – wie Higgsfeld, Stringtheorie und Majoranateilchen – ist im Folgenden kurz zusammengefasst.

Ich hoffe, dass der interessierte Laie hierdurch ein, wenn auch nur oberflächliches, Verständnis der physikalischen Hintergründe erlangt und dadurch von einem „Zuviel an Physik“ nicht abgeschreckt wird.

Eine ausführlichere Beschreibung findet man in den oben zitierten Arbeiten, sowie in dem reichlich illustriertem, didaktisch hervorragenden Buch „The Fabric of the Cosmos“ von B. Greene, einem theoretischen Physiker der Amerikaner ist.

Was das Verstehen betrifft: Hier hat auch der Physiker Schwierigkeiten, wenn es um das intrinsike (wahre) Verstehen geht. Das gilt im Besonderen für die Quantenphysik. Richard Feynman, der den Physik-Nobelpreis für seinen Beitrag zur Quantenphysik erhalten hat, sagt:

„Ich verstehe die Quantenphysik nicht. Niemand versteht sie. Aber unsere Modelle – der Laie würde es ‚Rezepte‘ nennen – zur Berechnung und Vorhersage bestimmter Phänomene funktionieren ausgezeichnet.”

Der Physiker kann nur das „Wie“ zum Verständnis beitragen; das intrinsike, tiefere Verständnis, das „Warum” bleibt auch dem Physiker verborgen. Wenn man tiefer schauen will, muss man sich an die Mystik wenden.

Der interessierte, entwickelte Laie soll sich also nicht zu sehr durch Details in meinen Beschreibungen abschrecken lassen. Er soll vielmehr nur die jeweiligen Schlussfolgerungen in sich aufnehmen in Hinblick auf die Übereinstimmung zwischen Physik und Mystik.

## 6.2 Ist Licht eine Welle oder ein Teilchen?

Son et Lumière (Ton und Licht): Château de Chambord, das Märchenschloss im Tal der Loire erstrahlt im Lichterglanz. Leichtfüßig gleiten Lichtbündel über die Silhouetten des Schlosses, springen scheinbar gewichtslos von einem Turm zum anderen.

Diese Gewichtslosigkeit ist es, die man einem Lichtstrahl gefühlsmäßig zuschreiben würde. Licht wurde daher zunächst auch im physikalischen Modell als (elektromagnetische) Welle behandelt.

Wenn ein Lichtstrahl aber auf einen Gegenstand, einen Festkörper fällt, schlägt er Elektronen aus diesem heraus. Dies lässt sich nur erklären, wenn man sich das Licht als winzig kleine Teilchen, – mit Masse, (m) behafteten Korpuskeln, den Licht-*quanten* – vorstellt, welche in Form von diskreten Energiepaketen, mit Energie (E), auf den Gegenstand auftreffen. Das scheinbar so schwerelose Licht besitzt also eine – wenn auch äußerst geringe – Masse, entsprechend der Beziehung $E = mc^2$, worin $c^2$ das Quadrat der Lichtgeschwindigkeit ist.

Für die klassische Physik war dies ein Dilemma. Licht kann nicht Welle und Teilchen sein, sagte man sich.

Auch ich hatte in meiner Studienzeit zunächst Schwierigkeiten damit, bis mir deutlich wurde, dass dieses Dilemma eine Folge der Fehlinterpretation der Messergebnisse in der klassischen Physik ist: Man darf nicht sagen: Licht *ist* eine Welle, oder Licht *ist* ein Teilchen. Man darf nur sagen: Licht *erscheint* uns einmal als Welle, das andere Mal als Teilchen, abhängig von der experimentellen Aufstellung. Man kann auch sagen: Licht verhält sich einmal so *als ob* es eine Welle sei, in einem anderen Experiment *als ob* es ein Teilchen sei. Licht hat sowohl einen Wellenaspekt *als auch* einen Teilchenaspekt. Dies ist das Paradigma, der Bezugsrahmen, der modernen Physik.

*Das entspricht aber genau der Schau des Mystikers: Auf der irdischen Ebene, welche durch Polarität charakterisiert ist, beobachten wir zwei verschiedene Erscheinungsformen, nämlich Welle oder Teilchen. Von einer höheren Ebene aus betrachtet sind sie jedoch eine Ganzheit: „LICHT“.*

Der Nobelpreisträger Niels Bohr hat sich eingehend mit diesem Problem auseinandergesetzt. Er hat es sowohl vom Standpunkt der Physik als auch vom Standpunkt der Metaphysik betrachtet und hat das Dilemma gelöst, indem er das Konzept der Komplementarität bzw. Dualität als Paradigma gewählt hat, wonach Welle oder Teilchen nur zwei verschiedene, polare, einander *ergänzende* Aspekte ein und derselben Ganzheit, nämlich Licht, sind.

Niels Bohr war von dem Konzept der Polarität von Yin und Yang, welches er dem Taoismus entnommen hat, tief beeindruckt. Er hat sogar – wie Fritjof Capra in seinem richtungweisenden Buch „The Tao of Physics” erwähnt – das Tai Chi (Yin und Yang)-Symbol in sein Wappen aufgenommen. Die Inschrift auf dem Wappen lautet „Contraria sunt complementa”, zu Deutsch „Die Gegensätze ergänzen sich (zur Einheit)”.

## 6.3 Masse und Energie

Masse (m) und Energie (E) sind äquivalent nach der bekannten Formel von Einstein: $E = mc^2$, worin $c^2$ das Quadrat der Lichtgeschwindigkeit ist.

Masse kann man also betrachten als eine spezielle, strukturierte, lokalisierte Form von Energie. Materie ist Energie im strukturierten, erstarrten Zustand.

*Der Mystiker sagt: „Masse und Energie sind Manifestationen der undifferenzierten Einheit; sie sind nur zwei verschiedene Aspekte ein und derselben Größe, sie sind Teile eines Ganzen."*

## 6.4 Raum und Zeit

Raum und Zeit sind in der modernen Physik von Einstein vereint zu einer Ganzheit, zur Raumzeit.

*Der Mystiker sagt: „Die Trennung von Raum und Zeit, wie wir sie auf Erden erleben ist eine Illusion. Von höherer Warte aus betrachtet sind sie eine Einheit."*

## 6.5 Raum und Masse

Einstein sagt in seiner allgemeinen Relativitätstheorie, dass die Anwesenheit von Masse die Struktur des Raumes, genauer der Raumzeit, verzerrt. Auf diese Weise ist auch das Rätsel über die Herkunft der Schwerkraft gelöst.

Man kann sich nämlich vorstellen, dass z. B. die Sonne durch ihr Vorhandensein eine Verzerrung des Raumes in Form einer Mulde verursacht. Die Sonne sitzt im Zentrum der Mulde und die Erde rollt in diese Mulde hinein, auf die Sonne zu. Wir sagen dann „die Erde wird durch die Sonne angezogen." Raum und Masse sind also Teile eines Ganzen, des Gravitationsfeldes.

*Der Mystiker sagt: „Raum und Masse verschwimmen zu einer strukturlosen Einheit."*

## 6.6 Quantenphysik

Die klassische Physik beschreibt und misst Vorgänge in der Makrowelt eindeutig und mit beliebiger Genauigkeit. Blaues Licht z. B. ist für die klassische Physik eindeutig eine elektromagnetische Welle mit einem bestimmten Frequenzbereich.

Der experimentelle Nachweis von Licht als eine Menge von diskreten Energiepaketen, als korpuskulare Teilchen, als Licht**quanten** leitete die Quantenphysik ein. An Stelle einer exakten Beschreibung von Ort und Geschwindigkeit (Impuls) treten Wahrscheinlichkeitsaussagen. Welle und Teilchen werden als äquivalent, als Einheit betrachtet.

*Der Mystiker sagt: „Welle und Teilchen sind zwei Aspekte ein und derselben Ganzheit. Die moderne Physik hat mit dem Wahrscheinlichkeitskonzept das hell beleuchtete, scharf umrissene Gebiet des Determinismus*[23] *verlassen und ist in das nebelhafte, verschwommene Gebiet der Mystik eingedrungen."*

## 6.7 Das Bell Theorem

Das Bell Theorem besagt, dass die eine Hälfte eines ursprünglichen Paares atomarer Teilchen, nachdem sich die beiden Teilchen getrennt haben und auf großem Abstand voneinander sind, noch immer korreliert ist mit seinem ursprünglichen Partner. Man spricht von nicht-lokaler Korrelation.

Diese mysteriöse, für den klassischen Physiker unerklärliche Verbundenheit eines subatomaren Teilchenpaares wird mit dem Ausdruck „entanglement" (Verflechtung) bezeichnet. Die beiden Teilchen haben „nicht vergessen", dass sie zu Beginn des Experimentes eine *Einheit* waren. Der Raum verbindet also (Yin) laut moderner Physik, während laut klassischer Physik der Raum das trennende (Yang-)Element war. Also auch hier der Trend von Yang zu Yin, von der Trennung zur Vereinigung.

*Der Mystiker geht einen Schritt weiter und sagt: „Alles, was wir auf Erden als getrennt wahrnehmen, für wahr nehmen, ist von höherer Warte aus betrachtet eine Einheit. Die getrennten Objekte des irdischen Daseins sind nur verschiedene Aspekte des undifferenzierten EINEN, das sich hier manifestiert hat."*

---

[23] Auffassung aber auch Lehre von der kausalen Bestimmtheit allen Geschehens.

## 6.8 Der Quantencomputer

Im „klassischen" Computer arbeitet man mit Nullen und Einsern. Also entweder 1 oder 0, ja oder nein.

Im Quantencomputer könnte man theoretisch mit Nullen bzw. Einsern **und** (0,1) arbeiten, wobei (0,1) die Einheit des Gegensatzpaares 0,1 bedeutet. Also gleichzeitig ja und nein. Mit den von Kouwenhoven nachgewiesenen Majorana-Teilchen, welche 1 oder 0 oder beides zugleich sein können ließe sich das realisieren.

Ein ähnliches Teilchen, vielleicht sogar identisch mit dem Majorana-Teilchen, wurde von Roza in einer theoretischen Arbeit über Elementarteilchen beschrieben. Dieses Roza-Teilchen ist eine Konfiguration, in welcher ein „leichtes" subatomares Teilchen, ein sogenanntes Lepton*) und sein gegensätzliches Teilchen, das Antilepton, gemeinsam also gleichzeitig als Einheit auftreten. Der Ausdruck Lepton leitet sich ab vom griechischen „leptós", was fein, mager, dünn, also „leicht" bedeutet. Das Elektron zum Beispiel ist ein Lepton.

Für den „gesunden" Hausverstand, für die Logik ist das unbegreiflich, unakzeptabel. Ein Teilchen und seine Verneinung (Antiteilchen) können ja logischerweise nicht gleichzeitig auftreten. Im Quantencomputer verschwimmen aber die Ansichten des Quanten-Physikers mit denen des Mystikers.

*Der Mystiker sagt: „Im Bereich des undifferenzierten, raum-zeitlosen EINEN ist alles schon immer vorhanden. Es gibt kein oben und kein unten, kein vorher oder nachher, alles ist homogen, nicht differenziert, gestaltlos; + und – sind vereint zur Einheit* **(+/–)**. *"*

## 6.9 Der Teil und das Ganze: Das Hologramm

Jeder kennt sie, die kleinen schillernden Rechtecke auf Banknoten, Bankomatkarten oder Personalausweisen: Wenn man diese, oder auch andere solcher rekonstruierter, *holographischer* Bilder betrachtet, bietet sich ein gewaltiger, schwindelnder Blick in die Tiefe. Es ist ein plastisches, beinahe greifbares Bild, als ob man ein reales dreidimensionales Objekt vor sich hätte. In Wirklichkeit ist es nur die raffinierte Abbildung der *Oberfläche* eines Gegenstandes. Schlampigerweise werden solche holographischen Bilder auch als Hologramm bezeichnet, was für Verwirrung sorgt.

---

*) Ein Lepton (griech.: dünn, mager) ist ein leichtes Teilchen, z. B. ein Elektron.

Ein *Hologramm* entsteht sensu stricto (streng genommen) durch Wechselwirkung von zwei kohärenten Laserbündeln mit einem Objekt.

Zur Erzeugung eines, rekonstruierten, holographischen Bildes aus einem solchen Hologramm genügt es, wenn nur ein Teil des Hologramms bestrahlt wird. Das Bild ist dann allerdings etwas unschärfer als wenn man die ganze Hologrammfläche bestrahlt hätte. Der Teil und das Ganze sind also beim Hologramm (nahezu) gleich.

*In der Mystik findet man ein ähnliches Phänomen: Die individuelle Seele, Atman, und die Weltseele, Brahman, fließen ineinander über. Atman ist ein Teil von Brahman und zugleich auch wieder das Ganze.*

*Das heißt: Der Teil ist wesensgleich, aber nicht identisch mit dem Ganzen.*

## 6.10 Der leere Raum ist nicht leer

Im Sommersemester 1956, zur Zeit des Aufstandes der Ungarn gegen die Besetzung durch die Russen, hatte ich inskribiert für die Vorlesung „Aufbau der Materie" von Prof. O. Kratky.

Prof. Kratky, eine große, schlanke Person, Mitte 50, mit schon etwas schütterem, glatt nach rückwärts gekämmten Haar war eine einnehmende, charismatische Person. Er hatte einen verstehenden, wissenden Blick, jenseits von Gut und Böse.

Ich hatte bereits einige Vorlesungen bei ihm besucht und hatte den Eindruck bekommen, dass er uns nicht nur das rein physikalische Wissen, sondern auch eine Weltanschauung vermitteln wollte. Das zeigte sich z. B. bei der sogenannten altruistischen Vorzeichenregel. Diese besagt Folgendes: Wenn man irgendeinem physikalischen System Energie, z. B. Wärme, zuführt, dann steht man vor der Wahl, ob man die Energiebilanz als positiv oder als negativ rechnen soll.

Wenn ich dem System Energie zuführe, dann verliere ich ja diese Energie, das zählt für mich negativ, das System hingegen gewinnt diese Energie.

Kratky hat hierfür die altruistische Vorzeichenregel eingeführt: Wenn man dem System Energie zuführt, dann wird das positiv gezählt, wenn das System Energie abgibt zählt das negativ. „Man freut sich, wenn der *andere* etwas kriegt", pflegte er zu sagen.

Etwas anderes war mir auch aufgefallen: Bei der Beschreibung von Licht als Welle oder Teilchen hatte er immer wieder betont, dass man nie sagen dürfe „Licht *ist* eine Welle oder ein Teilchen“, sondern nur „Licht verhält sich in diesem Experiment *als ob* es eine Welle wäre“. Über die wahre Natur des Lichtes könnte man als Physiker nichts aussagen.

Damals, im Sommersemester 1956, im Rahmen der Vorlesungen „Aufbau der Materie“, behandelte Kratky einmal das Thema Antimaterie. Er sagte, die Bausteine der Antimaterie seien im Grunde genommen gleich wie unsere Materie nur mit in jeder Hinsicht gegensätzlichen Eigenschaften. Das Antiteilchen eines Elektrons, das Antielektron – heute sagt man Positron – habe die gleiche Masse wie das Elektron nur trage es eine positive Ladung. Wenn die beiden im leeren Raum zusammen treffen, dann macht es „pffft“ und die Masse der beiden ist „zerstrahlt”, d. h. ihre Masse wird in ein entsprechendes Energieäquivalent umgewandelt, entsprechend der Formel $E = mc^2$.

Ich fragte mich damals, wohin geht dann eigentlich diese Energie? Wird sie vom Vakuum aufgenommen? Aber dann müsste das Vakuum, das „Nichts”, die „Leere” doch einen enormen Energieinhalt haben? Was ist ein „leerer” Raum eigentlich?

Unter leerem Raum versteht man im alltäglichen Sprachgebrauch einen Raum, in welchem keine Personen, Blumen, Möbel, Computer usw. vorhanden sind. Für die Physik ist ein Raumbereich aber erst dann leer, wenn alles was man entfernen kann daraus entfernt ist., d. h. man muss auch noch Luft, Wasserdampf und elektromagnetische Strahlung vom Fernsehen, vom Radio und der drahtlosen Telefonie entfernen.

Ist dieser leere Raum, das physikalische Vakuum, dann endlich leer? Nein! Es wimmelt nur so von kurzlebigen, subatomaren Teilchenpaaren. Man nennt sie Teilchenpaare, weil sie fortwährend und gemeinsam aus dem Vakuum, dem leeren Raum, aus dem Nichts entstehen und sofort wieder vergehen. Zu ihrer Entstehung „borgen” sich die Teilchen „auf Grund des Heisenberg’schen Unsicherheitsprinzips” kurzzeitig das ihnen entsprechende Energie-Äquivalent vom Vakuum, dem leeren Raum, dem Nichts aus. Sie zerstrahlen aber auch bald wieder, das heißt ihre Masse wird zurück- bzw. umgesetzt in den formlosen Energiezustand des Vakuums.

Das physikalische Vakuum ist also nicht der Zustand von reinem Nichts, sondern enthält das Potential alle Formen der Teilchenwelt zu schaffen.

Diese Formen sind aber nur vorübergehende, vergängliche Manifestationen der ihnen zugrundeliegenden „Leere”.

*Diese Schlussfolgerung aus der Physik ist in Übereinstimmung mit der mystischen Tradition des Fernen Ostens, welche vorübergehende, vergängliche Dinge als Illusion bezeichnet, zum Unterschied von dem ewigen, unveränderlichen, unbeschreibbaren „Etwas", dem Chaos, Nichts, Tao, dem EINEN, aus welchem alle Erscheinungsformen entstehen. Das Vakuum ist also eine lebende Leere, welche im endlosen Rhythmus von Entstehen und Vergehen, von Schöpfung und Zerstörung pulsiert.*

## 6.11 Urknall und Higgsfeld

Theoretische Physiker der Jetztzeit gehen davon aus, dass im Anfang unser gesamtes heutiges Weltall in einem winzigen Staubkorn, dem Ur-Weltall bei extrem hoher Temperatur zusammengeballt war. Dieses Ur-Weltall war homogen gefüllt mit einem Energiefeld. Keine Form, Gestalt oder Ordnung war realisiert, obwohl sie latent, d. h. als Möglichkeit bereits vorhanden waren.

Eine analoge Situation wird in der Geschichte vom Bildhauer und dem Marmorblock beschrieben:

Phidias, der berühmte Bildhauer aus dem antiken Athen – dessen lebend wirkende Figuren auf dem Fries vom Parthenon in durchsichtige Marmorkleider gehüllt sind – hatte sich einen großen Marmorblock kommen lassen. Aus diesem beabsichtigte er ein neues Meisterwerk zum Leben zu erwecken.

Als man ihn fragte, wie er das machen wolle, antwortete er: „Ganz einfach. In diesem Marmorblock sind bereits alle erdenklichen Figuren und Formen enthalten. Ich lasse *meine* Figur entstehen indem ich sie von allen anderen, den überflüssigen Formen, mit meinem Meißel befreie."

Das oben genannte Energiefeld ist auch isotrop, d. h. keine Richtung ist vor einer anderen ausgezeichnet. Es herrscht also, summa summarum ein ungeordneter Zustand, ein Chaos wie in einem Gas oder z. B. in Wasserdampf.

Wie dieses Ur-Weltall, Staubkorn entstanden ist, warum es entstanden ist und im Besonderen was **vor** seinem unerwarteten, unangekündigten Auftreten war, sind Fragen, welche die Physik nicht beantworten kann. Das Staubkorn kommt für den Physiker aus dem Nichts, das keiner physikalischen Messung zugänglich ist und dem man daher alle Eigenschaften zuschreiben kann.

*Das ist in Übereinstimmung mit der Auffassung des Mystikers, für welchen das unbeschreibliche, undifferenzierte Chaos, das Nichts, der Uranfang aller Dinge ist.*

*In diesem Chaos sind alle späteren Manifestationen inklusive Raum und Zeit in Potentia, d. h. als Möglichkeit bereits enthalten, ebenso wie das Prinzip der schöpferischen Gottheiten, LOGOS und LOGAINA, welche hierin noch als Einheit anwesend sind.*

Dieses Ur-Weltall wird durch eine Urexplosion, einen Urknall, einem Big Bang zu einer – bis heute noch andauernden – Expansion veranlasst und kühlt sich rasch ab. Wenn seine Temperatur unterhalb eines bestimmten Wertes, der Umwandlungstemperatur, abgesunken ist, wandelt sich das Weltall vom gasförmigen in einen flüssigen Zustand, es „kondensiert". Das ist analog der Kondensation von Wasserdampf, wenn er sich in einem dampfigen Badezimmer an der kalten Fensterscheibe als Wassertropfen niederschlägt.

Dieses Kondensat ist das sogenannte Higgsfeld, welches man auch als Higgs-Ozean bezeichnet um den „flüssigen" Zustand anzudeuten.

Das Higgsfeld hat einen bremsenden Einfluss auf die Teilchen, welche sich bisher masselos und daher mit Lichtgeschwindigkeit bewegen konnten. Das Higgsfeld macht die Teilchen träge, was dem Vorhandensein einer Masse zugeschrieben werden kann. Die bisher masselosen Teilchen haben also durch das Higgsfeld eine Masse bekommen. Lichtquanten (Photonen) werden nicht gebremst, behalten ihre ursprüngliche (Licht-)Geschwindigkeit und bleiben masselos.

Man kann sich das Higgsfeld als eine sirupartige, zähe Flüssigkeit vorstellen, in welcher die Elementarteilchen – z. B. Elektronen, Protonen – verschieden stark gebremst werden, d. h. verschieden starke Wechselwirkung mit dem Higgsfeld haben und daher verschiedene Massen erhalten. Je stärker die Wechselwirkung umso größer die Masse der Teilchen.

Die Wechselwirkung der Teilchen mit dem Higgsfeld geschieht – wie in allen Feldern – mit Hilfe von kraftübertragenden Teilchen. Im Falle des Higgsfeldes nennt man sie „Higgsteilchen" oder auch „Higgsbosonen".*) Diese Kraftübertragung kann man sich vorstellen wie das Zuwerfen eines Balles zwischen zwei Spielern. Die Spieler treten miteinander durch den Ball in Wechselwirkung. Der Ball ist das Higgsteilchen, die Spieler sind die Teilchen, welche eine Masse erhalten.

---

*) Diese kraftübertragenden Teilchen werden im englischen auch messenger (Botschafter/Boten-)particles genannt, weil sie die Botschaft übermitteln „wie" der Ball geworfen werden muss, d. h. was geschehen soll.

Das Higgsfeld und das Higgsteilchen sind zwei hypothetische Größen, welche durch Peter Higgs, einem schottischen Physiker, konzipiert wurden, damit die Standardtheorie über die fundamentale Zusammensetzung der Materie „stimme".

Higgsteilchen sind sogenannte virtuelle Teilchen, d. h. zunächst nur latent – nicht aktuell wirksam – vorhanden. Sie können aber, kurzzeitig, aus ihrem latenten Zustand in die physikalische „Realität" versetzt werden, indem sie sich Energie „ausborgen" die bei Zusammenstößen von Elementarteilchen hoher Geschwindigkeiten, d. h. hoher kinetischer Energie, frei wird.

Um diese hohe Geschwindigkeiten der stoßenden Teilchen zu erreichen, hat man im CERN, dem Centre Européen pour la Recherche Nucleair, dem europäischen Zentrum für Nuklearforschung in Genf, eine riesengroße Reaktionsanlage errichtet. Die Stoßteilchen, z. B. Protonen, bewegen sich gegeneinander auf Kreisbahnen von 27 km (!!) Durchmesser in einem evakuierten d. h. luftleeren Tunnel. In den einzelnen Segmenten wird ihnen nach und nach kinetische Energie zugeführt, bis sie schließlich beinahe mit Lichtgeschwindigkeit aufeinanderprallen. Higgsteilchen, welche hierdurch kurzzeitig als Reaktionsprodukt entstehen, zerfallen über charakteristische Teilchenreihen und können hierdurch, indirekt nachgewiesen werden.

Die Kernphysiker und die theoretischen Physiker warten mit Spannung darauf, dass die Apparatur fehlerfrei funktioniert und das Bestehen des Higgsteilchens, als letzten Baustein des Gebäudes der Standardtheorie über den Aufbau der Materie, experimentell bestätigt werden kann.*)

Dem Higgsfeld hat man also flüssigkeitsanaloge Eigenschaften zugeschrieben. Verglichen mit der Gasphase herrscht in einer Flüssigkeit einigermaßen Ordnung. In lokalen Bereichen atomarer Ausdehnung kann man sogar von einer quasi-kristallinen Struktur sprechen. Die Entropie, das Maß für die Unordnung, ist also relativ gering.

Nach einem Naturgesetz, beschrieben durch den 2. Hauptsatz der Wärmelehre, nimmt die Entropie, das Chaos, in einem abgeschlossenem System von sich aus stets nur zu oder bleibt höchstens gleich.

Da die Entwicklung des Weltalls mit einem minimalen Wert der Entropie in der „Flüssigkeitsphase" beginnt, kann sie also im Verlauf der Zeit nur zunehmen. Das Weltall strebt demnach auf das ursprüngliche Chaos zu.

---

*) CERN-Direktor Rolf Heuer hat am 4. Juli 2012 mitgeteilt, dass sein Team „Ein neues Teilchen mit den Eigenschaften eines Higgs-Bosons entdeckt hat"; das heißt sie haben Reaktionsprodukte nachgewiesen, welche auf die Existenz eines (virtuellen) Higgs-Teilchens hinweisen.

*Der Mystiker sagt: „Das Leben im Weltall und alles in ihm, strebt zurück zum Chaos, zur unbegreiflichen, unnennbaren, raum-zeitlosen Urgottheit. Nachdem das Leben hier auf Erden alle Facetten der Diversität (Vielfalt) kennengelernt hat, geht es wieder zurück in die undifferenzierte Einheit.*

Für den Physiker ist das Staubkorn der Samen für das Weltall, welcher aus unerklärlichen Gründen plötzlich aus dem „Nichts" aufgetaucht ist. Es ist daher nicht auszuschließen, dass so etwas, nach dem Vergehen unseres heutigen Universums noch einmal, ja sogar noch viele Male geschehen kann. In der Ewigkeit ist ja „Zeit" genug!

*Diese Idee von periodischem Entstehen und Vergehen findet sich wieder in der Hindu-Philosophie („Tage und Nächte von Brahmâ") und in der Kabbala („Das Öffnen und Schließen des Auge Gottes").*

## 6.12 Der Stoff aus dem die Bäume sind

### 6.12.1 Die Stringtheorie

„Der Stoff aus dem die Träume sind" war der Titel eines Bestsellers im vergangenen Millennium. „Der Stoff aus dem die Bäume sind" ist die Stringtheorie:

In der Nähe der Auferstehungskirche in St. Petersburg befindet sich ein großer Markt, wie überall wo man viele Touristen erwartet. Eine endlos scheinende Anzahl von Läden, ordentlich aufgereiht in einander rechtwinklig kreuzenden, asphaltierten Wegen öffnet sich dem Auge des Touristen, wenn er einmal die Peripherie des Marktes durchschritten hat.

Das Angebot an Souvenirartikeln ist überwältigend: Wodka, abgefüllt in Flaschen mit allen erdenkbaren Formen; von gebräuchlichen viereckigen Flaschen bis zum Sowjetstern. Die Flaschen sind beklebt mit Fotos amerikanischer oder russischer Präsidenten oder ganz einfach mit dem Symbol des russischen Bären. Ein Modell des Kremls oder einer der zahlreichen Kirchen dreht sich in einer Spieluhr nach den Klängen einer nostalgischen Melodie.

Aber alles wird übertroffen durch die vielen unverfälschten Original-Matruschkas, pausbäckigen Puppen mit den prächtigen Farben, welche die russische Seele so gut widerspiegeln. Öffnet man die äußerste Puppe, so findet man eine zweite Puppe darin. Öffnet man die zweite Puppe, so findet man eine dritte Puppe darin, und so geht es weiter von der dritten zur vierten Puppe … bis man schließlich zur innersten Puppe kommt, welche nichts mehr enthält als sich selbst. Hier endet die Verzauberung der Erwartung und des Findens.

Ähnlich steht es mit der Stringtheorie – zu Deutsch Strang-, Schleifen- oder Saitentheorie –, welche den Aufbau der Materie bis zu den kleinsten Bausteinen beschreibt:

Unsere Körper bestehen aus vielen, vielen Atomen, die bekanntlich aus Atomkernen und den ihnen zugehörigen Elektronen bestehen. Die Atomkerne wiederum bestehen aus Protonen und Neutronen, welche ihrerseits aus den noch kleineren Teilchen, den sogenannten Quarks aufgebaut sind. Die Quarks schließlich bestehen aus noch kleineren „Teilchen", den sogenannten Strings oder vibrierenden Schleifen. Diese Strings haben keinen Teilchencharakter mehr. Sie sind nur mehr reine Energie, die in bestimmten Mustern vibriert.

*Der Mystiker nennt diese Energie die Urenergie, das kosmische Feuer, das undifferenzierte Chaos. Aus dieser Urenergie emaniert, sprießt zunächst das personifizierte Prinzip des vereinten Weltschöpferpaares von Weltvater und Weltmutter, LOGOS und LOGAINA. Diese beiden Prinzipien von Weltvater und Weltmutter, erscheinen uns danach getrennt, wenn sie sich auf Erden manifestieren, entsprechend dem Prinzip der Polarität, welches unser Erdendasein charakterisiert.*

*Durch die Wechselwirkung von LOGOS und LOGAINA entsteht unsere sichtbare Welt, unser Universum.*

***Materie ist Urenergie in strukturierter Form.***

Für die Beschreibung alltäglicher, mit den Sinnen erfassbarer Vorgänge, wenn sich z. B. ein Mensch von einem Ort zum anderen bewegt, genügen drei Raumdimensionen: Länge, Breite, Höhe, und getrennt davon, die Zeit.

Für die Berechnung der Position eines Menschen oder eines Autos mit Hilfe von Navigationsgeräten braucht man zusätzlich noch Satellitensignale. Da sich die Satelliten mit sehr großen Geschwindigkeiten bewegen – welche gegenüber der Lichtgeschwindigkeit nicht mehr vernachlässigbar sind – muss man das Einstein'sche vierdimensionale Raumzeit-Konzept – in welchem Raum und Zeit unlösbar ineinander verflochten sind – verwenden.

Für die Untersuchung der Frage: „Was ist Materie letzten Endes?“, landet man in der Stringtheorie. Für die mathematische Beschreibung dieser Stringtheorie benötigt man sogar zehn Dimensionen. Sie sind „höher“ als die drei bzw. vier oben erwähnten Dimensionen zur Beschreibung alltäglicher Vorgänge. Man kann sich diese „höheren" Dimensionen aber nicht mehr vorstellen, sie überschreiten die Grenze des mit den Sinnen erfassbaren Teiles unserer „Wirklichkeit".

*Analoges gilt für die „höheren", holotropen Bewusstseinszustände, die in mystischen Erlebnissen betreten werden: Für die Erhaltung unseres materiellen, sichtbaren Körpers benötigen wir unsere fünf Sinne und unser Alltagsbewusstsein. Wenn wir Antwort erhalten wollen auf die Frage „Was die Welt im Innersten zusammenhält", müssen wir aufsteigen in die „höheren" Dimensionen holotroper Bewusstseinszustände.*

### 6.12.2 Das Higgsteilchen und die Stringtheorie

Laut Stringtheorie bestehen alle atomaren und subatomaren Teilchen letzten Endes aus vibrierenden Schleifen oder „strings“. Auch das Higgsteilchen ist ein derartiger „string“ mit einem ihm charakteristischen Vibrationsmuster.

Die gesamte Materie und all seine Teile sind somit zurückgeführt auf „strukturierte“ Energie.

### 6.12.3 Zweifel an der Stringtheorie und der Existenz des Higgsteilchens

Die Stringtheorie und die Existenz des Higgsteilchens ist von mehreren Wissenschaftlern in Zweifel gezogen worden. Engel Roza z. B. hat eine alternative Theorie, im Wesen basierend auf elektromagnetischer Feldtheorie, ausgearbeitet. In dieser Theorie verwirft er die Stringtheorie und den „konventionellen“ Higgs-Mechanismus, akzeptiert aber das Bestehen des Higgsfeldes. Damit wird die Existenz eines neuen Kraftteilchens nicht ausgeschlossen, es impliziert aber eine andere Betrachtungsweise für das Higgsteilchen.

Die Theorie von Roza zeigt einen Zusammenhang zwischen der Gravitationskraft von Newton und der Quantenphysik, d. h. es ist ihm gelungen die Gravitationskonstante von Newton in quantenmechanischen Parametern auszudrücken.

Die etablierte wissenschaftliche Welt hat sich jedoch bisher, aus begreiflichen Gründen, geweigert, diese konkurrierende und daher bedrohende Theorie näher in Augenschein zu nehmen.

Wesentlich für die Thematik dieses Buches ist jedoch, dass beide Theorien zu dem gleichen Schluss kommen:

> Energie ist überall.
> Materie ist „gefrorene“ Energie.
> Materie ist Ur-Energie in strukturierter Form.

*Materie ist*
*Ur-Energie in*
*strukturierter Form*

# KAP 7 DAS KLOPFENDE HERZ UND DIE NEUE ENERGIE

Im Juni 2006 war ich das erste Mal in der Bibliothek gewesen. Nach diesem Erlebnis, welches mich zu tiefst beeindruckte, hatte ich begonnen die seriöse esoterische Literatur gründlich und systematisch nach Berichten zu durchsuchen, welche meine holotropen Erlebnisse bestätigen würden.

Die esoterische Literatur brauchte ich allerdings nicht zu suchen, sie wurde mir quasi „gereicht"; ich brauchte sie nur in Empfang zu nehmen. Immer wieder fiel mir nämlich ein Buch in die Hand, in welchem ich beim Durchblättern Antwort bekam auf Fragen, die mich gerade beschäftigten. Ich kam mir vor wie ein Schatzgräber, der jedes Mal einen Edelstein findet wo immer er mit seiner Schaufel hineinsticht. Auch scheinbar belanglose Gespräche mit Bekannten, gaben mir oft einen Hinweis zur Lösung meiner Fragestellungen.

Durch die Thematik der Schöpfung kam ich automatisch zum Urknall, und damit auch mit der modernen Physik in Berührung. Die Esoterik beschreibt was *vor* dem Urknall stattfand, die moderne Physik und die Kosmologie beschreibt was sich *nachher* abspielte, so dass ich mir, abgesehen von einer Grauzone, wo sich Physik und Esoterik berühren, ein einigermaßen ganzheitliches, konsistentes Bild von der Struktur und Erschaffung der Welt machen konnte.

Parallel zu diesen Studien und völlig unabhängig davon hatte ich drei Jahre lang regelmäßig Erlebnisse – im Ganzen zirka achtzig – in „höheren" holotropen Bewusstseinsebenen. S. Grof bezeichnet sie treffend mit holotrop, auf das Ganze zustrebend. Sie sind chronologisch wiedergegeben und die Urquelle für meinen Reisebericht. Sie kamen spontan, behandelten diverse Themen in scheinbar willkürlicher Folge, flammten kurz auf wie Meteoriten und verschwanden wieder. Sie kümmerten sich in keiner Weise darum, dass ich versuchte meine Erlebnisse in ein rationelles System einzuordnen.

Daneben gab es auch noch einige Erlebnisse mit Themen, welche ständig wiederkehrten. Ich bekam den Eindruck, dass sie eine wichtige Rolle spielen sollten, weil ich inzwischen gelernt hatte, dass wichtige Themen ständig wiederholt werden. Eines dieser Themen war „Der blaue Stern".

# Der blaue Stern

Der blaue Stern, der mich seit den 1970-er Jahren immer begleitet hatte, ist plötzlich wieder da und strahlt hoch über meinem Haupt. Er ist wie ein Windrad aus Papier – womit wir in unserer Kinderzeit so viel Freude hatten – an einem dünnen Stäbchen, in der Verlängerung meines Rückgrates. Er folgt mir treu überall hin, folgt allen meinen Bewegungen wie Bücken, Liegen, Stehen. Genauso wie sich ein Windrad mit einer bestimmten Frequenz dreht, vibriert der Stern mit seiner eigenen Frequenz und strahlt wie ein Diamant ein weiß-blaues Licht aus. Er ist die Serenität. Er ist die Vorstufe zum absoluten, ewigen SEIN. Er ist ein Hilfsmittel, zum Erreichen des absoluten SEINS, genauso wie der weiße Tempel, und wird darum auch mit der Zeit verschwinden.

Auf dem Weg zum Supermarkt schwebt der blaue Stern, wie das Auge in einer Pfauenfeder, hoch über meinem Haupt. Ich habe den Eindruck, dass ich zu strahlen beginne. Ein dunkelviolettes Licht von enormer Intensität ergießt sich von meinem Kronenchakra in die gesamte Welt. Es ermüdet mich.

Der Stern hat heute eine andere Farbe. In Analogie zur Physik könnte man sagen er strahlt mit einer anderen Frequenz, d. h. ist zurückzuführen auf andere Energiezustände. Die Farbe von sichtbarem „physikalischen" Licht ist ein Maß für die Frequenz der Schwingung des sogenannten Lichtvektors. Je größer diese Frequenz, d. h. je größer die Schwingungsenergie umso mehr verschieben sich die Farben in das blaue Gebiet des sichtbaren Spektrums. Die Farbe des Sterns ist heute anders, weil ich mich in einem anderen „spirituellen Energiezustand" befinde.

Die Vermischung von „mystischer" und „wissenschaftlicher Sprache" ist eine der Fallgruben für den Pilger. Wenn in esoterischer Literatur von Energie, Kraft, Impuls, „power" oder Licht die Rede ist, so sind damit nicht die gleichlautenden, gut definierten physikalischen Größen gemeint, sondern es sind Worte die verwendet werden um das Erlebte in der Alltagssprache mitzuteilen. Wenn ich also z. B. von einem blendend weißen Lichtstrom spreche, so meine ich damit keine messbare elektromagnetische Welle, in welcher sich alle Regenbogenfarben Rot, Orange, Gelb, Grün, Blau und Violett zum Weiß vereinigt haben. Es beschreibt nur die „Wirklichkeit" in den subtilen, höheren Welten die letzten Endes über die alltägliche Welt der physikalischen Erscheinungen hinausgeht, diese transzendiert.

Der Stern an einem dünnen Stäbchen über meinem Haupt ist ein schwingungsfähiges Gebilde, eine Antenne. Ich brauche sie um Liebe für die ganze Welt ausstrahlen zu können. Ich habe mich entschieden, damit der „Großen Mutter“ zu dienen. Ich fühle mich als Herold der „Neuen Energie“. Ich bin verbunden mit dem ALL, mit dem universellen Bewusstsein.

**„Ich bin das ALL“.**

Das absolute SEIN ist schwarz, ungeformt, ohne Struktur. Ich frage: „Was kann ich tun?“, und bekomme als Antwort: *„Nichts, Du musst es nur geschehen lassen.“* Wie kann ich aber, frage ich weiter, ausstrahlen in die ganze Welt, wenn doch alles EINS ist? *„Nun, im Wesen sind wir zwar EINS, wenn wir ganz oben im Absoluten sind, aber in der Welt der Illusion hier auf Erden, in der sichtbaren Welt, erscheinen wir als getrennt“.*

Das absolute SEIN hat keine Eigenschaften, es hat keine Gestalt oder Form. Es ist schwarz weil es NICHTS ist. Wenn es licht wäre, dann wäre es ja wieder „Etwas“, das die Eigenschaft hätte licht zu sein.

Beim Holzarbeiten im Garten: Die ganze Woche, jeden Tag, den ganzen Tag, permanent: „Funkelt, knistert, der Stern über meinem Haupt. Er strahlt blau-weiß, weißhell, ist glashell wie ein Diamant. Manchmal schießt ein goldener Strahl aus dem Stern in meinen Kopf. Der Stern ist die Pforte zum Unendlichen. Der Stern ist der Schlüssel zum weißen Tempel. Jetzt ist der Stern smaragdgrün, dann wird er tiefblau, schließlich violett.

## Der weiße Tempel

Zwei grimmig schauende Tiger, mit gefährlichen Zähnen und scharfen Krallen bewachen den weißen Tempel. Sie sitzen vor dem Eingang des Tempels am Fuß einer Treppe. Der Stern ist der Schlüssel zum weißen Tempel. Er verändert die gefährlichen Tiger in harmlose, friedliche Porzellanfiguren. Sie sind mit Glanzlack bemalt, der eine grün-blau, der andere karmin-rot. Augen, Nase und Mund der Tiger sind mit Goldfarben angedeutet.

Ich gehe über drei Stufen zum Eingang des Tempels. Der weiße Tempel ist jetzt der Zugang zu den höheren Welten. Zwei stämmige, runde Säulen, die eine leuchtend grün, die andere rot wie auf japanisch-chinesischen Lackarbeiten flankieren den Eingang zum Tempel. Sie drücken für mich Polarität aus.

Im Lebensbaum der Kabbalah, dem Buch der jüdischen Mystik wird angedeutet, dass Gott, wenn er in das irdische Königreich hinuntersteigt sich in zehn Lichtstrahlen, die sogenannten Sefirot, spaltet. Von den zehn Sefirot, zum Teil männlich, zum Teil weiblich tragen sieben jeweils eine Spektralfarbe, die höchsten drei sind rein weiß. Die Sefirot: Macht (rot, männlich) und Ewigkeit, (grün, weiblich) liegen in diesem Lebensbaum einander diametral gegenüber, stellen also eine gewisse Polarität dar. In Malerkreisen sagt man auch, dass Rot und Grün komplementäre Farben, also polar zueinander sind.

Jede Säule hat einen goldenen Ring um ihr Kapitell. Zwischen diesen beiden Säulen sehe ich das „zarte Lichtblau der Unendlichkeit". Ein herrlicher Anblick. Der weiße Tempel ist noch nicht fertig. Das Tor, mit Blumenmotiven und in der Mitte verziert mit einem kreisrunden grünen Smaragd muss noch eingesetzt werden.

## Der tiefblaue Ozean und die Insel der „Großen Mutter"

Der Stern über meinem Haupt strahlt wieder phantastisch: Weiß-Blau, Hell- und dann Dunkelblau. Er funkelt wie ein Diamant. Der Stern wächst, wird so groß wie ein Kinderkopf, bildet einen Knäuel aus Lametta, wie aus Silberdrähten.

Der Stern hängt zusammen mit der „Neuen Energie". Was ist eigentlich die „Neue Energie"?

Etwas später fließt ein dunkelblauer Strom aus dem Stern; er bildet den Großen tiefblauen Ozean der Allmutter, der „Großen Mutter".

Der dunkelblaue Strom dringt in mich ein. Ganz dunkel. Beängstigend, unheimlich, er füllt mich vollkommen aus, den ganzen Körper. Er zieht sich in der Herzgegend zusammen; wird durch meinen Körper absorbiert, wird dunkelblau, lichtblau, weiß.

Die Reise geht weiter. Ich bin wieder auf dem tiefblauen Ozean. Auf einem Boot. Ich segle, gleite, gleite, ganz gemächlich ..., gemächlich ..., gemächlich ...

Der „Blick in die Zukunft" bei meinem ersten Besuch in der Bibliothek, wo ich das unendlich große Wasser vor mir sah, ist jetzt Wirklichkeit geworden: Der große Ozean, er ist tiefblau, wie Tinte. Ich muss daran denken dass ich dereinst ein Schreiber in einem Tempel der Isis war wo ich mit tiefblauer Tinte schrieb.

Ich erlebe das monotone und doch lebendige Rauschen des unendlich ausgestreckten Ozeans, der mit schaumgekrönten Wellen gegen eine Insel schlägt. Aus den Wellen entsteigt Aphrodite, die Schaumgeborene und betritt die Insel, ihre Insel, die Insel der „Großen Mutter", die Insel der „Neuen Energie".

## Die Insel der „Neuen Energie"

Ich segle, gleite weiter zu meiner neuen Bestimmung im Meer des Lebens ..., der Insel der „Neuen Energie", der Insel der Aphrodite. Die „Große Mutter", Symbol für die Lebensspenderin und Symbol der Fruchtbarkeit, Archetyp der Frau taucht im Lauf der Jahrtausende immer wieder auf als ISIS bei den Ägyptern, Astarte bei den Phöniziern, Aphrodite bei den Griechen, Venus bei den Römern, in der Jetztzeit als Gaia, Mutter Erde.

Gaia wird oft auch latinisiert*) als Gäa geschrieben. Seit dem 16. Jahrhundert hat man nämlich in den meisten europäischen Ländern alt-griechische Wörter latinisiert und entsprechend ausgesprochen: Aus Aigyptós wurde Ägypten, aus Ainéas – dem Gründer von Rom, Sohn der Aphrodite und des Anchises, einem trojanischen Prinzen – wurde Äneas, aus Aischylos – dem berühmten Tragödiendichter aus Athen- wurde Äschylos und schließlich wurde aus Gaia: Gäa. In der Zwischenzeit hat sich Gäa weiterentwickelt zu Gea oder in Zusammensetzungen auch Geo und findet sich wieder in Worten wie: Geologie, Geographie oder Geodäsie und „Geo", der deutschsprachigen Zeitschrift und Konkurrenz vom National Geographic Magazine.

## Die Krone der Himmelskönigin

Der Knäuel aus Silberdraht verformt sich, bildet Zacken wie z. B. Blumenblätter, Zichorie, Lotusblüten und Rosenblätter, welche die Kugel einhüllen. Jetzt sieht es aus wie eine Krone. Ja!, ... es ist die Krone der Himmelskönigin.

Kundalini**), feurige, kosmische Energie?

---

*) die Umbildung von Begriffen aus der Muttersprache in die lateinische Sprache.

**) Kundalini (Schlangenfeuer) bezeichnet eine in tantrischen (indischen) Schriften beschriebene ätherische Kraft im Menschen.

Im Knäuel aus Silberdraht wimmelt es. Alle Silberdrähte bewegen sich, drehen sich, tanzen, wirbeln durcheinander wie die Flocken in einem Schneesturm. Langsam kommt Ordnung in dieses Durcheinander. Der Knäuel wird eine Kugel. Die Kugel vibriert, schwingt drei-dimensional, als Ganzes. Die Silberdrähte formen sich zu einer Schlangenlinie rund um den Äquator des Knäuels; das ist das Tai Chi-Symbol von Yang und Yin in drei Dimensionen. Es ist also eine zusätzliche Dimension dazugekommen, ein Hinweis auf die „Neue Energie". Der Knäuel klopft und pulsiert ohne Unterlass.

## Uroboros

Die Schlangenlinie oszilliert hin und her. Eine Schlangenlinie nennt man in der Mathematik eine „harmonische" Funktion. Diese Oszillation rund um den Äquator ist endlich, sie läuft ja entlang einer endlichen Abmessung, dem Äquator, ist aber sonst unbegrenzt, denn man kann ja nicht angeben wo ihr Anfang und wo ihr Ende ist. Dem entspricht in der Esoterik die Uroboros, eine Schlange, welche sich selbst in den Schwanz beißt, sie ist das Symbol für den endlosen Kreislauf in der Natur.

Die Schlangenlinie rund um den Äquator bekommt einen Gegenspieler. Für jedes „Oben" in der Schlangenlinie ist ein „Unten" dazugekommen. In der Physik nennt man das eine stehende Welle, d. h. zwei Schlangenlinien mit entgegengesetzter Laufrichtung, oszillieren um den Äquator. Überall herrscht Gleichgewicht, zu allen Zeiten. Das uralte Symbol von Yin und Yang, „Frau und Mann", in der zweidimensionalen Darstellung ein Kreis – der sogenannte Tai Chi-Kreis –, hat sich hiermit weiterentwickelt zu einer dreidimensionalen Kugel auf welcher sich zwei Schlangenlinien entlang dem Äquator, gegenläufig, pulsierend fortbewegen.

Die Kugel als Ganzes, dreht, klopft, pulsiert wie ein großes Herz, mit wechselnden Frequenzen, sichtbar an der Zahl der nach oben spitz zulaufenden Blätter welche die Kugel bedecken. Je höher die Frequenz umso mehr Blätter .

Der niedersten Frequenz, der sogenannten Grundfrequenz, entsprechen vier Blätter. Von oben gesehen, also in der Projektion auf die Äquatorebene, sieht das dann aus wie ein Rad mit vier Speichen. Ein Rad nennt man in Indien „Chakra". Könnte das Wurzelchakra der Hindus, mit ebenfalls vier Blättern, hiermit etwas zu tun haben?

Die spitzen Blätter welche die Kugel einhüllen, erinnern an die Fassung eines kostbaren Diamanten in einem Ring. Die Kugel erscheint mir als etwas Kostbares – wie ein roter Reichsapfel. Sie hat die gleiche Farbe wie die eine Säule im weißen Tempel. Aus dieser Fassung entstehen zwei Hände, die aus dem Wasser, aus dem Ozean, herausragen und die Kugel tragen. Die Frequenz der Schwingungen erhöht sich, das sind die höheren Chakras; alles dreht sich, pulsiert, klopft, klopft, klopft, klopft ...

## Nirvâna? Ein Menschenleben

„Es“ ist in der Herzgegend in Form einer etwas verschwommenen Kugel.

Ich werde plötzlich durchsichtig, glasklar, kristallklar, wie ein Bergkristall, vollkommen transparent, lupenrein, kein noch so kleines Staubkorn ist vorhanden, es ist wie naturreines Wasser direkt aus einer Quelle. Ich merke, dass ich wohl noch da bin, aber ich bin nicht mehr sichtbar. Den ganzen Tag: Ich schwebe im „Nichts". Ich verschwinde im „Nichts". Nirvâna? Mein individuelles Bewusstsein ist im großen Ozean des absoluten SEINS aufgelöst. Das Leben eines Menschen: Man wirft einen Stein in einen Teich ... plop ... eine Welle im Wasser, eine kurzzeitige Störung, dann ist es wieder vorbei. Was bleibt über vom Menschen? ... der Nachhall, sonst Nichts ... nur der ewige Ozean des absoluten Seins.

Nach der Rückkehr in mein individuelles Tagesbewusstsein wird mir deutlich, dass ich vom Nirvâna nur eine sehr vage Vorstellung habe. Ich recherchiere in der esoterischen Literatur und finde zwei Beschreibungen:

Die exoterische Beschreibung spricht von einem Erlöschen des Lebenslichtes, der vollständigen Vernichtung unserer Existenz. Mit der Vernichtung unserer Existenz, lese ich weiter, ist gemeint das Auslöschen, Ablegen unserer tierischen Wünsche, Begierden, Verlangen, Leidenschaften mit denen wir uns im Allgemeinen identifizieren. Es ist dies unser niederes Ich, inklusive unseres materiellen Körpers, welches sterben muss, ehe man das Nirvâna erreichen kann. Sterben ist ein Übergang in einen anderen Zustand des SEINS, ähnlich wie eine Raupe ihre Existenz aufgeben muss, um als Schmetterling wiedergeboren zu werden.

Dies entspricht dem Konzept des Christentums über das Paradies, in welches man nach entsprechender Läuterung im Fegefeuer, nach dem Tod eingehen kann. Die

Höllenqualen werden jetzt auch deutlich: Wenn man gestorben ist und seine Begierden, Leidenschaften und Wünsche nach materiellem Besitz bei Lebzeiten noch nicht abgelegt hat, so bleiben sie auch noch nach dem Tode des materiellen Körpers bestehen und man leidet „Höllenqualen", weil man diese Bedürfnisse nicht mehr befriedigen kann.

Esoterisch gesehen ist das Nirvâna der Zustand größter Seligkeit und höchster spiritueller Wonne. Es ist ein Zustand in welchem man Heiligkeit und größte Perfektion erreicht hat. Einige wenige Menschen, welche den übrigen in der Entwicklung weit voraus sind, z. B. Buddha, lese ich weiter, haben diesen Zustand bereits hier auf Erden erreicht.

Da ich weder ein Heiliger noch sonst wie perfekt bin, betrachte ich mein „Nirvâna-Gefühl" als einen Schimmer, einen flüchtigen Blick aus weiter Ferne in die Seligkeit des absoluten SEINS.

## Das pulsierende, klopfende Herz

Den ganzen Tag wird das pulsierende, klopfende Herz durch zwei Hände die aus dem Ozean, dem Urgrund des Lebens herausragen, getragen. Wasser ist der Urgrund des Lebens. Das Herz und die zwei Hände, letztere Repräsentanten von Yang und Yin, bilden zusammen die DREI, das Symbol für die moderne, neue Trinität, Dreifaltigkeit: Aus der Wechselwirkung von Yang und Yin, aus der Liebe, symbolisiert durch das Herz, entsteht alles Leben.

Zwei Hände tragen die Kugel. Die Kugel liegt geborgen in den zwei Händen, wie ein Diamant in der Fassung eines wertvollen Schmuckstückes.

Die Kugel ist etwas ganz Besonders, etwas sehr Kostbares.
Die Kugel pulsiert und klopft: Sie ist das Herz.

In der Kugel ist die Polarität aufgehoben. Die Zwei sind EINS.
Sie manifestieren sich als Einheit. Das ist das wahre Leben.

Die Oszillationen um den Äquator, die Schlangenlinien: Das ist die „Neue Energie".
Plus und Minus sind in perfektem Gleichgewicht, zu allen Zeiten.

Die stehende Welle rund um den Äquator hat keinen Anfang und kein Ende. Sie ist eine Schlange, Uroboros, die sich selbst auffrisst.

> Die Kugel schwingt als Ganzes ... schwingt, vibriert ...
> Sie beginnt leer, dehnt sich aus, zieht sich zusammen.

Ausdehnen und zusammenziehen, ausdehnen und zusammenziehen ...
Sendet Wellen aus durch ausdehnen und zusammenziehen.
Ausdehnen: Die Kugel füllt sich mit der Energie des Seins.
Zusammenziehen: Energie fließt wieder zurück.

Die Kugel ist das Herz des Individuums.
Die Kugel ist das Herz der Mutter-Erde, Gaia.
Die Kugel ist das Herz des Kosmos, der kosmische Magnet.

> Ein ... Aus, Ein ... Aus
> Einströmen ... Ausströmen
> Ein ... Aus, Ein ... Aus

Ich bin in Resonanz mit dem Kosmos; mit vielen anderen Herzen.
Es ist das Herz der Mutter Erde, ihre Energie durchtränkt alles auf Erden.

Es ist der Tanz von Yin und Yang, im Menschen, auf Erden, im Kosmos.

Es kommt alles von selbst, den ganzen Tag, jeden Tag in dieser Woche, unablässig:

> Ein ... Aus; Ein ... Aus ...

> Bin ich in Ekstase? Nein.
> Bin ich verrückt? Nein.
> Bin ich ein anderer? Nein, ich bin noch immer derselbe wie bisher.
> Weiß ich noch, wo ich bin? Ja.

Bin ich der Erde entrückt? „Ja und nein." Gleichzeitig mit diesem Erlebnis funktioniere ich nämlich ganz normal. Ich arbeite im Garten, bin beschäftigt mit Holzhacken. Ich hole das Holz, spalte es mit dem schweren Beil und dann wird es gestapelt. Alles ist wie immer, nur erlebe ich gleichzeitig auch mein „Höheres Ich". Es ist wie in einer Background/Foreground-Modalität beim Computer.

Es ist auch keine Sprache von einer Persönlichkeitsspaltung. Nein, im Gegenteil. Ich fühlte mich noch nie als so eine ganze, harmonische Persönlichkeit, in welcher ich mein niederes, begrenztes Ich und mein höheres Selbst als Einheit erlebe.

## Der kosmische Atem

Die „zwei Seelen in meiner Brust“, von denen Goethe in seinem Faust spricht, sind in Harmonie. Wunderbar. Es ist wunderbar den kosmischen Rhythmus zu erleben. Ich atme „Energie” ein und aus, mit jedem Herzschlag:

Ein ...Aus, Ein ... Aus ...

Aha, jetzt begreife ich auch warum man Prana, Chi, Spiritus, Psyche übersetzt mit Atem, Hauch. Es ist der kosmische Atem der gemeint ist. Die Atemübungen, Pranayama im Hatha-Yoga, sind eine Abspiegelung im Sichtbaren von diesem unsichtbaren kosmischen Atmen. Es ist der göttliche Atem, der Lebensstrom, das Leben auf allen Ebenen des Daseins. Dieser Atem geht in jedem von uns vor sich, unser ganzes Leben lang, aber normalerweise merken wir nichts davon. Das Bewusstsein davon ist verschüttet, begraben unter der Flut der Tagesereignisse.

Nur in glücklichen Augenblicken, wie jetzt, wenn beide zugleich wahrgenommen werden, ist man ein harmonischer Mensch, ein ganzer Mensch.

Ein ... Aus, ... Ein ... Aus ...

Dieses Einatmen und Ausströmen lassen umfasst die ganze Erde und alle „Geschöpfe” auf ihr, inklusive Minerale, Gesteine, also auch die sogenannte „unbelebte” Materie und danach auch noch Pflanzen, Tiere und alle Daseinsebenen. Der kosmische Magnet ist in Aktion. Das Erlebnis dieser wunderbaren Einheit mit allem was ist, auf Erden und im Kosmos, möchte man für immer festhalten; es sollte nie aufhören. Es ist der Tanz von Yin und Yang, von Yang und Yin, es ist der kosmische Magnet, welcher wirbelnd seine Bahn zieht.

Es fließen Energieströme ein und aus, täglich, stündlich, jeden Augenblick. Sie stammen aus den vielen Herzen, sie sind wie große, farbige, lichtblaue Kondensstreifen am Himmel. Sie fließen durcheinander, sind ineinander verschlungen. Wir sind nicht allein, es ist die Einheit von allem was lebt, die Einheit des alldurchdringenden SEINS.

Zwei Hände, Symbol für Yang und Yin, Mann und Frau ragen aus dem Ozean, dem Urgrund des Lebens, heraus. Es gibt unendlich viele solcher Hände, zu allen Zeiten und an allen Orten, überall und doch nirgends. Nicht nur gestern, nicht nur heute, ... ewig.

Das Herz muss erst leer sein,
dann saugt es sich voll mit Energie, dehnt sich aus,
dann lässt es die Energie wieder ausströmen.

... Ein und Aus ...
... Einatmen und Ausatmen ...

Ein großes Herz.
Das Herz der Mutter-Erde.

... Ein und Aus ...

Zwei Hände ragen aus dem Ozean,
dem undifferenzierten Urgrund des SEINS
Sie tragen die Kugel, unsere Erde

... Ein und Aus ... Ein und Aus ... der ewige Rhythmus des Kosmos.

Die blaue Kugel in meiner Herzgegend ist das neue Wurzelchakra.
Ist das Herzchakra, die Verbindung mit dem Unendlichen.

... Ein und Aus ...

Es ist das Chakra des kosmischen Menschen.
Der kosmische Magnet pulsiert ...

... Ein und Aus ...

Yin und Yang, Yang und Yin,
Der Tanz von Yin und Yang,
In Harmonie.

AAAHHH – UUUHHH – MMMMMM
Der Urlaut AUM füllt den Kosmos
... Schwillt an ... vergeht ...
... Schwillt an ... vergeht ...

... **Ewigkeit**

# Polarität und die neue Trinität

Die blaue Kugel in der Herzgegend ist das Wurzelchakra des kosmischen Menschen, des Menschen der Zukunft. Yang und Yin tanzen um den Äquator, Plus und Minus sind vereint.

Was habe ich denn übersehen, vergessen, bzw. nicht begriffen? Ich bekomme nämlich immer wieder, jeden Tag, fünf Tage hintereinander immer wieder die gleiche Information:

**Die zwei Hände aus dem Ozean, dem Undifferenzierten, dem EINEN.**

Ich komme mir vor wie in der Schule: Wenn man etwas nicht begriffen hatte, musste man eine Klasse wiederholen.

Aus der EINS, dem Ozean, entsteht die ZWEI, die zwei Hände.

Mann und Frau als gleichwertige, aber nicht gleiche, kosmische Prinzipien.
Nicht nur beschränkt auf die irdischen Erscheinungsformen.
Aus der ZWEI entsteht die DREI:
Die Liebe, das klopfende Herz,
wenn „Mann" und „Frau" sich vereinen.
Aus der DREI entstehen alle Dinge,
die Mannigfaltigkeit des Lebens.

Die ZWEI sind das Licht und das Dunkel, das Männliche und das Weibliche, Form und Materie, Geist und Seele, Yang und Yin, Plus und Minus.

> Das Plus ist schöpferisch, aktiv, bewusst.
> Das Minus ist empfangend, passiv, unbewusst.

Aus der Wechselwirkung der beiden, der Liebe – symbolisiert durch das Herz – entsteht das Leben. Das Leben ist alles was sich bewegt, was sich verändert. Auch jedes Atom, jede Struktur, jede Form in der sichtbaren Welt. Obwohl im Wesen eine Einheit sind sie doch nach außen verschieden. Zusammen bilden sie, von höherer Warte aus gesehen, eine Einheit. Das Männliche und das Weibliche, gleichwertig aber nicht gleich, und ihre Wechselwirkung das Herz, das ist die neue Trinität.

Und noch einmal erlebe, „sehe" ich die zwei Hände aus dem Ozean, dem EINEN, dem Urgrund des SEINS auf Erden. Warum, frage ich mich, sehe ich immer wieder diese beiden Hände aus dem Ozean? Worauf will mich das aufmerksam machen?

# Tao Te King, Vers 42

Ein Brief, zwei Jahre später, von meinem Cousin Andreas, hilft mir weiter: Er macht mich aufmerksam auf das Buch „The Tao of Wisdom" von Hilmar Klaus. Dort finde ich im Vers 42 vom chinesischen Text des Tao Te King (Dao De Ging) folgende Bildzeichen und die ihnen entsprechenden Laute:

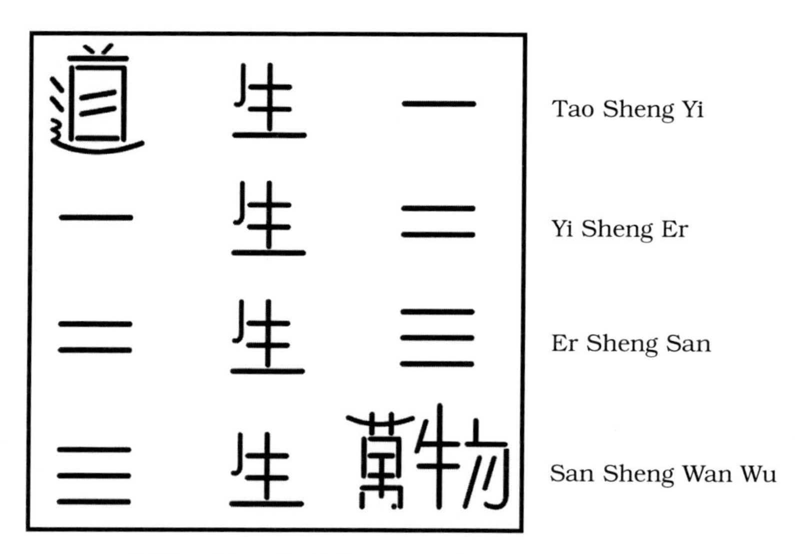


**7.1 Vers 42** vom Tao Te King.

Sie haben die Bedeutung:

{Tao} {Wachsen, Heraustreten, Entstehen} {Eins}
{Eins} {Wachsen, Heraustreten, Entstehen} {Zwei}
{Zwei} {Wachsen, Heraustreten, Entstehen} {Drei}
{Drei} {Wachsen, Heraustreten, Entstehen} {viele Dinge}

**7.1.1 Tao** ...
... ist das Bildzeichen für Nichts, die Null, die Leere.

Aha, das war es also: Ich hatte das Tao vergessen, das Nichts, aus welchem das EINE, mein Ozean hervortritt, emaniert.

**7.1.2 Sheng** ...

... wachsen. Es war ursprünglich ein horizontaler Strich, die Erdoberfläche darstellend, aus welchem eine Pflanze herausragt. Dieses Bildzeichen bedeutet also: Wachsen, aus der Erde bzw. aus dem Urgrund hervorkommen, heraustreten, entsprießen, emanieren, entstehen, geboren werden.

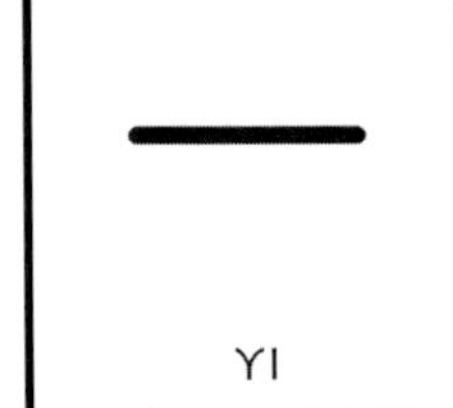


**7.1.3 Yi** ...

... eins, bedeutet die Einheit, Quelle von allen Manifestationen.

二
ER

**7.1.4 Er** ...

... zwei, bedeutet die beiden Gegenpole, komplementäre Kräfte, die Polarität.

三
SAN

**7.1.5 San** ...

... drei, bedeutet die Trinität:
Himmel, Mensch und Erde.
Der Mittelstrich symbolisiert den Menschen zwischen Himmel und Erde.

萬
WAN

**7.1.6 Wan** ...

... bedeutet Abertausend, Myriaden.

**7.1.7 Wu** ...

... bedeutet hier: Dinge.

Wan Wu, sind die „Abertausend Dinge“, die Mannigfaltigkeit der irdischen Erscheinungen.

Vers 42 vom chinesischen Text des Tao Te King wird von westlichen Gelehrten, den Sinologen, oft nicht korrekt interpretiert als:

Das Tao, Gott, *erschafft* die Eins,
Die Eins *macht* die Zwei: Yin und Yang.
Die Zwei machen die Drei: Eins, Yin und Yang.
Die Drei machen alle Dinge.

## Creatio ex nihilo!

Dieser Interpretation der Sinologen liegt das Bild eines allerhöchsten, persönlichen Gottes zugrunde, welcher etwas *geschaffen*, gemacht hat, was außerhalb von ihm ist. Gott ist dann „außerhalb" des Menschen, irgendwo „Oben". Die Menschheit braucht dann Vermittler, die etablierten Kirchen, die Priesterschaft um zu Gott gelangen zu können. Diese Interpretation beinhaltet außerdem das Problem der „Creatio ex nihilo", der Schöpfung aus dem Nichts. Wenn das Nichts nämlich wirklich „Nichts", das heißt vollkommen leer wäre, dann müsste das Universum von anderswo herkommen. Dann wäre aber das TAO, Gott, nicht allumfassend.

Meine Interpretation, welche die ursprüngliche Bedeutung des Schriftzeichens für sheng, nämlich „wachsen, hervortreten, emanieren", verwendet ist:

„Aus dem TAO, wächst, kommt hervor, entspringt, sprießt, *emaniert* die EINS, wie die Pflanze aus der Erde sprießt und dementsprechend von der gleichen Substanz ist wie das TAO. Dies entspricht der Vorstellung einer Emanation aus einem unpersönlichen, unnennbaren Urgrund des SEINS, dem TAO, dem Nichts, der Leere, dem allerhöchsten Prinzip, in welchem alles schon immer vorhanden, aber nicht sichtbar, nicht manifestiert ist."

Aus der EINS wächst, emaniert, entsteht, die ZWEI: Yin und Yang, die Polarität.

Aus der ZWEI wächst, emaniert, entsteht die DREI: Eins, Yin und Yang.

Aus der DREI wachsen, emanieren entstehen, alle Dinge: Das pulsierende Leben.

*Aus Tao tritt die Eins hervor.*
*Aus Einheit wächst die Zwei empor.*
*Als Zwei zur Dreiheit sich verband.*
*Aus Drei die ganze Welt entstand.*

Die Emanation der EINS aus dem absoluten SEIN, dem Nichts, ist für meinen Verstand schwer zu begreifen; sie sollen EINS und doch verschieden sein. Meine Ratio sträubt sich, wo mir das doch in einem höheren Bewusstseinszustand als ganz selbstverständlich erschien. Was man in der esoterischen Literatur hierüber findet ist auch nicht immer deutlich, man merkt, dass auch die Autoren hiermit Schwierigkeiten hatten.

Aus der NULL, dem „Nichts", dem Unergründlichen, Unnennbaren, dem unwandelbaren TAO emaniert also die EINS. Die EINS ist nicht strukturiert, nicht differenziert. In der EINS ist das Konzept von Plus und Minus, Männlichem und Weiblichem, Yang und Yin, Mann und Frau, Raum und Zeit als Einheit, bereits vorhanden.

Die Masse ist hier noch unstrukturierte Ur-Energie. Länge, Zeit und Masse, Grundgrößen der Physik für die Mechanik liegen somit als Basis für die Naturgesetze bereit zur Manifestation in der sichtbaren, irdischen Welt.

Aus dieser EINS, dem Ozean – der Emanation aus dem unwandelbaren TAO – ragen zwei Hände heraus, d. h. die Einheit manifestiert sich in der sichtbaren Welt als die Zweiheit. Die Zwei entsprechen dem kosmischen Mann-Frau- bzw. dem kosmischen Yang–Yin-Konzept. Durch ihre Wechselwirkung lassen sie die abertausend Dinge, die bunte Mannigfaltigkeit des Lebens entstehen.

Wenn sie sich aber als Yin-Yang manifestieren, dann müssten sie doch eigentlich auch schon im emanierten Zustand, der Vorstufe zum Manifestierten, wenn auch nur als nicht unterscheidbare Einheit, vorhanden sein. Die Erhaltungssätze der Physik sollten doch auch bereits hier gültig sein, schließe ich die Gedankenkette.

## LOGOS und LOGAINA machen das Universum sichtbar

In der klassischen Beschreibung wird die Schöpfung des Universums nur dem LOGOS zugeschrieben, dem muss dann aber die weibliche Ergänzung, der Gegenpol gegenüber stehen, finde ich. Ich habe für diesen Gegenpol den Term LOGAINA (sprich Logäna) gewählt, in Anlehnung an den Term Theos, Gott, und Thea/ Theaina, Göttin, bei den Griechen.

Die EINS teilt sich also für den „Akt der „Schöpfung“ in zwei gleichwertige Teile, Plus und Minus, LOGOS und LOGAINA. Die Spannung zwischen den beiden, ihre Liebe, nährt das Herz, das Leben auf Erden und lässt das Universum entstehen. Der LOGOS erschafft nur die Struktur, die Form, das Konzept des Universums, aber die LOGAINA füllt diese Form mit Materie, d. h. realisiert dieses Konzept, macht es erst sichtbar. Nur durch das Zusammenspiel von LOGOS und LOGAINA konnte das Universum entstehen. Das Beispiel hierzu auf der irdischen individuellen Ebene ist die Schaffung von neuem Leben, durch das Zusammenwirken (congressus) von Mann und Frau.

Wie oben so unten: Das Geschehen in der irdischen Welt ist eine Widerspiegelung der Ereignisse in der pre-manifestierten Welt. Die tanzenden Schatten auf der Wand in Platon's Höhlengleichnis entsprechen ähnlichen Gedankengängen.

Die EINS, emaniert aus dem TAO, dem Nichts. Die Einheit, Entität.

LOGOS – LOGAINA – in der gebräuchlichen, patriarchalen, Macho-Benennung „Gott", Schöpfer Himmels und der Erde genannt – entspringt also einem noch höherem Prinzip, dem Unnennbaren, dem wahren Tao.

Man kann hier von zwei Trinitäten sprechen:

Die erste lässt sich symbolisch darstellen als ein gleichseitiges Dreieck mit einem Punkt oben, dem Symbol für die „EINS" und den beiden anderen Punkten als Basis, Symbol für Yang und Yin, Plus und Minus.

Die zweite Trinität lässt sich ebenfalls symbolisch darstellen als ein gleichseitiges Dreieck, mit Mann und Frau als Basis und einem Punkt unten, Symbol für das Herz, das Leben auf Erden.

Und noch einmal erscheinen vor meinem geistigen Auge eindringlich die zwei Hände die aus dem Ozean herausragen. Wasser ist Symbol für das EINE, dem Urgrund des SEINS. Wasser ist das Symbol für das Leben, die Veränderlichkeit, die Beweglichkeit. Es ist das Symbol für das weibliche, lebenspendende Element.

Wasser, der tiefblaue Ozean, die große Tiefe ist die universelle Matrix, Mutter, aus welcher das Leben hervorkommt. Man sagt, dass unser Buchstabe M, für Mutter, sich aus der Hieroglyphe für Wasser – einer Wellenlinie – entwickelt hat.

Die Biologen verwenden das gleiche Modell: Das Leben auf der Erde ist entstanden aus Einzellern im Ozean. Nach ihrer Weiterentwicklung im Laufe von hundert Millionen Jahren haben sich daraus die ersten Wirbeltiere entwickelt. Eines dieser Spezies hat dann einmal das Wasser verlassen und so ist das Leben auf dem Land, auf der Erde – sensu stricto (streng genommen) – entstanden, mit dem Homo Sapiens als bisher letzte Entwicklung.

Die Hände tragen die Kugel. Die Kugel klopft wie ein Herz. Das Ganze ist das Symbol für die neue Trinität: Ein Dreieck, mit Plus und Minus als Basis-Eckpunkte und einem Herz im dritten Punkt.

Durch das Zusammenspiel von männlichem und weiblichem Prinzip, entsteht das Leben, d. h. alles was entstanden ist, geschaffen wurde: Atome, Sterne, Minerale, Bäume, Tiere, Menschen, selbst die Götter. Das Zusammengehen von Yang und Yin erzeugt die Ganzheit, die Einheit, unter Beibehaltung der für jeden der beiden charakteristischen Eigenschaften.

Diese vielen Wiederholungen scheinen zum Ausdruck bringen zu wollen, dass dies die Essenz meiner Visionen ist: Sie wollen auf die neue Trinität hinweisen, auf die Polarität von Yang und Yin, Mann und Frau, deren Ergänzung zu einer Einheit und ihr Zusammenwirken, die „Neue Energie", mit dem Resultat: Das klopfende Herz.

Die „Neue Energie", der neue Impuls muss das Gleichgewicht zwischen männlichen und weiblichen Prinzipien wieder herstellen, nachdem das männliche Prinzip während etlicher Jahrtausende, zum Teil noch bis heute, überbewertet wurde.

## Die neue Landschaft, die „Neue Energie"

Ich komme aus dem Birkenwäldchen; plötzlich bin ich auf einem Boot. In der Ferne sehe ich eine Insel mit Palmen, wie in Polynesien: Kontiki, Hawai. Die Insel der Seligen. Ein neuer Kontinent. Ich habe den alten Kontinent verlassen.

Ich bin auf der Insel gelandet: Zwei gekreuzte Palmen, Symbol für Vereinigung, bilden ein X, und sie begrüßen mich. Die zwei Palmen sind wie die zwei Hände aus dem Wasser. Ich fühle mich unbehaglich auf dieser Insel. Es lauert etwas Gefährliches, Numinoses: Die Grotte, der Berg im Nebel.

Das Unbekannte beängstigt mich. Die Insel schwimmt im Meer des Lebens. Die gekreuzten Palmen – Symbol für die Wechselwirkung zwischen Mann und Frau, Vermählung – sind der Eingang in diese neue Landschaft. Die Frau ist schon da. Das ist die Insel der „Neuen Energie“. Hier ist alles anders. Hier kann ich nicht mehr aktiv „Wollen“. Hier muss ich alles geschehen lassen, d. h. hier herrscht das rezeptive, weibliche Prinzip.

Die Insel ist nicht mehr „meine“ Landschaft, sie ist „unsere“ Landschaft; nämlich das „Wir“ von Plus und Minus als Einheit.

Ich sinke immer tiefer in die „Neue Energie“. Es ist nicht so, dass die Energie in mich einströmt, sondern ich versinke in der Energie, ich tauche ein in die „Neue Energie“, ich werde in die „Neue Energie“ aufgenommen, absorbiert, ich werde EINS mit der „Neuen Energie“. Es ist die Vereinigung, passiv, mit dem weiblichen Prinzip.

Ich schaue in einen Spiegel mit Goldrand. In diesem Spiegel sieht man sich so wie man wirklich ist. Ich bleibe gleich, wie ich immer bin. Andere Menschen schauen auch; es bleibt nichts von ihnen übrig.

Zwei in einer Ebene liegenden Dreiecke mit den Basisseiten (+ und –) aneinandergefügt. Das Eine hat die EINS als obere Spitze, das andere hat das Herz als untere Spitze. Sie haben die Kontur einer Raute.

Warum aber ist das unterste Dreieck dunkel? Mein Stern ist jetzt diese Raute geworden. Er ist jetzt ein Metallplättchen auf einem dünnen Stäbchen über meinem Haupt und rotiert. Das gefällt mir nicht.

## Das Silizium-Zeitalter

Meine Raute ist die Seitenansicht eines Diamanten bestehend aus zwei Tetraedern*), welche mit je einer Basisfläche aneinander gefügt sind. Der untere Teil ist im Dunkel, wenn das Licht von oben auf den Diamanten fällt.

Diamant hat Tetraederstruktur. Mein Diamant ist im Zentrum der Kugel. Zuerst sehe ich die Diamantstruktur als zweidimensionale Projektion, dann wird sie drei-dimensional. Geist und Materie bilden einen sichtbaren Körper. Er beginnt zu glühen.

---

*) Ein Tetraeder ist eine Pyramide mit einem gleichseitigen Dreieck als Basisfläche und drei weiteren gleichseitigen Dreiecken als Seitenflächen.

Ich werde in den Raum hinausgesogen. Ich werde in das Unendliche katapultiert über das Herz, in den unermesslichen Raum, den Sternenhimmel.

Auch Silizium hat Diamantstruktur. Wir leben im Siliziumzeitalter, man denke an die Chips in den Computern welche aus Silizium bestehen. Ist deshalb der Diamant, mit der gleichen Kristall-Struktur wie Silizium, im Zentrum der Kugel?

Kohlenstoff hat auch Diamantstruktur. Unser Körper besteht außer aus Wasser auch aus organischen Verbindungen, mit Kohlenstoff als Basis. Die Diamantstruktur spielt also eine wichtige Rolle in unserem Leben.

## Auf der Insel der Seligen

Ich bin auf der Insel der Seligen. Ich habe kein heiliges Haus mehr. Soll das andeuten, dass die Insel auf der ich jetzt bin mein Zuhause ist, oder soll es auf etwas anderes vorbereiten? Was bedeuten die zwei gekreuzten Palmen, X: Was bedeutet „Die Insel schwimmt im Meer des Lebens?“ Soll das heißen, wir schwimmen im Meer des Nichts, im Meer des Seins?

Ich bin wochenlang herumgesegelt. Es hat lang gedauert ehe ich hier ankam, weil ich es geschehen lassen musste. Kein Wille, keine Aktion meinerseits, kein Druck, darum dauerte es so lange. Es war das „Sich mittreiben lassen“ vom Tao. Wu Wei.

Die Insel ist das Numinosum, die Heilige Grotte, nebelig, dampfig. Phydia im Tempel zu Delphi, saß über einem Felsspalt aus dem betäubende Dämpfe aufstiegen. Hierdurch kam sie in Verzückung, Ekstase und verrenkte ihre Glieder. Das **X**, welches die zwei gekreuzten Palmen bilden, deutet auf eine ebensolche Verrenkung durch Verzückung, Ekstase.

Meine Probezeit ist vorbei. Ich habe nichts mehr. Ich habe keine Landschaft mehr. Ich bin im Nichts.

„Nichts”: Als Proband habe ich von allem Abstand genommen. Ich schaue wieder in den Spiegel. Ich verschwinde, löse mich in Nichts auf.
Ich akzeptiere alles in Demut. Demut in der Bedeutung von:

„Eher kommt ein Kamel durch ein Nadelöhr, denn ein Reicher ins Himmelreich”. Nadelöhr im Orient bedeutete eine schmale, niedere Eingangspforte durch die Stadtmauern. Die Kamele mussten auf die Knie gehen, ihr ganzer Ballast musste abgeworfen werden, dann erst konnten sie in die Stadt kommen."

Diese Interpretation hat mir mein ehemaliger Religionslehrer im Jahre 1949 gegeben; das kommt mir jetzt wieder in den Sinn.

Die zwei Palmen deuten auf Ekstase, X, anstelle des kühlen Verstandes. Es ist das weibliche Element, welches jetzt zum Vorschein kommt. Die Palmen sind die Pforte zur Insel von Isis, der „Großen Mutter", der lebenspendenden Kraft in der Natur. Die Insel ist der Tempel der „Großen Mutter". Das Numinosum ist der Urgrund aller Religionen.

Ein großes Becken, gefüllt mit Wasser. Wasser reinigt. Die Wasseratome sind das allerfeinste Filter. Nur das Allerfeinste, Allerkleinste kann durch dieses Filter hindurch kommen. Ich bin in Wasser aufgelöst, ich bin ganz durchsichtig. Ich bin, aber ich bin auch nicht (sichtbar). Man muss subtil sein. Nur ohne körperlichen Ballast kann man in die subtile Welt, in das Allerheiligste eindringen, kann man zwischen den Wassermolekülen durchkommen. Ich empfinde mich nicht mehr als eine begrenzte Individualität, sondern ich bin nur ein Funken Gottes. Mein Körper ist in Wasser aufgelöst. Nur mein höheres Selbst, das Überselbst, das „Overself" in den Termen von Paul Brunton, ist von mir übrig geblieben.

Das Numinosum ist das Gefühl des Allerheiligsten, es ist Ehrfurcht.

Plötzlich weiß ich, dass ich das Licht ausdrehen und schlafen muss. Das tue ich denn auch. Dann ist plötzlich alles dunkel. Ich habe Angst, ich stöhne. Die Haare stehen mir zu Berge. Dann bin ich auf der anderen Seite der schwarzen Masse angekommen. Ich bin durch die Grotte hindurchgekommen.

Etwas Ähnliches hatte ich beim Anhören des Requiems von Mozart erlebt. Es beginnt in einem Tunnel, dunkel und unheimlich, die niederen Töne lassen das Wurzelchakra – das basale Chakra, welches an der Basis unserer körperlichen Existenz liegt – erbeben. Dann wird es plötzlich licht, genau dann wenn der Chor „... et lux perpetua"*) singt.

Hier auf der anderen Seite der Grotte ist es nicht mehr gefährlich oder gruselig. Ich erfreue mich der Sonne, es ist keine Gefahr mehr. Jauchzen. Freude.

Die schwarze Masse, die Grotte, durch welche ich hindurchgekommen bin, ist eine breite Mauer und dient zur Abschirmung. In der griechischen Mythologie ist es der

*) „... das ewige Licht ..."

Fluss Lethe: Man muss alles hinter sich lassen, auch jede Erinnerung. Danach kommt man nach den dunklen Hallen in die höheren, lichten Sphären: „Reigen seliger Geister." Der Abgrund bei Hesiodos oder in der Genesis, der Vorhang in der Kabbalah, hat auch die Funktion einer Mauer oder Abtrennung der zwei Welten. Ich habe den Eindruck, dass ich mich in die Welt der Antike verirrt habe.

## Die Insel ist der Tempel der „Großen Mutter"

Die „Weiße Frau" ist die Hohepriesterin von Isis, der „Großen Mutter". Die gekreuzten Palmstämme, X, sind der Eingang. Das habe ich hinter mir. Das war meine Odyssee. Wochenlang treiben, segeln auf dem großen Ozean, zur Insel der „Großen Mutter". Eine Opferschale liegt auf dem Altar der „Großen Mutter". Die „Neue Energie", die Energie der „Großen Mutter" strömt in diese Schale.

Was ist die „Neue Energie"? Die „Neue Energie" ist die weibliche Energie, neu weil sie – bisher unterdrückt und daher vergessen war – jetzt wieder „wie neu" zum Vorschein kommt. Die alte Energie, männlich, zum Patriarchat gehörend wird ergänzt, harmonisiert durch die weibliche Energie; diese ist das neue Element. Hat es überhaupt Sinn von weiblicher oder männlicher Energie zu sprechen? Warum nicht? In der Physik spricht man z. B. auch von der Energie des elektrischen oder des magnetischen Feldes. Weibliche Energie, Yin, ist dann alles was mit dem Yin-Konzept zusammenhängt. Das Gleiche gilt für die männliche Energie. Wenn im Kontext meiner Reisebeschreibung von Energie gesprochen wird, dann ist „psychische Energie" gemeint, ein Term der nicht identisch ist mit der Energie der Physik, sondern der Energie die wir im täglichen Leben verwenden, z. B. wenn man im Schweiße seines Angesichtes den Garten umsticht, mit dem Rad fährt oder im Fitnesszentrum ein Gewicht hebt. Energie ist hier: Drang, „drive", Impuls, also etwas das Veränderung bringt.

Die Pforte zu den subtilen Welten ist zurzeit für mich verschlossen. Ich „weiß", dass sie sich erst wieder öffnet, wenn ich meine Studien über Raum, Zeit und Materie, von der Physik aus betrachtet, beendet haben werde.

Wir alle haben männliche und weibliche Elemente in unserer Psyche: Animus und Anima.

Das Gleichgewicht, die Harmonie zwischen den beiden ist das Wichtigste.

# KAP 8 BLÄTTER AUS MEINEM TAGEBUCH

Nach meinem ersten Besuch in der Bibliothek fiel ich von einem holotropen Erlebnis in das andere. Diese Erlebnisse kamen drei Jahre lang, von 2006 bis 2009, stochastisch, chaotisch, statistisch. Sie kamen, unangemeldet aber regelmäßig in unregelmäßigen Intervallen und hörten ebenso plötzlich wieder auf wie sie begonnen waren. Sie kamen vehement und unbeirrt von meinem Streben um eine Systematik in diese für mich chaotische, bunte Sammlung holotroper Erlebnisse hineinzubringen. Nach einer chronologischen Ordnung all dieser Erlebnisse fand ich jedoch heraus, dass gewisse Elemente sich wie ein roter Faden durch alles hindurchziehen. Das sind: Polarität, Liebe, Herz, Himmelskönigin oder „Die Große Mutter“, „Neue Energie“ und Erde.

Ich wurde auch wieder mehrere Male in die Bibliothek geholt und erhielt Instruktionen über den von mir einzuschlagenden Weg. Diese Besuche in der Bibliothek waren wie Meilensteine entlang einer Straße die, in dichten, leuchtend weißen Nebel gehüllt, das Geheimnis um das Endziel nur schrittweise preisgibt.

Meine Tagebuchaufzeichnungen in chronologischer Reihenfolge geben einen Einblick in diese Erlebnisse:

Ich werde wieder in die Bibliothek geholt. Ananda zeigt mir ein dickes Buch. Auf dem Umschlag ist das Tai Chi-Symbol, die Essenz meines Reiseberichtes, nämlich die Polarität. Er weist auf eine leere Seite, die ich vollschreiben muss.

Ich frage mich, warum ich zurzeit keinen Kontakt mit den höheren Welten, also holotrope Erlebnisse, habe. Mein Stern ist noch da, aber ganz schwach. Die höheren Welten sind immer da, man muss nur den richtigen Zugang finden, auf die richtige Frequenz abgestimmt sein. Ich weiß, dass ich die höheren Welten mit dem Herzen suchen muss, nicht mit dem Kopf. Ich bin zurzeit viel zu viel mit meinem Kopf beschäftigt, weil ich einen Vortrag über Raum, Zeit und Materie, von der Physik aus betrachtet, vorbereite.

Das Herzchakra ist die Pforte zu den höheren Welten.

Jetzt bin ich endlich wieder zu Hause in meiner schönen Landschaft: Der Shogunpalast, der Birkenwald, lichtdurchflutet von den Sonnenstrahlen die schräg durch die Bäume fallen. Heitere Empfindungen. Ein Fluss. In der Ferne auf einem hohen, steilen Felsen ist ein weißer Tempel. Mein Stern funkelt wieder.

Ich werde wieder in die Bibliothek geholt. Die früher leere Seite im Buch ist bereits zu einem Viertel vollgeschrieben, weil ich mich intensiv mit meinem Vortrag über Raum, Zeit und Materie beschäftigt habe. Die Physik gehört scheinbar auch zu meiner Aufgabe. Aber ich muss erst noch die ganze Seite vollschreiben.

## Liebe, das EINE, die Ganzheit

Ein Lichtstrahl schießt von meinem Herz in meinen Kopf und kehrt dort wieder um. Er oszilliert hin und her, vibriert, bewegt. Jetzt sind Kopf und Herz eine Einheit; das ist die Individuation worüber C. G. Jung spricht. Das ist die mystische Hochzeit. Die Harmonie der beiden gibt eine Ganzheit, Einheit: Das EINE.

Der Kopf ist das Symbol für das Bewusste, für den Verstand, für Ordnung, für die Ratio. Negative Eigenschaften zeigen sich im nüchternen bis eiskalten Wissenschaftler ohne Gefühl.

Das Herz ist das Symbol für das Unbewusste, das Gemüt. Negative Eigenschaften sind gefühlsmäßige Vorurteile. Sie können im extremen Fall zu Chaos und Anarchie führen.

Der Trend ist: Zurück zur Einheit von Kopf und Herz. Das Unbewusste ist zwar noch stets vorhanden wird aber moderiert, in Zaum gehalten, durch den Verstand. Der Verstand andererseits wird durch das Herz inspiriert.

Wesentlich ist nicht so sehr nur die Vereinigung von Yin und Yang, Herz und Kopf, sondern das Gleichgewicht, die Ausgeglichenheit, die Balance, die Harmonie zwischen den beiden. Es darf nicht der eine Aspekt über den anderen herrschen.

Bisher oszillierte die Energie zwischen meinem Wurzel- und Kronenchakra hin und her, jetzt oszilliert sie zwischen Herz- und Kronenchakra. Das ist das Neue daran.

„Der Geist macht die Form, die Seele füllt die Form", sagt mir die „Weiße Frau". Der Verstand denkt es aus und dann kommt das Gemüt, das Gefühl und dann kommt die Seele dazu und „beseelt" alles. Die „Weiße Frau" sagt mir, dass ich in meinem Innenleben mehr mit „Herz", mit Gemüt handeln muss. Als Physiker bin ich natürlich zu sehr gewohnt um alles „mit dem Kopf, mit der Ratio" zu tun. Für physikalische Probleme muss das natürlich auch so bleiben. „Gebt dem Kaiser was des Kaisers ist, und Gott was Gottes ist". Es geht eben um das gesunde Gleichgewicht.

Es herrscht schon lange Zeit Funkstille. Die Pforten zu den höheren Welten sind wieder fest verschlossen für mich. In die Bibliothek holt mich auch niemand. Ich fühle mich einsam und verlassen.

* * *

Endlich ist der Himmel wieder offen für mich. Ich habe spontan ein holotropes Erlebnis im Zug von Rotterdam nach Eindhoven. Mein Stern strahlt wieder über mir. Plus und Minus vereint in einer verschwommenen Kugel (+/–), steigen langsam auf. Über meinem Stern sind noch unendlich viele Chakras, Symbole für die vielen Bewusstseinszustände, die sich die Menschheit noch zu Eigen machen muss. Sie gehen unermesslich hoch bis in das Unendliche.

Ich bin noch immer im Zug von Rotterdam nach Eindhoven. Die Himmelskönigin schwebt langsam nach oben. Ich bin plötzlich wieder in der Bibliothek. Alle Stockwerke sind geöffnet. Feuerwerk in allen Stockwerken; lichtblau-weiße Explosionen. Die Engel singen. Es herrscht Feststimmung. Die kleinen Lichtpunkte vom Feuerwerk sind die Millionen, die auch emporstreben: Gefährten auf der Reise im Spirituellen.

Energie strömt in mich ein; unsichtbar. Es hört nicht auf, füllt mich vollkommen aus. Es bildet sich ein Schutzpanzer.

Ich bin den ganzem Tag „erfüllt" von der „Mutter der Welt, der Großen Mutter, der Gottesmutter, Himmelskönigin, Muttergöttin".

Der Geist setzt die Form, die Struktur, das Skelett, den Blaudruck. Die Seele füllt die Form. Die beiden zusammen sind das Leben. Ohne Seele ist alles seelenlos, entseelt, tot. Das gilt nicht nur für „Lebewesen", sondern für jeden Organismus, jede Form, jede Struktur oder Gestalt auf Erden. Die Seele belebt. In diesem Sinne hat auch jedes Atom Bewusstsein, wie von A. Bailey in dem Buch „The Consciousness of the Atom" beschrieben.

Herz und Seele sind synonym. Die Seele durchtränkt den Körper, erfüllt, durchtränkt ihn ganz. Die Seele ist nicht lokalisiert; sie ist überall im Körper. Ohne Seele ist alles nur eine leere Hülle, ein Kokon, ein leerer Abguss, ein Skelett, ein leerer Kleiderständer.

Im Agni-Yoga heißt es: Lies die Bücher mit dem Herzen.
Die Seele ist weich, weiblich, rund.
Der Geist, der Verstand, Intellekt ist hart, eckig.

Im Alten Testament heißt es: „... und Gott blies einem Lehmklumpen die Seele ein – Adam." Hier kommt das Paradigma des Dualismus zum Vorschein. Diese Passage sollte man daher nicht allzu wörtlich nehmen.

Die Krone der Himmelskönigin schwebt den ganzen Tag vor meinem geistigen Auge.

Die letzten Wochen, seit ich die Krone der Himmelskönigin gesehen habe bin ich wieder in höheren Sphären. Manchmal ist es die Heilige Maria und manchmal die Himmelskönigin. Das will mir sagen: Du musst das weibliche Prinzip – „the female origin – studieren.

Die „Große Mutterfigur", dick und behäbig sitzt über mir, aber sie erstickt mich nicht. Sie ist beängstigend, groß. Ein numinoses Erlebnis: Die Venus von Willendorf, ISIS. Die Energie der „Großen Mutter" erfüllt mich schon tagelang.

Einweihung, Venusberg, Tannhäuser (R. Wagner), Venus von Willendorf, ISIS, Fruchtbarkeitsgöttin. „Nur mit reinem Herzen kannst du hier durchkommen."

„Mit reinem Herzen?", sinniere ich. Wofür schreibe ich dieses Buch? Für meine Eitelkeit? Ich empfinde mich nur als Botschafter, als Herold der „Neuen Energie", was immer das auch sein möge. Das will ich den Menschen geben. Ich schreibe es aus „compassion" um andere teilhaben zu lassen an meinen wunderbaren Erlebnissen. Ich teile mit. Ich prüfe mich immer wieder, ob ich den Menschen auch tatsächlich etwas mit diesem Buch gebe. Ist es nicht Größenwahn, ist es nicht überheblich, dass ich mich als Herold für so eine wichtige Aufgabe sehe? Aber die Erlebnisse haben mich so tief beeindruckt, dass ich dies weitergeben muss. Ich kann es, als kleiner Zwerg zwischen Riesen, ein wenig nachempfinden was Saulus auf dem Weg nach Damaskus, was Plotinus, erlebt haben. Mein Buch soll, auf die Jetztzeit zurechtgeschnitten die Menschen mitreißen, es soll ihr Herz entflammen.

Ein Strom von flüssigem Gold fließt in mich. Er fließt dorthin wo das (+/–)-Zentrum ist, wo Plus und Minus, Kopf und Herz jetzt eine Einheit bilden. Ich löse mich in Nichts auf. Es ist weich wie Watte, Lichtblau, Blass-Violett; sehr zart.

Das flüssige Gold ist erstarrt. Ich zerstrahle es. Jetzt ist nur mehr der Kern davon über: Strahlend und goldfarben.

Der Mensch trägt Yang und Yin in sich. Die beiden müssen ausgewogen sein, dann hat man ein glückliches Leben. Übertreibung in jede der beiden Richtungen sollte man vermeiden.

Harmonie von Yang und Yin ist nötig auf allen Daseinsebenen, im menschlichen Körper und Geist, in den zwischenmenschlichen Beziehungen und in allen sozialen Strukturen.

Der blaue Stern über mir ist schon wieder seit langem verschwunden, es ist finster in mir; ich hatte mich intensiv konzentriert auf meinen Vortrag. Jetzt schreibe ich die Zusammenfassung, d. h. die Arbeit ist im Prinzip getan. Jetzt habe ich wieder Energie; ich kann wieder Liebe für die ganze Welt ausstrahlen. Ich bin umgeben durch eine intensiv strahlende Silber-Goldene, nebelige Hülle.

Im Traum sehe ich mich als Mann, aber als Frau gekleidet. Im Tagesbewusstsein bin ich aber hundert Prozent Hetero. Meine Partnerin im Traum war zuerst eine Frau und danach ein Mann in Frauenkleidern. Ist das ein Hinweis auf die Androgynität?

Alles läuft durcheinander. Wenn aber vorher Gleichgewicht war, dann muss also Plus und Minus zugleich entstehen, ebenso Gut und Böse, Elektronen und Positronen. Dies finde ich bestätigt in der Literatur:

Paul Dirac, Nobelpreisträger der Physik, äußert sich nämlich hierzu:

„Alle Materie wird aus einem Substrat geschaffen und hinterlässt in diesem Substrat ein Loch welches als Antimaterie erscheint."

In der Hinduliteratur finde ich: „Fohat bohrt Löcher in den Raum; diese Löcher sind das, was wir Materie nennen".

Ähnlich ist es in den Halbleitern: Die Elektronen-Löcher-Theorie definiert ein Loch als Abwesenheit eines Elektrons. Man kann bei den Vorgängen in einem Halbleiter

– „Chip" –, ein Loch, eine Leerstelle, in etwa betrachten wie ein Elektron, aber dann mit positiver Ladung.

In der letzten Zeit war alles dunkel. Eine dicke, schwarze Aschenlage war um mein (+/–)-Zentrum gewickelt. Mein Stern über mir war verschwunden. Nichts, ... nur Dunkelheit. Das hängt mit meinem Bewusstseinszustand zusammen. Ich war nicht gut abgestimmt. Heute früh, war alles wieder licht. Auch der Stern war wieder da. Mein (+/–)-Zentrum in der Herzgegend ist wieder ohne Asche. Ich gehe in den Keller der Bibliothek. Der Boden ist bedeckt mit einer weißen Wachslage. Plötzlich verschwindet das Wachs. Alles ist sauber, trocken, rein. Nur eine kleine dünne weiße Schicht bleibt am Boden. Meine Probezeit ist vorbei. Ich musste zuerst meinen Vortrag „Raum, Zeit, Materie" – mein Probestück – beenden.

Ich erlebe den Werdegang des Menschen: Energie („Etwas") strömt in mich ein. Ich bin vollkommen durchsichtig, schaue durch all meine Atome hindurch. Ich löse mich in Nichts auf. Nur das (+/–)-Zentrum bleibt über. Es verändert sich in kleine, längliche goldene Tropfen; danach werden es goldene Kügelchen. Nichts bleibt sonst übrig. Das ist der Werdegang des Menschen. Das (+/–)-Zentrum in der Herzgegend ist das Überselbst, Atman. Diese androgyne Einheit ist das Spiegelbild von Brahmâ. Es enthält auch Plus und Minus als Einheit, also nicht als getrennte, manifestierte, Erscheinungsformen.

Ich bin wieder in der Bibliothek: Die früher leere Seite ist jetzt vollgeschrieben.

Ein Strahl reinen Goldes flutet aus mir hinaus, geht über mich in den Sternenhimmel. Etwas saugt mich in die Bibliothek. Bisher *wollte* ich in die Bibliothek, jetzt *muss* ich in die Bibliothek. Ananda, der Mönch, mein Begleiter aus meinem ersten Besuch kommt mir entgegen. Er gibt mir ein geschlossenes Buch. Das darf ich noch nicht aufmachen. Das ist für später meine Aufgabe.

Ein großes, verschwommenes, eiförmiges Ellipsoid*) – wie ein Rugbyball oder ein bunter, länglicher, aufgeblasener Luftballon für Kinder – ist in meiner Herzgegend. Es ist Atman, mein Überselbst. Ich fühle seine Anwesenheit ganz deutlich.

Die Dias für meinen Vortrag: „Raum, Zeit, Materie und der Urknall" sind fertig. Ich schließe die Augen. Ein mächtiger goldener Strom fließt in mich ein, fließt, fließt, fließt ... zirka fünf Minuten lang; ist nicht zu bremsen. Es hört nicht auf. Ich werde

---

*) Ellipsoid: „Dreidimensionale" Entsprechung einer Ellipse, z. B. entstanden durch Rotation einer Ellipse um eine Symmetrieachse.

gefüllt mit Energie. Ich weiß, dass dies ein Gruß von Ananda ist. Ich weiß auch, dass ich meinen Auftrag ausgeführt habe. Langsam werde ich mit Energie vollgefüllt.

Die Farben ändern sich: „Blaue" Blitz zucken. Ich werde größer, größer, unendlich groß. Ich fliege in das Weltall hinaus.

Piff, paff, puff ... dann nichts mehr. Langsam komme ich wieder zurück in meinen Körper, AUM.

Der weiße Tempel auf einem steilen Felsen wie die Akropolis, dehnt sich aus in das Unendliche. Der Tempel, die Pforte, die Säulen sind nur eine zweidimensionale Attrappe wie ein Potemkin'sches Dorf*). Zwischen den Säulen leuchtet im Hintergrund das zarte Lichtblau, die unendliche Weite des Absoluten SEINS.

Alles durchdringt sich räumlich und zeitlich. Die Pforten des weißen Tempels sind jetzt endlich wieder für mich aufgegangen. Der weiße Tempel ist der Zugang, eine Stufe, auf dem Weg in dic höheren Welten.

* * *

Der weiße Tempel auf einem steilen Felsen hat sich in nichts aufgelöst.

Er ist jetzt nicht mehr sichtbar, d. h. er war nur eine Fassade, ein Makyo (eine Illusion oder Selbsttäuschung), ein Haltegriff für den Anfang. Durch diese Fassade, zwischen den Säulen durch, muss man gehen, um zur Wahrheit zu kommen. Alles Materielle ist nur Illusion. Masse ist Energie, ist Nichts, ist im Wesen auch das absolute Sein.

Die Pforten des weißen Tempels haben sich wieder geöffnet.

Die wahre Gottheit ist unsichtbar, ist das NICHTS, das TAO.

Die offenbarte, manifestierte Gottheit, der LOGOS und sein weibliches Gegenstück, die LOGAINA, sind androgyn.

---

*) Ein Potemkin'sches Dorf (benannt nach Feldmarschall und Reichsfürst Potjimkin) besteht nur aus Fassaden, Kulissen; dahinter ist nichts.

Der weiße Tempel hat sich in nichts aufgelöst. Ich kann ihn nicht mehr sehen, weil er jetzt ***in*** mir ist. Materie ist eine Illusion.

„Die Neue Energie“ ist die androgyne Gottheit, ist das Gleichgewicht. Individuation laut C. G. Jung ist die Einheit von Plus und Minus, ist der Weg zurück zur androgynen Gottheit, vom Patriarchat zum Androgynat.

Die zwei in einer Ebene liegenden gleichseitigen Dreiecke mit einer gemeinsamen Basislinie sind das Spiegelbild voneinander; die gemeinsame Basislinie ist ihre Spiegellinie. Dann ist aber das Herz, Atman, das Spiegelbild von Brahmâ.

Das alte Buch ist abgeschlossen. Jetzt kann ich aufhören und relaxen oder weitergehen. Ich habe beschlossen weiterzugehen, weil ich mich verpflichtet fühle meine Kapazitäten – Physik und Mystik in einer Person – für die „Neue Energie“ zur Verfügung zu stellen. Es wäre schade, wenn mein Know-how verlorengehen würde.

Die zuletzt beschriebenen Erlebnisse sind ständige Wiederholungen, oft beinahe wörtlich dasselbe! Diese Wiederholungen deuten darauf hin, dass es sich um sehr wichtige Themen handelt.

Der Tanz von Yin und Yang ist die Manifestation der androgynen Gottheit. Yin und Yang sind Repräsentanten der polaren Eigenschaften: Mann/Frau, +/–, hell/dunkel. Das Eine kann man nicht ohne das Andere „definieren”.

In der Bibliothek liegen zwei Bücher: Das große, dicke Buch, die Chronik, und daneben ein kleines tief-schwarzes, intensiv-schwarzes Buch.

Das große, dicke Buch ist kreuzüber zusammengebunden mit einer dunkelblauen Schnur, wie ein Geschenkpaket, zum Versand bereit. Die dunkelblaue Schnur, sagt die „Weiße Frau“, ist ein Symbol der alten Urkraft männlicher Energie. Das Buch platzt beinahe, so voll ist es geschrieben; es ist fertig. Ich habe für dieses Leben meine Pflicht getan. Ich kann jetzt wählen: Relaxen oder weitermachen. – Dann ist das große Buch verschwunden.

Jetzt liegt nur noch das kleine schwarze Buch vor mir, es ist wie ein intensiv-schwarzes Loch, unendlich tief. Ich werde in dieses schwarze Loch hineingesogen. Ich falle tiefer, tiefer, tiefer, ... es hört nicht auf. Es ist tief-schwarz, keine Fackel, kein Lichtpunkt. Plötzlich bin ich in einem hellen, weißen Raum. Der weiße Raum ist lichtdurchflutet. Ein wunderbares Gefühl. Das weiße Licht kommt von innen heraus. Es ist licht, mild, diffus, kein Lichtstrahl, weil es von Innen kommt.

Ich liege auf einer Bahre. Die Bahre bedeutet Tod. Aber wo Tod ist, ist auch eine Wiedergeburt. Ich kann wählen: Relaxen oder weitermachen. Ich entscheide mich für weitermachen. Das kleine schwarze Buch ist ein neues Stück Leben für mich.

Ich halte meinen Vortrag über Raum, Zeit, Materie. Der Titel hat sich geändert und ist zu „Schöpfungsgeschichte an Hand heiliger Bücher" geworden.

Ich bin wieder in der Bibliothek: Das kleine Buch hat einen rosa Zuckerguss wie auf einem Punschkrapfen.

Ein großer breiter goldener Strom quillt aus meinem Herzchakra. Das Licht der Liebe und Erkenntnis strahlt in die ganze Welt.

Ora (Yin) et labora (Yang), das heißt, Yin und Yang im Gleichgewicht, ist der Weg in eine harmonische Zukunft.

Ein goldener Strom quillt aus mir. Ich schwebe wie ein Ball auf einer Wasserfontäne, die aus einer Yin-Quelle emporschießt. Der Strom hört nicht auf.

Ich stehe in Brand. Ich verbreite wie ein Nova-Stern blendend weißes Licht. Ich bin eine Lichtbake. Bisher war es immer das *Ein*strömen von Energie in mich, aus einer anderen, „höheren" Dimension; jetzt strömt Energie *aus* mir in das Weltall. Das ist ein wahrhaftiges Geschehen, es ist Wirklichkeit.

Ich kann es gut unterscheiden von einer Einbildung oder einem Wunschtraum.

Ich kann es nicht aufhalten. Ein neuer Lebensabschnitt hat für mich begonnen.

Das (+/–)-Herzchakra ist das Tor zu den Höheren Welten.

✳ ✳ ✳

Zwölf weise Männer in Mönchskutten sind in der Bibliothek versammelt. Sie empfangen mich mit „Willkommen im neuen Leben".

Ich darf wählen zwischen einem silbernen Kindersarg oder einem silbernen Buch. Ich wähle das Buch. Auf dem Buch liegt eine Rose. Das Buch öffnet sich von selbst.

Die weisen Männer verschwinden. Das Buch verschwindet auch. Meine Aufgabe ist es, dieses Buch in den wenigen Jahren zu schreiben, die mir noch in voller Gesundheit geschenkt werden.

Ich ändere den Titel meines Buches in „Vor dem Urknall und danach".

Energie strömt in mich ein. Ich werde vollgefüllt mit Energie.

*„Du musst sparsam umgehen mit dieser Energie. Du bekommst diese Energie um Deine Aufgabe – nämlich dieses Buch zu schreiben – ausführen zu können, gegen alle Widrigkeiten in Deiner Umgebung. Du stehst unter unserem Schutz."*

Vor einer grau-grünen Tempelmauer in Tibet. Eine lange Reihe orange-gelb gekleideter Mönche. Ich will einer von ihnen sein. Ich gehe durch ein Tor, steige ein paar Stufen hinauf. Ein Pfauenthron. Segen für die ganze Welt, für alles „was da kreucht und fleucht." Zwei große Lichtblitze.

✳ ✳ ✳

Ich frage: „Was soll ich tun?"

Der Meister aus der Bibliothek „sagt": „Mach' nur so weiter wie bisher".

# KAP 9 ES FEHLT NOCH ETWAS: GAIA UND DIE NEUE ENERGIE

Ich hatte in meinen Studien nach bestem Wissen alle zum Thema Polarität gehörenden Aspekte analysiert und diskutiert. Ich dachte, dass ich dieses Thema damit als abgeschlossen betrachten könnte.

Dem war aber nicht so: Ich begegne wieder der „Weißen Frau“ die mir deutlich macht, dass ich meine „Alte Männer”-Energie in eine „weibliche“ Energieform transformieren soll.

Sie sagt: „Du musst reisen mit Deinem eigenen Licht.“

Ich begreife nicht was sie meint. Sie fragt mich: „Ist Gustav der Name Deines Vaters?” Ich antworte: „Nein, Gustav ist der Name meines Onkels“. Ich hatte allerdings Onkel Gustav (Gustl), immer als meinen geistigen Vater betrachtet, weil er mich mit der Welt der Esoterik und verwandten Gebieten bekannt gemacht hatte.

Mit meinem leiblichen Vater hatte ich diesbezüglich keinen Kontakt. Wohl aber hatte mich dieser durch sein Vorbild Menschlichkeit und Toleranz in Hinblick auf Religion, Politik, Nationalität und Rasse gelehrt. Ebenfalls von ihm übernommen habe ich die Freiheit der Meinungsäußerung und Unvoreingenommenheit gegenüber Unbekanntem und Neuem.

Meine Eltern waren, wie der Großteil der Leute in Österreich zwar katholisch getauft, hatten aber, außer über die gesetzlich verpflichtete Kirchensteuer, keinen Kontakt zur römisch-katholischen Kirche. Sie haben dies auch immer beim Ausfüllen von Fragebögen bekundet, in welchen damals in den Jahren rund um 1940, eine scheinbar wichtige Frage auftauchte, nämlich die nach dem Religionsbekenntnis. Sie schrieben konsequent immer „gottgläubig” statt römisch-katholisch in die betreffenden Zeilen. Ich wurde aber trotzdem katholisch getauft, ohne dass man mich um meine Meinung gefragt hätte. Wenn ich heute, wie so manche Leute wegen der Sex-Skandale, aus der röm.-kath. Kirche austreten wollte, so könnte ich das im Grunde genommen gar nicht, weil ich ja nie selbst eingetreten bin.

Mit Onkel Gustl, hatte ich jedoch während meiner Studienzeit regelmäßig Kontakt über spirituelle Themen. Die Gespräche mit ihm waren eine gute Ergänzung zu meinem Studium.

Onkel Gustl, ein alter Seebär mit wettergegerbtem Gesicht, buschigen Augenbrauen und einem vergeistigtem, menschliebenden, gütigen Blick seiner leuchtend blauen Augen, war zuerst Handelsschiffkapitän gewesen. Als solcher hatte er die ganze Welt befahren. Er hat hierdurch andere Kulturen, Denkweisen und Religionen kennen gelernt. Er war besonders von der indischen Philosophie mit ihrer Re-Inkarnations- und Karma-Lehre beeindruckt. Er hatte hierzu eine sehr pragmatische Einstellung und sagte zu mir: „Nimm diese beiden Ideen als Arbeitshypothese an und schau, ob Dir Dein Leben dadurch leichter und schöner gemacht wird".

Durch Onkel Gustl hatte ich auch Bekanntschaft mit Theosophie und Paul Brunton gemacht. Er hat mir auch die Augen geöffnet für die verborgene Weisheit und Symbolik in den althergebrachten Märchen; hierdurch wurde mein Interesse für die Arbeiten von C. G. Jung geweckt.

Onkel Gustl, Sprössling eines österreichischen Adelsgeschlechtes in Krain, im Ersten Weltkrieg Korvettenkapitän der österreichischen Kriegsmarine an der Adria, war der typische Vertreter der k. u. k. kaiserlich-königlichen österreichischen Monarchie. Diese Monarchie war ein Symbol für eine patriarchale, feudalistische Gesellschaftsform, welche mit dem Ende des Ersten Weltkrieges offiziell ihr Ende gefunden hat. In meiner Familie, mit Korvettenkapitän, Major, Hauptmann und – nach dem Ersten Weltkrieg – einem Offizier der Leibgarde von König Peter von Jugoslawien, war der Hauch der alten Monarchie bzw. des Patriarchates noch bis in den Zweiten Weltkrieg hinein zu spüren.

An die Gepflogenheiten der Monarchiezeit, nämlich dass es in unserer Familie auch eine Frau Kapitän, Frau Major und Frau Hauptmann gab, konnte ich mich nie gewöhnen.

Die „Weiße Frau" hatte mir gesagt, dass Onkel Gustl, ein typischer Vertreter der patriarchalischen Monarchie, d. h. der „Alten Männer-Weisheit" sei. Er hätte eine Botschaft für mich. Ich müsste mich für ihn öffnen, und seine Botschaft durch „meine Pforte" hereinlassen.

Ich konzentriere mich also auf Onkel Gustl und öffne mich ganz für ihn. Ich kann sein Gesicht deutlich sehen denn es schaut aus den Wolken auf mich herunter. Es lacht mir zu. Aber es geschieht nichts. Nichts. Auch in der Nacht geschieht nichts. So was? Ich bin enttäuscht. Aber das ändert sich bald.

In mein Tagebuch habe ich folgende Eintragungen gemacht:

„Plötzlich bin ich erfüllt von einem wunderbaren Glücksgefühl: Ich merke, dass irgend „Etwas“ in mich einströmt. Es gleitet weich wie Honig und sanft wie Seide vom Kopf in meine Herzgegend zum Herzchakra. Es ist „Liebe“.

Ich erlebe, empfinde, fühle, spüre das weibliche Element, den weiblichen Aspekt von meinem Überselbst. „Es“ kommt von selbst und hat auch zu tun mit zwei leicht konvex gebogenen, mit den Enden verbundenen Hörnern, die zusammen eine liegende ⌒⌒, mit der offenen Seite nach unten bilden, so wie man als Kind fliegende Vögel gezeichnet hat. Dieses Einfließen dauert zirka eine Stunde, dann hört es plötzlich wieder auf.

War das die Botschaft von Onkel Gustl? Was soll es bedeuten?

Hatte Onkel Gustl mir das geschickt?, frage ich mich. Was musste ich transformieren? Hat die Transformation vielleicht schon stattgefunden? Aber wie? Vor der Begegnung mit der „Weißen Frau“ war das Überselbst über mir. Nach dem spontanen Einströmen des weiblichen Elementes ist das Überselbst in mir, Mann und Frau gleichzeitig. Sie bilden eine Einheit *in* mir.

Ich sehe ein verschwommenes, nebelhaftes, kugelförmiges Licht in meinem Kopf, und ein ebensolches Gebilde in meiner Herzgegend. Die beiden sind verbunden durch ein langes schmales, längliches, zylinderförmiges Zwischenstück. Zusammen – als Einheit von Plus und Minus – haben sie die Form einer Hantel. Sie sind eine Einheit in mir.

Diesem hantelförmigen Gebilde entspricht in der Physik das Teilchen von Roza, in welchem ein Lepton und ein Antilepton als Einheit auftreten. Das hermetische Prinzip: „Wie oben so unten“ gilt also auch hier.

Ich weiß, dass ich den Namen finden muss! Welchen Namen und von wem? Was bedeuten die zwei Hörner? Ich muss es herausfinden.

Wieder zu Hause schlage ich „zufällig?” das „Tarot-Buch für Eingeweihte” auf. Es ist ein Erbstück von meiner lieben, mit 90 Jahren verstorbenen, Freundin Elisabeth. Mein Auge fällt auf die Tarotkarte II, die Hohepriesterin, Isis, Passivum, mütterliches Prinzip, Muttergöttin.

Auf ihrem Kopf hat sie das Zeichen des Mondes, Symbol für die weibliche Intuition, für Unbestimmtheit, Verschwommenheit, Unbeständigkeit und Undeutlichkeit. An diesem Mondzeichen sind zwei Hörner. Ich erkenne sie sofort: Das sind die gekrümmten Hörner, genau solche wie ich sie gesehen hatte.

Das Tarot-Buch beschreibt diese Karte wie folgt:

Die Hohepriesterin sitzt auf einem Sessel vor einem Vorhang und hält in der linken Hand einen Schlüssel und in der rechten Hand ein Buch. Auf dem Kopf trägt sie das Zeichen des Mondes mit den Isishörnern. Das bedeutet:

„Willst Du wissen was hinter dem Vorhang verborgen ist? Willst Du die Reiche, die Deinem Auge noch unsichtbar sind kennenlernen, so musst Du zuerst in den Büchern lesen. Dann werde ich Dir, wenn die Zeit gekommen ist, mit dem Schlüssel die Tore zu den Reichen der Erkenntnis des Guten und des Bösen, des Säens und des Erntens, der Prüfung und Belohnung öffnen und Dir die Wege zeigen, die bis zum höchsten erreichbaren Ziele führen."

Aber ich weiß den Namen noch immer nicht. Ich sehe nur „Rosalinde" vor mir und eine violett-lila Spirale. Ich suche nach Rosalinde im Herkunftswörterbuch der Vornamen. Diesen Vornamen gibt es überhaupt nicht. Ich finde nur Dietlinde, was die Bedeutung Volks*schlange* hat. Im etymologischen Wörterbuch, finde ich für „Linde" die Bedeutung von etwas biegsamen – wie Lindenholz – etwas das sich windet wie eine Schlange, also eine Art Spiralbewegung, Oszillation. Auch im Wort Lind*wurm* kommt dieser Term vor.

## Die Sprache des Unbewussten

Die Information „Rosalinde und Spirale" aus dem Unbewussten zeigt, wie verschieden vom analytischen Tagesbewusstsein das Unbewusste den Vorgang einer schlangenförmigen Bewegung, Oszillation, auf zwei Arten umschreibt: Erstens durch das Wort „linde", das man im etymologischen Wörterbuch finden kann und zweitens durch das Bild einer Spirale. Die Bewegung eines Punktes entlang einer Spirale ist ja eine schlangenförmige Bewegung.

Ähnliches über die „Sprache" des Unbewussten hatte ich bereits bei Übungen in der Traumanalyse an Hand des Buches „Dream power" von Ann Farady gefunden.

Oszillationen, wie oben beschrieben hatte ich bereits im Jahre 1969 wahrgenommen und hierüber auf einer Public Lecture in London 1972, mit dem Titel „Analogies between Agni-Yoga and Physics" berichtet.

Ich hatte damals bereits mehrere Jahre, konsequent und mit Disziplin, den Weg des Agni-Yoga (Feuer-Yoga) bewandert. Agni-Yoga ist eine moderne, aber sicher nicht die einzig seligmachende Yoga-Art für den Menschen unserer Zeit.

Agni-Yoga ist einerseits sehr schwierig weil man nur die kurze Anweisung erhält die Bücher von Agni-Yoga mit dem Herzen zu lesen und an der Entwicklung des Charaktrers auf dem vierfachen Pfad zu arbeiten, d. h. Persönlichkeitsentwicklung im Sinne von: Selbstlosigkeit, Harmlosigkeit, richtigem Denken und damit auch richtigem Sprechen und richtigem Handeln.

Die Details und die Interpretation dieser kurzen Anweisungen muss man selbst finden.

Andererseits ist Agni-Yoga einfach und für jede Altersstufe geeignet weil man nur täglich aber *regelmäßig* eine halbe Stunde lang die Bücher von Agni-Yoga studieren soll, und danach in der Meditation mit der oben beschriebenen Geisteshaltung (Selbstlosigkeit!) das Gelesene in sich aufnehmen soll. Man muss sich also ganz leer machen und ohne Wünsche oder Erwartungen in das Reich der Stille eintauchen. Ich gedenke in Dankbarkeit meiner lieben, inzwischen schon lange verstorbenen, Lehrerin Lydia für ihre Führung auf diesem schwierigen Weg.

Die oben beschriebenen Oszillationen erlebte ich 1969 manchmal als „Etwas", das entlang meiner Wirbelsäule auf und niederpulsierte. Ein anderes Mal sah ich es als stehende Welle, welche physikalisch gesehen äquivalent ist mit zwei gegenläufigen Wellen, also auf und nieder. Diese stehende Welle sah ich als eine diffuse, blauleuchtende Lichtsäule, wie man sie in Gasentladungsröhren wahrnehmen kann. Diese Lichtsäule zeigte Einschnürungen, Striationen in regelmäßigen Abständen, ähnlich den aus der Physik bekannten Kundt'schen Staubfiguren oder den Knoten und Bäuchen der elektrischen bzw. magnetischen Feldstärke von stehenden elektromagnetischen Wellen zwischen zwei parallelen elektrisch leitenden Drähten, der sogenannten Lecherleitung.

Ich hatte die weibliche Energie erlebt, das war die Transformation. Onkel Gustl hatte mir seine Weisheit gegeben. Darum ist das Gesicht von Onkel Gustl jetzt auch verschwunden. Die Transformation war von der „Weisheit des alten Mannes" in „Totale-Liebe" übergegangen. Ich musste die weibliche Energie spüren um zur Einheit kommen zu können. Es ist die Einheit von Kopf und Herz, d. h. von Ratio – mit dem Verstand erfassen – und Intuition – einem unmittelbaren Erkennen, ein „straight-knowledge".

Die alten weisen Männer sind verschwunden, darum fühle ich mich so einsam, aber auch sie mussten sich verändern. Ich sehe sie nur mehr als Erinnerung. Die alten Meister sind verschwunden als selbständige, rein männliche Entitäten (Größen, Einheiten, Archetypen), weil sie mit dem weiblichen zusammengehen. Männliche und weibliche Aspekte sind jetzt eine Einheit.

Ich fühle mich eingesperrt, weil ich nicht mehr „nach oben" kann. Ich bin einsam weil ich die alten Meister vermisse.

Kopf und Herz werden zur Einheit. Ich spüre den ganzen Tag, die ganze Woche, dass etwas mit mir geschieht. Ich weiß nur nicht was.

Ich sinke tiefer, tiefer, tiefer, ... Ich lande im Keller der Bibliothek. Die Bibliothek wird durchsichtig, ist wieder da, aber auch nicht. Die zwölf weisen Männer werden auch durchsichtig, aber sind doch noch anwesend. Die Bibliothek wird eine Kathedrale wie das Gemälde von Feininger: Lichtdurchflutet, himmelwärts strebend. Sie wächst zum Himmel, Glas, Metall. Es rüttelt und schüttelt, ich muss aufpassen, dass ich nicht herausfalle. Die Kathedrale wird eine Rakete, ein Raumschiff, welches zu einem anderen Planeten startet.

Ich gehe, wie mir von der „Weißen Frau" aufgetragen wird, zurück in meine Kinderzeit und Jugend, und suche nach unverarbeiteten traumatischen Erlebnissen.

## Der Golem

Ich habe, mit etwa 7 Jahren, sicher Angst wenn ich allein Kohlen aus dem dunklen Keller unseres Hauses holen muss. Mauern und Säulen sind geschwärzt vom Kohlenstaub, sie starren mich schweigend und drohend an, wie der Golem.

## Die aufgebahrte alte Frau

... mit dem wachsbleichen Gesicht, in der Totenstille im Aufbahrungshäuschen.

## Das starre Auge eines Veteranen

Als ich etwa 8 Jahren alt bin, zieht in Leibnitz der Leichenzug eines Veteranen ganz nah bei mir vorbei. Auf dem Sarg liegt der Zweispitz des Veteranen. Dazu die bedrückende, langsame, klagende Musik der Kapelle, sowie die Pompfüneberer (Leichenbestatter). Gruselig! In der Nacht träume ich von einem Leichenzug der an mir vorüberzieht. Der Sargdeckel geht auf und der Veteran schaut aus dem Sarg mit einem starren Auge auf mich heraus. Angstträume!

## Der alte Mann

Nach Kriegsende, ich bin inzwischen 15 Jahre alt geworden: Ein Lichtblitz, zirka 300 Meter von unserem Haus entfernt, gefolgt durch einen lauten Knall. Einer unserer Engländer läuft hin, ruft mich mitzukommen. Ein toter, alter Mann liegt mit zerfetztem Gesicht und durchlöchertem Kopf im Gras. Ich hatte ihn gut gekannt und oft mit ihm gesprochen. Er wollte wahrscheinlich schauen wie eine Handgranate funktioniert. Seine abgerissene Hand, mit dem Abzug der Stielhandgranate zwischen den Fingern, liegt neben ihm. Ich muss als Dolmetscher zwischen der österreichischen Polizei, die man herbeigeholt hatte, und dem Engländer fungieren und das Gesicht genau betrachten und beschreiben. Wochenlang habe ich Angstträume von diesem zerfetzten Gesicht und der abgerissenen Hand.

## Hans!

Ich gehe mit einer Kerze über die steile Stiege hinunter in den tiefen unbeleuchteten Klosterkeller und stolpere im Halbdunklen über die Leiche von Hans, dem Sohn unserer Nachbarfamilie. Er ist auf der untersten Stufe, halb sitzend, halb liegend und er hat ein Loch in der Schläfe. Den Trommelrevolver, Colt, hat er noch in seiner Hand. Schrecklich, die gebrochenen Augen, der starre Blick.

* * *

Das ist jetzt alles vorbei. Jetzt ist alles hell, licht, beleuchtet. Alles strahlt Licht.

* * *

Ich falle tiefer, tiefer, tiefer ... in den Keller der Bibliothek. Ich lande in der Kammer mit dem rosa-schwarzen, auf Hochglanz polierten Granit. Dann sinke ich weiter hinunter in die Kammer mit poliertem Marmor und schwarz-weißen Schlieren.

Plötzlich bricht der Boden unter mir durch. Eine gähnende Tiefe öffnet sich. Ich falle in einen muffigen, feuchten Raum. Es ist die allerunterste Lage der Bibliothek. Wurzeln hängen von der Decke. Das sind die Urwurzeln des SEINS auf Erden. Der Fußboden ist aus Lehm; Adam wurde aus Lehm gemacht.

In der Ferne ist eine Landschaft, flach, mit einem Fluss, rechts und links eine Hügelkette, sanft ansteigende Hügel, gelbes Gestein; gelber Sand, Lehm; grün, Palmen, Frieden. Eine biblische Landschaft. Ich bin zu tiefst beeindruckt und ergriffen.

Das Geschaute lässt mich nicht los. Ich stehe noch immer sehr unter dem Eindruck des Gesehenen. Ich sehe den durchgebrochenen Fußboden den ganzen Tag vor mir. Er hat die Form einer Placenta; Wurzeln liefern Nährstoff; Mutterschoß, Urquelle allen Lebens auf Erden, Urmutter, Gaia.

In der Nacht wird mir deutlich:

## Das ist die Mutter Erde.

Hier entspringt alles Materielle, alles Irdische: **Mater**-ie. Hier ist der Ursprung des Lebens. Ich werde mir der Ängste aus meiner Kindheit bewusst. Ich bin geerdet. Alles spielt sich jetzt im Herzchakra ab.

Das Herzchakra ist das neue Wurzelchakra. Die Erde ist der Urgrund allen manifestierten SEINS.

## Das Leben ist die Manifestation des SEINS auf Erden

Wieder die friedliche Landschaft: Ein Fluss der sich durch eine zerklüftete, felsige Hügelkette schlängelt. Gelber Sand, Lehm, Erde, grüne Palmen: Der Garten Eden.

> *„Du hast Dein Ziel erreicht. Wir haben Dir gezeigt was du sehen solltest.*
> *Deine Reise ist zu*
> ***Ende.*"**

# KAP 10 WISSEN *UND* WEISHEIT, DER WEG IN EINE HARMONISCHE ZUKUNFT

Meine große Reise – chronologisch aufgezeichnet – war zu Ende. Es war ein Hin- und Herpendeln zwischen der alltäglichen Wirklichkeit und einer anderen Wirklichkeit, einer Welt, welche anders ist als die die wir kennen, welche wir mit unseren fünf Sinnen wahrnehmen können. Diese andere Welt, von einer ergreifenden Schönheit und Erhabenheit, ist nicht immer und auf der Stelle durch einen Willensakt oder mit der Ratio erreichbar: Man muss Geduld haben und warten können bis die Pforte – zur vorgegebenen Zeit – sich von selbst öffnet, wie die Dornenhecke um Dornröschen.

Auf dieser Reise durfte ich den wunderbaren, allumfassenden Bogen der Wandlungen der Geist-Materie durchlaufen, von der sublimsten Form des grenzenlosen, ewigen Urfeuers zur dichtesten Form, Materie:

Alles beginnt beim unbegreiflichen, unsichtbaren, unbeschreiblichen, *ungeformten* SEIN, dem Nichts, in welcher Geist-Materie der allumfassende Geist, das All-Bewusstsein ist.

In der darauffolgenden „Schlafperiode“ emaniert hieraus die Geist-Materie als *Einheit* des männlich-weiblichen Prinzips, als androgyne Gottheit, als LOGOS-LOGAINA.

Dann teilt sich die Geist-Materie in einen Vatergott (LOGOS), und eine Muttergöttin („weiblicher“ LOGOS, die LOGAINA). Der Logos repräsentiert ein männliches Urprinzip, die LOGAINA repräsentiert ein weibliches Urprinzip, als Gegensatz und Ergänzung zum LOGOS.

In dieser Periode, dem „Wachzustand“, wird das Weltall mit seinen vergänglichen Formen sichtbar gemacht durch den LOGOS und die LOGAINA: Das Weltall manifestiert sich im Irdischen. In der althergebrachten Terminologie würde man sagen, das Weltall wird durch den LOGOS „erschaffen“.

Das männliche Urprinzip konzipiert die Form, macht den Entwurf, den Bauplan für die zu erschaffende Welt. Die Naturgesetze sind hierbei inbegriffen.

Das weibliche Urprinzip realisiert diesen Entwurf, macht ihn sichtbar, indem sie die Form mit Materie füllt. Nur durch diese Zusammenarbeit von männlichem und weiblichem Urprinzip können sichtbare Formen, kann unsere Welt entstehen. Das greifbare, sichtbare grobstoffliche SEIN in der Materie hat also seine Wurzeln tief in der Erde.

Diese Kraft der „Großen Mutter" Erde, der Himmelskönigin, die „*Neue* Energie", Gaia, das klopfende Herz, die allumfassende Liebe, kann jeder fühlen der sich dafür öffnet. Gaia ist ein personifiziertes kosmisches Prinzip, der Archetyp der Frau, dem ich begegnet bin. Es ist die *neue*, weibliche Energieform.

Meine Reise hat mir eindringlich zu verstehen gegeben, dass wir in zwei Welten leben: In der materiellen, sichtbaren, mit den Sinnen erfassbaren, mit den Händen *begreiflichen* Welt und in der höheren, für die Sinne unsichtbaren Welt. Eine chronologische Ordnung dieser Erlebnisse in höheren Welten, in holotropen Zuständen enthüllt eine Botschaft, welche die folgenden Aspekte beinhaltet:

*Polarität, Liebe, Herz, Himmelskönigin, neue, d. h. weibliche Energie und Erde.*

Polarität ist das Konzept von zwei entgegengesetzten Polen, Wirkungen, Kräften die einander zur Definition nötig haben, die sich aber von einer höheren Warte aus betrachtet zu einer Einheit ergänzen. Der eine Pol, mit Yang angedeutet, beinhaltet z. B. folgende Eigenschaften: Aggressivität, Bewegung, Logik, kühles berechnendes Verhalten, Trennung, Individualität, Technologie.

Der andere Pol, mit Yin angedeutet, beinhaltet z. B.: Rezeptivität, Ruhe, Intuition, spontanes Handeln, herzliche Wärme, Einheit, Gemeinschaft, Natur.

Polarität ist das Konzept der äußerlichen Gegensätzlichkeit, bei wesenhafter Zusammengehörigkeit.

Die Polarität wird „klassisch" symbolisiert durch den bekannten zweidimensionalen, d. h. flachen Tai Chi-Kreis, mit Yin und Yang ineinander verwoben, doch getrennt durch eine Art Schlangenlinie.

Die Polarität im meinem Erleben wird symbolisiert durch eine Kugel, welche bekanntlich gegenüber dem Kreis eine zusätzliche Dimension hat. Diese zusätzliche Dimension widerspiegelt die „Neue Energie": Yin und Yang oszillieren hier entlang dem Äquator der Kugel, Symbol für die Erde. Sie oszillieren rund um die Kugel, unbegrenzt aber endlich. Sie sind stets im dynamischen Gleichgewicht, d. h. sie sind stets gleich groß aber entgegengesetzt.

Die Spannung zwischen Yin und Yang, die Liebe, verursacht das Wechselspiel zwischen den beiden – ein fortwährendes Klopfen und „Pochen", –, wie von einem großen Herz. Das Resultat ist die große Mannigfaltigkeit, die Buntheit des Lebens auf Erden.

Die Polarität erscheint hier zusammen mit „Herz" wobei „Herz" – das uralte Symbol für Wärme, Liebe und Vereinigung auf allen Daseinsebenen – das lebenspendende Agens – die treibende Kraft – ist.

Das klopfende Herz der Erde weist darauf, dass die Erde als Organismus, als weibliches höheres Prinzip, als die Himmelskönigin, Muttergöttin, Gaia, die „Große Mutter" betrachtet werden soll, die durch ihre Energie das Leben auf Erden ermöglicht. Das soll uns darauf aufmerksam machen, dass die Manifestation aller sichtbaren Dinge auf Erden basiert auf **Mater**-ie. Leben auf Erden braucht die Mutter (mater), braucht Materie.

Leben ist die Manifestation des SEINS in der sichtbaren Welt.

Aber das Allerwichtigste ist das ständig in Gleichgewicht halten von Yang und Yin, dem männlichen bzw. dem weiblichen Urprinzip.

Dieses Gleichgewicht ist jedoch nicht realisiert:

(a) Unsere Zeit ist charakterisiert durch eine Überbewertung der eiskalten Ratio über menschlicher Wärme und Gefühl.

(b) In den bestehenden Machokulturen findet eine Unterdrückung der Frau, als Repräsentant von *einem* Aspekt von Yin, statt.

(c) In der Finanzwelt und Handelswelt überherrscht das kleine, begrenzte, niedere „Ich" (= Yang) mit Egoismus, Habgier und Selbstüberschätzung. Dies hat zu einem enormen Schuldenberg und zur heutigen Weltfinanzkrise geführt.

(d) In unserer Umwelt (Yin), welche durch Technologie und Industrie (beide Yang) bereits schwer angeschlagen ist, geht es nicht besser. Man denke an $CO_2$-Emission, Klimaveränderung durch z. B. extremes Abholzen der Regenwälder in Südamerika, Verunreinigung und somit auf die Dauer Vernichtung des Lebens in den Ozeanen, Verunreinigung des Bodens, aber vor allem durch enorme Energieverschwendung bei einem endlichen Energievorrat, der langsam aber sicher zur Neige geht.

(e) Im menschlichen Individuum sind wir noch weit entfernt von der Individuation nach C. G. Jung, der harmonischen Vereinigung von Yin und Yang im Menschen.

Die Botschaft in diesem Buch soll die Menschen wachrütteln, dass die Erde unlebbar zu werden droht, wenn wir auf dem *alten* Fuß, d. h. mit der Yang-Dominanz fortfahren wie schon von M. Hagemeijer mit Nachdruck festgestellt. Yang-Dominanz impliziert nämlich eine Unterbewertung der Natur, der „Yin-Energie", d. h. von Aspekten welche man dem Yin-Konzept zuschreibt. Diese „Yin-Energie", welche jetzt aus der Vergessenheit als „Neue Energie", der Mutter der Welt, wieder auftaucht, strebt danach um das gestörte Gleichgewicht wiederherzustellen.

Die Botschaft lautet also: Ora et labora (bete und arbeite), ein sich Besinnen auf innerliche, spirituelle, nicht-materielle Werte durch Kontemplation (Betrachtung) und Meditation, im Gleichgewicht mit „Lebensbejahung", d. h. mit beiden Beinen auf dem Grund und in der Welt stehen. Jeder von uns hat darin seine Aufgabe. Die muss er finden und ausführen.

Wissen (Yang) muss inspiriert und moderiert werden durch Weisheit (Yin). Aber Weisheit muss auch im Zaum gehalten und getestet werden durch Wissen.

Extremismus von beiden Seiten ist auch hier, wie überall verhängnisvoll. Der Weg in eine harmonische, lebbare Zukunft ist also der schon seit langem bekannte, aber inzwischen scheinbar vergessene „Goldene Mittelweg". Horatius sagt hierüber: „Die Tugend liegt in der Mitte zwischen zwei Untugenden".

## Polarität – Grundlage für den Weltverlauf

Immer wieder wurde ich in meinen Erlebnissen mit Nachdruck auf das schon seit grauer Vorzeit bekannte Prinzip der Polarität – Basisbotschaft in meinem Buch – aufmerksam gemacht. Dieses Prinzip ist in den letzten Millennien in Vergessenheit geraten und hat als Konsequenz eine Imbalance – zum Nachteil des Yin-Anteiles – im täglichen Leben der heutigen Kulturen.

Die „Neue Energie", die weibliche, die Yin-Energie, die Energie der Mutter der Welt, der „Großen Mutter" – *neu* weil sie bisher nicht genügend beachtet worden war – versucht durch das Hervorheben der Yin-Aspekte diese Imbalance auszugleichen.

# KAP 11 EPILOG

Ich bin noch immer an meinem Schreibtisch, wo ich während der ganzen Reise gesessen hatte. Ich habe meine Erlebnisse mitgeteilt und damit meine Mission erfüllt.

Zufrieden schließe ich die Augen, denn ich weiß, dass ich mein vertrautes Zuhause nach langer Abwesenheit – wenn die Zeit gekommen ist – wiedersehen werde,

*Polarität ist die*
*treibende Kraft*
*allen Geschehens auf Erden*

# Inhalt

# Literaturverzeichnis


Anantharaman, T. R.: Die Bhagavadgita, Günther-Verlag, Stuttgart, 1961
Armstrong, K.: A History of God, Heineman, London, 1993
Augustinus: Bekenntnisse/Confessiones, Goldmann-Verlag, München, 1963

Bailey, A. A.: The Consciousness of the Atom, Lucis Press, London, 1922
Besant, A.: Die uralte Weisheit, Adyar-Verlag, Graz, 1957
Blavatsky, H. P.: The Voice of the Silence, Theosophical University Press, Pasadena, 1971
Boslough, J.: Stephen Hawking's Universe, Avon Books, New York, 1989
Brunton, P.: The Secret Path, Rider & Company, London, 1934
Brunton, P.: The Quest of the Overself, Rider & Company, London, 1937
Brunton, P.: The Wisdom of the Overself, Rider & Company, London, 1943

Capra, F.: The Tao of Physics, Flamingo/Wildwood House, London, 1975
Castaneda, C.: Don Juan, Ein Yaqui-Weg des Wissens, Fischer, Frankfurt, 1973
Clarke, J. J. (Hrsg.): C. G. Jung und der östliche Weg, Patmos, Zurich, 1992
Colegrave, S.: Yin und Yang, Fischer, Frankfurt a. M., 1979
Cramer, F.: Chaos und Ordnung, Deutsche Verlagsanstalt, Stuttgart, 1989

Dalai Lama: Open je heart/An Open Heart, Muntinga, Amsterdam, 2001
Dethlefsen, Th./Dahlke, R.: Krankheit als Weg, Bertelsmann, München, 1983
Doormann, V.: Private Communication, 2009

Eastcott, M. J.: The Silent Path, Rider and Company, London, 1969
Einstein, A.: Relativity, Wings Books, New York, 1961

Faraday, A.: Dream Power, Berkley Books, New York, 1972
Feynman, R. P.: QED, Princeton University Press, Princeton, 1985
Frossard, A.: Gott existiert. Ich bin Ihm begegnet, Herderbücherei, Freiburg, 1970

Ganesha, Lexikon d. Geesteswetensch., Theosop. Uitgeverij, Amsterdam, 1969
Genz, H.: Die Entdeckung des Nichts, Rohwolt, Hamburg, 1999
Gleick, J.: Chaos, Cardinal/Macdonald, London, 1987
Greene, B.: The Elegant Universe, Vintage Books, London, 2000
Greene, B.: The Fabric of the Cosmos, Penguin Books, London, 2004
Grof, S.: Die Psychologie der Zukunft, Edition Astroterra, Wettswill, 2002
Grof, S.: Kosmos und Psyche, Krüger, 1997

Hagemeijer, M.: De Ziel, afstemming en bedoeling, Spiegelbeeld, Eindhoven, 1996
Hawking, S.: A brief History of Time, Bantam Books, New York, 1988
Hawley, J. (Hrsg): Die Bhagavadgita, Arkana/Goldmann, München, 2002
Hofstadter, Douglas; Gödel, Escher, Bach (in holländischer Sprache) – ursprünglicher Buchtitel: An Eternal Golden Braid – Atlas-Contact, Amsterdam, Juni 2012

Jaffé, A. (Hrsg.): Erinnerungen, Träume, Gedanken von C. G.Jung, Rasche, Zürich, 1967
Jung, C. G.: Der Mythos vom Sinn des Lebens, Rascher, Zürich, 1967

Klaus, H.: The Tao of Wisdom, Verlag Mainz, Aachen, 2009
Kouwenhoven, L.: Nachweis der Majorana-Teilchen, Science-online, April 2012

Leyi, L.: Entwicklung der chinesischen Schrift, Verlag Sprache & Kultur, Beijing, 1993
Lommel, P. van: Eindeloos Bewustzijn, Tenhave, Kampen, 2007
Lutang, L. (Hrsg): Laotse, Fischer Bücherei, Frankfurt a. M., 1955

Meier, C. A. (Hrsg.): The Pauli-Jung Letters, University Press, Princeton, 1992

Pagels, H. R.: The Cosmic Code, Simon & Schuster, New York, 1982
Peters, A.: Kabbala, de Spieghel, Amsterdam, 1958
Philomena: Raphael, SSE-Edition, Wien, 2006
Popper, K. R.: Auf der Suche nach einer besseren Welt, Piper, München, 1987
Porter, J. R.: Die Bibel, Taschen GmbH, Köln, 2007

Ramondt, S.: Mythen van de Griekse wereld, Fibula-van Dishoeck, Weesp, 1984
Rosser, W. G. V.: Introductory Relativity, Butterworth, London, 1967
Roza, E.: Ruimte, Tijd en Energie, Liberoosa, Valkenswaard, 2010
Roza, E.: The H-Type Quark and Leptons, Physics Essays, March 2012
Rundqvist, R.: Chinese Calligraphie, Ankh-Hermes, Deventer, 1983
Rutherford, W.: Sjamanisme, De basis van Magie, Mirananda, Den Haag, 1987

Schmelzer, Th.: Die Stille in Dir, Mystica TV, 2012
Schnabel, U.: Die Vermessung des Glaubens, Blessing-Verlag, München, 2008
Schwab & Eigl: Die schönsten Sagen des klassischen Altertums, Kremayr, Wien, 1955
Simonyi, K.: Kulturgeschichte der Physik, Verlag Harri Deutsch, Frankfurt a. M., 1995
Sommer, F. E.: Reading Chinese Step by Step, F. Ungar Publications, New York, 1943
Störig, H. J.: Geschiedenis van de Philosphie, Het Spectrum, Utrecht, 1970

Terhart, F.: Kabbala, Jüdische Mystik, Parragon Books, Queen Street House Bath
Thirring, W.: Kosmische Impressionen, Molden, Wien, 2004

Vaccari, O.: Pictorial Chinese-Japanese Characters, Trubner, London, 1950
Vogt, M.: Handboek Filosofie, DuMont-Verlag, Köln, 2004

Walsh, L.: Read Japanese Today, Tuttle Company, Tokyo, 1969
Weinhandl, F.: Wege zum Lebenssinn, Kienreich, Graz, 1951
Wieger, L.: Chinese Characters, Etymology, Dover Publications, New York, 1965

Yesudian, S. R. und Haich, E.: Sport und Yoga, Drei-Eichen-Verlag, München, 1949

Zukav, G.: The dancing Wu-Li Masters, W. Morrow & Cy., New York, 1979
Zukav, G.: The Seat of the Soul, Simon & Schuster, New York, 1989

*Religion ist*
*erstarrte Spiritualität*

# Stichwortverzeichnis

# Namensverzeichnis